JAZMÍN.

SUSAN MEIER

TU ADMIRADOR SECRETO

Editado por Harlequin Ibérica.
Una división de HarperCollins Ibérica, S.A.
Avenida de Burgos, 8B - Planta 18
28036 Madrid
www.harlequiniberica.com

© 2025 Harlequin Ibérica, una división de HarperCollins Ibérica, S.A.
N.º 590 - 13.10.25

© 2003 Harlequin Books S.A
Tu admirador secreto
Título original: Love, Your Secret Admirer

© 2004 Liz Fielding
Dos corazones
Título original: A Family of His Own

© 2004 Nicola Marsh
Citas arriesgadas
Título original: The Tycoon's Dating Deal
Publicadas originalmente por Harlequin Enterprises, Ltd.
Estos títulos fueron publicados originalmente en español en 2004

I.S.B.N.: 979-13-7000-859-8
Depósito M-16222-2025
Impreso en España por Liber Digital
Fecha impresión Argentina: 11.4.26
Distribuidor exclusivo para España: LOGISTA
Distribuidores para Argentina: Interior, DGP, S.A. Pienovi 211 - Avellaneda
Cap. Fed./Buenos Aires y Gran Buenos Aires, VACCARO HNOS.

MIXTO
Papel | Apoyando la
silvicultura responsable
FSC
www.fsc.org
FSC™ C134275

TENEMOS un problema –le dijo Carmella López a Emily Winters, quien alzó la vista de inmediato.

Emily estaba sentada en su escritorio, ante una pared de cristal desde la que se divisaba todo Boston. Las luces nocturnas de la ciudad intensificaban el color marrón de su pelo y el azul de sus ojos.

Hacía tiempo que la mayor parte de los empleados de Wintersoft Industry se había marchado a casa.

Emily era una mujer dedicada a su trabajo, hermosa e inteligente. Por eso Carmella López estaba tan molesta con la conversación que había oído aquella tarde. El padre de Emily le había estado argumentando a su hermana por qué Emily necesitaría un hombre que la ayudara a dirigir la empresa cuando él se retirara.

–Cuenta –dijo Emily.

Carmella entró en el despacho y cerró la puerta.

Llevaba veinticinco años trabajando como secretaria ejecutiva de Lloyd Winters, y era una entregada y leal asistente. Procedía de una familia que había sido expulsada de México por Pancho Villa hacía ya algunas generaciones, y sabía que la discreción no era un arma efectiva. La acción sí. Aunque jamás había sido ni sería desleal a Lloyd, sentía cierta responsabilidad hacia su hija. De algún modo, proteger a Emily era proteger a Lloyd.

–Tu padre quiere hacer de casamentero.

Emily palideció.

–¿Otra vez?

–Creo que se le ha olvidado que ya lo intentó una vez y falló estrepitosamente. Esta mañana, al mirar el organigrama de la empresa, reparó en que la mayor parte de los vicepresidentes de departamento son solteros. Todos han demostrado ser grandes ejecutivos y, por supuesto, materia prima para convertirse en futuros yernos.

Emily parecía a punto de desvanecerse.

–Cielo santo, ¿es que no ha aprendido de mi primer fracaso matrimonial? –dijo ella refiriéndose a su boda con Todd Baxter, uno de los altos ejecutivos de la empresa–. Si me caso con todo el que esté disponible, va a hacer de mí un objeto de burla.

Carmella suavizó su tono. Sabía que, a pesar de sus anticuadas estrategias, Lloyd Winters tenía un gran corazón.

–No lo hace con mala intención.

–Lo sé, pero es lo que consigue. Cuando mi matrimonio con Todd fracasó, perdí toda mi credibilidad frente al personal de la empresa. Me ha costado cinco años de duro trabajo recobrarla.

–Y lo has conseguido. También te has ganado a pulso la vicepresidencia. Durante esos cinco años has probado que no has accedido a un puesto de responsabilidad sólo por ser la hija de Lloyd Winters. Nadie puede acusarte de no merecer lo que has logrado.

–No, pero llegarán a perderme el respeto. ¿Quién puede tomar en serio a una mujer cuyo padre trata de venderla al mejor postor? –Emily se pasó los dedos por el denso y brillante pelo–. Voy a tener que dimitir.

Carmella negó con la cabeza.

–No puedes dimitir. Tendrías que justificar tu marcha ante tu padre y tus motivos le dolerían terriblemente. Él sólo trata de ayudarte, aunque sea del modo menos oportuno. Supongo que piensa que casándote con uno de los altos ejecutivos, tú serías libre para ejercer tu papel de madre y esposa... si eso es lo que quieres.

–No sé aún lo que quiero. Quizá sea eso, pero quiero tomar mis propias decisiones –Emily resolló frustradamente–. Las cosas serían más fáciles si mi padre y yo pudiéramos hablar. Pero desde que ocurrió lo de Todd parece que ya no hablamos el mismo idioma.

–Cuando a tu padre se le mete una idea en la cabeza es imposible quitársela. Tiene un centenar de razones para querer verte casada y con hijos. Así que tendrías que buscar otros tantos motivos para invalidar los suyos.

Emily gimió.

–¡Estoy perdida!

–No desesperes. Lo que tenemos que hacer es buscar algo que lo distraiga o que imposibilite sus planes.

–Podríamos casar a todos los solteros antes de que mi padre ponga en marcha su plan –dijo con sorna.

Carmella soltó una sonora carcajada.

–¡Eso sería estupendo!

–¡Oh, no! –trató de pararla Emily–. No empieces con tus locuras. Esto no es *Siete bodas para siete hermanos*.

–Tienes razón. No creo que tengamos tantas mujeres con las que casar a nuestros directivos –Carmella agarró el organigrama que Emily tenía en su mesa.

Observó los nueve nombres que aparecían en la línea inmediatamente inferior a la de Lloyd Winters.

–Alan Richards y Chad Evers ya están casados. Melinda McIntosh es una mujer. Así que, sin contarte a ti, nos quedan cinco vicepresidentes: Matt Burke, Grant Lawson, Brett Hamilton, Nate Leeman y Jack Devon –señaló a otro bloque–. Reed Connors está a punto de ser ascendido y también es soltero. Así que no creo que debamos dejarlo fuera.

Emily miró la hoja.

–Ahora entiendo por qué mi padre está planeando casarme. Todos estos candidatos son frutas maduras a punto de caer del árbol.

–Lo que significa que tenemos la oportunidad perfecta de llevar a cabo nuestro plan.

Emily miró fijamente a Carmella.

–Pero si nosotras tratamos de casar a esos seis hombres, estaremos actuando del mismo modo que mi padre.

–Es diferente –le aseguró Carmella–. Nosotras vamos a ser extremadamente cuidadosas. Vamos a resolver este problema como una cuestión de negocios.

Emily se quedó pensativa analizando ese último concepto.

–De acuerdo. Pero si lo hacemos así, tendremos que escoger con sumo cuidado a las candidatas.

Carmella sonrió.

–Así lo haremos.

Emily golpeó nerviosamente la mesa con el lápiz.

–El único problema es que un plan como ése nos podría llevar unas cuantas semanas y, realmente, no tenemos tanto tiempo.

–Podríamos retrasar los planes de tu padre si finges salir con alguien.

–Si me resultara tan fácil conseguir un novio, no me encontraría en esta tesitura.

–Puedes hablar con Steven Hansen y pedirle que nos ayude.

–¿Steven? Pero si es...

–Ya, ya, pero eso no nos importa –dijo Carmella. Sin querer entrar en detalles sobre Steven, volvió al tema que les interesaba–. Puedo conseguir información sobre todos los directivos en Internet, así podríamos hacerlo casi todo sin movernos del edificio –Carmella hizo una pausa y frunció el ceño–. Pero convencer a tu padre de que estás saliendo con Steven no va a ser fácil. Probablemente no se tragará la farsa más allá de la gala de caridad que hay a fin de mes. Creo que lo mejor será que empecemos por el más fácil.

Señaló uno de los nombres escritos en el papel.

Emily sonrió.

–¡Es perfecto!

S ARAH Morris, secretaria ejecutiva del vicepresidente del departamento administrativo de
Wintersoft, alzó la vista.

Penny Rutledge acababa de dejar sobre su escritorio un enorme jarrón con doce hermosas rosas
blancas.

—¡Cielo santo! Son preciosas.

—Abre el sobre —le dijo Penny dando pequeños
saltitos de excitación.

Sarah se subió las gafas y se puso a jugar nerviosamente con su larguísima trenza pelirroja.

—¿Son para mí?

—¡Claro que son para ti! Abre el sobre.

Sarah se puso a rebuscar el sobre entre los tallos
y el aroma a rosas llenó toda la oficina.

Cuando finalmente sacó la nota, leyó en alto:
«De tu admirador secreto»

Penny casi se desmayó.

—¡Dios santo! —exclamó.

—¿Tengo un admirador secreto? —preguntó Sarah
totalmente confusa e incrédula. Se había trasladado
desde Dakota del Norte a Boston hacía tan sólo un
año y su vida social era prácticamente nula. El único
hombre con el que tenía un trato asiduo era...

Un increíble pensamiento atravesó su mente. Miró a su jefe, Matt Burke, que estaba en su mesa elaborando la lista de asuntos pendientes para el día siguiente, tal y como hacía a las cinco menos cinco todos los días laborables, incluidos los viernes.

Mientras escribía en la agenda, completamente ajeno a su mirada, Sarah aprovechó la ocasión para alimentarse con cada detalle de su pelo corto y oscuro y de su atractivo rostro. No podía verle los ojos, pero sabía que eran de un azul muy hermoso.

En más de una ocasión había soñado secretamente ser objeto de su atención.

Pero no era posible, Matt jamás...

–¿Quién crees que puede ser? –le preguntó Penny, mientras colocaba minuciosamente las rosas para conseguir un ramo perfecto.

–No lo sé –respondió Sarah, tratando de no mirar a su jefe de nuevo.

Matt y ella trabajaban tan unidos que habían llegado a conocer muchos detalles de sus vidas privadas. Podía considerarse que eran amigos, pero él jamás había mostrado un interés más allá de la amistad.

–No tengo ni la más remota idea. Jamás salgo y no tengo ningún tipo de vida social.

Una vez más, pensó en Matt. Era el único hombre que podía haberle mandado aquellas flores. La pregunta era: ¿por qué?

–¡He oído que has recibido un ramo de rosas! –dijo Carmella López acercándose rápidamente.

La secretaria ejecutiva de Lloyd Winters era una hermosa mujer hispana, con el pelo gris y unos cálidos ojos marrones. Carmella era viuda y no tenía hijos, lo que la incitaba a actuar maternalmente con los más jóvenes.

Era una enamorada de la novelas románticas y no era de extrañar que fuera la primera en dar la enhorabuena a una mujer por recibir flores.

–¿De quién son?

Sarah miró a Carmella.

–De un admirador secreto.

Matt salió de su oficina y, como de costumbre, la atención de Sarah se dirigió directamente hacia él.

Alto, fuerte y robusto, tenía el aspecto de aquellos vaqueros que trabajaban en el rancho de sus padres. Sin embargo, tenía aquella prestancia propia del hombre educado de la gran ciudad. Por eso le gustaba tanto. Combinaba lo mejor de los dos mundos. Tenía una masculinidad patente y el atractivo salvaje de un hombre de campo, con la inteligencia y capacidad de un gran ejecutivo.

Matt miró las rosas y luego la miró a ella.

–¡Vaya! –dijo él en ese tono extraño que utilizan los hombres cuando tratan de mostrarse complacidos con algo meramente femenino... o cuando ocultan algo–. Alguien te ha mandado flores.

«¡Ha sido él!», pensó Sarah, reprimiendo el deseo de pensar que se las había mandado por un interés personal.

Estaba segura de que sus motivos habrían sido más paternalistas y protectores que románticos. Él sabía demasiado bien que no salía los fines de semana y que no había tenido una cita desde su llegada a Boston, así que quizá pretendiera animarla.

–Son preciosas, ¿verdad? –dijo Carmella–. Las rosas blancas, ¿qué representan?

–La pureza –respondió Sarah, y se quedó pensativa. ¿Pureza? ¡Pureza!

–Así que hay un hombre que piensa que eres dulce –dijo Matt con una amigable sonrisa que enervó a Sarah. El hombre por el que estaba loca pensaba que era pura, mientras ella soñaba con sus besos apasionados.

¡Cómo le habría gustado llevárselo al rancho de su padre! Allí la habría visto jugando al póquer, montando a caballo, controlando el ganado y maldiciendo como los demás vaqueros. Así le habría demostrado que no era en absoluto inexperta y menos aún pura.

–Bueno, supongo que te las llevarás a casa –dijo Carmella–. Querrás disfrutar de esta maravilla durante el fin de semana.

–No –respondió Sarah sorprendiendo a todos los presentes–. No las quiero. Penny, son tuyas.

–¡No!

–¡No!

–¡No!

Matt, Penny y Carmella negaron simultáneamente.

Con aquel «no» Penny dejó claro que no quería las flores de otra, Carmella no comprendía que pudiera renunciar a tanta belleza y Matt parecía haber escuchado alguna aberración financiera.

Los números rojos del reloj digital que Sarah tenía sobre la mesa parpadearon una vez al pasar de las cuatro cincuenta y nueve a las cinco en punto.

Sarah abrió el cajón inferior de su escritorio, sacó su bolso y se levantó.

–Pues que se lo queden las señoras de la limpieza –dijo sin más, y salió a toda prisa de la oficina.

Las lágrimas inundaron sus ojos mientras se dirigía a la puerta.

¡Maldición! Era pura. Bueno, no exactamente pura, sino más bien conservadora. Bueno, ni siquiera conservadora, sino eminentemente práctica y aburrida. Sin duda su aspecto contribuía a dar una falsa imagen, siempre con su larga trenza, las eternas gafas de miope y las faldas largas que ocultaban sus encantos.

Si se combinaba su aspecto insulso con su carencia total de relaciones sociales, era comprensible que Matt pensara que era patética. ¿Se imaginaría también que era virgen?

Aquellas flores blancas habían encendido una llama roja en su interior. La posibilidad de que su deseado jefe las hubiera mandado porque sentía pena hacia ella era cada vez más evidente.

Matt Burke miró atónito cómo su secretaria salía de la oficina como un relámpago. La situación era tan inusual e incómoda que no sabía qué hacer.

–Vete detrás de ella.

Matt miró a Carmella atónito.

–¿Qué?

–Vete detrás de ella. No puede dejar estas maravillosas flores aquí.

Matt no respondió. Estaba confuso por la situación y por la sensación que le había provocado que Sarah recibiera aquellas flores. En realidad, una vez superada la sorpresa de que las despreciara, sentía cierto alivio y unas ganas tremendas de lanzar el maldito ramo por la ventana.

—Yo se las llevaré —dijo Penny, tomando el jarrón y encaminándose hacia la puerta.

—¡No! —exclamó Carmella sujetándola de la mano. Bajó la voz—. Matt se las llevará —tomó el jarrón y se lo ofreció a Matt—. Te vas en el coche hasta su apartamento y se las entregas.

—¡Ni hablar! —dijo Matt, apartándose de las flores como si fueran veneno—. No las quiere.

Carmella se rió.

—¿Y qué? Si se niega a quedárselas lo más que te puede pasar es que tengas que quedarte con un hermoso ramo y un precioso jarrón.

—No quiero hacerlo. Me sentiría como un idiota llevándole unas flores que ella no quiere.

Carmella agarró la tarjeta que Sarah se había dejado sobre la mesa.

—No creo que el problema sean las flores, sino el remitente. En mi opinión, ha salido corriendo precisamente porque quiere las flores.

—Ya te entiendo —intervino Penny—. Quiere las flores, pero le da miedo no saber quién las ha enviado.

Carmella asintió.

—No sabe si ese admirador secreto es el hombre que a ella le gustaría que fuera. Y si es el hombre que ella quiere que sea, habría preferido que tuviera la madurez de firmar con su nombre.

—Pues debe de gustarle de verdad —dijo Penny.

Aquel comentario golpeó a Matt en la boca del estómago. No podía creerse que Sarah se hubiera enamorado de alguien sin que él se hubiera dado cuenta. Tampoco podía creerse que ese hombre fuera tan necio como para no admitir quién era. Igualmente confuso le resultaba el efecto que aquella situación estaba provocando en él.

De lo que sí estaba seguro era de que él no era la persona adecuada para llevar aquellas flores.

—Esto debería hacerlo una mujer.

—Yo tengo hora en la peluquería –dijo Carmella–. Y Penny, además de vivir al otro extremo de la ciudad, tiene hijos de los que ocuparse.

—¡Yo no puedo llevarle las flores! –insistió Matt.

—¿Por qué no?

—Porque no sé qué decir, no sé qué hacer para que se quede con el ramo –ni siquiera estaba seguro de querer que lo aceptara. Ésa era la parte más contradictoria.

Carmella suspiró.

—Matt, ¿qué día es hoy?

—Veintinueve de agosto.

—¿Y el lunes?

—Uno de septiembre.

—¿Qué sucede el uno de septiembre?

—Es fiesta. Pero el martes día dos tenemos que empezar a elaborar el informe cuatrimestral.

Carmella le tendió el jarrón.

—Cualquier hombre inteligente con un cierre del cuatrimestre en ciernes haría todo lo que estuviera en su mano por conseguir que su secretaria no faltara el martes. Sarah parecía realmente afectada. No te interesa que pase un mal fin de semana y el martes se encuentre indispuesta.

Matt gruñó.

–Llévale esas flores y convéncela de que lo importante no es quién se las ha enviado, sino que alguien se preocupa por ella.

Matt negó con la cabeza en un gesto de rebelión similar al de Sarah.

–Entonces, ¿por qué ese tipo no puso su nombre?

Carmella se encogió de hombros.

–¿Nunca te has visto tan alterado por alguien que te era imposible acercarte a ella y hablarle?

Matt tragó saliva. Sí, claro que sí. Eso era lo que le había ocurrido, no con una amante potencial, sino con su propia madre cuando tenía diez años.

–Piensa en ese tipo como si estuvieras en su situación. Puede que le guste tanto Sarah que no se atreva aún a hacer patente su interés por temor a cometer un error.

Matt miró el ramo. Su situación no había sido en nada parecida a la del admirador secreto de Sarah pero, de algún modo, Carmella había tocado una fibra sensible.

–Cuando le des las flores, explícale que debía sentirse halagada porque alguien no sabía ni cómo decirle que le gustaba –aseguró Carmella.

–¿Crees que eso conseguirá aplacar su enfado?

–Sí –dijeron Carmella y Penny al mismo tiempo.

–De acuerdo. Dadme la dirección.

Cuarenta minutos más tarde, Sarah abrió la puerta de su apartamento y se encontró a su jefe ante ella, con el ramo en las manos.

Primero se ruborizó pero, acto seguido, la ira volvió.

—Hola.

Ella respiró profundamente, tratando de controlarse para no soltar un improperio.

—Carmella tenía razón —continuó él—. No podías dejarlas en la oficina.

—Claro que podía.

—Bueno, era físicamente posible, pero no correcto —dijo Matt.

Durante unos segundos, Sarah se limitó a mirarlo fijamente, admirada de su tácito reconocimiento de la autoría del envío. De no haber sido él, no habría ido hasta su casa.

Sentía demasiada curiosidad por lo que tendría que decirle y lo dejó pasar.

—De acuerdo, entra.

Sarah observó que miraba de un lado a otro, como tratando de ganar tiempo antes de darle una explicación. Después de inspeccionar someramente el salón, decidió dejar el jarrón sobre una de las mesas.

—Supongo que estás furiosa.

Ella se cruzó de brazos.

—Sí, lo estoy.

—Lo entiendo. Es realmente cobarde que alguien a quien le gustas no sea capaz de escribir su nombre en la tarjeta.

Aunque no era aquélla la causa de su furia, Sarah no replicó. Él había admitido que le gustaba y quería escuchar el resto de la explicación. Era posible que sólo le gustara como amiga pero, en ese caso, no habría tenido reparos en ponerle su nombre a la nota.

–¿Qué más?

Matt la miró desorientado.

–¿Qué quieres decir con «qué más»? –preguntó él.

–Tú eres el experto aquí, yo sólo soy la persona que ha recibido las flores.

–No me considero ningún experto, pero entiendo los sentimientos de ese tipo –afirmó él con cierta vehemencia–. ¿No te ha ocurrido nunca que alguien te guste tanto que no te atrevas ni a acercarte? Ves a esa persona al otro lado de la calle, entrando en su portal y eres incapaz de aproximarte, aun cuando darías cualquier cosa por hablar con ella.

–Crecí en un rancho. Allí no había edificios.

–De acuerdo. ¿Nunca has llamado a alguien y has colgado antes de atreverte a hablar?

–No.

–¡No me estás ayudando, Sarah!

–No quiero ayudarte, sólo quiero entender de qué va todo esto.

Matt suspiró.

–No estoy seguro de entenderlo ni yo.

–Bueno, pues si tú no lo entiendes, ¿cómo demonios voy a entenderlo yo?

Matt sonrió con entusiasmo.

–Al oírte decir «demonios» con tanta facilidad me he dado cuenta de algo. Te has criado en un rancho y tienes una increíble capacidad para moverte en dos mundos.

–¿Y ése es un motivo para enviarme flores blancas?

–Quizá tu admirador trata de decirte que puede ver tu otra cara también.

Matt seguía hablando del remitente como si fuera una tercera persona, lo que le hizo deducir que había algún motivo por el que no se atrevía a hablar directamente de sí mismo. Se dejó caer en el sofá y concluyó que, por el momento, le seguiría la corriente.

—Estoy confusa. ¿Me estás diciendo que no le gusta oírme decir palabrotas y por eso me envía flores con las que me indica que soy pura?

—No. Te envía flores para decirte que ve en ti algo que nadie más ve.

—¿Y por qué no me lo dice con palabras?

—Quizá sea tímido.

—¿Tímido? —dijo ella con un tono incrédulo.

—De acuerdo, no te gusta lo de «tímido» —dijo Matt exasperado y dejando cada vez más patente que no quería hablar de aquello directamente—. A ver si esta versión te complace más: si tiene tu dirección del trabajo, probablemente sea alguien que conoces, quizá de la misma oficina. Tal vez no esté dispuesto a que sepan de su interés hasta ver la reacción que provocan estas flores en ti y en los demás empleados de Wintersoft.

Sarah se limitó a mirar a Matt completamente pasmada. Debería haber pensado en aquello ella misma. Matt jamás dejaría ver su debilidad por una mujer sin asegurarse previamente de que era correspondido. Tampoco pondría nunca en peligro la buena relación con su secretaria.

—Entonces, ¿qué debería hacer yo?

—Bueno, quizá deberías hacer llegar a ese hombre el mensaje de que tú también tienes cierto interés por él.

–¿No puedo simplemente decírselo?

–Recuerda que no sabes quién es.

–Sí, claro, tienes razón. Entonces, ¿qué hago?

–Bueno, te ha envido flores. Deberías darle alguna señal.

–¿Una señal?

–Sí. Por ejemplo, vestirte bien –dijo Matt.

Sarah frunció el ceño.

–¿Estás insinuando que tengo mal gusto?

–No. Tu atuendo es adecuado para la oficina, no para captar la atención de un hombre. Podrías ponerte algo que resaltara más tu lado femenino.

–Mi lado femenino –repitió Sarah, mirándolo fijamente a los ojos.

Una extraña y cálida sensación la invadió por dentro. Él quería que le mostrara su lado femenino, lo que implicaba que le interesaba.

Sintiéndose de pronto sensual y atractiva, se quitó las gafas y le sonrió tímidamente.

A Matt le dio un vuelco el corazón. Siempre había apreciado un hermoso rostro detrás de los cristales y, al igual que su admirador secreto, era capaz de ver que Sarah tenía otra cara más seductora. Pero, a diferencia de él, no era capaz de hacer absolutamente nada al respecto.

Se levantó del sofá.

–Bueno, ¿has entendido lo de las flores?

Ella asintió.

–Sí, creo que ahora sí.

–Bien –dijo Matt y se encaminó hacia la puerta, sin dejar de repetirse que le daba igual que Sarah tuviera una relación con otro hombre, aun consciente de que

no era cierto. Pero, como su jefe inmediato, no tenía
derecho a sentirse atraído o mostrar interés alguno, así
que habría de controlar su frustración. Y lo haría.

Agarró el pomo de la puerta, pero no llegó a abrirla.

Se volvió y la miró.

−¿Te veré el martes en la oficina?

Ella sonrió.

−Sí.

Al ver su increíble sonrisa y aquellos hermosos
ojos verdes, notó un cosquilleo en el estómago. Sintió un deseo casi irresistible de besarla y de rogarle
que saliera con él. Después de un año de buena
amistad, tenía derecho a conocer a la otra mujer que
Sarah escondía en su interior.

Pero no podía hacerlo. Era su secretaria.

Además, tenía planes y no podía complicarse la
vida con una relación. Tenía que invertir todo su dinero a fin de cumplir su propósito y convertirse en
millonario antes de cumplir los cuarenta. Era una
edad estupenda para formar una familia y le daba
nueve años de libertad para llevar a cabo su plan.
Por el momento, todo iba de acuerdo con lo previsto. No podía arriesgarse a variar nada, y salir con
su secretaria era una osadía.

Además, en el momento en que dejara patente
que estaba interesada en su admirador secreto, aquel
hombre no la dejaría escapar.

En cuanto Matt abandonó el apartamento de Sarah,
ella se puso a bailar de alegría. ¡No se lo podía
creer! ¡Le gustaba! Le había enviado flores y le ha-

bía explicado pacientemente que había malinterpretado el mensaje.

De pronto, se detuvo.

En realidad, lo único que Matt le había dicho era que quería que fuera más femenina.

Aunque Sarah sabía que podía suavizar sus modales rancheros, no estaba particularmente familiarizada con aquella parte femenina que él decía ver.

Pero si era lo que Matt esperaba, sacaría a la luz su feminidad y se convertiría en la mujer que él quería que fuera.

El problema era la dificultad que la empresa entrañaba.

Se dejó caer sobre el sofá. Necesitaba a alguien que la ayudara, alguien que entendiera de verdad las relaciones románticas entre un hombre y una mujer.

Hombre, mujer, romance... ¡Nadie sabía sobre esos tres temas más que Carmella López!

Sin más dilación, tomó su agenda y marcó su número.

ESPUÉS de un largo fin de semana de visitas a la peluquería, a tiendas y perfumerías, Sarah se sentó en una de las sillas de su salón, frente a Carmella López y Emily Winters.

Al llamar a Carmella el viernes por la noche, ésta le había propuesto que también Emily participara en su preparación, alegando que serviría para acortar distancias entre la generación de Sarah y la de Carmella.

La combinación de aquellas mujeres había resultado extraordinaria. Entre todas habían convertido a Sarah en una despampanante fémina.

Con el armario lleno de ropa, un nuevo peinado y el maquillaje adecuado, Sarah se sentía segura de sí misma.

—¿Estás nerviosa ante la perspectiva de ir a la oficina mañana? —preguntó Carmella, mientras dejaba la taza de té en la mesa, junto al ramo de flores blancas.

—La verdad es que no. Sé que todo esto lo he hecho como parte del plan de mostrarle a Matt mi parte femenina. Pero, sorprendentemente, tengo la sensación de haberme encontrado a mí misma.

—Ése es el objetivo último de hacer algo así —dijo Carmella con una leve carcajada.

–Es cierto que la sensualidad y la sencillez reflejan exactamente quién eres –dijo Emily con una sonrisa satisfecha–. Estás estupenda.

–Me siento tan bien que podría conquistar el mundo si me lo propusiera.

Carmella frunció el ceño.

–Espero que eso no signifique que has cambiado de opinión respecto a Matt.

–¡No! Realmente me gusta Matt. Si está interesado en mí, no voy a perder la oportunidad de intentarlo.

–Bueno, si no recibe el mensaje, es que está completamente ciego –afirmó Carmella, y se levantó del sofá.

–Mañana te veremos –dijo Emily, levantándose también–. Recuerda, ven a trabajar media hora antes. El pronóstico del tiempo dice que va a llover. Necesitarás unos minutos para recomponerte antes de hacer tu entrada triunfal por el pasillo de la oficina.

Se encaminaron hacia la puerta.

–¿Crees que te vas a sentir bien? –preguntó Carmella.

Sarah se rió.

–Sí. Quiero tomarlo por sorpresa y ver cómo reacciona.

–A mí también me parece una estupenda idea –le apretó la mano a Sarah–. Nos veremos mañana.

Tras despedir a sus amigas, Sarah cerró la puerta y se encaminó al dormitorio sin dejar de preguntarse si podría dormir.

No estaba nerviosa por el hecho de ver a Matt. Pero sabía que podía no reaccionar del modo que Carmella y Emily habían previsto.

No obstante, aquel cambio la había ayudado a sacar a la luz su verdadera esencia. Si a Matt no le gustaba, sin duda le partiría el corazón, pero eso no invalidaría a la nueva mujer en la que se había convertido.

Matt levantó la vista y se quedó boquiabierto.

Ante él acababa de pasar Sarah con la cabeza bien alta y una sonrisa satisfecha en los labios.

Había sustituido su larga trenza por un sensual corte a la altura de los hombros, y unos rizos insinuantes se balanceaban a cada paso.

Llevaba un traje color canela de piel con una sugerente minifalda. Matt descubrió en aquel instante que Sarah no había estado ocultando sólo a una mujer femenina, sino a una verdadera diosa de la belleza.

Se levantó de su silla y se acercó al escritorio de ella.

—¿Sarah?

—Buenos días, Matt.

Lo saludó con total naturalidad, como si no hubiera nada diferente en ella. Matt no sabía si debía hacer algún comentario o no. Era él quien le había sugerido un cambio, pero jamás se habría imaginado que acabaría convirtiéndose en una persona completamente diferente.

No estaba seguro tampoco de si su reacción espontánea sería la más adecuada, porque quería silbar.

Ella se inclinó para meter su pequeño bolso en el cajón, tal y como hacía siempre. Sólo que en aquella ocasión los ojos de Matt viajaron hasta sus piernas bien contorneadas, que se estilizaban sobre unos zapatos de tacón alto y fino.

El corazón se le paralizó y perdió todo atisbo de sentido común. Antes de poder contenerse, susurró:

–¿Qué te has hecho?

Ella lo miró asustada.

–¿Te gusta?

–¿Que si me gusta? ¡Dios santo! Vas a provocar un ataque al corazón a todos los hombres de la empresa.

Sarah sonrió complacida.

–Entonces, ¿lo he hecho bien?

–Sarah, pareces otra persona.

–Espero que digas eso como algo positivo, porque éste es mi verdadero yo –hizo una pausa y se mordió el labio inferior–. Quiero que mi admirador secreto me vea como realmente soy.

La excitación de Matt se transformó en un repentino pesar. Lo que hasta entonces no había sido más que un fantasma se había convertido en un competidor real de carne y hueso.

–¿Has hecho esto para tu admirador secreto?

–Dijiste que necesitaba ser más femenina.

–Femenina no implica...

–¿Sexy? –lo interrumpió ella, y sonrió con entusiasmo–. Ésta es mi idea de ser femenina. Después de hablar con Carmella López y Emily Winters...

–¿Carmella López y Emily Winters?

–Sí –dijo ella, y continuó sin detenerse–. Después de nuestra conversación sobre las flores, llamé a Carmella, y ella se trajo a Emily. Hablamos sobre las distintas interpretaciones que tenía la palabra «femenina».

—Sí, como vestidos de flores, pequeños bolsos y guantes de encaje —dijo Matt, aún molesto ante la idea de que se exhibiera de aquel modo para otro hombre.

—Puede que haya mujeres que lo vean de ese modo. Yo no. Y necesito que mi admirador secreto vea quién soy en realidad.

—¿Ésta es tu verdadera personalidad? —preguntó sorprendido.

Ella asintió.

—¿Estás segura? —repitió Matt, repentinamente sofocado por la nueva sensualidad de su secretaria.

Ella asintió una vez más.

—Carmella dice que lo importante es estar cómoda, y así es precisamente como me siento. Si llevara vestidos de flores y guantes de encaje estaría mintiendo.

Ella se apartó un instante y encendió el ordenador. Matt aprovechó el momento para desabrocharse el primer botón de la camisa y respirar profundamente.

—Me probé distintas cosas y, al final, éste fue el estilo con el que me sentí más identificada.

—¡Cielo santo! —exclamó Sunny Robbins, la secretaria de Grant Lawson. Tenía el pelo revuelto por el viento de septiembre y los pantalones negros salpicados de gotas de agua.

Matt miró de nuevo a Sarah. Había entrado sin abrigo ni sombrero para la lluvia y tanto su pelo como su ropa estaban secos y perfectos.

Sunny la miró de arriba abajo.

–¡Estás maravillosa!

–Gracias –dijo Sarah con una sonrisa–. Me siento estupendamente bien.

Sunny se rió.

–Yo también me sentiría así si tuviera tu aspecto. ¿A qué se debe semejante cambio?

Matt miró una vez más el pelo perfectamente seco y peinado de Sarah. Algo no encajaba. No era posible que hubiera llegado en autobús y hubiera mantenido semejante perfección. Debía de haberse detenido en algún sitio antes de hacer su entrada en la oficina.

–Sarah tiene un admirador secreto –aclaró Matt con un tono precavido.

Sunny levantó las cejas.

–¿De verdad?

–Sí. Me envió flores el viernes por la tarde –dijo Sarah, sin que le pasara desapercibido el extraño tono de su jefe.

Notó la confusión de su gesto y decidió que aquélla era la clave definitiva. Desde que había llegado había estado poniéndole reparos a su atuendo. Estaba claro que no le gustaba su nuevo aspecto.

Aquel pensamiento le provocó un desagradable cosquilleo en el estómago y las piernas comenzaron a temblarle.

A pesar de todo, en su interior, seguía contenta con su nueva personalidad. Aquélla era Sarah Morris. Si a Matt no le gustaba, lo sentía por él. Tendría que encontrar al hombre adecuado, por mucho que le doliera que no fuera él.

–Dejé las flores aquí y Matt me las trajo a casa. Estuvimos hablando sobre el remitente anónimo –dijo Sarah, mientras veía a su jefe desaparecer dentro de su despacho–. Según Matt, mi admirador necesitaba una señal que le dijera que estaba interesada en salir con él. Entre Carmella, Emily y yo concluimos que este cambio era lo que él necesitaba.

Sunny la miró con un gesto interrogante.

–¿Matt te dijo que lo que necesitabas era un cambio de aspecto?

–Sí.

Sunny se rió.

–¡Él sí que sabe! La verdad es que los admiradores secretos suelen ser amigos tratando de animarte.

Sarah frunció el ceño. Eso era, exactamente, lo que ella había pensado en un principio.

–Pero, en tu caso, creo que Matt ha aprovechado la ocasión.

–¿Qué quieres decir?

–Puede que fuera un amigo quien te enviara las flores, pero Matt lo ha utilizado para obligarte a salir del cascarón. Vas a tener un montón de pretendientes. Desde luego, te ha hecho un gran favor.

Con cada palabra de Sunny, un profundo pesar iba invadiendo su pecho. Así que Matt no le había mandado las flores por un interés egoísta, sino para propiciar que ella consiguiera a otro hombre.

Había llegado a creer que tanto él como ella utilizaban el secretismo del admirador para proteger a Matt. Pero la verdad era que Matt había creado esa ficción para que ella no se muriera de vergüenza.

De pronto sintió que, lejos de haberla ayudado, la había herido profundamente. Él jamás se había fijando ni se fijaría en ella como mujer.

Matt condujo a casa de su padre aquella tarde con la sensación de que alguien le hubiera dado un puñetazo en el estómago.

Se había pasado todo el día viendo desfilar ante su puerta a todas las mujeres y a la mitad de los hombre de Wintersoft, que acudían curiosos a ver el nuevo aspecto de Sarah. Ellas habían suspirado sobrecogidas por la envidia; ellos, por el deseo.

Mientras los solteros le pedían una cita, Matt observaba las dolorosas escenas con desesperación e impotencia.

Aparcó ante la puerta de su progenitor y bajó del coche no muy convencido de que fuera buena idea mantener su cita de los martes con él. No iba a ser buena compañía y seguramente su padre querría saber por qué.

Antes de llegar hasta la puerta, Wayne Burke salió a recibirlo. A sus cincuenta y cinco años, con su pelo castaño exento de canas, sus grandes ojos azules y su aspecto saludable, Wayne seguía siendo el modelo que Matt quería seguir.

–¿Te han robado el coche de bomberos? –dijo su padre, haciendo alusión a una trifulca infantil en la que Matt se había visto envuelto a los siete años. Se había negado a volver a casa hasta que su padre consiguió que un vecino le devolviera su coche de bomberos.

–No –dijo Matt al entrar en la casa.

–Sólo tienes que decirme su nombre e iré a pedirle cuentas.

–No tiene gracia, papá, esta noche no.

–Pues a mí sí me lo parece –dijo Wayne mientras soltaba una carcajada–. Me encanta verte de mal humor. Me da la oportunidad de husmear en tu vida privada, lo que no siempre es fácil. Anda, dame tu gabardina. Está empapada.

Matt trató de sonreír, pero no pudo. La alusión a su gabardina le recordó la imagen de Sarah entrando completamente impecable en su oficina.

Puesto que él y Grant Lawson eran los únicos que estaban en el camino hacia su mesa, Matt concluyó que Sarah había asumido que Grant era su admirador. Eso explicaba que se hubiera molestado en retocarse antes de hacer su entrada.

Matt había dudado de que pudiera haber sido Grant, hasta que éste se había acercado a la secretaria con una sonrisa melosa y hablando de naderías. ¡Los abogados eran gente seria que nunca hacían ese tipo de cosas!

Estaba claro que Grant estaba interesado en Sarah.

A Matt le habría gustado darle un puñetazo.

Wayne cerró la puerta, dejó la gabardina en el perchero y se encaminó a la cocina.

–He hecho tu comida favorita: carne asada y puré de patata.

Matt siguió a su padre.

–No tengo hambre.

El hombre se detuvo y se volvió a mirarlo.

–Sabes que acabaré sacándote la información antes del final de la cena.

Matt suspiró.

–No me pasa nada.

–Entonces te pondré doble ración de puré de patata.

–De acuerdo –dijo Matt. No estaba de humor para soportar dos horas de preguntas indiscretas. Era preferible que dijera la verdad y evitarse así la tortura–. Estoy preocupado porque Sarah tiene un admirador secreto.

–¿Tu secretaria? –preguntó Wayne, mientras abría la puerta de la cocina.

Matt se acercó a la nevera y sacó una cerveza.

–Sí.

Wayne se rió.

–¿Estás celoso?

–No. Sólo estoy preocupado, porque creo que es Grant Lawson.

Wayne se quedó pensativo unos segundos.

–No lo conozco.

–Es un tipo estupendo –dijo Matt. Se sentó en su silla y se puso la servilleta en el regazo–. Pero está divorciado y no creo que tenga intenciones de volver a casarse.

–Ya. Así que estás preocupado por Sarah.

–Sí –dijo Matt.

–¿Y no estás ni un poquito celoso?

–¡Por supuesto que no! Sólo estoy preocupado –dijo Matt.

Pero al recordar la imagen de Sarah con su traje de piel de color canela, sintió una inexplicable presión en el corazón.

–Por eso te acabas de poner rojo como un tomate, porque no estás celoso.

Matt lanzó con rabia la servilleta sobre la mesa.

–¡No sé para qué he venido!

–Has venido porque soy tu padre y sabes bien que no me puedes engañar. Y algo me dice que tampoco te engañas a ti mismo –Wayne le sirvió una loncha de carne con salsa–. En realidad quieres que sea sincero y lo voy a ser. Pareces un hombre celoso.

Matt suspiró.

–De acuerdo, te voy a contar toda la historia. Sarah recibió un ramo de flores el viernes por la noche y sí, sentí celos. Pero reprimí mis sentimientos porque los jefes no deben sentir ciertas cosas por las mujeres que están bajo su mando.

Wayne se metió un trozo de carne en la boca y masticó antes de hablar.

–Pues pide que la transfieran a otro departamento.

–¡Eso sería una idiotez!

–¿Por qué?

–Porque es una excelente secretaria y la necesito.

–Matt, tienes treinta y un años y preferiría oírte decir que necesitas a una mujer antes que una buena secretaria.

Matt cerró los ojos en un gesto de hastío.

–Ya estamos otra vez.

–Yo me estoy haciendo viejo y tú no vas para joven tampoco. Me gustaría tener nietos antes de ser demasiado anciano para poder disfrutarlos.

–Aún no puedo permitirme mantener una familia en las condiciones que a mí me gustaría. Tú siempre me has dicho que no me case hasta que no piense que estoy realmente preparado.

–De acuerdo, de acuerdo. Tienes razón. Si no crees que has alcanzado tus objetivos, te doy mi apoyo.

–Gracias –dijo Matt con un tono amargo.

Se sentía mal. No por la presión que ejercía su padre, sino por no estar aún preparado para darle lo que le pedía.

Y también por no poder interponerse en el camino de Grant y proteger a Sarah.

A la mañana siguiente, Matt se sentó ante su escritorio con la sensación de estar en el Enterprise en estado de alarma.

Grant tenía que pasar por delante de Sarah para entrar en su oficina. Si el abogado se atrevía a insinuarse, iba a tener que hacer algo.

Ninguno de los dos había llegado aún, pero él ya estaba preparado para atacar.

Como conjurada por su pensamiento, apareció Sarah por el pasillo en dirección a su mesa.

Se movía lentamente, con su rizado y sugerente pelo rojo balanceándose seductoramente. Sus larguísimas piernas parecían interminables y el traje azul que llevaba le quedaba increíblemente bien. El maquillaje casi imperceptible hacía que pareciera más una modelo que una secretaria.

–Buenos días, Matt.

Él se aclaró la garganta y respondió sin levantarse de su mesa.

–Buenos días.

Grant Lawson entró en aquel mismo instante. Iba leyendo con una mano, mientras en la otra llevaba su maletín. En su apresurado caminar, casi se chocó con Sarah.

–¡Lo siento! –dijo él, haciendo malabarismos para sujetar a la despampanante fémina que había perdido ligeramente el equilibrio.

Sarah sonrió.

–No pasa nada. Ha sido culpa mía por pararme en mitad del pasillo.

Sin apartar la vista de los ojos de Sarah, Grant sonrió también. A Matt se le aceleró el pulso.

Se levantó de su sillón y se encaminó hacia la mesa de Sarah. Cuando estaba a mitad de camino se dio cuenta de que no sabía qué iba a decir y que tampoco tenía autoridad para decir nada.

Grant se apartó de Sarah.

–A pesar de todo, debería haber mirado por dónde andaba –insistió él–. Por favor, ¿te importaría decirle a Sunny que me avise en el momento en que llegue? Voy a cerrar la puerta y no quiero que me molesten.

Sarah se encaminó hacia su sitio.

–Lo haré.

Grant volvió a hundir la nariz en su periódico.

Matt, que no había perdido detalle de la escena, decidió que no había motivo real de preocupación. Debía de haberse imaginado el coqueteo del día anterior. Ni Sarah ni Grant parecían interesados el uno en el otro.

Sintió un inesperado alivio, hasta que reparó en que habían sido realmente los celos los que lo habían mantenido en vilo. Y no había nada que pudiera hacer al respecto.

–¿Necesitas algo, Matt? –le preguntó Sarah.

Él se dio cuenta entonces de que llevaba varios minutos en la puerta de su despacho observándola sin más.

Admiró su hermoso pelo y sus bellos ojos verdes y se dio cuenta de que, si hubiera sido el momento adecuado, no habría dudado ni un segundo en pedirle una cita.

No le parecía justo que sólo las circunstancias externas se lo impidieran.

Sin embargo, entendía que no salir con una subordinada era una regla hecha para protegerla a ella, no al jefe, y él jamás haría nada que pudiera perjudicarla.

Matt se dio media vuelta y se metió en su oficina sin mediar palabra.

A lo largo de la mañana, el paso de hombres por la mesa de Sarah continuó como el día anterior y Matt empezó a tensarse. A nadie más que a él parecía importarle las reglas de la empresa. También era cierto que ninguno de los que hasta allí se acercaban tenían relación laboral directa con ella. No obstante, eran jefes, ¡y los jefes no podían salir con las subordinadas!

El coqueteo y la estupidez continuó durante toda la tarde, lo que hizo que la rabia de Matt creciera.

Su inquietud se hizo claramente patente cuando, a última hora, Carmella le llevó un informe de Lloyd Winters.

Sin motivo aparente, Matt le dio una contestación inapropiada.

—Lo siento —se disculpó de inmediato.

—No pasa nada —dijo Carmella con una sonrisa—. Son casi las ocho de la noche. Has tenido un día muy largo.

—Sí. Un día largo que se me ha hecho interminable por el incesante flujo de ligones que han venido a ver a mi secretaria.

Carmella hizo una mueca.

—Hablaré con ella.

—Sarah no es el problema. El problema son esos tipos que vienen a comérsela con los ojos.

Carmella estudió el rostro de Matt durante unos segundos.

—Tú no estás molesto, sino celoso.

—Yo no he dicho nada de eso.

—No hace falta —Carmella se sentó en una de las sillas—. ¿Qué vas a hacer?

—Nada —dijo él, lanzando el lápiz sobre la mesa—. En primer lugar, es mi secretaria. Pedirle que salga conmigo podría conllevar una acusación de acoso.

—No creo que Sarah...

—Da lo mismo —dijo Matt, sin dejar que terminara. Tenía la sensación de que toda la oficina había enloquecido y dudaba de que Carmella atendiera a sus razones. Además, tenía motivos más claros y convincentes que exponer–. Hay otros motivos. No creo estar en posición de pedirle a nadie aún que se case conmigo.

–Sé que te gusta tener todo bien controlado pero, ¿no te parece un poco excesivo no salir con alguien sólo porque no estás seguro de poder casarte con esa persona?

–Lo he pensado cuidadosamente. Sarah es mi secretaria. Si salimos juntos y luego rompemos, será un desastre. Así que, a menos que tenga pensado casarme con ella, no podemos salir.

–Pues pide que la transfieran a otro departamento.

–A pesar de todo no funcionaría. No quiero forzar las cosas sabiendo que no tengo nada que ofrecerle. Mi situación financiera no es suficientemente estable y no puedo casarme aún.

–Pero con tu sueldo y el trabajo que tienes, ¿qué más estabilidad quieres? ¿Esperas ser millonario?

–Sí, ésa es mi idea, hacerme millonario antes de cumplir los cuarenta.

Carmella lo miró atónita, como si estuviera completamente loco.

–¿Y vas a correr el riesgo de perder a una mujer que realmente te gusta?

–Prefiero perderla ahora que perderla más tarde por problemas económicos.

Carmella se quedó pensativa unos segundos.

–Lo dices con mucha rotundidad. Debes de tener una razón muy buena para pensar así.

Matt suspiró.

–La tengo.

–¿Quieres contármela?

–No hay mucho que contar. Mis padres se separaron cuando yo tenía diez años porque estaban cargados de deudas y la situación económica era muy dura. Mi padre no había terminado aún sus estudios cuando se casaron, así que trabajaba en una fábrica durante el día y asistía a clase por la noche. La falta de dinero creaba tensiones y peleas. El primer recuerdo que tengo de mis padres es de una de esas peleas. El último que tengo de mi madre, es el de su marcha.

–¿No la has visto después?

–La vi, pero jamás me atreví a hablar con ella. Me daba miedo llamar a su puerta. Se había vuelto a casar con un hombre muy rico y no creo que le gustara nada que le recordara su época pobre.

La mirada de Carmella se hizo compasiva.

–Ella salió perdiendo.

Matt negó con la cabeza.

–No, nosotros fuimos los que más perdimos. Tanto mi padre como yo la echábamos mucho de menos. Por eso, durante toda mi educación me advirtió de lo importante que era que estuviera bien preparado cuando decidiera casarme.

–Ya.

–Además, hay otra razón para no querer acercarme a Sarah. Lleva sólo dos días siendo «ella misma». Aún no está familiarizada con el hecho de resultar tremendamente atractiva. Tiene todo un mundo ahí fuera por descubrir.

Carmella permaneció en silencio unos segundos.

–Tienes respuestas para todo, ¿verdad?

–Sí.

–De acuerdo, haz lo que creas más oportuno –dijo ella, y se levantó–. Pero ya veremos lo que te ocurre cuando veas que otro hombre trata de seducir a la mujer que te gusta.

Matt soltó una carcajada.

–Una docena de rosas no significa que alguien tenga un interés real en ella.

Una vez en la puerta, Carmella se volvió hacia él.

–¿Eso es lo que piensas de verdad?

–Sí. Si alguien estuviera realmente interesado, ya habría hecho algo, aunque fuera mandar otro ramo de flores. Se ha tomado muchas molestias poniéndose guapa para él y ese admirador secreto no ha hecho absolutamente nada –miró a Carmella directamente a los ojos–. Creo que eso deja muchas cosas claras.

LO PRIMERO que Matt notó a la mañana siguiente, al ver entrar a Sarah en la oficina, fue que su vestido color marfil resaltaba el verde de sus ojos.

Pero, según se iba acercando, tampoco le pasó desapercibido que algo no iba bien.

Hasta que Sarah no llegó ante su mesa, Matt no reparó en que su mirada, dos días atrás vivaz y alegre, se había apagado.

A pesar de la atención de la que era objeto, Sarah no se sentía feliz.

Observó el modo en que el fino tejido dejaba adivinar sus curvas y deseó una vez más haber sido el hombre para el que se vestía así. Le habría encantado devolverle la luz a su mirada.

Pero no podía correr riesgos de ningún tipo. No había garantías de que una relación entre ellos pudiera funcionar. Así que se preparó para soportar otro día de continuas visitas.

De pronto, reparó en que, si él estaba teniendo ciertos problemas para adaptarse al repentino cambio, tal vez ella también los tuviera. Quizás ése fuera el motivo de su aparente tristeza.

No podía hacer nada al respecto.

En cualquier caso debía darle tiempo para disfrutar de su recién estrenada personalidad, o para sopesar si su nuevo aspecto valía la pena el sacrificio.

Aun cuando las circunstancias no hubieran estado en su contra, Matt habría tenido que esperar pacientemente a que ella aclarara sus ideas.

–Buenos días, Matt –dijo ella.

–Buenos días, Sarah –respondió él.

En ese instante, Grant apareció en escena.

–Buenos días –dijo, mirando a la secretaria con una sonrisa más que seductora y ojos de lobo en celo.

Matt sintió una vez más aquellos sorprendentes celos a los que no estaba acostumbrado. Estaba claro que el abogado trataba de captar la atención de Sarah.

–¡Menuda tormenta tenemos encima! –continuó Grant dirigiéndose claramente a Sarah.

Ella sonrió y Matt se revolvió por dentro.

–Sí –respondió Matt, aun sabiendo que era infantil contestar cuando el comentario no había ido dirigido a él. Incapaz de controlarse, continuó–: Al parecer, este año vamos a tener uno de los peores huracanes de los últimos años y va a llover continuamente.

Grant se limitó a darle la razón y se encaminó a su despacho.

Sarah se volvió hacia Matt y lo miró acusadoramente. Él se sintió como un cavernícola, protegiendo a alguien a quien no tenía derecho a proteger.

Matt suspiró.

–Tenemos mucho que hacer hoy.

–Lo sé –dijo Sarah, y se dio media vuelta para dirigirse a su mesa.

Como cada mañana, encendió el ordenador y metió el bolso en el cajón.

Luego, alzó la vista y miró a su jefe con su habitual sonrisa.

Como por arte de magia, la tensión desapareció. La rutina diaria parecía haberse restablecido y con ella había desaparecido aquella acuciante sensación de angustia y pérdida de control que Matt había sentido en los últimos días. Sólo necesitaba que la vida recobrara definitivamente su ritmo habitual y todos sus males, celos y extraños sentimientos desaparecerían.

Se aclaró la garganta.

–Me gusta ese vestido –dijo él, animado por aquella sensación de alivio. Se sentía con fuerzas para animarla a seguir en la línea que había tomado si era la que ella quería, sin importarle que los hombres de Wintersoft se comportaran como necios.

Sarah se miró la prenda de punto.

–¿De verdad? Es uno de mis viejos vestidos. Lo compré para una fiesta en casa de mis padres.

–Lo que significa que, en realidad, no has cambiado completamente.

Ella lo miró confusa.

–¿Qué quieres decir?

–Bueno, con tu nuevo aspecto pareces otra. Pero al ponerte ese vestido pruebas que en realidad sigues siendo la misma.

Ella se rió suavemente.

–Ya entiendo lo que dices.

A Matt, el tono de voz y su respuesta le resultaron tremendamente cercanos y accesibles, lo que lo invitó a continuar.

–Eso significa que, aunque tu nueva imagen te esté complicando la vida, no es tu aspecto, sino la reacción de los demás lo que la altera. No debes permitir que eso afecte a tu decisión sobre cómo vestir. Estás fabulosa, Sarah, y sigues siendo la misma. Son los demás los que tienen un problema.

Ella consideró durante unos segundos aquel comentario.

–Lo sé. Me gusta mi nuevo estilo, me hace sentir más segura de mí misma, así que pienso seguir como hasta ahora. Muy pronto la furia de la novedad desaparecerá.

–Esperemos que así sea –dijo él, satisfecho consigo mismo. Volvía a ser el hombre cabal de siempre.

–Sí, esperémoslo así –repitió Sarah, mientras Matt regresaba a su oficina.

El modo en que él se había comportado durante los últimos días era casi una confirmación de su responsabilidad en el envío de aquellas flores.

Se había mantenido al margen, permitiendo que un montón de hombres se pasearan por delante de él flirteando con ella. Pero aquella mañana había mostrado cierto descontento con el resultado de su plan. Habría tenido que estar ciega para no notar el pequeño arrebato de celos que había sufrido con Grant.

No es que pensara que Matt había experimentado un repentino enamoramiento, pero sí que quería que su relación laboral volviera a ser como antes, aunque no regresara a sus antiguos hábitos en vestimenta.

Según fue desarrollándose la mañana, Matt se fue comportando cada vez más como el jefe que había sido tiempo atrás. Eso confirmó su teoría.

Volvían a ser amigos y, aunque no fuera exactamente lo que Sarah quería, sí era mejor que el embrollo que había vivido los últimos días.

Sarah se sintió genuinamente aliviada hasta que llegó el segundo ramo de rosas, en aquella ocasión rojas.

–¡Cielo santo, Penny! ¡Míralas!

Penny suspiró sobrecogida.

–¡Son preciosas!

Sarah no podía dejar de observarlas completamente fascinada. Era el ramo más hermoso que había visto jamás.

Pero aquel inesperado regalo acabó por confundirla completamente. No podía entender por qué Matt le enviaba flores de nuevo. Especialmente, cuando la primera docena no había hecho sino crear un caos en sus vidas.

–¿Las ha visto Carmella?

–No. Está en la reunión del señor Winters con Matt.

Sarah se levantó de la silla.

–Tengo que enseñárselas.

Apenas había recorrido unos metros cuando alguien la detuvo para admirar el ramo. Un grupo de curiosos se congregó alrededor de ella en cuestión de segundos. Ariana Fitzpatrick, la jefa del departa-

mento de relaciones públicas, embarazada de geme-
los, la miró con los ojos llenos de vida.

–¿Son de tu admirador secreto? –le preguntó.

Sarah reparó en que no se había molestado en mirar la tarjeta, así que aprovechó la oportunidad para
sacarla y leer:

Con amor,
Tu admirador secreto.

Todo el mundo se quedó boquiabierto.

Sarah se ruborizó.

Había escrito la palabra «amor». No tenía sentido
que Matt le enviara una tarjeta en la que escribiera
eso.

De pronto, le vino a la memoria la conversación
que habían mantenido aquella misma mañana. ¿La
habría malinterpretado?

Si recapacitaba sobre lo dicho desde un punto de
vista diferente, todo cambiaría.

Si sus celos estaban basados en la atracción, entonces el reconocimiento positivo de su cambio era
un modo de decirle que su nuevo aspecto había hecho que la viera como una mujer y no sólo como su
secretaria. Por otro lado, la petición de que no dejara
de ser quien era implicaba que había, además, un interés más allá de lo meramente físico.

Parpadeó, abrumada por el descubrimiento. Si las
flores y la tarjeta eran diferentes, el mensaje y la actitud hacia ella también eran diferentes. La deseaba.

Tomar conciencia de todo aquello le provocó un
escalofrío. Si realmente quería decir que la amaba,

eso implicaba que la querría toda para sí. ¡Podía ser que en cuestión de horas estuvieran juntos, haciendo apasionadamente el amor!

La idea de sentir sus labios, de que sus manos la acariciaran suavemente, la excitó. Había soñado muchas veces con poder besarlo, pero le resultaba increíble que pudiera llegar a convertirse en realidad.

Repentinamente, algo acalló a la multitud.

Sarah alzó la cabeza y se encontró con el rostro de Matt.

−¿Qué pasa aquí? −preguntó él segundos antes de ver el ramo−. Vaya. ¿Trae alguna nota?

Ella asintió.

−Sí.

−¿Y?

Sarah lo miró confusa. ¿Qué significaba aquel «y»? ¿Esperaba que le contestara «yo también te amo»? ¡No podía hacer algo semejante en medio de tanta gente!

Por suerte, Ariana se adelantó y respondió por ella.

−Dice: «Con amor. Tu admirador secreto.»

Un montón de risitas tontas resonaron al unísono y una cacofonía de especulaciones sobre el significado del mensaje y la autoría del mismo llenó el pasillo.

Matt miró a Sarah, volvió a mirar las flores, luego la tarjeta y, finalmente, atravesó la ruidosa masa humana, se metió en su despacho y cerró la puerta.

Sarah lo miró desconcertada.

–Por favor, ¿podría irse todo el mundo a su sitio? –preguntó ella.

Necesitaba pensar.

Una voz más grave e imperiosa se elevó por encima de las demás.

–¡Ahora mismo todos a sus puestos!

Los empleados se dispersaron a una velocidad increíble, dejando a Sarah frente a Lloyd Winters.

El hombre de pelo gris miró el ramo.

–¿Qué es eso?

Sarah se aclaró la garganta.

–Flores.

Lloyd acarició unos pétalos.

–Son preciosas.

–Sí, lo son.

–El rojo simboliza el amor. Mi mujer me lo explicó –suspiró–. Disfruta de ellas –dijo con una sonrisa benévola–. Te lo mereces. Pero, por favor, no más reuniones cada vez que recibas un ramo. No sabemos durante cuánto tiempo podrá seguir ocurriendo esto y no podemos paralizar la empresa por algo así.

Sarah se rió.

–De acuerdo.

En cuanto el hombre se marchó, Sarah miró a la puerta cerrada del despacho de Matt.

Lloyd Winters había ido a ver qué ocurría y había rogado a sus empleados que no se congregaran en torno a su mesa.

Sabía que Matt jamás haría nada para contrariar las órdenes de su jefe, así que no volvería a enviar otro ramo.

Si temía mostrar sus sentimientos en público, o convertirse en el centro de los cotilleos, estaba claro que no sería capaz de hacer ningún movimiento más. Así que había llegado la hora de ponerse en acción y conseguir que le confesara su amor.

Tras la puerta de su despacho, Matt estaba que se subía por las paredes.

La primera docena de rosas había sido fácilmente asimilable. Sarah le gustaba a alguien. Después de un año entero en Boston sin relaciones, era un gesto positivo que había ayudado a elevar la moral de su secretaria. Además, el tipo no parecía tener intención alguna de volver a dar señales de vida. Eso significaba que las flores no eran más que un gesto amable hacia una mujer que necesitaba un soplo de ánimo.

Pero aquel idiota había atacado de nuevo, en aquella ocasión con unas flores que decían a gritos cuánto apreciaba su nuevo cambio de imagen.

No sería de extrañar que aquel hombre se atreviera finalmente a llamarla, a invitarla a cenar y a...

–¿Matt?

Matt se apartó de la ventana y se volvió. Vio el rostro de Emily Winters asomando por la puerta.

–Mi padre dice que si puedes subir un momento para que me pongáis al día de lo tratado en la reunión de esta mañana –Emily entró y cerró la puerta–. ¿Puedes? ¿O prefieres que le diga que en este momento estás muy ocupado?

Matt suspiró disgustado.

Se había olvidado de sus obligaciones por culpa de aquellas malditas flores.

–No, estoy bien. Ahora subo.

Ella sonrió.

–De acuerdo –dijo, pero se detuvo antes de salir–. ¿Te pasa algo?

–Nada en absoluto. Estoy perfectamente. Vayamos. Tu padre y yo tenemos un montón de cosas que contarte.

–Eso me han dicho –contestó mientras salía del despacho. Se detuvo un segundo al pasar por delante de Sarah–. Bonitas flores.

–Gracias. Realmente, me encantan.

Matt decidió que era su oportunidad para hacer un comentario normal, como el que haría cualquier hombre al que no le importara que su secretaria recibiera ramos de flores.

Sonrió a Sarah.

–Eso es exactamente lo que una mujer debe decir cuando recibe un ramo como ése –afirmó Matt, y continuó su camino–. Estaré en el despacho del señor Winters.

Sarah se quedó feliz y satisfecha después del comentario de Matt. ¡Lo había hecho! ¡Le había dicho cómo se sentía y él había sonreído!

Estaba confirmado. Le gustaba a Matt. No, más aún, la amaba. Al menos, eso era lo que decía su nota de modo explícito. Sin embargo, tenía la sensación de que Matt estaba queriendo forzar las cosas, ir demasiado deprisa.

A pesar de lo que Sarah sentía por él, no quería precipitarse.

En cuanto estuvieran a solas, lo que suponía que ocurriría en breve, dejarían las cosas claras y ella le rogaría que fuera un poco más despacio.

Pero, cuando Matt regresó de la reunión, no ocurrió nada de lo que Sarah había previsto.

Esperó pacientemente durante quince minutos a que él la llamara a su despacho y le pidiera que fuera a su apartamento, pero no lo hizo.

Tampoco la llamó a su casa aquella noche.

Cuando llegó a trabajar el viernes por la mañana, la puerta de Matt estaba cerrada.

Supuso que estaría elaborando el informe cuatrimestral y, como buena secretaria que era, dedujo que necesitaba tranquilidad para concentrarse.

Incluso se llevó las flores a su casa aquel mediodía para que no perturbaran la paz del lugar.

Al regresar por la tarde, la puerta continuaba cerrada.

Sabía que Grant se había marchado de viaje y no regresaría hasta pasadas dos semanas, y su secretaria se había tomado el viernes por la tarde libre. Iban a estar solos.

Pero Matt pareció ignorar el hecho una vez más, así que decidió entrar a ver qué le pasaba.

Golpeó tres veces y entró en su despacho.

—Hola —estaba a punto de decirle que no necesitaba cerrar la puerta, pero se detuvo de golpe. Tenía la camisa completamente arrugada y aspecto de haber dormido allí–. ¿Has pasado la noche en la oficina?

El negó con la cabeza.

–No. Tengo un día horrible. ¿Te importa dejarme solo? –le dijo, indicándole con la mano que se fuera–. Y cierra la puerta.

–Precisamente quería decirte que ni Sunny ni Grant están aquí esta tarde. Puedes dejar la puerta abierta.

Él negó con la cabeza.

–Ciérrala.

–Me he llevado las rosas a casa –dijo ella, creyendo que el problema era el interminable desfile de admiradores y curiosos que pasaban ante su mesa.

Matt frunció el ceño.

–Cierra la puerta –dijo él firmemente, y ella lo hizo.

Regresó a su puesto y se sentó. Primero se sintió confusa, luego desconcertada, hasta que, finalmente, fue la indignación la que tomó las riendas de su estado de ánimo.

Le daba la sensación de que la estaba culpando por el ruido y el alboroto que habían provocado las flores que él había enviado.

A las cinco en punto, ya estaba definitivamente furiosa. Así que decidió esperar a que todo el mundo se marchara para enfrentarse a él. Era viernes y la planta se quedaba completamente vacía a partir de las seis.

En cuanto la ocasión fue la adecuada, entró en el despacho de Matt.

–Sarah, te he dicho que quería la puerta cerrada y...

–Lo sé, y eso me ha puesto furiosa. Me hace sentir como si me estuvieras culpando por recibir las flores y por el alboroto que han creado.

–Sé que no es culpa tuya.

–¡Claro que no lo es!

Durante treinta segundos, Matt se limitó a mirarla fijamente. Una parte de él se alegraba de que ella quisiera pelear por aquellas malditas flores. Otra parte trataba de aparentar indiferencia ante un hecho que, en teoría, no debería afectarlo.

Pero había demasiados acontecimientos que lo alteraban. Le molestaba que alguien estuviera tratando impunemente de robarle a Sarah. También le perturbaba la actitud del personal de la compañía. Todo el mundo hablaba de las rosas y hacía cábalas sobre la identidad del admirador secreto. Los hombres habían organizado una apuesta sobre cuándo daría a conocer su nombre.

Estaba asqueado.

–Vete a casa, Sarah.

–No. Creo que ha llegado el momento de que hablemos claramente.

–¿Hablar claramente de qué?

–Desde que el segundo ramo llegó, me rehuyes como si tuviera la peste.

–Estoy ocupado.

–Muchas veces has estado ocupado y no te has comportado así.

–Esta vez es diferente.

–Lo único diferente es que me han mandado las flores.

Él suspiró exasperado.

–Ya estamos otra vez con ese tema.

–Sí. Quiero hablar de ellas.

–Yo no.

No podía. ¿Cómo iba a decirle que estaba celoso si antes del primer ramo jamás había sentido la más mínima atracción hacia ella? Peor aún, no podía estar celoso cuando ni podía ni quería tener una relación romántica con una subordinada.

Inesperadamente, Sarah rodeó su escritorio, lo giró y lo atrapó, colocando las dos manos sobre los brazos del sillón.

Jamás en sus vidas habían estado tan cerca el uno del otro. El aroma floral del perfume femenino embriagó los sentidos de Matt, sus ojos verdes lo hipnotizaron y pudo sentir con deleite el calor de su furia.

No entendía por qué estaba furiosa con él. Después de todo, se estaba comportando como un caballero.

–Deberías estarme agradecida.

Ella lo miró confusa.

–¿Por qué?

–Por ser un caballero.

–¿Qué demonios significa eso?

–Significa que, si estuviéramos en otras circunstancias, ya habría hecho esto.

La tomó de la cintura, la sentó en su regazo y, sin más preámbulos, la besó.

SARAH tenía la sensación de que se iba a morir de placer. Sus labios eran cálidos y sabían dulces.

Pero no fue sólo el contacto físico lo que la desarmó. Fueron los retazos de personalidad que se mostraban en su tacto. Él la deseaba con una pasión que no sabía que poseía y la intensidad de su beso lo decía.

Sin embargo, tan rápidamente como la había tomado en sus brazos, Matt la obligó a ponerse de pie y la empujó hacia la puerta.

–Tienes que marcharte, y yo también –dijo él, tomando su cartera.

La llevó hasta su sitio, agarró su chaqueta y su bolso y la empujó hasta el ascensor.

Ella trató de decir algo en dos ocasiones, pero no pudo.

Nada más salir del edificio, Matt la llevó hasta su parada de autobús, precisamente en el momento en que el transporte llegaba, y se alejó a toda prisa, perdiéndose entre la multitud que pasaba por la calle.

Sarah se quedó en la parada completamente atónita.

El autobús paró, ella se subió y picó el billete. Luego se sentó y se quedó, absorta, mirando al vacío con la mirada perdida.

La había besado y había sido fabuloso. Eso era algo que no podría negarle jamás.

El sábado por la mañana Matt se presentó ante la puerta de Sarah y pulsó el timbre sin permitirse dudar.

Había pensado sobre lo sucedido la tarde anterior y había llegado a la conclusión de que tenía que disculparse por su absurda estupidez. Le pediría perdón y le aseguraría que no volvería a suceder.

Pero en el momento en que ella abrió la puerta, envuelta en una sugerente bata de gasa rosa que resaltaba el rojo sensual de su pelo y dejaba que se insinuara el monte de sus senos turgentes, sus buenos propósitos se desvanecieron.

Sarah lo tomó del brazo y lo invitó a entrar.

–Pasa, pasa.

Matt se quedó inmóvil en el sitio, confuso y desconcertado por la situación que él mismo acababa de crear.

–¿Quieres café?

Dio dos pasos mecánicos y se acercó a la puerta, sin dejar de repetirse que no debía estar allí. Lo último que necesitaba era pasar más tiempo a su lado, después de saber lo dulces que eran sus labios. Sobre todo, sabiendo que sólo la ligera tela de su bata lo separaba de su cuerpo cálido.

–No –dio un paso hacia atrás–. Sarah, no voy a quedarme mucho tiempo. He venido a pedir disculpas.

–¿Disculpas?

–No debería haberte besado. Estuvo fuera de lugar –se encogió de hombros y trató de fingir indiferencia–. Ni siquiera encuentro una explicación lógica que darte.

Sarah frunció el ceño.

–¿Una explicación? Normalmente un hombre besa a una mujer porque le gusta.

Dado que la indiferencia no parecía ser un arma efectiva, decidió que la sinceridad era el mejor antídoto.

–Eso es verdad. Te he besado porque me gustas. Pero soy tu jefe y se supone que no debería haberlo hecho.

–¿Por qué no?

–Porque trabajamos juntos y la gente que trabaja junta y tiene una relación romántica se complica la vida. Hace cinco años, antes de que tú entraras en la compañía, Emily Winters tuvo una relación con un ex ejecutivo llamado Todd Baxter. Llegaron a casarse, pero la historia acabó siendo un completo desastre. Todd tuvo que abandonar su puesto porque la situación se hizo insufrible. Yo no quiero acabar así.

Sarah se aproximó a él.

–¿Piensas que una relación entre nosotros acabaría necesariamente mal?

Él se miró en sus ojos verde jade y tuvo la sensación de que nada importaba estando a su lado. Pero sabía demasiado bien que la vida no era así.

–No puedo predecir el futuro y no quiero arriesgar ni tu carrera ni la mía.

Sarah se puso a juguetear con el cuello de su camisa.

–Sinceramente, Matt, después de experimentar aquel beso, dudo que una relación entre tú y yo pudiera ir mal jamás.

Matt inspiró y retrocedió un paso, amedrentado.

–No hay ninguna garantía de que pudiera ir bien y no estoy dispuesto a arriesgarme. Trabajamos juntos. Me gusta que seas mi ayudante, te necesito como tal y no estoy dispuesto a perder lo que tenemos.

Al ver la expresión desconcertada de sus ojos, Matt sintió que le flaqueaban las fuerzas.

–Entonces, ¿a qué se debió lo del beso? Y, ¿por qué me has enviado las flores si no tenías intención alguna de llegar a nada?

Matt la miró sorprendido.

–Yo no te envié las flores.

–¡Claro que lo hiciste! ¿Quién si no puede haberlo hecho? No conozco a nadie más en la ciudad.

De pronto, Matt ató cabos y le dio sentido a todo lo que había estado ocurriendo durante aquella última semana.

–No lo sé, Sarah –dijo en un tono suave–. Pero no he sido yo.

Sarah se quedó completamente lívida y Matt sintió pánico. Lo último que quería era hacerle daño. Pero si aquél era el modo de parar aquella locura, tenían que aclarar el malentendido.

Ella se apartó de él y se llevó la mano al pecho.

–¡Cielo santo! Estoy tan avergonzada...

–No te preocupes. No es para tanto –dijo Matt, aun sabiendo lo que aquella confusión significaba para ella–. Seguramente el tipo que te ha mandado las flores es estupendo. Probablemente, mucho mejor que yo.

–Sí, ya... –dijo Sarah, tratando de mantener la calma y de fingir indiferencia, aunque habría dado cualquier cosa por haber podido desaparecer en aquel preciso instante.

–Por eso también siento haberte besado –continuó Matt, que estaba haciendo patente que se sentía mucho mejor, y motivando involuntariamente que ella se encontrara peor. Se había lanzado literalmente a su cuello la tarde anterior–. Está claro que el tipo que te envía las flores está realmente interesado en ti. Algo me dice que va a dejarse ver muy pronto. Mi beso no ha hecho sino confundir las cosas.

Su explicación confirmaba la sospecha inicial de Sarah de que Matt jamás había sentido ningún tipo de atracción por ella. Lo había forzado a hacer algo que jamás habría hecho por sí mismo.

Habría deseado que se la tragara la tierra, pero en vista de que eso no era posible, se propuso echarlo de su casa cuanto antes.

–Sí, eso que dices es muy razonable –abrió la puerta de su apartamento–. Muy bien. Pues ya nos veremos el lunes.

El alivio iluminó el rostro de Matt.

–Entonces, ¿estás bien?

–Sí, perfectamente. Sólo ha sido un malentendido.

En el instante en que Matt se marchó, ella hundió el rostro entre las manos y se maldijo por haber hecho el ridículo más espantoso.

No sabía si el lunes sería o no capaz de aparecer por la oficina. Se sentía incapaz de enfrentarse a Matt.

Durante el fin de semana Sarah le había dado tantas vueltas a lo sucedido que el lunes por la mañana ya había decidido lo que tenía que hacer.

Sacó del armario uno de sus antiguos vestidos, se trenzó el pelo y se puso unos zapatos cómodos y anodinos. Incluso volvió a colocarse las gafas.

Al entrar en la recepción de Wintersoft, Penny la miró desconcertada.

–¿Qué ha pasado?

Sarah sonrió fingiendo no saber a qué se refería.

–Nada. ¿Por qué piensas que ha pasado algo?

Sin detenerse más, continuó hacia el interior del edificio, pasando antes por el puesto de Carmella.

–¡Sarah! ¿Qué te ha sucedido?

Sarah sonrió y se subió las gruesas gafas.

–Nada.

–¡Claro que te ha sucedido algo! –dijo Carmella. Acto seguido se levantó–. Lloyd está reunido esta mañana.

–Lo sé. Está con Matt.

–Pues vamos a usar su oficina para tener una pequeña charla.

–No necesito hablar –dijo Sarah, mientras Carmella la guiaba al despacho de su jefe.

La obligó a sentarse en el sofá y le sirvió una taza de café.

Antes de que Carmella dijera nada, Emily apareció.

–¡Oh, no! ¿Qué ha pasado? –preguntó la hija del presidente.

Sarah se rió ligeramente.

–Nada, no ha pasado nada.

Emily se sentó a su lado en el sofá.

–Sarah, o te has vuelto loca o estás pasando una fase de negación.

Sarah inspiró profundamente.

–Matt no es mi admirador secreto.

Carmella se sentó junto a Sarah.

–¿Te lo ha dicho él?

Sarah asintió.

–¿Te lo ha dicho directamente o te lo ha dado a entender?

–El viernes me besó y el sábado por la mañana se presentó en mi casa para pedirme disculpas. Yo no podía entender que me hubiera besado y me hubiera mandado flores y, de pronto, me estuviera pidiendo disculpas. Al pedirle explicaciones, me aseguró que no había sido él quien me había enviado las flores.

Emily frunció el ceño.

–Ya...

Carmella, sin embargo, se rió.

–¿Y qué? Quizá no te enviara las flores, pero estás perdiendo de vista lo más importante: te besó.

–¡Es cierto! –asintió Emily–. ¿Sabes lo que eso significa?

Sarah negó con la cabeza.

–Pues que tienes que gustarle mucho para haber hecho que pierda el control de esa manera.

–No lo creo –dijo Sarah.

–Claro que sí –insistió Carmella–. Al conseguir que te besara has logrado tu objetivo. Cuando cambiaste de imagen lo hiciste con intención de llamar su atención y lo has conseguido.

Sarah miró a Emily y luego a Carmella.

–¿Significa eso que no he quedado como una idiota?

–¡Por supuesto que no! ¡Has logrado ganar una batalla! –le aseguró Emily.

–Exacto –ratificó Carmella–. Y ahora que has conseguido captar la atención de Matt, lo que tienes que lograr es no perderla –dijo la mujer, señalando a su viejo traje.

–Tienes razón –dijo Sarah con una gran carcajada–. Creo que he sufrido un ataque de pánico.

–Nos ocurre a todos –dijo Emily–. El truco está en que actúes como si no te afectara nada lo sucedido. Aunque no sea Matt el que te haya mandado las flores, ya sabes que le interesas.

–Pero se rebela contra sus sentimientos.

–Eso no importa –le aseguró Carmella–. Vete a casa y cámbiate de ropa. Tienes que estar todo lo sexy que puedas y mostrarte segura de ti misma. Ése es el modo de que Matt acabe por entrar en razón. Es sólo cuestión de calma y paciencia.

Al llegar a su casa, Sarah sintió que había recuperado la confianza en sí misma gracias a los consejos de Carmella y Emily.

Se rizó el pelo, se maquilló y se puso un hermoso traje verde con una camisa de seda. Miró su propio reflejo en el espejo y se sintió satisfecha. Ésa era realmente ella, la imagen con la que se sentía identificada.

Su seguridad en sí misma le decía que era hermosa e inteligente. Pero entonces, ¿por qué perdía el tiempo tratando de conquistar a un hombre que se resistía, cuando tenía a otro que había hecho explícito su interés?

Por un momento, se sintió culpable. Algún hombre dulce y romántico se estaba esforzando por demostrarle su afecto y ella lo estaba rechazando del mismo modo que Matt la había rechazado a ella.

Eso no le parecía justo.

Nada más llegar a la oficina, Sarah se dirigió directamente al despacho de Matt.

–Quería que supieras que no te guardo rencor.

Él levantó la vista.

–¿No?

Ella sonrió y negó con la cabeza.

–He tenido una auténtica revelación esta mañana.

Él se apoyó en el respaldo de su sillón.

–¿Ah, sí?

–Sí. Me sentía tan mal por lo sucedido el sábado que decidí volver a mi antiguo aspecto.

Matt hizo una mueca de desagrado.

–Sarah...

Ella levantó la mano para que le permitiera continuar.

–¡No te preocupes! Esta mañana me he dado cuenta de que, del mismo modo que me has estado gustando durante un montón de meses...

–¿Te he gustado?

–Eso no importa ahora –dijo ella, dejando de lado su pregunta–. La cuestión es que, pensando en eso, me he dado cuenta de que, igual que tú me has ignorado a mí, yo he estado ignorando a mi admirador secreto. Tú me has hecho sentir mal y yo lo he hecho sentir mal a él.

–No era mi intención hacer que te sintieras mal.

–Lo sé. Y ahora pienso que tu rechazo ha sido lo mejor que me ha podido suceder, porque ahora puedo centrarme en averiguar quién es de verdad mi admirador secreto. Sólo así podré darle una oportunidad.

Matt la miró confuso. Ante su intención de volcar su atención hacia ese desconocido, sus antiguos recelos volvieron a aparecer.

–¿Vas a perder tu tiempo buscando a un hombre que no tiene valor para dar la cara y que te manda flores anónimamente?

–Me parece muy romántico.

–Pues a mí me parece peligroso.

Sarah frunció el ceño.

–Matt, ¿no me has oído? Si no trato de averiguar quién es ese hombre, voy a hacer que se sienta tan mal como me he sentido yo.

–¿Eso significa que me estás culpando?

–No. Sólo estoy haciendo una comparación. Esto no tiene nada que ver contigo.

En el transcurso del día, ella demostró que su actitud era sincera y no una pose, y que cualquier sentimiento negativo hacia él había desaparecido. Sin saber por qué, Matt tenía la sensación de que lo había sentenciado al ostracismo, desterrándolo de su vida.

Al final de la tarde, mientras ella recogía sus cosas, se acercó hasta su mesa.

—¿Por qué no cenamos juntos?

Ella sonrió con sinceridad, pero con patente desinterés emocional hacia él.

—No creo que sea buena idea.

—Me gustaría hablar sobre la decisión que has tomado hoy.

Ella se rió.

—No creo que haya nada de que hablar.

—Pero no sabes quién es ese hombre.

—¡Eso es precisamente lo que lo hace emocionante! —dijo con una carcajada.

La música de su risa le provocó a Matt un escalofrío de placer. Desde el principio le había gustado aquella nueva y confiada Sarah. Pero, al mismo tiempo, esa misma seguridad podía acabar provocándole problemas.

Se sentía en parte culpable de su decisión, pues había sido su beso el detonante de aquel inesperado interés por su admirador secreto.

—No olvides que las cosas excitantes pueden tener dos caras. Das por hecho que conocer a ese tipo será algo bueno pero, ¿y si es un asesino?

Sarah lo miró fijamente.

—¿Sabes? Fuiste tú el que empezó todo esto con tu charla sobre mi necesidad de cambiar mi aspecto para interesar a un hombre. Ahora no vengas a fastidiarlo todo con tu negatividad.

—¡No estoy siendo negativo! Sólo hablo con sentido común. Podrías llegar a arrepentirte seriamente si te relacionas con ese tipo.

Sarah se plantó delante de él con los brazos en jarras.

–Aunque así fuera, tú no tendrías ningún derecho a detenerme.

Dicho aquello, salió del despacho como una exhalación.

Matt hundió los dedos en su pelo corto, furioso por su inadecuado modo de atacar la cuestión. Tenía que hacer algo, aunque no supiera qué. De algún modo, se sentía responsable de haber instigado a Sarah a iniciar la búsqueda de su admirador secreto.

Unos ligeros golpes en el marco de la puerta lo obligaron a mirar hacia la entrada.

Carmella estaba en el vano.

–Lloyd ya ha revisado el borrador y ha hecho las correcciones oportunas –le dijo mientras dejaba los papeles sobre su mesa.

Luego sonrió.

–¿Ocurre algo?

–No, todo va bien. De hecho, llevo un considerable adelanto respecto a la fecha de entrega del informe.

–No hablaba del informe, sino de ti.

Consciente de lo difícil que era engañar a Carmella, decidió ser sincero.

–Sarah va a buscar a su admirador secreto.

Carmella frunció el ceño.

–No lo sabía.

Al oír el tono confuso de su voz, Matt tuvo la sensación de que había encontrado una aliada.

–Me parece muy peligroso.

Carmella se sentó en la esquina de la mesa, claramente interesada en la conversación.

–No sé por qué va a hacer algo así.

Matt suspiró.

–Es culpa mía. Le dije que no era su admirador secreto y que no estaba interesado en ella.

Carmella se paró a reflexionar su último comentario.

–Si no estás interesado, no entiendo cuál es tu problema. Creo que tiene derecho a buscar a quien le plazca.

–¡Pero no sabemos quién es ese tipo! Le envía flores con notas crípticas y sin firmar. ¿Y si es un criminal que está en la cárcel y consiguió su dirección en Internet?

Carmella suspiró.

–Sinceramente, creo que te estás olvidando de lo único realmente importante aquí. Me dijiste el miércoles que estabas interesado en ella. Podrías impedir que buscara a su admirador sólo con que admitieras que te gusta.

Matt la miró fijamente.

–Ya te expliqué que no puedo tener una relación con ella, entre otras cosas porque es mi subordinada. Si las cosas fueran mal, ¿cómo íbamos a seguir trabajando juntos?

–¿Y si fueran bien?

–Entonces el resto del personal me acusaría de favoritismo.

Carmella se rió y se levantó.

–Tienes siempre una respuesta para todo –dijo–. Pero no deja de ser una situación complicada.

Se encaminó hacia la puerta.

–Sí, porque me preocupa que le puedan hacer daño.

Carmella se detuvo a mitad de camino.

–Si estás tan seguro de que va a buscarse problemas, hay un modo de que puedas impedirlo.

–¿Cuál?

–Ayúdala.

–¿Cómo?

–El mejor modo de controlar la situación es que la acompañes en su búsqueda. Cuando lo encuentre, si decides que no es de fiar, podrás mostrarle el camino de salida.

–Sí, es buena idea.

Carmella sonrió.

–El truco es no separarte de ella ni un minuto.

Aquel consejo alertó a Matt. Durante la última semana, cada minuto que pasaba en compañía de Sarah no hacía sino aumentar la atracción que ya sentía por ella.

Pero estaba seguro de que podría controlar sus hormonas durante unos días o unas semanas, hasta que se asegurara de que no corría peligro.

Sería fácil.

MATT le abrió a Sarah la puerta de la floristería el siguiente sábado por la tarde.

Ella se había puesto unos vaqueros ajustados que resaltaban el suave balanceo de sus caderas y una camisa blanca que destacaba aún más su feminidad.

Ella caminaba ajena a su encanto, pero a Matt lo estaba volviendo loco.

La idea de ayudar a Sarah en su búsqueda había sido un craso error. Era su primer día de colaboración y ya estaba teniendo graves problemas para contenerse.

–Hola, soy Sarah Morris –le dijo a la muchacha que estaba tras el mostrador–. El viernes recibí un ramo de rosas blancas y al siguiente jueves otro de rosas rojas. Son de esta tienda, y querría saber quién las mandó.

La jovencita, en edad escolar, estaba concentrada en su libro de texto e hizo patente con el gesto que le molestaba ser perturbada.

–No se me permite dar esa información.

–¿Está tu jefa? –preguntó Sarah, sin abandonar su sonrisa.

–Sí, está en la trastienda –la empleada gritó desde su sitio–: ¡June!

–Vamos a mirar mientras esperamos –dijo Sarah.

–Hagan lo que quieran –respondió la chica con desgana.

–¡Qué amable! –dijo Matt con ironía en cuanto se apartaron del mostrador–. Entiendo por qué ese criminal escogió esta tienda.

–No es un criminal.

–No sabes lo que es.

–Y tú tampoco –dijo ella, y centró su atención en las flores para volver a entrar en la misma discusión otra vez.

Mientras observaba las flores y los arreglos florales, encontró otro argumento mejor para descalificar a su admirador secreto.

–Es muy poco imaginativo.

Sarah lo miró con frialdad.

–¿A qué viene ese comentario?

–Es una observación perfectamente válida –dijo él señalando a unas lilas, pero sin saber su nombre–. Podría haberte mandado esto, en lugar de unas rosas aburridas.

–Es un ramo precioso –admitió Sarah.

–Es más que eso. Dice algo.

Sarah se quedó pensativa.

–¿Qué dice?

–Si te hubiera mandado un ramo con distintas clases de flores estaría diciendo que tienes múltiples facetas.

Sarah se rió.

–Lo digo totalmente en serio –continuó él–. Cuando alguien envía flores, sobre todo si no firma una tarjeta, debería dar claves sobre lo que siente. Si hubiera enviado un ramo original y exótico te habría dicho cuán distinta y especial eres para él –luego añadió–: Eso es lo que yo te habría mandado.

Sarah lo miró de reojo.

–¿De verdad?

–Sí. Flores como éstas –dijo él, señalando el ramo de lilas–. Son diferentes.

–¿Piensas que yo soy diferente?

–Pienso que eres exótica –la corrigió él–. Exótico para mí significa que eres real, pero con un toque que te diferencia. Tienes algo especial.

Al ver el modo en que acariciaba las flores, sintió un escalofrío. Su tacto era suave, casi reverente. Se sentía como si la estuviera tocando a ella.

–Gracias –le dijo.

Matt sonrió.

–De nada.

Temerosa de volver a interpretar en sus palabras mensajes que no estaban presentes, apartó la mirada y la centró en otro ramo.

–Nunca nadie me había llamado exótica.

Matt se rió.

–Yo mismo me sorprendo de mis palabras. Pero ahora que lo he dicho sé que he hecho bien. Emily y Carmella te han vestido como a tantas y tantas mujeres que hay en Boston. Sin embargo, tú aportas ese algo especial que te hace única. Combinas la madurez con un espíritu lúdico. Eso demuestra tu fortaleza, y la fortaleza te hace sexy.

Sarah lo miró atónita. No podía creerse que la viera de aquel modo y que, además, hubiera tenido el valor de decírselo. Sus palabras habían sido tan románticas y hermosas... Casi poéticas. Tenía la sensación de que hubiera estado hablando de su alma y su sensualidad, superando las barreras de lo exterior.

Una mujer menuda de mediana edad se aproximó a ellos con una sonrisa.

–Hola, soy June. Soy la dueña de la tienda. Janine me ha dicho que quieren saber quién ha enviado un ramo de flores.

Matt tomó la tarjeta de manos de Sarah y se la tendió a June.

–Sí. Mi secretaria recibió un ramo el viernes anterior y otro el jueves. La tarjeta es de su establecimiento y queríamos saber quién hizo el envío. No necesitamos ni la dirección, ni el teléfono del remitente. Sólo queremos saber su nombre.

June buscó en una pequeña caja llena de tarjetas indexadas, hasta encontrar el nombre de Sarah.

–Lo siento, pero pagó en efectivo.

–¿Qué significa eso?

–Que no tengo constancia de la persona que envió las flores.

Sarah tocó la manga de Matt.

–No pasa nada.

–Claro que pasa. Eso significa que hemos llegado a un callejón sin salida.

–Lo sé, pero...

–Gracias por su tiempo –le dijo Matt a la dueña. Tomó a Sarah del codo y se dirigió hacia la puerta, pero June lo detuvo.

–Aquí hay algo interesante –dijo ella, y ambos se volvieron–. Quien envió las flores dejó cincuenta dólares de propina para el repartidor.

–¿Cincuenta dólares? –repitió Matt sorprendido.

Sarah miró la tarjeta en la que constaba el precio del ramo y el de la propina.

–Está claro que no tiene problemas económicos.

–Sí, está claro –dijo Matt tomándola del brazo y encaminándose hacia la salida–. Eso me preocupa aún más.

–¿Ya estás otra vez con la teoría del asesino? –dijo Sarah con un suspiro cansado. Jamás entendería a Matt. Por un lado le confesaba que le gustaba y por otro la ayudaba a buscar a su admirador secreto, eso sí, sin desaprovechar ninguna ocasión de descalificarlo.

–No podemos descartar esa posibilidad.

–Claro que podemos.

–No, no podemos. Alguien que tira el dinero de esa manera tiene que ser un irresponsable. A menos que lo esté haciendo para impresionarte.

–¿No se te ha ocurrido pensar por un momento que si hace eso es porque no le importa gastarse su dinero en mí? –preguntó ella claramente indignada–. ¿Tan difícil te resulta creer que un hombre con dinero pueda fijarse en mí?

–¡No quería decir eso!

–Pues lo has dicho –Sarah se dio media vuelta y se alejó de él.

–De acuerdo –dijo Matt siguiéndola–. Lo siento.

Sarah continuó su camino a toda prisa.

–Ya me he cansado de ti por hoy. Me voy a casa.

–Pero si había prometido llevarte a cenar... –le dijo Matt, corriendo tras ella.

–Me comeré un tomate.

–Un tomate no es una dieta equilibrada.

–Puede que no lo sea, pero comer junto a alguien que me pone furiosa es malo para la digestión.

–Si te prometo no volver a enfadarte, ¿me dejarás llevarte a cenar?

Ella suspiró y se detuvo. No tenía sentido discutir con Matt. La perseguiría hasta conseguir lo que quería.

–De acuerdo. Pero no pienso hablarte.

Durante la mayor parte de la cena estuvieron en silencio, hasta que a los postres, Matt la incitó a hablar. No quería llevarla a casa dejando las cosas en aquel estado de tensión.

Por desgracia, en cuanto empezó dejó patente que aún seguía furiosa con él.

–¿Tú que sabes quién puede ser? Tal vez se trate de Grant Lawson.

Matt casi se atragantó al oír el nombre del abogado. Habían pensado lo mismo.

–O Brett Hamilton.

No había considerado la idea de que el dulce y sensual británico estuviera tratando de seducirla, pero no le gustaba.

–O Jack Devon, o Reed Connors.

Matt frunció el ceño. Reed era un hombre de éxito, guapo y agradable que podría ser una estupenda pareja para Sarah.

–Incluso Nate Leeman.

–Nate es un solitario.

–¿Lo ves? Ya estás otra vez.

–¿Qué? Lo único que digo es que para que Nate consiguiera una pareja tendría que ser alguien que tomara la iniciativa. No es el tipo de hombre que sabe cortejar a una dama.

–¡Mira quién fue a hablar! Lo más cerca que has estado tú de decir algo agradable ha sido cuando me has comparado con una flor exótica, y ni siquiera estoy segura de que lo pensaras de verdad. Es más, creo que ni siquiera te has dado cuenta de lo que has dicho.

Se levantó y se dirigió hacia la puerta.

Matt agarró la cuenta y dejó el dinero en el plato antes de salir tras ella.

–Nate no se parece en nada a mí –le dijo en cuanto estuvo a su altura.

–Me da igual –dijo ella, y se sentó a esperar el autobús.

–¡Venga, Sarah! No me digas que no me vas a dejar que te lleve a casa.

–Pues no, no voy a dejar que me lleves.

–¿Sólo porque he criticado a uno de esos codiciados solteros?

–Criticas a todo el mundo.

–Eso no es verdad. De hecho, aunque no lo haya dicho, he pensado que Reed Connors sería el perfecto candidato.

Ella sonrió y el rostro se le iluminó.

–¿De verdad?

–Sí –dijo Matt con un tono decepcionado. Su emoción indicaba que le gustaba Reed. Pero en aquella ocasión no discutió. Iba a tener que acostumbrarse a que se citara con otros si él no estaba en disposición de hacerlo–. Creo que haríais buena pareja. Así que, por favor, déjame que te lleve a casa.

Sarah se levantó y echó a andar junto a él.

–Me cae bien Reed –dijo ella al llegar junto al coche.

Matt abrió la puerta.

–A mí también.

–Es inteligente, pero sin alardes. Quiero decir que no resulta raro ni recalcitrante. Sabe divertirse. Eso lo hace aún más atractivo.

–Ya.

–Y su familia es normal.

–La mía también. Conociste a mi padre en la fiesta de Navidad. Puede que mis padres se divorciaran, pero mi padre me ha educado con total normalidad.

Ella lo miró mientras se ponía el cinturón.

–Conozco a tu padre, pero nunca me has contado nada de tu situación familiar.

–No hay mucho que contar. Mi madre nos abandonó cuando yo tenía diez años. Mi padre es economista.

Sarah sonrió.

–Como tú.

Matt maniobró el coche para salir del aparcamiento.

–Siempre he seguido sus pasos –dijo, mientras se incorporaba al lento tráfico de un sábado por la noche. Me enseñó la importancia de crearme unos objetivos y cumplirlos a base de mucho trabajo y constancia.

–Pues a juzgar por lo divertido que me resultó él, jamás pensé que tú serías tan aburrido.

—¡Yo no soy aburrido!

—Sí que lo eres. Todo te parece peligroso. Fíjate lo que te ocurre con mis admiradores secretos. Y, además, eres uno de esos tipos obsesionados con su trabajo y los planes que se ha marcado en la vida. Nunca te he oído decir que ibas a salir sólo por divertirte, y todas tus acciones en la vida están sujetas a la obtención de dinero de un modo u otro.

Matt la miró con dureza.

—Tú nunca has sido pobre, ¿verdad?

—Mi familia no es rica.

—Pero jamás te ha faltado nada.

Ella hizo una mueca, casi avergonzada de tener que admitir que no.

—No.

—Además, tienes algún dinero extra aparte del que te da tu trabajo, porque de otro modo no habrías podido permitirte venir a Boston sin más.

—Mi abuela me dejó una pequeña herencia.

—Me lo imaginaba.

—No es un crimen.

—No, pero sí algo que te impide entender cuál ha sido mi modo de vida.

Sarah no podía discutir. Sobre todo porque no estaba segura de a qué se refería.

—¿Qué clase de desastre te ha obligado a pensar sólo en el dinero?

Él frunció el ceño.

—No sólo pienso en el dinero.

—Lo que sea. Pero si estás deduciendo que no estoy particularmente preocupada por el dinero, asumo que será porque tú tienes un motivo para estarlo.

Él suspiró.

—¿Jamás te has parado a pensar que nuestros intereses son distintos porque somos absolutamente opuestos? —preguntó Matt.

—¿Te refieres al dinero?

—No, me refiero a todo. Tú aceptas alegremente lo que la vida te da. Incluso te gustan las sorpresas. Yo odio no saber qué va a ocurrir a continuación, así que planifico y preparo todo de antemano. Somos opuestos y, por ende, ninguna discusión va a llevarnos a esclarecer nada, lo que implica que no tenemos motivos para discutir.

—Lo que quieres decir es que ser opuestos es una razón para dejar de discutir sin que ninguno tenga razón ni esté equivocado.

—Exacto.

Ella se quedó pensativa unos segundos y, finalmente, asintió.

—De acuerdo. Entonces, somos opuestos.

Matt se rió.

—Bien —dijo él, mientras detenía el coche frente a su casa—. Te acompañaré hasta la puerta.

—¡No hace falta!

—¿Ves? Éste es otro ejemplo perfecto de nuestras diferencias. Tú piensas lo mejor sobre tu admirador secreto. Yo, sin embargo, tengo mis recelos.

Ella se quitó el cinturón.

—¿Me estás llamando irresponsable?

—No. Sólo creo que eres demasiado confiada. Y hasta que no estés segura de cuáles son las intenciones de ese hombre, creo que sería mejor que fueras más precavida.

Ella suspiró pesadamente, pero no discutió.

Salieron del coche y la acompañó hasta su piso.

—Muchas gracias por haber venido conmigo hoy.

—De nada —dijo, sintiendo una extraña tranquilidad.

La aceptación de que eran diferentes le había dado una nueva perspectiva de la situación. Si la relación entre ellos era imposible, no se debía a circunstancias externas, sino a algo innegablemente problemático: eran incompatibles.

Había hecho bien en decirle a su padre que no quería arriesgarse a perder una buena secretaria, porque su relación jamás funcionaría.

—Buenas noche, Matt —dijo Sarah con una encantadora sonrisa.

Él sintió un inapropiado deseo que reprimió inmediatamente. Pero tampoco pudo marcharse sin más.

Habían llegado a un grado de mutua comprensión y sinceridad que lo instaba a acercarse a ella. No pensaba que un beso de buenas noches, sincero y amistoso, fuera a hacer ningún mal.

Posó las manos sobre sus hombros y rozó su boca suavemente con los labios, sintiendo un millón de cosas que no había sentido en el primer y acelerado beso.

Aquel beso estaba lleno de contenido. No estaba basado en segregaciones hormonales, ni en un impulso irresponsable. Y era maravilloso.

Se sentía tan bien que descendió las manos por su espalda y, viendo que ella no protestaba, continuó disfrutando de sus labios.

Cuando se atrevió a penetrar su boca con la lengua y el cuerpo de ella se acomodó contra el de él, un centenar de estrellas parecieron estallar en su firmamento.

El calor de su aceptación provocó en él un deseo poderoso que lo incitaba a poseerla allí mismo.

Consciente de que ella sentía lo mismo, se apartó lentamente, temeroso de lo que pudiera ocurrir.

–No te conformes con ese admirador secreto, ni pierdas tu tiempo intentando una relación que jamás funcionaría. Espera al hombre correcto, el hombre que tú mereces.

Dicho aquello, dio media vuelta y caminó hacia el ascensor, con una terrible sensación de vacío y soledad, aunque sabía que estaba haciendo lo correcto.

CAPÍTULO 6

EL LUNES por la mañana, Sarah se dirigió directamente a la oficina de Carmella.
La mujer la recibió con una gran sonrisa.

–Buenos días, Sarah. ¿Qué tal estás?

–Bien.

–¿Matt y tú habéis tenido suerte en vuestra búsqueda del admirador secreto este fin de semana?

–No. Por eso, precisamente, estoy aquí.

Carmella le indicó que se sentara.

–¿Qué ha pasado?

–La persona que envió las flores no dejó su nombre porque pagó en efectivo. No sé por dónde continuar, así que he venido a que me aconsejes.

–Pues no sé qué aconsejarte. Esas flores eran la única pista a seguir. Además, pensé que después de este fin de semana no ibas a necesitar encontrarlo. Tenía la impresión de que algo acabaría ocurriendo entre Matt y tú.

–A Matt no le gusto, Carmella –dijo Sarah, pero acto seguido rectificó su afirmación –. Bueno, sí le gusto, porque lo admitió en la floristería. Pero somos opuestos, aunque me besó en la puerta de mi casa. Antes de irse me dijo que no me conformara con ese admirador secreto, ni perdiera mi tiempo intentando una relación que jamás funcionaría, que esperara al hombre adecuado.

Carmella sonrió.

–A pesar de todo, te besó.

–Sí pero sólo para ratificar nuestro mutuo entendimiento de que no estamos hechos el uno para el otro.

–Eso no tiene ningún sentido. Especialmente porque es la segunda vez que te besa. Estoy segura de que siente algo por ti.

–Y así es. Me dijo que era exótica y hermosa, y pude ver en sus ojos que era sincero. Pero rechaza esos sentimientos que le provoco porque no los puede controlar. Está claro que sólo se atreve a hacer algo medianamente romántico cuando mi admirador secreto ataca.

Carmella se quedó pensativa.

–Creo que tienes toda la razón.

–Sé que la tengo –dijo Sarah con firmeza–. ¿No tienes ningún consejo que pueda ayudarme?

–Me temo que no.

–Eso significa que estoy perdida.

Al volverse en dirección a la puerta, vio que Nelson O'Connor, uno de los supervisores del departamento de atención al cliente, estaba allí.

–¡Nelson!

Sarah sintió una ataque de pánico al pensar que tal vez llevara allí el tiempo suficiente para haber escuchado toda la patética descripción de su vida.

–Hola, Sarah.

Sarah sabía que sólo tenía un recurso para salvar la situación.

–Nelson, no sé cuánto de lo dicho habrás escuchado, pero te agradecería que lo consideraras confidencial.

Nelson se llevó la mano al corazón.

–Te aseguro que no diré una sola palabra.

–Gracias –dijo Sarah.

Salió de la oficina de Carmella y se encaminó a su sitio con la sensación de que su patética situación se había hecho pública.

Estaba tan desesperada como para ponerse a buscar a su admirador secreto.

No podía seguir haciendo el ridículo de aquel modo.

A las once y cuarto, una gran caja de bombones apareció sobre su mesa.

–¿Qué crees que significa? –le preguntó Penny.

–Lo único que parece decirme es que no le importa que engorde –dijo Sarah.

Penny se rió.

–También puede que sepa que he estado en la floristería.

–Vaya –dijo Penny, pensativa–. Quizá no quiera que lo encuentres.

–O sabe que no voy a volver a la floristería y me ha dejado alguna pista en otra tienda.

–O tal vez haya buscado un establecimiento en el que puedan darte cumplida cuenta de su aspecto –dijo Carmella, que acababa de acercarse–. Penny, el señor Winters no quiere que los empleados se pasen tanto tiempo en el sitio de Sarah.

–Sí, señora –dijo la recepcionista, y se dirigió hacia su sitio.

Carmella se volvió hacia Sarah.

–Es un bonito regalo.

–Sí, al menos éste me lo puedo comer para aplacar las penas. ¿Quieres uno?

–No. Sólo he venido a avisar a Penny antes de que Lloyd se diera cuenta de que no estaba en su puesto de trabajo.

Dicho aquello, se marchó.

Sarah dejó la caja abierta y claramente expuesta para que quien quisiera pudiera tomar un bombón.

Cinco minutos más tarde Matt salió de su despacho.

–¿Qué es eso?

–Bombones.

–No hace falta preguntarte quién los ha enviado, ¿verdad?

–Como no ha firmado con su nombre, no podría decírtelo en ningún caso.

Matt frunció el ceño.

–Ya.

–Venga, Matt. No puedes desconfiar de alguien que me manda chocolate. En cualquier caso es señal de que es un buen tipo. No le importa que engorde.

–O quizás está intentando que te confíes. Los asesinos no se acercan a ti con aspecto de ser malvados. Empiezan ganándose tu confianza.

–¡Vaya!

Sarah se volvió y se encontró de nuevo con el rostro de Nelson O'Connor.

–Penny dice que te han mandado una caja de bombones.

–Sí –dijo Sarah, mirando inquieta a Matt.

Temía que pudiera hacer algún comentario de lo que había oído en la oficina de Carmella.

–No parece que te hayas alegrado mucho de recibirlos –dijo Nelson.

–Sí, claro que me he alegrado –contestó Sarah.

De pronto, pensó que si Nelson había oído sus patéticas afirmaciones, no dejaba de ser una coincidencia que él estuviera allí nada más recibir el regalo. ¿Y si los había enviado él para alegrarle la mañana? Tal vez por eso no se tratara de flores en aquella ocasión.

–Estoy seguro de que quien los haya mandado quería levantarte el ánimo.

Sarah decidió que aquel comentario lo apuntaba a él como autor del envío.

Pero antes de que pudiera decir nada, Matt entró en la conversación.

–La verdad, Nelson, es que me alegro de que estés aquí.

El rostro de Nelson se iluminó.

–Verás, Sarah y yo tenemos ciertas diferencias respecto a su admirador secreto. Lo que necesitamos es un observador objetivo que nos dé su punto de vista.

–Por favor, no me pida que opine sobre asuntos personales.

–Nelson, estás en tu derecho a tener tu propio criterio y darle voz. Además, te necesitamos. No hay hechos concretos, sólo ideas, y tu aportación es esencial. Por ejemplo, yo pienso que ese admirador tiene algún motivo para mantener su nombre oculto.

Nelson asintió.

–Sí, yo también lo pienso.

–Y eso lo convierte en alguien peligroso.

Nelson pareció confuso.

–¿Peligroso? ¿Por qué peligroso? Es la gente amable la que envía regalos.

Matt negó con la cabeza.

–No es el regalo lo que me preocupa, sino el modo en que lo envía. Un hombre mentalmente sano y normal no enviaría regalos anónimos.

Nelson se apartó del escritorio de Sarah.

–No sé. Si alguien envía un regalo con el corazón no veo por qué ha de ser algo malo.

Ariana apareció en aquel instante.

–He oído que alguien ha recibido una caja de bombones.

–Sí, he sido yo.

–Será mejor que me vaya –dijo Nelson, y se marchó a toda prisa.

Claramente molesto por la nueva interrupción de Ariana, Matt se dio media vuelta y se metió en su despacho.

Sarah estaba furiosa. No sólo porque había hecho pública su teoría sobre su admirador secreto, sino porque había asustado al pobre Nelson y ni siquiera era consciente de ello.

Sarah tenía la intención de entrar a hablar con él en cuanto Ariana se marchara, pero no pudo. Sunny apareció y, tras ella, una cola de secretarias ansiosas no ya de ver los bombones, sino de comérselos.

Eran más de la doce cuando, finalmente, logró entrar al despacho de Matt.

—¡Siempre haces lo mismo!

Matt levantó la mirada en cuanto se abrió la puerta.

—¿Qué quieres decir? ¿Que no me quedo a ver a las cincuenta personas que se paran ante tu mesa, se comen un bombón y te impiden trabajar durante una hora?

—No —dijo ella, entendiendo que él tenía todo el derecho del mundo a estar molesto por eso—. Estoy hablando de Nelson. ¿No te das cuenta de que lo has insultado? Nelson es de ese tipo de hombres que enviaría un regalo anónimamente.

Matt se apoyó en el respaldo de su silla.

—¿Y no te das cuenta que eso, exactamente, era lo que quería dejar claro? Tu admirador secreto puede no ser un asesino, pero seguramente tampoco es Grant Lawson. Ha de haber un motivo por el que ese hombre no firma sus tarjetas.

—¿Y crees que soy tan tonta como para no darme cuenta de eso?

—Creo que te das cuenta, pero lo ignoras voluntariamente —Matt dejó el bolígrafo sobre la mesa—. Estoy preocupado por ti.

—Lo sé. Desde tu punto de vista soy demasiado confiada. Pero no siempre es malo confiar.

—Tampoco es siempre bueno.

—¿Sabes, Matt? Creo que aquí el tema importante es tu incapacidad de confiar en la gente.

—¿Desde cuándo se trata de mí?

—Desde el momento en que decidiste convertirte en mi guardián y te asignaste el derecho a opinar sobre mi admirador secreto. Si tú tienes derecho a hacer comentarios cada vez que recibo un regalo, yo también lo tengo a sacar conclusiones sobre tu comportamiento. En este momento, me pregunto por qué no puedes aceptar que alguien sea tan amable como para enviarme un regalo.

–Porque todo el mundo ha de tener un motivo para actuar y, generalmente, no es bueno.

Sarah negó entristecida.

–Si realmente piensas así, me das lástima.

Dicho aquello, salió del despacho justo en el momento en que aparecía Lloyd Winters.

–Buenas tardes, señor Winters –le dijo Sarah.

Lloyd se detuvo ante su mesa.

–¿Sales a comer?

–Sí.

–Quiero que vengas a verme en cuanto regreses.

–De acuerdo –dijo Sarah.

Estaba segura de que iba a recibir una buena reprimenda por el desorden que sus regalos estaban provocando.

Salió del edificio absolutamente furiosa. Aquella situación estaba tomando una magnitud de desastre. Tenía que volver a hacerse con el control.

Dispuesta a obtener alguna información, Sarah se encaminó hacia la tienda de la que procedía la caja de bombones.

Al entrar, la campanilla de la puerta alertó al dependiente, que se presentó sonriente.

–Hola. ¿En qué puedo ayudarla?

–Esta mañana me han enviado una caja de bombones y querría saber quién ha sido.

El hombre resopló decepcionado.

–¿No ha venido a comprar?

–No. Sólo necesitaba...

–Lo siento –la interrumpió él abandonando su amabilidad–. El tiempo es dinero, y yo estoy en la ruina. He invertido todo cuanto tenía en esta tienda y no consigo que funcione. No voy a malgastar mi energía con alguien que no quiere comprar.

–De acuerdo –dijo ella–. Compraré algo. Me llevaré una caja como la que me han enviado.

–He enviado tres cajas esta mañana, tiene que ser más concreta.

–De acuerdo. Pues déme la misma caja que ha mandado a Sarah Morris.

El hombre miró en el ordenador.

–Bien, aquí está. Se trata de la caja de lujo especial. ¿También me va a dar los cincuenta dólares de propina?

–Por supuesto que no. Me los llevo en mano.

–Vaya, es una pena. Entonces son doscientos dólares.

Sarah lo miró atónita.

–¡Doscientos dólares!

–El chocolate es importado.

–Por ese precio debería cantar mientras tecleo el ordenador.

El empleado se rió neciamente.

–¡Muy bueno!

–Tome –Sarah le dio la tarjeta de crédito.

El hombre la pasó por la terminal de la línea y esperó respuesta.

–De acuerdo, ahora dígame el nombre de la persona que me envió la caja –dijo Sarah en cuanto firmó el recibo.

El hombre miró de nuevo la pantalla del ordenador.

–Lo siento, pero no tengo su nombre. Pagó en efectivo.

–¿Qué? –preguntó Sarah exasperada, y se metió tras el mostrador para mirar la pantalla–. ¡Maldita sea! Debería habérmelo dicho antes.

–Debería haberme pedido que comprobara si la había pagado en efectivo o con tarjeta antes de hacer su compra.

Sarah gruñó furiosa.

–De acuerdo. ¿Puede al menos decirme qué aspecto tenía?

–No, porque yo no estaba. Se había quedado a cargo de la tienda mi mujer mientras yo iba al dentista –el hombre sonrió avergonzado–. Por cierto, ¿le había dicho que no devolvemos el dinero?

–No, pero no me sorprende –Sarah se encaminó hacia la puerta. Antes de salir, regresó al mostrador furiosa y agarró la caja de chocolates que había dejado olvidada.

Completamente fuera de sí, regresó a la oficina.

Matt llegó a la conclusión de que el único modo de poner orden en su vida era acabar de una vez por todas con aquel asunto del admirador secreto.

Antes de que llegara el fin de semana, tenía que desenmascarar a aquel hombre.

Apuntó de la caja de bombones la dirección de la tienda y salió en su busca. No estaba lejos del edificio, por lo que tuvo la desagradable sensación de que el admirador secreto trabajaba con ellos.

–Buenos días, soy Matt Burke –le dijo al dependiente nada más entrar–. ¿Puede decirme quién ha comprado una caja de bombones recientemente?

El hombre miró a Matt de arriba abajo y sopesó la posibilidad de «invitarlo» a comprar algo. Pero dado el tamaño de su contrincante decidió no hacer sugerencias peligrosas.

–Sí –miró los recibos de las tarjetas de crédito–. Le he vendido una caja a Sarah Morris.

Matt disimuló su sorpresa.

–¿Está seguro? ¿Sarah Morris?

–Sí, lo estoy.

–Gracias –dijo Matt, y salió del local sin preguntar más.

Sarah se había enviado a sí misma aquella caja de bombones.

Tal vez se hubiera mandado también las flores. Quizás ella misma fuera su admirador secreto; la pregunta era por qué.

Matt comenzó a atar cabos.

Sarah le había dicho que le gustaba desde hacía tiempo, se enfadaba cada vez que él insultaba a su admirador y toda aquella situación los había obligado a estar más tiempo juntos.

Sintió una inesperada sensación de satisfacción al pensar que se había tomado tantas molestias sólo por él. Sin embargo, eso no cambiaba el hecho de que no estaba dispuesto a casarse y que eran totalmente opuestos. Una relación entre ellos jamás funcionaría.

Nada más llegar a la oficina, se detuvo en su mesa.

—Tenemos que hablar.

Sarah suspiró.

—Matt, he tenido el día más espantoso de mi vida. ¿Podemos dejarlo para mañana?

—No. Quiero que aclaremos esto de una vez por todas.

—De acuerdo —dijo ella mientras entraba en su despacho. Él cerró la puerta—. ¿Qué pasa ahora?

—He ido a la tienda de la que proceden los chocolates —dijo Matt—. El dependiente me ha dicho que la persona que ha comprado la caja de bombones eras tú.

Sarah hundió la cabeza entre las manos.

—¡Este día no puede ponerse peor! —levantó el rostro y resopló exasperada—. Matt, compré una caja de bombones para conseguir que el hombre me contara lo que sabía.

—Sarah, entiendo que estés avergonzada...

—¡No estoy avergonzada! —salió del despacho como una ráfaga de viento, dejando a Matt atónito. Momentos después volvió con dos cajas de bombones—. ¡He comprado la caja para obtener información!

—Parecéis el perro y el gato.

El comentario procedía de Lloyd Winters.

Sarah y Matt se quedaron petrificados al oír su voz.

—Desde mi punto de vista, sois las dos personas más inteligentes de toda la empresa —dijo el presidente, tras entrar en el despacho–. Pero estáis permitiendo que un extraño se interponga en vuestro trabajo.

Matt suspiró avergonzado.

–Lo siento, señor Winters. Es culpa mía.

–No, Matt no es culpa tuya.

–Tiene razón, señor Winters –intervino Sarah–. Es mía.

Lloyd sonrió.

–No, tampoco es tuya. Es todo culpa de ese admirador secreto. Pero, en cualquier caso, ninguno de los dos parece saber cómo manejar el asunto –se metió la mano en el bolsillo y les tendió sendos sobres–. Carmella ha encontrado en Internet un seminario sobre relaciones personales y trabajo. Está en New Hampshire, a una hora y media de aquí. Podéis ir hasta allí juntos, cenar tranquilamente a cuenta de Wintersoft y volver a casa frescos y renovados.

–Pero tengo...

–¿Que terminar el informe cuatrimestral? El borrador que me diste con las pequeñas correcciones que yo he hecho es más que suficiente. Carmella se encargará de mecanografiarlo. Así que no tenéis nada que hacer durante las próximas dos semanas.

YO NO necesitaba un día libre! –dijo Matt, mientras Sarah y él estaban ante el mostrador de recepción del seminario–. ¡Y no me importa lo que Winters diga!

Sarah ignoró a su jefe, fingiendo gran interés en el seminario. Al entrar en la sala, Matt continuó con sus protestas.

–Al menos podría haber elegido un seminario serio, organizado por una universidad.

–Éste es un seminario serio.

–Entonces, ¿por qué no lo imparten en una universidad?

–Porque lograrán más aforo en un hotel –dijo Sarah dirigiéndose a un asiento de la última fila.

Matt se detuvo de golpe.

–¿Quieres ponerte en la última fila?

–¿Tú no? –preguntó ella.

–Ya que he venido, quiero poder oír bien lo que nos cuenten.

–De acuerdo.

Sarah lo siguió al sitio que él eligió y se sentó a su lado sin dejar de preguntarse cómo iba a sobrevivir durante seis horas a su lado con aquel estado de ánimo. Él estaba furioso por perder un día de trabajo, y ella seguía molesta por lo sucedido con Nelson y su admirador secreto.

Tal vez lo mejor sería que se alejara de él. Pero antes de que pudiera madurar su decisión de cambiarse de mesa, el instructor del seminario subió al escenario.

–Buenos días –dijo–. Soy vuestro anfitrión, Rod Jamison.

Rod Jamison exudaba ese tipo de confianza que a Sarah le encantaba.

Tomó el micrófono inalámbrico y se movió entre las mesas.

–Vamos a empezar con un juego.

Matt cerró los ojos perturbado.

–¡Dios santo!

Sarah ignoró a Matt y se centró en Rod.

–Es muy sencillo. Quiero que os presentéis a la persona que tenéis al lado y le digáis algo sobre vosotros. Tenéis treinta segundos –miró el reloj–. ¡Ya!

Sarah se volvió hacia la mujer que tenía al otro lado.

–Hola, me llamo Sarah Morris. Trabajo en Wintersoft y mi color favorito es el verde.

–Yo soy Janice Replogle, trabajo en este hotel y duermo con un osito de peluche –dijo la muchacha con una carcajada.

–¡Yo también! –respondió Sarah momentos antes de que Matt le diera unos golpecitos en el hombro.

Ella se volvió.

–Si estoy aquí, tendré que participar. Soy Matt Burke, trabajo para Wintersoft y mi color favorito es el azul.

Sabía que para su estoico y circunspecto jefe aquello era una tortura. Se sintió en la obligación de apoyarlo. Al fin y al cabo, ésa era su labor y no había estado realizándola en los últimos días.

Aquello la llevó a pensar sobre sus papeles profesionales y se dio cuenta de que sus conflictos eran irrelevantes para dicha relación. Tenían que seguir trabajando juntos y eso implicaba seguir las órdenes de Lloyd y olvidar sus diferencias personales.

–Yo soy Sarah Morris, trabajo para Wintersoft y mi época del año favorita es el otoño.

–¿De verdad?

–Sí. Me encanta el otoño, los árboles dorados, el aire fresco, las hojas cayendo...

Matt la estudió durante unos segundos.

–No lo sabía. Llevamos un año trabajando juntos y me resulta extraño no saber algo así.

–No te preocupes, tampoco yo sabía que tu color favorito es el azul.

–A casi todo el mundo le gusta el azul.

–Sí, supongo que sí –dijo ella pensativa.

De pronto tuvo una extraña sensación. Si ella no sabía cuál era su color favorito y él no sabía cuál era la estación del año que más le gustaba, significaba que no sabían mucho el uno del otro. Por desgracia, Matt no tenía interés alguno en averiguar nada más. Lo más probable era que jamás pasaran de ser jefe y secretaria.

–Siento haber estado tan irascible esta mañana.

Ella lo miró a los ojos y llegó a la conclusión de que jamás se enamorarían, jamás se convertirían en amantes. La idea la entristeció, aunque sabía que era lo mejor.

Por suerte, no había llegado a ocurrir nada entre ellos, lo que simplificaría la labor de volver a recobrar sus antiguos papeles.

–Sí, yo también siento que hayas estado tan irascible esta mañana.

Matt sonrió y a Sarah la embargó una profunda tristeza. Su sonrisa era una de las cosas que más le gustaban de él. No solía mostrarla a menudo, pero era una ventana a su lado dulce, el que realmente le gustaba de él. Siempre le gustaría. Detrás del implacable trabajador se escondía un hombre maravilloso. Pero él no la quería y lo había dejado muy claro.

–¡Muy bien, el tiempo ha concluido! Ahora ya os sentís cómodos con todos los que os rodean.

Sarah se volvió a mirar a Rod y éste le guiñó un ojo.

Matt se tensó, pero se esforzó por controlar sus inadecuados celos. Había llegado a la conclusión de que su problema era más grave de lo que quería aceptar. Aquella mujer le gustaba de verdad y lo tentaba a desear cosas que no debía desear. Sabía que era completamente inadecuada para él, pero le resultaba muy complicado resistirse a ella.

Rod volvió al escenario.

–Bien, ahora vamos a pasar a un segundo juego. Necesito que todos los que estéis aquí porque alguien os haya enviado alcéis la mano y expliquéis los motivos.

Matt no quiso exponerse a los comentarios del instructor pero, por desgracia, Sarah sí.

Rod se mostró claramente contento.

–Veamos qué tienes que contarnos.

–El motivo de que esté aquí es el hombre que se sienta a mi lado –dijo Sarah con su siempre amigable y abierta forma de expresarse–. Es mi jefe y, últimamente, no hacemos más que discutir. El presidente de nuestra compañía nos ha enviado aquí para solventar nuestras diferencias.

Rod se rió.

–¡Vaya! Ésa es toda una historia. ¿Quieres añadir algo, Matt? –dijo Rod, mirando la placa con su nombre.

–No –respondió Matt secamente.

–Bueno –dijo Rod apartándose de él–. ¿Alguien más quiere ser tan sincero como Sarah?

–Sabe tu nombre –murmuró Matt.

–¿Qué? –preguntó Sarah, mirándolo.

–Ni siquiera ha tenido que fijarse en tu placa.

–Claro que se ha fijado –respondió ella.

–Muy bien, muy bien. Tengo por costumbre no compartir escenario –dijo Rod, regresando a la mesa de ellos–. ¿Podríais contarnos sobre qué discutís?

Sarah se aclaró la garganta.

–Nada importante.

–Pero discutíais.

–No estábamos discutiendo, sólo hablando –aclaró Matt.

–Bien. Hay dos cosas que tenemos que analizar en el comentario de Matt. La primera es no llamar discusión a todo desacuerdo. Si nos proponemos hablar y no discutir evitaremos conflictos y enfrentamientos innecesarios.

–¿Y la segunda? –preguntó Matt.

–El lenguaje con el que nos comunicamos no es estrictamente hablado. Lo que la gente interpreta depende de nuestros gestos, del modo en que nos sentamos, la entonación que utilizamos. Por mucho que Matt se empeñe en decir que estaban hablando, nosotros hemos percibido que estaban discutiendo.

–¿Y eso de qué lo deduce? –preguntó Matt a la defensiva.

–Pues, por ejemplo, de que no hayas sonreído ni una sola vez desde que has llegado.

Rod se dirigió al escenario.

–Hay tres tipos fundamentales de personas –puso sobre el proyector una diapositiva–. Los que siguen las normas, los que las siguen sólo a veces y los que no las siguen.

Volvió a acercarse a Matt y a Sarah.

–Tú –le dijo a Matt–, eres de los que necesitan muchas normas para sentirte cómodo en el mundo. Tú, sin embargo –señaló a Sarah con una sonrisa insinuante–, preferirías que las reglas desaparecieran para siempre. Te adaptas fácilmente a las situaciones, eres una trabajadora generosa capaz de dar la cara por otros y sabes escuchar.

–¡Así soy yo exactamente! –dijo Sarah, emocionada.

Matt frunció el ceño. Seguía sin darse cuenta de que su exceso de confianza podía acabar por costarle caro.

–Sí, así es ella –intervino Matt, con intención de evitar que aquel necio fomentara aún más sus errores. Podía estar poniéndola en un serio peligro–. Por eso tiene cincuenta visitas al día cuando recibe flores de su admirador.

–¡Vaya, esto se pone interesante!

–No veo nada interesante –dijo Matt con un tono frío y distante–. El resumen de todo eso es que estamos aquí porque tiene una larga cola de visitantes cada día.

–Pero hago mi trabajo.

–Tú, sí –dijo él–. Pero yo no. El ruido y el trasiego me distraen. Desde mi punto de vista, deberías olvidarte de ese admirador secreto e incluso devolverle sus regalos.

–Lo que está ocurriendo aquí es extraordinario, muy saludable. La comunicación lo es todo –dijo Rod–. Aunque yo no soy terapeuta, puedo predecir que tanto Sarah como Matt van a sacar mucho de este seminario, porque van a resolver su problema. Voy a enseñaros a hacer vuestras peticiones claramente, sin tener que enfadaros –se dirigió de nuevo al escenario–. Lo que sí quiero aclarar es que la gente que necesita reglas difícilmente puede convivir con quienes no las soportan –sonrió a Sarah y a Matt–. Pero podréis mantener una relación profesional, siempre y cuando no queráis convertirla en personal.

La carcajada general de los asistentes puntualizó que habían comprendido que se trataba de una broma.

Sin embargo, según iba avanzando el día, hubo dos cosas que fueron haciéndose patentes.

La primera era que Rod parecía tener un interés en Sarah, lo que quizás habría motivado su comentario, y la segunda era que Sarah estaba fascinada con él. No sólo decidió comer en su compañía, sino que le dio un efusivo abrazo de despedida.

Una vez acabado el seminario, un gran aguacero los sorprendió en el aparcamiento, lo que no mejoró el estado de ánimo de Matt.

–Ha sido divertido –dijo Sarah en un intento de conversación.

–Divertidísimo –dijo Matt, mientras sacaba el coche de su plaza.

La lluvia golpeaba con tanta fuerza que resonaba con eco en el interior del coche.

–Bueno, no me negarás que Rod es estupendo.

–Es un buen profesor. Ha conseguido hacer amena la presentación y terminar todo el programa.

–Y un gran tipo.

–Sinceramente, me ha parecido un poco fantoche.

Matt se incorporó al lento tráfico de la autopista. La intensidad de la lluvia era preocupante y Sarah notó la tensión del conductor. Decidió que hablar de Rod no era lo más adecuado, y optó por callarse.

Pero el peligro de la tormenta la inquietaba y parecía no poder parar en el asiento.

–Soy un buen conductor –dijo repentinamente Matt.

–Yo no he dicho que no lo fueras.

–Pero tu lenguaje corporal, sí –respondió Matt con una carcajada.

–¿Has aprendido eso de Rod?

–Sí –dijo él con una sonrisa que se esfumó al notar que el coche patinaba–. No puedo conducir así.

–¿Quieres parar un momento?

–Creo que más que parar, deberíamos buscar un hotel. Éste es el final del huracán que está pasando próximo a esta zona. Durará horas. Lo mejor será tomar la próxima salida y buscar un lugar para dormir.

–Esta vez no voy a discutir.

–Pues será la primera.

Sarah no respondió.

Matt salió de la autopista y se dirigió directamente al hotel que tenían a la vista, pero el aparcamiento estaba lleno.

–No tiene sentido parar aquí –dijo ella.

–Tienes razón. Será mejor que vayamos al siguiente.

Pero el siguiente tenía una larga cola de clientes esperando a ser atendidos.

–Puede que esperemos y, al final, tampoco haya habitación. Tal vez deberíamos ir al siguiente –dijo Matt.

–Bien, por qué no.

En el tercer hotel esperaron tras una fila de seis clientes y, cuando fue su turno, ya no quedaban habitaciones.

El último hotel fue el único capaz de ofrecerles algo.

–Nos queda una habitación.

–Nos la quedamos –dijo Sarah sin dudar.

Matt la miró.

–¿Tú crees?

–Sí. Me da miedo que sigamos conduciendo con esta tormenta –dijo Sarah agarrando la llave–. Además, seguro que la habitación tiene dos camas.

–No. Tiene una cama de matrimonio.

–Me da igual. Dormiré en el suelo –afirmó Sarah.

Matt tomó la llave de su mano.

–A Rod le encantaría eso. Diría que soy un quis-
quilloso y un egoísta, mientras que a ti te calificaría
de santa mártir. Yo dormiré en el suelo.

CAPÍTULO **8**

SARAH permaneció en silencio durante la cena.

Había tensión y estaba claro que si Matt había sugerido que se quedaran en el salón escuchando a una ruidosa banda de rock era porque tampoco estaba cómodo.

En la habitación les esperaba una cama de matrimonio a dos personas que se sentían sexualmente atraídas. Cuando eso ocurría entre un hombre y una mujer que se veían obligatoriamente confinados a la habitación de un hotel, la cuestión tomaba cierta magnitud que no se podía ignorar.

Era claro que, de no ser por las reticencias de Matt, a aquellas alturas ya haría tiempo que estarían manteniendo algún tipo de relación.

Imaginaba que su problema de negación le venía de sus padres. Pero, hijo como era de ellos, también albergaba la predisposición a cometer locuras por amor. Su madre había abandonado su elegante vida en la ciudad para reunirse con su amado granjero y casarse con él. El padre, por su parte, había tratado de salir de su entorno y había asistido a las elegantes fiestas de la alta sociedad a la que pertenecía su esposa.

Tal vez Matt no tuviera entre sus planes casarse en breve, pero sabía que le gustaba. Ése era realmente su problema, lo que causaba su irascibilidad.

Mientras se dirigían a la habitación del hotel, Sarah se preguntó si la verdadera respuesta a sus problemas no sería que ella lo sedujera. Sería el único modo de forzar a Matt a enfrentarse con sus sentimientos. En cierto modo, le parecía una idea tan lógica que se preguntó si no habría sido el destino quien los había conducido hasta aquella situación.

Al entrar en el dormitorio, Sarah miró la cama.

Se preguntó una vez más si sería el destino.

—Dúchate tú primero si quieres.

Sarah lo miró. Era alto, con los hombros anchos, la mirada seria, los ojos azules como el mar y una sonrisa adorable. Seducirlo le resultaba tan lógico... Una vez que hubieran hecho el amor, Matt no la abandonaría. Era demasiado leal y responsable. Entonces tendrían que hacer que las cosas funcionaran, aprender a vivir el uno con el otro, tal y como lo habían hecho los padres de ella.

Sarah le dio la espalda para que no pudiera adivinar sus pensamientos por la expresión de su rostro.

—No tiene mucho sentido que me duche para volver a ponerme la misma ropa.

—Yo tengo una bolsa con ropa que siempre llevo en el coche.

—Tú, pero no yo.

—Hay unos vaqueros y una camiseta por si se me pincha una rueda, pero también tengo mi ropa del gimnasio.

—¡Seguro que huele estupendamente!

–Pongo ropa limpia después de cada sesión.

–Ya –dijo Sarah, en actitud discutidora.

Alguien con tan previsor aprovisionamiento de prendas en su coche era, sin duda, totalmente incompatible con ella. Aquel pensamiento nubló el otro, mucho más sugerente, de seducirlo.

Él le lanzó unos pantalones de gimnasia y una camiseta.

–Ponte esto. Te sentirás mejor y te tranquilizarás.

–¿Me estás acusando de estar irascible?

–No, por supuesto que no.

Sin duda, trataba de hacer que se avergonzara.

Estaba furiosa. Definitivamente no seduciría a aquel hombre ni aunque fuera el único hombre de la tierra. Él se lo había buscado.

Después de una ducha caliente y de cambiarse de ropa, Matt se relajó y comenzó a ver con cierta perspectiva su infantil comportamiento de aquella tarde.

Salió del baño y se acercó a Sarah, que estaba tumbada frente a la tele, vestida con sus pantalones de deporte y su enorme camiseta.

–Lo siento –dijo él–. Soy un gruñón.

Ella no se molestó en apartar los ojos de la televisión.

–No pasa nada.

–Sí pasa, porque, de otro modo, me mirarías.

–Estoy viendo la televisión.

–De acuerdo –dijo él. Sabía que se merecía su desprecio–. Pero establezcamos un tiempo límite para las cosas. Así podremos dormir.

–Sí, claro. Eso es, exactamente, lo que necesitamos. ¿Hay alguna otra regla más que quieras poner? ¿Algo sobre la cantidad de luz o el uso del teléfono?

–Muy graciosa.

Se dirigió al armario, sacó una manta y la ropa de cama extra que allí había y la tendió en el único espacio vacío que había en el suelo. Al tumbarse reparó en lo poco cómodo que resultaba.

–¿Cuántas mantas tienes en la cama?

–¿Por qué? ¿Quieres que las partamos en dos para asegurar que tenemos la misma cantidad?

–Nada de eso tiene gracia ya, Sarah.

–Tienes razón, no la tiene.

–Sólo quiero saber si tendrás suficiente ropa para poder usar el edredón a modo de colchón.

Sarah suspiró.

–De acuerdo, lo siento.

Se levantó de la cama, quitó el edredón y se lo dio.

–Gracias –dijo él, doblándolo y formando una cama.

Aunque no logró el más cómodo de los lechos, al menos era mejor que conducir dos horas bajo una intensa lluvia o dormir con una mujer que lo volvía loco.

Sarah apagó la televisión y la luz, y pronto se acomodó en la cama.

Pasaron unos minutos de silencioso vacío, hasta que ella dijo:

–¿Crees que el problema es que somos opuestos?

–Sí –respondió Matt sin dudar.

–¿Crees que lo que nos está pasando tiene algo que ver con los celos y con que nos gustamos?

Matt resopló perturbado.

–Sarah, claro que los celos son parte del problema. Cualquier hombre se sentiría atraído por ti. Pero eso sólo indica que soy perfectamente normal y que sería absurdo tener una relación basada en la atracción sexual. Si hubiera algo más que nos uniera, sería diferente. Pero en este instante lo que hay es puramente físico –hizo una pausa y suspiró–. Y no es suficiente.

–Lo que quieres decir es que Rod tenía algo de razón.

Matt se rió.

–Sí, la presentación de Rod daba en la clave de muchos puntos importantes. Tampoco era un completo idiota.

–La verdad es que era un tipo muy agradable. Me lo pasé estupendamente con él en la comida.

–Bien.

–Matt, me siento como una estúpida aquí arriba –dijo ella sin transición–. La cama es gigante, yo llevo pantalones y tú unos vaqueros. Aunque colisionáramos accidentalmente el uno con el otro, estamos tan forrados de ropa que seguramente ni lo notaríamos.

Matt cerró los ojos. Así era Sarah. Él acababa de confesarle que le gustaba, pero ella hacía caso omiso a las consecuencias de algo así.

Quizá sólo quería ser amable y justa con él. De hecho, era una característica de su personalidad, y otro motivo para que le gustara.

–De acuerdo –dijo inesperadamente él.

Sarah encendió la luz.

–La condición es que no usemos las mismas sábanas ni mantas. Si cada cual tiene las suyas, será difícil que nos juntemos.

Sarah asintió.

–De acuerdo.

–Bien.

–Bien.

Sarah tomó su ropa y la dispuso en su lado.

–Ya puedes apagar la luz –le dijo a Matt.

Éste no pudo evitar mirar su delicioso trasero que lo apuntaba tentador. Reprimió un gemido de frustración. Ella era amable y generosa y él todo un caballero, así que no habría problema.

Apagó la lámpara y, tumbándose, apoyó la cabeza sobre las manos.

–No he tenido la oportunidad de pedirte disculpas por haberte acusado de ser tu propio admirador secreto.

–El señor Winters nos interrumpió en un mal momento.

–Ya, pero no debería haber pensado eso de ti. Fue una conclusión estúpida.

–No te olvides que yo también he llegado a varias conclusiones idiotas relativas a esta historia. Creí que habías sido tú el que me había mandado las flores.

Matt recordó inmediatamente el día en que había ido a su apartamento para pedirle disculpas por haberla besado. Todavía podía verla con aquella bata rosa insinuante. Había sido el mismo día que ella le había confesado su interés por él.

Un millón de sensaciones contradictorias lo bombardearon. Sarah lo atraía, pero eran demasiado diferentes. No se veía capaz de compartir su vida con alguien alocado, que dejaba el destino siempre en manos de los hados.

Sentía terror hacia el caos y creía que Sarah merecía saber el por qué.

–Te dije que mi madre nos abandonó cuando yo tenía diez años, ¿verdad?

–Sí –respondió ella.

–Jamás volvió a contactar con nosotros después de aquello.

–¿Estás tratando de explicarme por qué no quieres comprometerte?

–No. Trato de explicarte por qué hemos terminado teniendo personalidades tan dispares. Me gustaría ser tan vivaz y alocado como tú. Pero las circunstancias de la vida me han llevado a ser más precavido.

Él notó que ella se volvía a mirarlo.

–¿Por qué tu madre no mantuvo contacto con vosotros?

–Mi padre decía que era por «los malos recuerdos», pero nunca fue muy específico. Teníamos muchas dificultades económicas y en un momento dado ella perdió los nervios. Ése fue el detonante de su partida.

–¿Y no volviste a verla más? –Sarah se incorporó y lo miró en la oscuridad.

–No. Yo formaba parte de los peores momentos de su vida.

–A pesar de todo, me cuesta entenderla.

–Como tú misma reconociste, nunca has sido pobre. Eso te impide comprender ciertas cosas por las que yo he pasado. Ahí está el punto de ruptura entre tú y yo. Tal y como les pasó a mi madre y a mi padre.

Sarah no tenía argumentos para rebatir aquellos. Era cierto que jamás había sufrido el peso de la carencia, y que jamás había sido abandonada por quienes que la querían. No obstante, sentía que Matt se había construido una fortaleza infranqueable para protegerse.

–No sabes cuánto me gustaría ser como tú –continuó él–. Eres espontánea, divertida y tan audaz como para perseguir cualquier objetivo que te propongas.

Sarah hizo una mueca. Si realmente hubiera sido tan audaz, en aquellos instantes estaría desnuda en sus brazos.

–Supongo que nacer en un rancho te ayuda a serlo.

Matt se rió.

–Supongo –hizo una pausa antes de preguntar–. ¿Cómo es la vida en un rancho?

–Es muy distinta a la de la ciudad. La gente no te juzga tanto por tu aspecto externo y les importa más la sustancia. Es una sociedad menos artificial.

–Tiene sentido. ¿No tuviste problemas para adaptarte a Boston?

Sarah se rió y bostezó al mismo tiempo.

–¿Qué crees que he estado haciendo durante el último año?

–¿Adaptándote?

–Sí. Me ha llevado todo ese tiempo hacerme con la ciudad –Sarah bostezó otra vez–. ¿Te parece que durmamos?

–Sí –dijo Matt, aunque habría preferido poder seguir hablando toda la noche. Jamás había imaginado que hablar de su madre con alguien que no reaccionaba con patética compasión hacia él fuera tan reconfortante. Suponía que ése era otro punto a favor de Sarah. A su modo, ella era tan pragmática como él.

Muy pronto, los pensamientos se difuminaron en la oscuridad del sueño, perdiendo toda conciencia hasta que algo le hizo cosquillas en la nariz.

Abrió los ojos y descubrió que tenía el rostro hundido en el pelo de Sarah. Sonrió e inhaló su aroma. Pero cuando se dio cuenta de que estaban abrazados como amantes, compartiendo una inadecuada intimidad, trató de apartarse.

Sarah se juntó más a él.

Fantástico. ¿Qué podía hacer? Si seguía retrocediendo, acabaría cayéndose de la cama.

Tenía que levantarse.

Inhaló una vez más y se regocijó con el suave olor de su cabello.

Aunque ya había amanecido y era probablemente hora de ponerse en marcha, no quería hacerlo. Necesitaba aprovechar al menos un minuto más.

Físicamente, era la mujer que más lo había atraído en su vida. Mentalmente, era la más contraria. Le habría encantado poder dejar a un lado su sentido común y haberle hecho el amor sin reparos. Pero sabía que sería una acción equivocada con consecuencias nefastas.

Trató de alejarse de la tentación una vez más, pero Sarah se volvió y lo abrazó.

Él se quedó paralizado al ver que tenía los ojos abiertos.

–Buenos días.

Matt se aclaró la garganta.

–Buenos días.

–Parece ser que la naturaleza ha decidido por nosotros, siguiendo su propio curso –dijo, acercándose aún más.

–Por eso, precisamente, voy a levantarme.

Ella lo miró fijamente.

–¿Por qué en lugar de levantarte no me besas?

Él gruñó.

–No me hagas esto.

Ella sonrió.

–¿Por qué no? Te juro que lo que ocurra aquí esta mañana se quedará en este dormitorio.

–¿Quieres tener una frívola relación conmigo?

–Te aseguro que hacer el amor contigo jamás sería para mí algo frívolo.

Matt gruñó otra vez, y Sarah sonrió.

–No te puedes ir, ¿verdad?

–Pero tampoco puedo quedarme.

Sarah se rió.

–Tu cuerpo me está diciendo algo muy diferente.

Acto seguido, lo besó.

Matt sintió que perdía totalmente el control. Su tacto era tan cálido y reconfortante, tan suave y perfecto, que sólo deseaba hacerle el amor.

Le pasó la mano por el brazo y se encontró con la manga demasiado amplia de su camiseta prestada. Sabía que con un simple movimiento podría despojarla de la tela que cubría su cuerpo y sentir su piel.

Se tensó. La deseaba desesperadamente.

Pero también se negaba a hacerle daño, a seguir con un juego peligroso que los conduciría al desastre.

Ajenas a la voluntad de su dueño, sus manos se deslizaron por debajo de la camiseta y buscaron hasta dar con los senos de Sarah. Sus dedos atraparon uno de los pezones endurecidos por el deseo. El beso se hizo más intenso y el deseo, también.

Guiado por el fragor de la pasión, Matt le quitó la camiseta. Su carne cálida fue la recompensa.

Deleitado por el tacto de su piel, sintió un deseo primario, ese tipo de llamada que hacía que un rey renunciara a su reino por una mujer. Nada en el mundo importaba ya, sólo el privilegio de poseerla.

Pero, de pronto, una última luz de cordura lo empujó a renunciar. Se apartó suavemente de ella y la miró fijamente.

—Deseo hacer el amor contigo más que nada en este mundo. Siento que puedo morirme si no lo hago. Pero, a pesar de todo, no lo vamos a hacer. No puede correr el riesgo de que suframos ninguno de los dos. Estoy seguro que alguien saldría herido si siguiéramos adelante.

CAPÍTULO 9

AQUELLA noche, Sarah se presentó en casa de Carmella.

–¡Pasa, pasa! Estaba realmente preocupada. ¡Cielo santo, quedar atrapados por una tormenta y tener que pasar la noche en un hotel! No me extraña que Lloyd os dijera que os tomarais el día libre. ¿Estás bien?

–Sí, gracias –dijo Sarah, mientras seguía a Carmella al interior de su casa.

–¿Quieres un té, un café o algo de beber?

–No. Sólo quiero hablar.

–De acuerdo –Carmella se sentó junto a Sarah en el cómodo sofá que dominaba la estancia–. Puedo intuir que ha ocurrido algo. ¿De qué se trata?

–Sólo había una habitación disponible en el hotel.

–¡Os acostasteis juntos!

–«Dormir» sería la palabra más correcta –dijo Sarah con un suspiro–. No pude seducirlo.

–Pero, ¿casi lo consigues?

Sarah asintió.

–Sí –se pasó la mano por el pelo en un gesto de confusión–. ¿Sabías que su padre había abandonado a su madre?

–Sí.

–¿Sabes por qué?

–Por falta de dinero...

–Sí. Pero no llego a creerme la historia que a Matt le han contado. Una madre no abandona a un hijo por carencias económicas. Hay algo extraño.

–¿Qué tiene que ver todo eso con Matt y contigo?

–Según Matt, su madre decidió no volver a verlo jamás. No puedo evitar pensar que eso hace que tema comprometerse y que ésa es la verdadera razón de que no quiera estar conmigo.

Carmella se quedó pensativa.

–A mí me dijo que no quería tener una relación estable hasta que no fuera financieramente fuerte.

–¿Piensa que no tiene suficientes medios?

–Sí, eso piensa. Quiere ser millonario antes de cumplir los cuarenta.

Sarah asintió complacida con la información.

–Lo que me dices no me sorprende. De hecho, encaja con algunas de las conclusiones a las que estoy llegando sobre su madre. Tengo la sensación de que el dinero no fue más que la punta del iceberg, lo que significa que hay algo que no sabemos. Aun cuando parte de la historia fuera cierta, un pequeño matiz podría darle la vuelta. En ese caso, la percepción que Matt pudiera tener de los hechos cambiaría totalmente e influiría en su modo de relacionarse.

Carmella recapacitó sobre su análisis.

–¿Y qué propones?

Sarah respiró profundamente.

–Creo que deberíamos encontrar a su madre.

–¿De verdad piensas que es una buena idea?

–Es la única que se me ocurre. Matt se refugia en el orden para defenderse del temor a que algo falle. Siente que así controla los imprevistos. Quizá no se atreva a mantener una relación porque sabe que es imposible controlarlo todo. Admite que siente algo por mí, pero no puede hacer nada porque somos opuestos y eso lo asusta.

–Lo que supones es que, si haces que Matt descubra que su madre tuvo una buena razón para abandonarlo, se dará cuenta de que la vida no es tan caprichosa.

–Exacto.

–¿Y qué es lo que quieres hacer?

–Sé que jamás podré convencer a Matt para que busque a su madre. Pero si no me equivoco en mis suposiciones, su madre estará ansiosa por encontrarlo. Puede que el padre de Matt no haya querido admitir su culpa en lo sucedido, pero la madre contará la versión completa de los hechos. Así que, cueste lo que cueste, tenemos que encontrarla.

Carmella se levantó.

–De acuerdo. Lo primero, vamos a buscar en Internet su nombre.

Aquella noche, Matt se sentó ante el escritorio de su apartamento a leer una y otra vez el párrafo de un contrato de Wintersoft. Pero el recuerdo de Sarah se filtraba insistentemente en su memoria.

Y, contrariamente a lo que él esperaba, no era el deseo lo que más lo perturbaba, sino la sensación de seguridad que había sentido a su lado.

Nunca antes había sentido nada igual con otra mujer. En verdad, no lo había sentido con nadie que no fuera su padre.

Tenía la sensación de que, si no se dejaba llevar pos sus sentimientos, acabaría lamentándolo.

Estaba feliz. Eso no significaba que no lo hubiera estado antes, incluso saliendo con mujeres. Pero no lo había estado por causa de ninguna de ellas. En aquella ocasión, sí. Algo le decía que Sarah era la persona adecuada para él.

Quizá su espontaneidad y vivacidad eran justo lo que necesitaba en su vida.

Agitó la cabeza confuso y la apoyó sobre las manos. Ya no sabía qué pensar.

Su mente estaba llena de contradicciones y sólo había una certeza: si no hacía algo al respecto, no lograría volver a concentrarse en su trabajo jamás.

Matt apenas le dirigió la palabra a Sarah al día siguiente en la oficina, por lo que se sorprendió al verlo aparecer en su apartamento el viernes por la noche.

–¡Matt! ¿Qué haces aquí?

Él se encogió de hombros.

–Pues la verdad es que ni yo mismo lo sé.

–¿Quieres pasar?

–Sí –dijo él con una sonrisa.

Tenía un aspecto tan relajado y cómodo con aquellos vaqueros y una sudadera que Sarah no podía dejar de mirarlo.

–¿Quieres un café?

Él negó con la cabeza.

–No, gracias. ¿Podríamos sentarnos?

–Sí, claro.

Sarah se sentó en una silla.

–Creo que deberías sentarte junto a mí.

El corazón de Sarah se aceleró. Se levantó lentamente y se aproximó al sofá. Él le tomó las manos inesperadamente y ella se emocionó.

–He estado pensando mucho en nosotros.

–¿De verdad?

Él la miró fijamente.

–¿Tú no?

–Sí, por supuesto que sí –dijo ella–. Algunos días no puedo hacer otra cosa.

–Pues bien, anoche me di cuenta de que últimamente estoy realmente feliz.

Aquella afirmación la dejó completamente atónita. La gente feliz normalmente rezumaba alegría. Él, sin embargo, se había mostrado taciturno.

–¿De verdad? ¿Estabas tan callado porque te sentías feliz?

–Sí, estaba feliz, pero también estaba pensativo.

Ella bajó la vista hasta ver sus manos amorosamente unidas.

–Al parecer has llegado a alguna conclusión.

–A un par de ellas. La primera, que realmente me gustas. Puede que seamos contrarios, pero me gustan tu entusiasmo y espontaneidad.

Sarah se quedó demasiado atónita para poder responder.

–La segunda es que respeto tus diferencias y estaría dispuesto a trabajar para superar las dificultades, siempre y cuando tú respetes las mías y no quieras cambiarme.

–¡Jamás querría que cambiaras! Me gustas tal como eres.

Él sonrió.

–Mi tercera conclusión... bueno, en realidad son dos cosas las que me quedan por decir. Una: si decidimos mantener una relación, me gustaría que nadie de la oficina se enterara. La otra es que, por muchas ganas que tenga de acostarme contigo, preferiría que nos tomáramos las cosas con calma. A veces nos enfadamos sin razón aparente y me gustaría ser precavido. Quiero estar seguro antes de cometer un error.

–Estoy de acuerdo –respondió ella llena de felicidad y desconcierto al mismo tiempo.

No podía creerse que Matt estuviera dispuesto a intentar una relación con ella. Tendrían que ir despacio, pero era una gran oportunidad.

En aquel momento, era lo máximo que podía esperar.

Aún no había encontrado a su madre y no tenía la certeza de en qué dirección trabajar, por lo que la precaución y la calma eran las mejores recetas.

–Entonces, ¿qué tipo de relación vamos a establecer?

–Tenía la esperanza de que tuviéramos una o dos citas antes de tomar una decisión.

–Me parece muy bien.

–También he pensado que deberíamos poder besarnos.

Sarah sonrió.

–Eso suena maravilloso.

Y resultó serlo. En el momento en que su boca tocó la de ella, se sintió en el cielo.

Quizá no la amara, tal vez jamás llegara a hacerlo pero, al menos, le iba a dar la oportunidad de ganarse un lugar en su corazón, y estaba dispuesta a todo por conseguirlo.

El sábado por la tarde, Carmella y Sarah llegaron hasta la casa de Mary Jane Oswald, la madre de Matt. Era una construcción ornamentada y elegante, pero sin lujos ni excesos. Además, estaba situada en un barrio modesto.

–Pensé que Matt había dicho que su madre los había dejado por causa del dinero.

–Así es. El hecho de que no la encontremos en un castillo prueba mi teoría de que hubo algo más –dijo Sarah.

Segundos después de llamar al timbre, una mujer alta y delgada abrió la puerta.

–Hola. ¿Qué desean?

–¿La señora Oswald, por favor?

–Soy yo.

–Ella es Carmella López y yo soy Sarah Morris. Trabajamos con su hijo.

Mary Jane Oswald sonrió.

–Sí, hablé con Carmella por teléfono.

–Es un placer conocerla en persona –dijo Carmella, estrechando su mano.

–Pasen.

Sarah y Carmella entraron a un recibidor profusamente decorado. Aunque la estructura de la casa era la de un rancho, los muebles y demás enseres eran caros.

La mujer las condujo a un enorme salón con suelos de madera, alfombras orientales y muebles de piel.

–¡Vaya! –exclamó Carmella–. Esta habitación es preciosa.

–Gracias –dijo Mary Jane–. Desde que mi marido murió, he estado decorando la casa a mi gusto. Tendrían que haber visto el mal gusto que él tenía.

Las tres se rieron con una carcajada de franca complicidad.

–No me esperaba que las estancias fueran tan grandes –dijo Sarah.

–Como no hemos tenido niños, hemos ido uniendo habitaciones.

–Pues queda muy bien –dijo Sarah sin poder evitar cierto nerviosismo. En dos frases había descubierto que el marido de Mary Jane Oswald había muerto y que Matt no tenía ningún hermano.

Puede que ésos fueran dos factores que la hicieran más proclive a una reconciliación con su hijo.

–Así que ustedes dos trabajan con Matt –le dijo Mary Jane a Carmella.

–Sí. Yo soy la secretaria del director general y Sarah es la secretaria de Matt.

Mary Jane se inclinó en un gesto de interés.

–Así que tiene su propia secretaria.

–Es el vicepresidente del departamento administrativo –dijo Sarah.

La mirada de Mary Jane se iluminó.

–¿De verdad?

–Sí. Es un directivo muy capacitado. Pero no hemos venido para hablar de eso. En realidad queríamos hablar de usted.

Mary Jane negó con la cabeza.

–Mi hijo es un fracasado, ¿verdad?

–No, no es ningún fracasado –dijo Sarah algo molesta.

–Bueno, no un fracasado, pero es un ejecutivo, como su padre.

–Lo dice como si fuera malo que se pareciera a su padre –intervino Carmella.

–No es malo, pero sí mediocre. El padre de Matt no ha llegado a ninguna parte.

Sarah miró de un lado a otro del salón.

Había estado en una ocasión en la casa de Wayne Burke. Desde su punto de vista, Burke había logrado el mismo nivel económico que el marido de Mary Jane. Claro que no sabía si aquella mujer tenía millones en el banco.

–¿Eso fue lo que la llevó a divorciarse? –preguntó Sarah.

Mary Jane se mostró nerviosa y dubitativa, como si no quisiera responder a esa pregunta.

–Formulado así parece que fuera una codiciosa. Pero las cosas hay que entenderlas en su contexto. Wayne era un hombre ambicioso y lleno de posibilidades cuando yo lo conocí. Durante el tiempo que estuvo en la Universidad, también trabajaba para sustentar a nuestra familia. Yo pensaba que cuando lograra colocarse trabajaría para alcanzar la cima. Pero no lo hizo. Llegaba de trabajar a las cinco todos los días y no parecía tener ningún propósito de escalar. Nuestras vidas se estancaron. Empecé a sentirme atrapada.

Lo que acababa de contar casaba perfectamente con lo que Matt les había contado.

—Por eso se marchó.

—Exacto. Mi último marido llegó a ser socio de la empresa para la que trabajaba y a los cincuenta y cinco años se pudo retirar. Además, tenía una vida social muy activa y yo echaba de menos eso.

Sarah sonrió a pesar de su confusión. Su respuesta no estaba siendo la que ella había esperado.

—La comprendo perfectamente. Yo también he echado mucho de menos las relaciones sociales al trasladarme a Boston —dijo Sarah, tratando de ganársela para obtener información—. Pero lo que no entiendo es que no volviera a ver a Matt.

—¿A qué se refiere?

—A por qué no volvió a visitar a su hijo nunca más.

La mirada de Mary Jane se oscureció de rabia.

—Eso no es asunto suyo.

—Pero hemos venido precisamente para hacerle unas preguntas —dijo Carmella—. Se lo comenté por teléfono.

—Pensé que Matt estaría enfermo o algo así. ¿Lo está?

—No. Está perfectamente.

—¿No tengo que ir a reconciliarme con él antes de que muera?

—¡Claro que no! —dijo Sarah con una carcajada confusa.

—Entonces, ¿cuál es el propósito de esta visita?

–Matt es infeliz y pensamos que parte de esa infelicidad...

–¿Es responsabilidad mía? –especuló Mary Jane a la defensiva–. ¿Quiénes se han creído que son para meterse en las vidas ajenas? –miró a Carmella y a Sarah–. ¿Es que piensan que soy estúpida? Tú –dijo, señalando a Sarah– probablemente estás prendada del chico y él te rechaza, así que piensas que si puedes reconciliarlo con su madre, caerá a tus pies como un idiota.

La mujer se levantó y se aproximó a ellas amenazante.

–Seguro que tiene dinero porque, de no ser así, no estarías tan interesada en él. Pues lo siento, pero no tengo intención alguna de formar parte de tus planes –la mujer se encaminó hacia la puerta del salón y les indicó con el gesto que se marcharan–. Adiós.

Carmella se levantó inmediatamente. Sarah se quedó paralizada, atónita por lo que acababa de escuchar. La misma mujer que había aceptado abiertamente haber abandonado a su primer marido por el dinero del segundo la acusaba a ella de ser interesada.

A medio camino de la puerta, Carmella se volvió.

–Vamos, Sarah.

–Sí –dijo ella, levantándose lentamente.

Al llegar ante la madre de Matt se detuvo dispuesta a decir algo. Pero se había quedado sin palabras.

Siguió a Carmella. Salieron de la casa y, en silencio, llegaron hasta el coche.

–Esa mujer está loca. Me acusa de perseguir a su hijo por dinero cuando ella admite que por ese mismo motivo abandonó a su marido y a su propio hijo.

–No dejes que sus comentarios te afecten. Esa mujer tiene un grave problema. Lo importante es qué vas a decirle a Matt.

–No lo sé –respondió Sarah.

–Una cosa sabemos con certeza, que no queremos que Matt vea a su madre. No haría sino reforzar su idea de que sólo el dinero importa y no se puede confiar en la gente.

–Estoy de acuerdo.

Carmella se quedó pensativa.

–Quizá no deberíamos comentarle que hemos estado aquí.

Sarah suspiró aliviada.

–Estoy totalmente de acuerdo.

Matt se presentó en el apartamento de Sarah el sábado por la noche con dos bolsas de comida china.

–¿Lo ves? Cuando quiero también puedo ser espontáneo.

Sarah sonrió feliz.

–Claro que puedes.

Pero su felicidad se vio pronto ensombrecida por el recuerdo del encuentro con Mary Jane.

No le gustaba ocultarle nada a Matt, pero una parte de ella temía las consecuencias de una confesión.

Él se dirigió al salón y dejó las bolsas sobre la mesa. Luego se volvió hacia ella y la tomó en sus brazos.

–He llamado y te he dejado un mensaje anunciándote que vendría.

Su proximidad era suficiente para hacer que Sarah se derritiera.

–No lo he oído. Se me ha olvidado escuchar los mensajes cuando he llegado a casa.

–¿Dónde estabas? –preguntó él con una sonrisa.

Sarah se sintió culpable por mantener en secreto su visita, pero sabía que era mejor que contarle la horrible verdad de quién era su madre.

Se puso de puntillas y le rozó suavemente los labios.

–Gracias por la cena.

Matt sonrió y le devolvió el beso.

–De nada –dijo él, y se quedó pensativo–. ¿Sabes una cosa? Me gusta esto.

–Las relaciones pueden ser muy agradables.

Él negó con la cabeza.

–He tenido muchas relaciones, pero nunca me he sentido tan próximo a nadie. Me gusta estar contigo.

–Yo siento lo mismo –dijo ella.

–Me alegro de que me empujaras a esto –afirmó Matt.

–Yo también me alegro.

–Pero no te acostumbres –dijo él, mirándola de reojo con un gesto de sorna.

Ella se apartó de él.

–Ahora que ya tengo lo que quiero podrás comprobar que soy muy manejable.

–Todavía no tienes todo lo que quieres –dijo él insinuantemente.

–Ya sé que te guardas lo bueno para más tarde –contestó Sarah, agarrando las bolsas de comida y sentándose en el sofá–. Soy paciente.

–Yo también.

Sarah trató de disfrutar de aquellos momentos de felicidad, pero le resultaba difícil. Sabía que la relación aún estaba pendiendo de un hilo.

También sabía que en algún momento tendría que contarle la visita a su madre. No podía mantener aquel secreto para siempre. No sería justo.

Los siguientes días Sarah los pasó inmersa en una confusa felicidad. Aunque Matt y ella no se veían todos los días, pues la mayor parte de las noches él las pasaba cenando con su padre, Sarah suponía que era lo mejor.

No obstante, le resultaba extraño que a un día de la fiesta anual de la empresa no le hubiera pedido aún que fuera su pareja.

Había racionalizado la situación diciéndose que, como empleados que eran los dos, él asumía su presencia en la fiesta y tal vez pensara que era redundante invitarla.

Además, su aparición pública juntos podía suponer una presión extra para él, por lo que no le extrañaba que estuviera taciturno y silencioso.

Tampoco se sorprendió cuando él se detuvo ante su escritorio y le dijo:

–Tenemos que hablar. ¿Pasas a mi despacho?

Ella lo miró confusa. Aunque habían acordado mantener la relación al margen de la oficina, no se había dirigido a ella en un tono tan formal y seco desde hacía tiempo.

Su actitud la asustó.

—¿Ahora?

—Sí.

Matt le indicó que entrara en el despacho.

Ella se sentó frente al escritorio.

—¿De qué quieres hablar?

—¿Por qué no me lo dices tú?

Sarah se rió. Sin duda, la tensión de ser visto en público era más de lo que Matt podía digerir en aquel momento.

—Escucha, si esto es acerca de la fiesta, no te preocupes. Sé que aún no estás preparado para que nos vean juntos.

—Esto no tiene nada que ver con la fiesta —dijo él, sentándose en su sillón—. Ayer vino a visitarme mi madre.

Sarah se estremeció.

—¡Matt, lo siento!

—Me dijo que dos personas con las que trabajo fueron a visitarla y que una de ellas parecía tener mucho interés en mí.

—Yo jamás le dije... —trató de justificarse Sarah, pero él no la escuchó.

—¿Qué querías conseguir con eso?

—No es lo que estás pensando —dijo Sarah con desesperación—. Matt, estuve a punto de contártelo el sábado por la noche...

—Ojalá lo hubieras hecho.

—No pude. Todo entre nosotros es tan nuevo... Lo que hice fue un grave error. Pero no me di cuenta hasta que la vi. Pensé que ayudándote a reconciliarte con esa parte de tu vida, podría conseguir que las cosas fueran mejor entre nosotros. Pero ella no es la clase de madre que esperaba encontrar.

Matt lanzó contra la mesa un lápiz que tenía en la mano.

–Me pidió cincuenta mil dólares.

Sarah se llevó la mano al pecho.

–¡Cielo santo!

–Me los exigió como si se los debiera.

Sarah gimió horrorizada.

–Lo siento.

–Al parecer, considera que le debo dinero por haberme dado la vida.

–Matt, yo...

–No has oído aún lo mejor. Me dijo que había una ambiciosa mujer en la oficina que quería aprovecharse de mí. Se ofreció a venir hasta aquí y a ponerla en su sitio por diez mil dólares... del mismo modo que lo había hecho el sábado.

Sarah lo miró anonadada.

–Es una mujer despiadada, Sarah –continuó él–. Por eso me he mantenido alejado de ella todos estos años. Por eso mi padre se alegró de que su matrimonio fracasara y de verla partir. Cuando se casó por segunda vez sintió un gran alivio, porque se había convertido en el problema de otro.

–Pero creí que necesitabas poner punto final a esa historia.

–Le puse punto final cuando cumplí los quince y se divorció de su segundo marido para casarse con el tercero. Entonces me di cuenta de que su único objetivo era conseguir un mayor nivel económico y su medio, el matrimonio.

Sarah frunció el ceño.

—Y si ya te habías dado cuenta de eso a los quince años, ¿por qué le sigues el juego?

—¡Yo no le sigo el juego!

—Tú mismo le dijiste a Carmella que no puedes casarte hasta que no seas millonario, lo que significa que le das la razón. Piensas que todas las mujeres se casan por dinero.

—¿Es eso lo que tú piensas?

—Es lo que tú has dicho.

—Yo sólo dije que quería alcanzar mis metas antes de casarme. El problema entre tú y yo es otro: somos opuestos y esto lo demuestra. Yo jamás interferiría en la vida de otra persona del modo en que tú lo has hecho.

—¿De verdad? —dijo Sarah completamente indignada—. ¿Y qué me dices de tu estelar intervención en el asunto de mi admirador secreto? ¿Quién insistió en acompañarme a la floristería? ¿Quién hizo un viaje por su cuenta para averiguar quién me había mandado los bombones?

—Eso es diferente.

—¿No me digas?

—Tú no sabes quién ni cómo es ese dichoso admirador. Yo, sin embargo, sé exactamente quién y cómo es mi madre.

—Tratabas de protegerme.

—Sí.

—Interfiriendo en mi vida.

—¡No!

–Así es como lo llamas cuando yo hago lo mismo.

Matt suspiró pesadamente.

–Podríamos seguir así eternamente, porque es obvio que vemos la situación desde dos puntos de vista diferentes. Así que paremos de una vez.

Sarah asintió.

Matt alzó la mirada hasta que sus ojos se encontraron.

–Esto no hace sino probar mis temores. Somos diferentes, demasiado para conseguir que una relación funcione.

–Pero...

–Nos volveríamos locos en cuestión de seis meses. ¿Es eso lo que quieres? ¿Quieres que acabemos odiándonos?

Sarah se mordió el labio inferior y negó con la cabeza.

–Yo tampoco –concluyó él–. Necesito que pidas un traslado de departamento. Si lo hiciera yo, levantaría todo tipo de comentarios. Si lo haces tú, pensarán, simplemente, que necesitas un cambio.

Sarah asintió.

–De acuerdo. Mañana a primera hora lo solicitaré.

EL VIERNES por la mañana, Sarah fue directamente al despacho de la vicepresidenta del departamento de recursos humanos, Melinda McIntosh, y le entregó en mano su petición de traslado.

—¿Sarah? —dijo Melinda—. Esto es una sorpresa. Pensé que te encantaba tu puesto.

Sarah se encogió de hombros.

—Estoy un poco aburrida.

Melinda se apoyó en el respaldo de su sillón.

—¿De verdad?

—Sí.

—Vamos a ver, en el último mes has tenido un admirador secreto y un cambio absoluto de imagen. Ahora también quieres variar de trabajo. ¿No crees que son demasiados cambios?

Sarah sonrió tan abiertamente como pudo para ocultar su pensamiento de que Melinda tenía razón.

Todo en su vida parecía escapársele de las manos. Lo último que quería era dejar su trabajo, pero no tenía más remedio. No quería ver todos los días al hombre que había perdido por un absurdo error. La tensión entre ellos sería insoportable.

—Realmente quiero cambiar.

–De acuerdo –dijo Melinda, y puso su petición junto a otros asuntos pendientes–. Haré correr la voz y veré si alguien está interesado en una secretaria muy competente. Eso significa que tendré que buscarle alguien a Matt. ¿Sabe él algo de esto?

Incapaz de mentir, Sarah decidió decir la verdad sin entrar en detalles.

–Él fue quien lo sugirió.

–¡Vaya, ésa es otra sorpresa! –dijo Melinda agitando la cabeza de un lado a otro–. Te avisaré en cuanto tenga algo.

–De acuerdo –dijo Sarah.

Cabizbaja y entristecida, salió de la oficina de Melinda a toda prisa y casi se chocó con Nelson.

–¡Vaya! ¿Adónde vas con tanta prisa?

–A mi puesto –dijo ella.

–¿Qué hacías en el departamento de personal?

Se encogió de hombros y decidió contar la verdad, puesto que toda la oficina lo iba a averiguar muy pronto.

–He pedido un traslado.

–¿Quieres dejar el departamento de Matt?

Ella asintió.

–Sí.

–De verdad que me parece increíble.

–En realidad esto viene ya de hace algún tiempo.

–¿De verdad? No lo había notado.

Sarah pensó en una buena excusa para justificar su propio comentario. Así que buscó la explicación más accesible.

–Las idas y venidas a mi mesa de los empleados de Wintersoft desde que mi admirador secreto me envió las flores le han molestado mucho a Matt. Desde que todo esto empezó no hemos hecho más que discutir y nuestro trabajo se ha resentido. Ya no formamos un buen equipo.

–Así que ese admirador secreto ha provocado vuestra ruptura.

Tal y como lo dijo pareció que se refería a ellos como una pareja y que, en cierto modo, se alegraba de lo sucedido.

–Sí, podríamos considerarlo de ese modo –miró el reloj–. Me tengo que ir.

–Yo también –dijo Nelson–. Me han llamado de recursos humanos porque, al parecer, el señor Winters quiere vernos a Melinda y a mí.

Nelson se despidió de Sarah y ésta siguió su camino, inquieta. Le aterraba enfrentarse a Matt aquella mañana. Sabía que estaría enfadado.

Ya no habría más oportunidades para ellos. Él tenía razón. Se había demostrado que eran incompatibles y que ella no era adecuada para el hombre al que realmente amaba. Eso hacía que el dolor fuera aún mayor.

En cuanto llegó a su mesa, abrió el cajón y guardó el bolso. Luego encendió el ordenador.

–Buenos días, Sarah –dijo Matt sin levantar los ojos, que mantenía fijos en el periódico que fingía leer.

Al menos así no había visto su rostro entristecido.

Ella lo siguió con la mirada. Recordó cómo su sólido cuerpo la había acogido sólo días atrás. No era justo que dos personas que se sentían tan atraídas físicamente tuvieran caracteres incompatibles.

–¿Has hecho lo que te pedí?

Ella se aclaró la garganta.

–A primera hora. Melinda ya tiene mi solicitud.

–¿Qué solicitud? –preguntó Carmella mientras se acercaba al puesto de Sarah.

Matt miró al puesto de Sunny para comprobar que aún no había llegado.

–Le he pedido a Sarah que solicite un traslado de departamento.

Carmella abrió los ojos sorprendida.

–¿Qué?

–Hemos tenido una relación personal que no ha funcionado –dijo Matt fríamente.

–¿Y por eso quieres que se vaya? –preguntó Carmella.

–No es tan simple.

–Pues explícamelo.

–Sinceramente, Carmella, no creo que esto sea asunto tuyo –dijo Matt realmente furioso.

Carmella se quedó sin respiración. Nadie se atrevía a hablarle así. No sólo por ser la secretaria de Lloyd y tener gran influencia sobre él, sino porque era una persona encantadora.

–Lo siento –se disculpó Matt de inmediato–. No era mi intención responderte de ese modo. Pero es un asunto delicado y me cuesta hablar de ello.

Dicho aquello, se metió en su despacho y cerró la puerta.

–Le duele tanto como a ti –dijo Carmella.

–Lo sé.

–¿Qué ha ocurrido exactamente?

Sarah miró a Carmella.

—Mary Jane fue a visitarlo para advertirle de que su secretaria era una interesada.

—¡Cielo santo!

—También le pidió cincuenta mil dólares.

Carmella abrió los ojos sorprendida.

—¿Por qué?

—Por haberle dado la vida.

—Lo siento, Sarah. Realmente cometimos un error.

—Carmella, no fuimos las dos, fui exclusivamente yo. Pero no me arrepiento. Es mi forma de ser. Matt piensa que somos contrarios y que mi modo de actuar lo prueba.

—¿No te está rechazando por hablar con su madre?

—No. Me está rechazando por ser como soy —los ojos se le llenaron de lágrimas.

Carmella la abrazó.

—No hay nada malo en ti, Sarah. Seguro que acabarás por encontrar a un hombre que te comprenda y que adore tu forma de ser.

—Lo sé. Pero me duele que no sea el hombre que yo amo en este momento.

—A veces la vida es injusta.

Sarah sonrió.

—Bueno, será mejor que te pongas a trabajar antes de que Lloyd venga a buscarte.

—Sí —dijo Carmella—. Pero recuerda, no dejes que nada de esto abata tu ánimo.

—Lo intentaré.

—Quién sabe, tal vez tu admirador secreto decida enviarte algo más.

–Eso estaría bien. Así recibiría un centenar de visitas y Matt se pondría todavía más furioso si es posible.

–Tendrías una buena justificación para tu traslado.

–Ésa es la excusa que le he puesto a Nelson.

–Muy creíble.

–Espero que lo sea para todo el mundo –dijo Sarah.

Al ver llegar la caja de caramelos, a Sarah se le llenaron los ojos de lágrimas. No porque el regalo la entristeciera, sino porque sospechaba que había sido Nelson en un intento por animarla.

Una vez más su escritorio estaba rodeado de curiosos.

Tomó la nota con intención de leerla en alto, pero se contuvo al ver el contenido:

Te haré saber quién soy esta misma noche en el baile.

No era algo que quisiera hacer público sin antes haberlo digerido ella.

Alzó la vista y vio un montón de rostros expectantes.

–Dice que me envía este regalo como prueba de su amor –mintió ella.

–Otra vez la palabra «amor» –dijo Sunny con una carcajada–. Creo que ese tipo va en serio.

–¡Ya está bien! –dijo la voz de Carmella–. Todo esto ha ido muy lejos. ¿No veis que vais a acabar buscándole un problema serio a Sarah? Ni Matt ni Lloyd están muy contentos con este revuelo.

Se escucharon murmullos, pero pronto la congregación se dispersó.

Carmella se acercó a la mesa de Sarah.

–¿Estás bien?

Sarah asintió y le tendió la nota.

Carmella la leyó en silencio.

–¡Vaya! ¿Qué vas a hacer al respecto?

–Tengo que ir a la fiesta en cualquier caso, así que allí estaré para quien quiera presentarse.

–No puedes hablar en serio.

Sarah asintió.

–Claro que sí. Este tipo me ha enviado algo siempre que lo he necesitado. Las primeras flores llegaron cuando necesitaba un cambio en mi vida, las segundas cuando estaba a punto de darme por vencida, los bombones cuando estaba triste y estos caramelos cuando ya estoy realmente preparada para conocer al autor de los envíos. Sea quien sea, está claro que le gusto de verdad.

–Sarah, estás enfadada por lo que te ha sucedido con Matt, y creo que estás viendo en todo esto más de lo que hay.

Sarah negó con la cabeza.

–Pues yo no opino así. Creo que, sencillamente, estoy preparada para conocer a una nueva persona y superar lo de Matt.

Carmella resopló.

—De acuerdo, pero rodéate de gente suficiente que te sirva de apoyo, no sea que vayas a verte en una situación complicada.

Matt oyó los murmullos junto a la mesa de Sarah y supo de inmediato que había recibido otro regalo de su admirador.

Sintió, como de costumbre, un arrebato de celos, pero los puso bajo control.

No tenía derecho a sentir nada, porque Sarah y él no tenían futuro juntos.

A pesar de todo, no pudo evitar salir de su despacho al notar que todo el mundo se había ido a comer. Abrió el cajón de la mesa de Sarah, sacó los caramelos y tomó el sobre para leer la nota.

El admirador secreto tenía intenciones de revelar su identidad en la fiesta de aquella noche.

Pero aquel individuo podría ser cualquiera. La fiesta era benéfica y estaba abierta a todo el que tuviera cien dólares para pagarse la entrada.

Sintió un repentino pánico y decidió que tenía que protegerla.

Pero tan rápido como tomó esa decisión, se desdijo.

Recordó cómo lo había acusado de interferir en su vida. Con toda razón. Él había actuado exactamente igual que ella cuando fue a visitar a su madre. Debía reconocerlo.

No podía intervenir. Sarah era inteligente y se valía por sí misma. Sabría lo que debía hacer. No había motivo para que Matt se preocupara, cuando iba a estar en una habitación llena de gente.

Repentinamente le vino la imagen de Sarah bailando en brazos de otro hombre y notó un dolor en el pecho. Nunca había deseado a nadie como la deseaba a ella.

Pero no podía tenerla.

Quizá su admirador secreto fuera alguien estupendo.

Metió la nota de nuevo en su sobre, cerró el cajón y con ello sintió que cerraba definitivamente la puerta a su relación.

Iba a dejarla marchar.

CAPÍTULO 11

QUÉ ESTÁS haciendo aquí? –le preguntó su padre a Matt al verlo entrar en su casa–. Pensé que ibas a la fiesta de tu empresa.

–He cambiado de opinión.

–¡Pero si te has alquilado un esmoquin! –dijo Wayne, guiando a su hijo hasta la cocina–. No te esperaba. Sólo tengo espaguetis con albóndigas.

–No me importa. Prefiero algo ligero.

–Algo malo te pasa si has decidido no ir a la cena, porque sabes que eso tendrá consecuencias con tu jefe. Seguro que te echa una reprimenda el lunes.

–Haré una donación.

–Bueno, puede que eso solucione parte del problema. Pero sigues estando aquí en lugar de en la fiesta, y eso no es normal.

Matt suspiró profundamente. No le resultaba fácil hablar de sus sentimientos.

–Sarah ha pedido que la trasladen de departamento.

–Vaya, lo siento –dijo Wayne–. Sé cuánto te gustaba trabajar con ella.

–No es ése el problema.

–¿Entonces?

–Fui yo quien le pedí que lo hiciera.

Wayne negó con la cabeza.

—Matt, no entiendo nada.

—Últimamente, yo tampoco.

—De acuerdo, empecemos por la pregunta más obvia. ¿Por qué le has pedido que se cambiara de departamento? —preguntó mientras servía la pasta en los platos.

—Porque fue a visitar a mi madre.

Wayne lo miró atónito.

—¿Qué?

—Después de su visita, mamá vino a verme a mí.

—Y te pidió dinero —especuló Wayne, sabiendo de antemano lo que había sucedido.

—Cincuenta mil dólares.

—Y, si se los hubieras dado, habría vuelto a por otros cincuenta mil al mes siguiente.

—Lo sé.

Wayne suspiró.

—Sé que lo sabes. Eres un hombre inteligente, y fuiste un muchacho inteligente. Nunca me culpaste por lo sucedido con ella.

—Tú supiste darme la oportunidad de ver las cosas por mí mismo. Nunca me inculcaste tu opinión.

—Era el único modo justo de actuar.

Matt asintió.

—Gracias.

—¿Y por qué fue Sarah a ver a tu madre?

—Tenía la estúpida idea de que sigo atrapado en mi pasado.

—¿Y lo estás?

Matt negó enfáticamente con la cabeza.

—Entonces, ¿por qué no has llegado a comprometerte con Sarah?

–Porque somos contrarios.

–No creo que lo seáis.

–No has pasado tiempo suficiente con ella como para saberlo.

–Pero he pasado mucho tiempo contigo. Además, os he visto juntos en dos fiestas y en el trabajo.

Matt hizo un gesto de impaciencia con los ojos.

–Como si eso fuera suficiente.

–A mis años lo es. Hay algo muy fuerte entre vosotros y eso se nota –dijo Wayne con firmeza–. Escucha, Matt, Sarah es una mujer dulce y sincera.

–¡Fue a ver a mi madre!

–¿Y?

–Trató de entrometerse en mi vida.

–Pues me da la sensación que tú también te has estado entrometiendo en la suya durante las últimas semanas.

–Puede ser. Pero eso no implica que tuviera derecho a hacerlo.

–¿No te das cuentas de los motivos que os mueven a ambos? Estáis buscando un camino que os conduzca hasta el otro.

–Eso es absurdo.

–No, es humano. Buscáis un modo de hacerlo funcionar porque sois muy diferentes.

Matt miró a su padre durante unos segundos.

–Eso es lo que he dicho yo.

–No exactamente. Para mí lo importante es que realmente os gustáis y queréis estar juntos, pero sois como dos toros en una tienda de porcelana.

–Papá, no encajamos. Yo soy conservador y serio, ella es alocada y divertida.

–O sea, es exactamente lo que necesitas en tu aburrida vida. Si te buscas a alguien como tú, te morirás de desidia.

–Mi vida no es...

Su teléfono móvil lo interrumpió.

Al mirar en la pantalla reconoció el número de la oficina de Carmella.

–¿Sí?

–Matt, hay un problema –dijo Carmella, claramente preocupada.

Matt sintió un repentino temor.

–¿De qué se trata?

–De Sarah.

Matt se quedó paralizado.

–¿Ha tenido un accidente o algo así?

–No, pero está a punto de tener la peor noche de su vida.

La respuesta le pareció tan frívola que estuvo a punto de colgar.

–No es asunto mío, Carmella.

–Pero sólo tú puedes ayudarla. He averiguado que quien realizó el último envío de caramelos fue Nelson.

–¿Es él su admirador secreto?

–No lo sé. Lo que sí sé es que siempre le ha gustado Sarah. Lo que importa es que era él quien se iba a presentar esta noche.

–Ya. ¿Y?

–Lloyd lo ha ascendido hoy mismo. Ha pasado a ser jefe europeo del departamento de atención al cliente y se marcha a París esta misma noche. Winters le ha dado el billete.

–Vaya, así que no va a ir a la fiesta.

–No. Sarah se va a sentir muy mal.

A Matt se le hizo un nudo en la garganta.

–¿No puedes llamarla y contarle todo esto?

–El ascenso de Nelson es confidencial. Sólo pueden enterarse los directivos.

–Carmella, lo único que yo podría hacer para evitar la catástrofe es fingir que soy su admirador secreto –dijo Matt secamente.

–¿Podrías hacerlo?

Matt recapacitó sobre las consecuencias de algo tan necio, pero su pensamiento estaba cegado por sus sentimientos hacia Sarah y su rabia por la situación.

–Las consecuencias de algo así podrían ser incluso peores que las de que nadie se presente.

Carmella suspiró.

–Lo sé, pero...

–Déjame que me lo piense –dijo Matt y colgó el teléfono.

–¿Quién era? –preguntó Wayne.

–Carmella, la secretaria de Lloyd.

–¿Y?

–Al parecer el admirador secreto de Sarah no va a aparecer esta noche.

–¿Así que realmente había un admirador?

–No lo sé. Las explicaciones de Carmella no son claras. Pero, al menos sabe que Nelson ha aprovechado la confusión para enviarle un regalo a Sarah bajo la máscara de ese admirador y le ha prometido presentarse esta noche.

–¿Y por qué no lo va a hacer?

–Lloyd lo ha enviado a París esta misma tarde.

–Así que Sarah se va a encontrar sola y decepcionada esta noche.

–Exacto. ¡Me gustaría darle un puñetazo a ese Nelson! Está tan absorto en sus ordenadores, que no presta atención a la vida. ¡Va a acabar por hacerle daño a Sarah!

–Pero mírate a ti mismo, Matt. Tu actitud es totalmente incongruente. Te pelearías con ese hombre porque va a hacerle daño a la mujer que te interesa y no porque iba a robártela. ¡Pero si está claro que esa chica es perfecta para ti! No la dejes escapar.

–¡Somos incompatibles!

–Pues trabajad para superar esas diferencias. Lo que jamás te he contado es que tu madre y yo éramos incompatibles precisamente porque éramos iguales. La responsabilidad de cuidarte me hizo cambiar y darme cuenta de qué cosas eran importantes en la vida. Pero, hasta entonces, nuestra similitud no hizo sino empujarnos al abismo.

Matt miró en silencio a su padre.

–No debes casarte con alguien idéntico. Necesitas encontrar el equilibrio con una persona que te complemente. Eso te enriquecerá. ¿Te has parado a pensar que, en el fondo, te has fijado en Sarah porque intuitivamente tú ya sabías eso?

Matt llegó a la fiesta media hora después de que hubiera dado comienzo.

Miró de un lado a otro de la sala y, casi de inmediato, vio a Sarah. Estaba espectacular, vestida con un imponente traje rojo y el pelo suelto. Era, sin duda, la mujer más hermosa de la fiesta.

Por desgracia, se hallaba en mitad de un grupo de empleados de Wintersoft. No sólo estaban Ariana y Sunny, sino también Grant Lawson, Jack Devon, Reed Connors, Nate Leeman y Brett Hamilton.

Matt se acercó tímidamente a ella.

–Hola –le dijo–. ¿Quieres bailar?

Le quitó la copa de champán que tenía en la mano y se la dio a Ariana.

Ésta frunció el ceño, claramente disgustada con él. Sin duda, sabía algo sobre las diferencias que Sarah y él habían tenido.

–¿Qué estás haciendo aquí?

–Yo... –comenzó Matt, pero Emily lo interrumpió.

–Sí, Matt, ¿qué estás haciendo aquí?

Se volvió hacia la mujer que algún día sería su jefa y contuvo una mala contestación.

La aparición de Lloyd Winters suavizó la actitud de los presentes.

–Hola, Matt. ¿Qué haces por aquí? Recibí un mensaje tuyo excusándote por no poder venir a la fiesta.

–La situación ha cambiado –dijo Matt, pendiente de los movimientos de Sarah, que parecía estar a punto de alejarse del grupo. La tomó de la mano para detenerla–. He venido a ver a Sarah. Así que, os agradecería que nos concedierais la oportunidad de un baile.

Sin esperar respuesta, tiró de la mano de Sarah y se la llevó consigo.

–¿Qué estás haciendo?

–Salvarte.

–¿Salvarme de qué?

–Tu admirador secreto no se va a presentar.

–¿No?

–No.

–¿Cómo lo sabes?

–Porque Carmella me llamó para contármelo.

–¿Y qué te importa a ti?

–Mucho. Sé lo decepcionante que puede ser esta situación. Sé que estabas dispuesta a darle a ese hombre una oportunidad, aunque sólo fuera por sus muestras de romanticismo.

–Así es.

–Carmella me ha dicho que, al parecer, el último envío era de Nelson y era él quien pensaba estar aquí esta noche.

–Lo sospechaba. ¿Qué le ha sucedido?

–Tienes que prometerme que vas a guardar el secreto.

Sarah asintió.

–De acuerdo. Lloyd lo ha ascendido y enviado a París esta misma tarde. Seguramente estará de vuelta la próxima semana y, tal vez, te sugiera que pidas un traslado allí.

–¡Cielo santo!

–Pero quiero pedirte que no aceptes. Quiero que te quedes en Boston.

Sarah dejó de bailar.

–¿Por qué?

Matt se mojó los labios resecos.

–Te echaría de menos.

–¡Vaya! Eso es nuevo. Porque hace unas horas no te importaba mucho que me cambiara de departamento.

–Siento haberte pedido algo así. Reconozco que he hecho y he dicho unas cuantas estupideces.

–Pues sí, más de una y más de dos.

–Lo hice porque estaba asustado.

–Ya.

–En serio. No quería acabar como mis padres, así que me he pasado toda la vida buscando modos de que cualquier relación resultara un fracaso.

–Matt, estoy empezando a pensar que necesitas terapia –dijo ella y, dándose la vuelta, trató de escapar.

–Sarah, no te vayas. Quiero que sepas que precisamente el hecho de que seamos opuestos es lo que más me atrae de ti. Te necesito en mi vida. Necesito tu humor y tu calor –Sarah lo miró inexpresiva–. La verdad es que empecé a enamorarme de ti desde el primer día que te conocí. No puedes abandonarme ahora.

Sacó un anillo de compromiso del bolsillo del pantalón.

–Sarah, quiero que te cases conmigo.

Ella lo miró pensativa. Tenía un nudo en la garganta.

–Por favor, dime que sí –dijo él, poniéndole el anillo–. Te quiero más que a nada en este mundo. En parte, uno de mis temores era hacerte daño. Ahora sé que eso no sucederá.

Sarah levantó los ojos hasta entonces fijos en el diamante. Estaba llorando.

–Claro que no me vas a hacer daño, porque tendrías que vértelas con mi madre, mi padre y los cincuenta vaqueros del rancho.

Matt sonrió.

–Tengo la impresión de que vas a tener que enseñarme a cabalgar.

–Y a lanzar el lazo.

Matt soltó una carcajada.

–Sospecho que mi vida no volverá a ser aburrida.

Sarah sonrió.

–Te prometo que no.

EPÍLOGO

EMILY se acercó a Carmella, emocionada.

–¿Has visto lo mismo que yo? ¡Matt acaba de entregarle un anillo de compromiso a Sarah!

–Lo sé –dijo Carmella llena de alegría.

–¡Están comprometidos! –Emily sonrió–. Sin apenas esfuerzo, uno de nuestros solteros ya está fuera de la lista.

Carmella se rió.

–Bueno, no diría yo que sin esfuerzo. Le hemos dado apoyo y consejo. Además, tú mandaste las primeras flores.

Emily negó con la cabeza.

–Yo no mandé las primeras flores.

–¡Cielo santo! –dijo Carmella–. Entonces, ¿fue realmente Nelson?

–No lo sé. En realidad no importa. Al final ha conseguido un ascenso y un traslado para que no se interpusiera entre Sarah y Matt. En París seguro que encuentra una sustituta. Míralos –dijo Emily refiriéndose a Sarah y a Matt–. ¡Están tan felices!

–Sí, es cierto –dijo Carmella, sin poder evitar fijarse en los otro cinco solteros que aún quedaban libres.

Todos ellos eran guapos triunfadores, con capacidad sobrada para ser futuros directivos de Wintersoft.

El peligro aún acechaba a Emily Winters.

JAZMÍN™

LIZ FIELDING
DOS CORAZONES

ES PRECIOSA, Jake –Amy Hallam acarició con suavidad la mejilla de la recién nacida, después la sacó de la cuna, la colocó sobre su hombro, inhaló su aroma de bebé y la besó en la frente–. ¿Su madre la ha abandonado en la puerta de la casa de la tía Lucy? La pobre mujer debía de estar muy mal...

–Puede que sí, pero sabía que Lucy cuidaría de ella. Dejó una nota –Jake le entregó un papel a su esposa y le quitó al bebé para que pudiera leer lo que ponía.

Amy se estremeció al tocar el papel. Podía sentir el miedo de la mujer que había escrito la nota.

–¿Estás bien? –Jake la tocó para tranquilizarla.

–Sí –dijo ella, pero se sentó antes de comenzar a leer.

Querida «tía Lucy»

Cuidaste de mí una vez y ahora te pido que cuides de mi hija, porque no hay nadie más que pueda ayudarme.

Nació el día veintiséis de septiembre. No tiene nombre y no he registrado su nacimiento. Si no sé su nombre no puedo traicionarla. Es completamente anónima. Es su única esperanza.

Te suplico, y confío en ti, que no cuentes nada a la policía y que no utilices los medios de comunicación para intentar localizarme. Eso sólo servirá para llamar la atención hacia ella y ponerla en peligro.

Te dejo el poco dinero que tengo para ayudarte hasta que encuentres a alguien bueno que pueda cuidar de ella y ofrecerle una buena vida. La quiero, pero conmigo no estará segura.

K.

Amy pestañeó y se fijó en su propio hijo, que estaba sentado en el suelo. Deseaba abrazarlo para demostrarle lo mucho que lo amaba. Sin embargo, sin pronunciar palabra, agarró la mano de su esposo.

–¿Paranoia? ¿Violencia doméstica? –le preguntó él.

–No sé, pero esta mujer está aterrorizada por algún motivo. Basta con mirar su escritura –dijo ella, al ver que Jake arqueaba una ceja–. Sea cual sea el problema, ella está fuera de sí. Debe saber que lo que pide es imposible, y que quebrantaría todas las leyes de protección de la infancia, pero en lo único que piensa es en proteger al bebé.

–No podremos hacerlo durante mucho tiempo.

–No, por supuesto que no. Pero no estoy preparada para correr riesgos innecesarios. Una semana o dos no supondrá gran diferencia.

–No estoy seguro de que los servicios sociales lo vean de la misma manera –contestó Jake.

–Puede que no, pero si pudiéramos encontrarla...

–Ha dejado a su hija en un lugar que cree que es seguro, Amy. ¿No crees que habrá puesto la mayor distancia posible entre ambas?

–No hasta que esté segura. Se quedará cerca hasta que se asegure de que el bebé está a salvo.

–¿Y eso de qué servirá? No tenemos ni idea de qué aspecto tiene.

Ella frunció el ceño.

–A lo mejor no es necesario. Le ha dejado todo el dinero que tenía a Lucy. Estará débil. Hambrienta. En baja forma. Tenemos que buscar en las calles de alrededor de la casa de Lucy, Jake. No podemos perder tiempo.

CAPÍTULO 1

HACÍA calor para ser finales de septiembre. El cielo estaba despejado y sólo el fruto de las zarzamoras indicaba que el verano estaba a punto de terminar.

Kay se secó el sudor de la frente, se dio aire con el sombrero de paja y caminó junto al seto, buscando las moras que había dejado sin recoger, intentando ignorar las zarzas que colgaban sobre el muro que daba a la calle. Ramas combadas por el peso de las moras, pero a las que no conseguía llegar con el bastón de caminar.

–Vamos, Polly, tendremos que conformarnos con éstas –dijo después de revisar el seto una vez más.

–¿Tienes suficientes? –le preguntó su hija, mirando con escepticismo la pequeña cantidad que habían recogido.

–No hay más. Me temo que la tarta de la fiesta de la cosecha de este año tendrá más manzana que moras.

Polly frunció el ceño.

–Pero allí hay montones –dijo, señalando la parte alta del muro.

–Lo sé, pequeña, pero no puedo alcanzarlas.

–Podrías recogerlas desde el otro lado de la valla. ¿Por qué no te cuelas? Ahí no vive nadie. Alguien ha puesto el cartel de «Se Vende» –dijo, como si eso zanjara el tema.

¡Qué sencilla era la vida con seis años! Pero Polly tenía razón en una cosa: Linden Lodge estaba vacío desde que ella vivía en Upper Haughton. Desde la ventana de su dormitorio podía observar la frondosa vegetación que se ocultaba tras el alto muro, el tejado de la casa de verano hundiéndose bajo el peso de una clematis montana, rosales salvajes y árboles en flor que, año tras año, habían tirado sus frutos al suelo. Era como el jardín secreto de un cuento de hadas, cerrado, oculto, dormido. Esperando a que entrara la persona adecuada para que lo devolviera a la vida.

«Hará falta algo más que un beso», pensó ella.

Al ver que no respondía, Polly comentó con la insistencia de una niña de seis años:

–Son para la fiesta de la cosecha.

–¿Qué?

–Las moras, por supuesto. Todos los habitantes del pueblo tienen que llevar algo.

–Ah, sí –ése era el plan. Todo el mundo contribuía con algo en la fiesta de la cosecha que se celebraba una vez al año, una tradición que recordaba el pasado agrícola del pueblo.

Kay sabía que era ridículo que se resistiera a colarse por la valla. La fruta se echaría a perder si ella no la recogía.

–Puedes dejar una nota por debajo de la puerta para darles las gracias –dijo Polly.

Kay sonrió.

–¿Una nota de agradecimiento? ¿A quién? –preguntó divertida.

–A quien compre la casa. Yo haré un dibujo de las moras para que quien venga a vivir se alegre de que no se echaron a perder –dijo la pequeña, agarrando la mano de Kay y tirando de ella hacia la valla. En el muro había una puerta pequeña cuya pintura se estaba desconchado por el efecto del sol.

–Estará cerrada –dijo Kay, pero al mover la manija y empujar la puerta cedió con facilidad. Se quedó paralizada, invadida por la mezcla de alivio y decepción. Un pájaro salió volando de entre la hierba crecida y la asustó. Era como si esperara oír una voz enfadada preguntándole qué diablos estaba haciendo allí.

Pero sólo era la voz de su conciencia.

Aparte del sonido de su corazón acelerado, y del zumbido de las abejas revoloteando entre las flores, nada interrumpía el silencio.

Al ver las margaritas azules y moradas, unas flores resistentes que se abrían hueco entre la maleza que invadía el jardín, se le encogió el corazón. Le dolía pensar que alguien hubiera podido abandonar el jardín de esa manera.

Dominic Ravenscar dio la espalda a los muebles cubiertos por sábanas polvorientas del estudio y miró hacia el jardín.

Era el momento que más temía. Durante seis años había evitado mirar el jardín de Sara, pero había comprendido que por mucho que huyera no había lugar para para escapar del dolor, ni para olvidar el pasado.

La última vez que había mirado por la ventana había sido en primavera. Los árboles frutales estaban en flor y las lilas y los tulipanes mostraban su esplendor. Sara estaba radiante gracias a la felicidad que le provocaba la nueva vida que habían creado. Todavía era un secreto que ambos compartían, una alegría de la que querían disfrutar antes de dar la noticia, después de que las primeras semanas de incertidumbre hubieran pasado.

Una tragedia doble que él también había guardado para sí. Cuando Sara murió fue demasiado tarde para compartir la noticia y no tenía sentido causar más sufrimiento a los familiares y amigos.

Aquel enorme vacío le pertenecía a él.

Una rama del rosal que Sara había plantado junto a la puerta golpeó en la ventana y lo sobresaltó, haciendo que regresara a la realidad. No era la única planta que había crecido salvaje. Sin los cuidados de Sara, la naturaleza había seguido su ritmo y los arbustos habían crecido de forma desmesurada, acorralando a los árboles frutales que luchaban para encontrar más luz.

Dominic apoyó la frente contra el cristal y cerró los ojos para tratar de olvidar durante unos instantes el destrozo del jardín y de su vida, pero no lo consiguió. Había comprado la casa porque Sara se había enamorado del jardín, un lugar rodeado por un muro de ladrillo del que ella había dicho que sería un lugar seguro para que jugaran sus hijos.

Su mayor ilusión era crear un jardín al estilo inglés, lleno de plantas y flores que atrajeran a los pájaros y a las mariposas. Él podía imaginarla con un sombrero en la cabeza para protegerse del sol mientras podaba los rosales o ataba las ramas jóvenes de los melocotoneros.

Caminando entre los frutales del pequeño huerto que había creado.

No consiguió escapar del dolor en la oscuridad, así que abrió los ojos, pero la imagen de Sara continuaba allí.

Sara...

Sus labios se movieron, pero de su boca no salió ningún sonido, sólo se oyó el latir de su corazón acelerado. Se acercó a la puerta, desesperado por llegar hasta ella, pero se percató de que estaba cerrada y de que las llaves estaban sobre la mesa de la cocina, donde él las había tirado. Fuera de su alcance. Porque durante unos instantes no se atrevió a moverse. Si retiraba la vista de Sara, ella desaparecería...

Golpeó el cristal de la puerta con el puño, deseando que ella se volviera y lo mirara.

Si lo miraba, todo estaría bien...

–¡Sara!

–Dom, ¿estás bien?

El pestañeó, se volvió y cuando miró de nuevo, ella se había marchado.

–¿Dom?

Al principio le ocurría todo el rato. Mirara donde mirara, pensaba que la estaba viendo. Bastaba un mechón de cabello rubio entre la multitud, una risa en un restaurante o su color favorito para detenerle el corazón. Pero hacía mucho tiempo que no tenía una imagen de ella tan real...

Y se había quedado sintiéndose solo y deprimido.

—Estoy bien, Greg —dijo con brusquedad, volviéndose de espaldas a la ventana y dándose cuenta de que era motivo de preocupación. Era algo que había conocido bien durante los meses posteriores a la muerte de Sara. Una de las razones por las que se había marchado, tratando de continuar con su vida, viviendo y trabajando entre desconocidos que no sabían nada de lo que le había sucedido en su vida. Gente que no tenía que esforzarse en buscar palabras porque no sabían qué decirle. Gente que mantenía las distancias después de que él rechazara los gestos amistosos y de acercamiento que le mostraban en un principio.

—Estoy bien.

—Sabes que no hace falta que pases por esto —dijo Greg, y dejó la caja de comida que había sacado del coche—. Puedes dejármelo a mí. Dime lo que quieres conservar y lo empaquetaré y guardaré hasta que lo... bueno, hasta que lo necesites. No costará mucho vender la casa. Hasta se podría vender un cobertizo en Upper Haughton. Hiciste una inversión inteligente...

—No lo compré como inversión. Lo compré porque...

—Lo sé —interrumpió Greg—. Lo siento —Dominic negó con la cabeza. Sabía que Greg estaba hablando para rellenar el silencio—. Mira, ¿por qué no te quedas con nosotros hasta que soluciones todo esto?

–No. Gracias, pero hay cosas por las que tengo que pasar. Debí haberlo hecho hace mucho tiempo –se volvió hacia la ventana con la esperanza de que ella estuviera otra vez allí, pero el jardín estaba vacío.

–Ya –hubo una pausa–. ¿Necesitas ayuda para solucionar las cosas? No hace falta que sea alguien que conozcas. Puedo preguntar en la agencia que contrata nuestro personal si tienen a alguien. Quizá sea más fácil con alguien que no esté emocionalmente implicado, bueno, ya sabes...

Sabía, pero no quería ayuda. No quería a nadie. Sólo quería que Greg dejara de mirarlo como si hubiera perdido la cabeza, se marchara y lo dejara solo. Pero aquel hombre no sólo era su abogado, sino también el amigo que había permanecido a su lado desde el momento en que él había prometido ser fiel a Sara hasta que la muerte los separara. Palabras sin sentido. Eran jóvenes. Enamorados. Iban a vivir eternamente...

–Gracias, Greg –dijo él, consciente de que su amigo quería ayudar–. ¿Puedo pedírtelo cuando lo necesite?

–Por supuesto. ¿Estás seguro de que vas a estar bien aquí? –le dijo mirando a su alrededor–. Si me hubieras avisado, habría hecho que alguien diera un buen repaso a este lugar. Por lo que parece, las personas que vienen una vez al mes no han hecho más que lo mínimo.

–Eso es para lo que les pago –el mínimo. Él les había pedido que no tocaran nada–. Tengo agua y electricidad. Teléfono móvil. Es todo lo que necesito.

–¿Y que tal algún medio de transporte?

–No voy a ir a ningún sitio.

–De acuerdo –le dijo tras una larga pausa–. Entonces, me voy. ¿Estás seguro? La caja de comida es bastante básica.

–No te preocupes. He conseguido mantener unidos el cuerpo y el alma durante seis años. No voy a morirme de hambre.

Greg lo miró como si quisiera decirle algo, pero no era necesario. Dom había comprendido la mirada de asombro con la que lo había recibido en el aeropuerto.

Se volvió de nuevo para mirar por la ventana y le dio un vuelco al corazón al ver que ella estaba otra vez allí. Alta, delgada, vestida con unos pantalones vaqueros y una camiseta azul turquesa desteñida. Siempre había sido su color favorito.

–Te llamaré mañana –dijo Greg desde la puerta–. Hablaremos de conseguirte un poco de ayuda.

–No hay prisa –dijo abstraído, deseando que ella levantara la vista y lo mirara. De pronto, una niña apareció entre la hierba con una corona de flores. Sara la colocó sobre la cabeza de la pequeña, de forma que parecía una princesa.

Seguro que se estaba riendo. Si al menos pudiera ver su cara...

–No hay prisa... –dijo de nuevo, al oír que se cerraba la puerta. Con las manos apoyadas sobre el cristal, observó cómo la mujer besaba a la niña y después sacaba unas tijeras de podar del bolsillo trasero de los pantalones para cortar algunas ramas de la zarzamora–. Tengo todo el tiempo del mundo.

Entonces se percató de que ella no llevaba guantes.

Él le había comprado un par, pero habían terminado rompiéndose.

Entonces, vio cómo se pinchaba la mano con una rama que había salido despedida.

–No... –ella se la retiró de la piel, se metió el dedo pulgar en la boca y, como si fuera una pesadilla recurrente, la historia comenzó a repetirse–. Sara...

Pero el nombre se atravesó en su garganta y deslizó las manos sobre el cristal al ver que la imagen titilaba, para desvanecerse cuando cerró los ojos.

–Cielos, Kay, lo has hecho bien –Amy Hallam dejó un cuenco con moras sobre la mesa de la cocina–. Yo quería contribuir, pero no hay mucha fruta en nuestro prado. La cabra se come los brotes en cuanto salen.

–Las cabras se comen todo lo que aparece sobre la tierra –Kay lavó la fruta y la añadió a la olla que estaba sobre el fuego–. Pero gracias por la idea. Me temo que he tenido que hacer algo malo para asegurarme de que las tartas de mora y manzana tuvieran algo más que manzana este año.

–¿Algo malo? ¿Tú? ¡Qué inesperado! –sonrió–. ¡Qué prometedor!

–Basta. Lo digo en serio. He entrado en el jardín de Linden Lodge. Aunque he de decir que me ha animado tu ahijada.

–¿Y qué hay de malo en eso? Habría sido un crimen permitir que se echaran a perder. Polly es una niña inteligente y yo he cumplido mi deber como madrina al enseñarle cómo debe utilizar su iniciativa.

–Los mirlos de la zona no se lo han tomado de la misma manera.

–Que coman gusanos.

–Y he roto el cerrojo de la puerta al empujar para abrirla.

–Has cometido un delito doble de una sola vez –le dijo con una sonrisa–. Eres una delincuente, Kay Lovell. Habrá que informar a la coordinadora del grupo de seguridad del barrio. Oh, espera, tú eres la coordinadora de seguridad...

–Ya basta –dijo Kay, incapaz de contener una sonrisa. Después llenó la cafetera de agua–. ¿Café?

–Por favor. ¿Quieres que envíe a alguien para que arregle la verja?

–No, yo puedo hacerlo. La pieza donde encaja el cerrojo está oxidada. Estoy segura de que tengo alguna de repuesto en el cobertizo.

–¿Cómo es ese lugar?

–¿El cobertizo? ¿Quieres hacer una inspección ahora? Deberías haberme avisado para que pudiera recoger un poco...

–Linden Lodge –Kay sabía que era a eso a lo que se refería, pero no estaba segura de querer hablar del tema–. Hay algo misterioso tras esos muros.

–No, sólo que todo está muy crecido –dijo Kay–. Polly se sentó para hacer una corona de flores mientras yo cortaba las zarzas y desapareció por completo. Durante un minuto pensé que... –se calló de

pronto. No quería recordar lo mal que se había sentido durante los segundos en que Polly no respondió a
su llamada. Cuando lo único que podía ver era la
verja abierta y un millón de posibilidades cruzaban
por su cabeza...

–¿Has podado las zarzas? –preguntó Amy haciendo que volviera a la realidad.

–¿Qué? Ah, sí. Estaban estrangulando a un melocotonero. Pobrecito –puso café en la cafetera–. No
te rías, Amy.

–¿Yo? ¿Reírme? Ni lo pienses.

–Bueno, entonces no sonrías. Sé que es patético,
pero no soporto ver nada que sufra –se volvió para
sacar las tazas. Sabía que no tenía que explicar
nada. Amy nunca necesitaba explicaciones–. De todos modos, mañana meteré una nota en el buzón
cuando vaya a arreglar la verja. Sólo para darles
una explicación.

–¿Sobre por qué cortaste las zarzas para salvar
al árbol?

–Sobre por qué robé las moras. Para una buena
causa.

–No hay nadie en la casa, y los fantasmas no necesitan explicaciones, Kay.

Sobresaltada, se volvió para mirar a su visita.

–¿Fantasmas?

–¿No te has dado cuenta? Siempre que paso junto
al jardín tengo la sensación de que está encantado.

–No. No era misterioso, sólo... triste.

–A lo mejor eso es lo que quería decir yo.

Kay creía que no era así. No había sentido la
presencia de ningún fantasma, pero Amy era cono-

cida por su capacidad de percibir más cosas que el resto de la gente.

–El viernes colocaron el cartel de «Se Vende». ¿Lo sabías? –dijo ella, decidida a cambiar de tema. No había sentido nada más que tristeza, ni siquiera en esos momentos que tenía erizado el vello. Y tenía que regresar a arreglar la verja.

–He oído que la habían sacado al mercado. Una lástima.

–¿Conocías a las personas que vivían allí?

–¿A los Ravenscar? No muy bien. Nos veíamos en los actos que se celebraban en el pueblo, por supuesto, pero yo estaba ocupada con los niños. Ese año tuve a Mark y todavía estaba estableciendo el negocio. Eran jóvenes, no llevaban casados más de un año o dos y todavía se interesaban el uno por el otro más que por cualquier otra cosa. Asistieron a la fiesta de la cosecha. Recuerdo que Sara Ravenscar se entusiasmó al ver cómo todo el pueblo se unía para el evento. Habría dado su aprobación para que recogieras las moras. Su muerte fue una tragedia.

–He oído que murió por el tétanos. ¿Es cierto?

–Bueno, tuvo complicaciones pero, ¿puedes creer que suceda eso hoy día? Al parecer, sus padres no creían en ningún tipo de vacuna y, como la mayor parte de los jardineros, ella no era capaz de dejarse los guantes puestos. Tras su muerte, Dominic se marchó al extranjero. Creo que estuvo trabajando en algún tipo de programa de ayuda.

–Me sorprende que no vendiera o alquilara la casa en lugar de dejarla vacía. La persona que la compre tendrá que invertir mucho trabajo en ella, y no sólo en el jardín. La pintura está en muy mal estado –dijo Kay.

–A lo mejor no podía soportar la idea de deshacerse de ella tan pronto. Supongo que la idea de regresar a vivir en ella era incluso peor, así que la cerró. Ahora es como la aguja atascada de un viejo gramófono, incapaz de continuar hacia delante.

Kay se estremeció.

–Bueno, ahora la ha puesto a la venta. Es un paso hacia delante.

–A lo mejor. Eso espero.

–Sí, bueno, llevaré la carretilla y limpiaré lo que podé cuando vaya a arreglar la verja. A lo mejor debería acercarme a la agencia para preguntarles si quieren que les limpie el jardín. Prefiero dejar un poco de lado mi negocio mientras Polly esté de vacaciones durante el verano.

Amy la miró como si fuera a decir algo importante, pero al ver que Kay arqueaba las cejas, sólo dijo:

–Teniendo en cuenta lo que le sucedió a Sara Ravenscar, asegúrate de ponerte guantes. ¿Te has desinfectado esos arañazos?

–Con aceite del árbol del té –se miró la mano donde se le habían clavado las zarzas–. En cuanto llegué a casa. Y tengo todas las vacunas al día.

–Bien –en el momento que la pequeña Polly entró en la habitación con el pijama puesto, Amy la tomó en brazos–. ¡Eh, cariño! La niña a la que quería ver. ¿Crees que tu mamá podrá prestarte mañana?

–¿Mañana? –preguntó la pequeña.

–Todo el día. Vamos a llevar a los niños al mar y Mark quiere que tú también nos acompañes.

–¡Bien! –exclamó. Y después dijo–: Pero le había prometido a mamá que la ayudaría a hacer las tartas...

–Creo que podré arreglármelas sola –le aseguró Kay, sabiendo que Amy no le había dejado elección–. Si Amy puede –añadió–. ¿Estás segura de que podrás con todos?

–Por supuesto. Cuatro niños son mejor que tres. Jake puede irse de aventura con George y James, y yo me divertiré chapoteando en los charcos de las rocas con los más pequeños.

El mensaje silencioso de que tenía que dejar salir a Polly y ser menos protectora con ella había quedado muy claro.

–En ese caso, ¿cómo puedo negarme? Espero que lo paséis bien.

–¿Has visto cuántas moras hemos recogido, Amy? –preguntó Polly, quebrando la tensión que se había creado entre ambas–. Y también he hecho una corona de margaritas.

–¿Moradas? ¡Estás bromeando!

–¡No! De verdad. Ven y la verás... –se bajó de su regazo y, agarrando a Amy de la mano, se dirigió hacia las escaleras.

–Enseguida vuelvo.

–Te espero –dijo Kay–. Pero no dejes que te camele para que le leas un cuento. También tienes hijos a los que acostar.

–Sí, pero todos son chicos. No les gustan las hadas, ni hacen coronas de flores. Además, hoy le toca bañarlos y acostarlos a Jake y no tengo intención de regresar antes de que haya limpiado todo el desastre.

Dom se esforzó para comerse una lata de sopa y un poco de pan. No saboreó nada, pero era parte del proceso de supervivencia que había llevado durante seis años. Sin embargo, era la primera vez que sentía cómo su corazón volvía a latir.

Después, paseó por la casa tocando las cosas de Sara que todavía se encontraban sobre la cómoda, cubiertas por una fina capa de polvo acumulada tras la última visita de la persona que iba a limpiar. Abrió los armarios donde colgaba su ropa y se acarició la mejilla con uno de sus vestidos.

Inhaló el aroma de Sara que permanecía en el tejido.

¡Qué estúpido había sido! Ella estaba allí. Todo el tiempo que él había huído, ella había estado allí, esperándolo.

Abrió las ventanas del piso de abajo. No se atrevió a salir más allá del porche, donde solían sentarse juntos las tardes soleadas para tomarse una copa de vino, porque tenía miedo de molestarla mientras estaba en el jardín. Pero tenía la esperanza de que ella saliera de la oscuridad y se uniera a él.

Sin embargo, el jardín permaneció quieto y silencioso. El calor del verano impregnaba las paredes y el aire estaba invadido por el aroma de las rosas. Dom permaneció allí, contemplando la vegetación frondosa que había sido un jardín, confiando en verla una vez más antes de que oscureciera.

Entonces escuchó la risa de una niña y, en lugar de recordar todo el dolor que había sufrido por todo lo que había perdido, se esforzó por oírla de nuevo. Contuvo la respiración y no se movió hasta que el cielo se tornó de color azul oscuro y aparecieron las primeras estrellas.

CAPÍTULO 2

KAY NO perdió ni un minuto. Nada más despedirse de Polly metió las herramientas que necesitaba en la carretilla y se dirigió a Linden Lodge. El día anterior se había comportado de manera vergonzosa y quería terminar de arreglar la situación.

Ella ponía su granito de arena en la comunidad, ayudaba en la escuela, trabajaba duro para mantener a Polly y nunca se pasaba de la raya, nunca hacía nada que llamara la atención para que no rumorearan sobre ella. Había tenido suficiente cuando Amy las acogió en su casa y después les permitió mudarse a la casita.

Pero en ese momento no sabía qué se había apoderado de ella.

Se detuvo y dejó la carretilla.

Se estaba engañando a sí misma. Sabía exactamente qué era lo que la había poseído: el misterio del jardín oculto tras un muro. La posibilidad de ver más de la maravilla que veía desde la ventana del piso de arriba de su casa. Quería ver más. Siempre había deseado ver más.

Polly no la habría convencido de traspasar la valla si ella no hubiera querido hacerlo.

Cuando abrió la puerta de la verja, percibió el aroma de la hierba mezclado con el de la valeriana. Un mirlo, posado en un manzano, hizo un silencio para después continuar con su canto. Y ella se sintió aceptada.

Qué tontería.

Kay agarró las plantas que crecían detrás de la valla y las cortó con las tijeras de podar para poder abrir la puerta del todo y meter la carretilla.

Entonces, puesto que asegurar la verja era más importante que limpiar el jardín que nadie iba a ver en un futuro próximo, y puesto que era la coordinadora de vigilancia del vecindario, lo primero que hizo fue reparar el cerrojo. También engrasó las bisagras. Era lo que debía hacer como buena vecina y en agradecimiento por las zarzamoras.

Como si alguien fuera a darse cuenta. Los compradores no le darían importancia.Lo más probable era que lo destrozaran del todo y rehicieran el jardín de nuevo. Pero era una lástima. Lo viejo, a pesar de todo, tenía carácter.

Probablemente arrancarían todas las plantas y las reemplazarían por otras nuevas, unas que no necesitasen una lucha constante contra las babosas, pulgones y demás insectos.

Y sin duda, derrumbarían el cenador.

Y quizá construirían una piscina.

Dejó la lata de aceite en la carretilla y miró con calma a su alrededor. Todavía era temprano, y el pueblo estaba tranquilo, tal y como están los pueblos alejados de la carretera principal en una mañana de domingo.

Se acercó al camino lleno de hierba y suspiró al ver los tesoros hortícolas que trataban de sobrevivir frente a otras especies más robustas. Se sentía tentada de liberarlos pero, ¿para qué? Si el jardín no recibía un cuidado continuado, la naturaleza se apoderaría con más vigor de la zona limpia y al final sería mayor el daño causado que el beneficio.

No le hacía falta que Amy Hallam arqueara las cejas para saber que estaba perdiendo el tiempo al podar la zarzamora. En primavera crecerían más fuertes que nunca y, entretanto, ella tenía que pagar su acción con tiempo y esfuerzo que podía haber empleado en su propio jardín.

No podía perder el tiempo pensando en cómo quedaría el jardín si se arreglara. Se puso unos guantes de cuero y comenzó a retirar las ramas cortadas.

Dom se despertó de pronto y, por un momento, no supo dónde estaba. Tenía frío y se sentía incómodo tras haber pasado toda la noche en una butaca. Al menos eso le resultaba una experiencia familiar.

Se frotó la cara con las manos, pasó los dedos entre sus cabellos y se preparó para enfrentarse a un nuevo día. Al sentarse hacia delante vio que el jardín brillaba por el reflejo del sol en el rocío.

Durante un instante le pareció un lugar mágico.

Y entonces, al ver a Sara trabajando cerca del cenador, supo que era así. Ya no le dolían las piernas ni el corazón. Se puso en pie y bajó los escalones que llevaban hasta el jardín, sin importarle que la hierba mojara sus pies.

Lo único que le importaba era que su querida y adorada Sara estaba allí, trabajando en el jardín, arrodillada frente a un arbusto para tratar de liberarlo de las malas hierbas. Y él se disponía a ayudarla.

Concentrada en su tarea, tratando de no romper las frágiles ramas de la hamamélide de Virginia, Kay no se percató de que no estaba sola.

Sólo el ruido de la hierba la alertó, pero pensó que sería una ardilla o un pajarillo y continuó con su trabajo. Sin embargo, instantes más tarde sintió una presencia a su lado y, al ver que alguien se arrodillaba junto a ella, se sobresaltó.

–Sara...

La voz de Dom se apoderó de ella.

«¿Sara?»

El tono de su voz era suave, como si estuviera hablando con un potrillo que pudiera escapar asustado.

A lo mejor ella se había sobresaltado porque él le había dicho después:

–No te vayas... –era una petición desconsolada y ella no necesitó más para saber que aquel hombre vacío y demacrado era Dominic Ravenscar. No necesitó gran cosa para comprender que, al estar de espaldas al sol, con el rostro oculto por la sombra de su sombrero, él creía que era su esposa fallecida que había regresado. Tampoco necesitó intuición femenina para saber que, hiciera lo que hiciera, cometería un error y le haría daño. Mientras buscaba las palabras adecuadas, él continuó–: No volveré a dejarte nunca. Jamás.

Ella se quedó de piedra, inmóvil e incapaz de pensar.

No había palabras.

Permaneció arrodillada decidiendo qué hacer, pero él se acercó más y comenzó a desenredar las ramas que ya había cortado, como si fuera la cosa más natural del mundo. Cuando sus manos se rozaron, ella se estremeció con fuerza y soltó la navaja.

Como si tuviera miedo de que desapareciera de nuevo, él le agarró la mano y se la sujetó un instante. Le acarició el arañazo que tenía en el dorso con el dedo pulgar.

–No llevas guantes. ¿Cuántas veces te he dicho que deberías ponértelos?

–No... Sí... –trató de murmurar, pero las palabras no consiguieron atravesar el nudo que sentía en la garganta.

Quizá él pudo leer sus labios. Quizá pensó que estaba haciéndole una promesa en lugar de buscar las palabras adecuadas para decirle que era otra persona, porque con la otra mano le sujetó el rostro. Y mientras permanecía atrapada entre el deseo de salir corriendo y la necesidad de permanecer allí para convencerlo de la realidad de la situación, él se acercó y la besó.

Había pasado mucho tiempo desde que alguien la había besado por última vez, y nadie lo había hecho con tanta delicadeza y dulzura. Como si fuera algo valioso y frágil que pudiera romperse.

Su cuerpo, deseoso de ternura y de las caricias de un hombre, respondió como una prímula ante los primeros rayos de sol después de un largo invierno. Entonces, ella le devolvió el beso con el anhelo acumulado tras largos años de soledad.

A medida que él confiaba en que ella no iba a desvanecerse tras sus caricias, comenzó a besarla de manera más apasionada.

El sombrero que ella llevaba cayó al suelo y él le sujetó la cabeza para que no la alejara de su boca.

La agarró por la cintura y la abrazó con más fuerza, como si quisiera que ambos se fundieran en una sola persona. En la copa del árbol que había sobre ellos, un mirlo pió con urgencia. Y ella sintió las lágrimas de él sobre sus mejillas. O quizá eran sus propias lágrimas.

El beso era como el de un sueño, la perfección de la fantasía, y le pareció que había pasado mucho tiempo antes de que él la soltara y se incorporara. Entretanto, ella recuperó la respiración.

De pronto, él la miró y se enfrentó a la realidad. La expresión de felicidad se convirtió en confusión y después, cuando se percató de su error, en dolor.

El brillo de su mirada se apagó y la expresión de sus ojos se convirtió en algo indescifrable.

Ella sintió un fuerte vacío en el pecho. Habían compartido un momento tan íntimo, la había mirado con tanta devoción, para que luego todo terminara...

Oh, cielos. ¿En qué estaba pensando?

–¿Señor Ravenscar? –sintió que le temblaba la voz pero, ¿qué eran sus sentimientos comparados con lo que él debía estar sufriendo?–. Dominic, ¿estás bien? –estaba demasiado preocupada como para que le importaran sus propios sentimientos, y era demasiado tarde para preocuparse por las formalidades de las presentaciones.

–¿Quién es usted? ¿Quién diablos es usted? –repitió enfadado, se puso en pie y dio un paso atrás para poner distancia entre ambos–. ¿Qué está haciendo aquí?

¿Qué esperaba ella? ¿Que le dijera «gracias por el beso, señora. Ha sido un placer»?

–Me llamo Kay Lovell.

Se puso en pie y trató de actuar con normalidad, como si nada extraño y vergonzoso hubiera sucedido. El beso no lo había sido, fue la situación posterior la que resultaba difícil. La realidad siempre era mucho más difícil que la fantasía.

Sintió que le temblaban las piernas y trató de estabilizarse. A lo mejor, con los besos sucedía lo mismo que con la bebida, que cuando uno no los probaba durante algún tiempo, los efectos se multiplicaban...

Se contuvo para no tenderle la mano. Era demasiado tarde para saludarlo, así que trató de encontrar la manera de explicarle por qué estaba en su jardín.

–Estaba... –no, no era lo adecuado. Cualquier intento de explicación quedaba fuera de lugar. Y él no quería saber qué estaba haciendo allí. Sólo quería saber por qué no era su esposa. Ninguna explicación lo dejaría satisfecho–. Soy tu vecina –dijo ella.

Él dio un paso atrás como si, a cada momento, el error cometido fuera más grande. Entonces se fijó en las ramas recién cortadas de los melocotoneros.

–Eras tú, ¿verdad? –dijo él–. ¿La de ayer?

Entonces, ¿él estaba allí y la había visto? Vio cómo la esperanza se desvanecía de su mirada y supo que era cierto.

–Sí, era yo –dijo ella, sintiéndose culpable por el daño que le había causado.

–¿Y la niña? ¿La niña pequeña? –ella frunció el ceño. Si había visto a Polly, tendría que haberse dado cuenta de que ella no podía ser Sara–. ¿Quién es? –insistió.

–Mi hija. Polly. Estuvimos recogiendo moras para hacer la tarta para la fiesta de la cosecha. Hoy se ha ido con unos amigos. Al mar. Con los Hallam. Creo que los conoce. Tienen un hijo pequeño que es apenas unos meses mayor que Polly y son muy buenos... –se calló. Estaba hablando demasiado–. Lo siento...

–No importa –interrumpió él.

–De haber sabido que estabas en casa habría...

–¿Habrías llamado para pedir permiso? –preguntó con sarcasmo–. ¿Para qué has regresado? ¿Para asegurarte de que no te has olvidado ninguna? ¿O hay algo más de lo que te hayas encaprichado?

Miró el arbusto y después a ella. Arqueó una ceja, dejando claro cuáles eran sus pensamientos, y ella se sonrojó.

–¡No! Sólo estaba... –no terminó la frase. Si de verdad pensaba que podía robar un arbusto con sólo una navaja y un destornillador, no habría nada que pudiera hacerlo cambiar de opinión–. El cerrojo de la puerta estaba oxidado. Vine a poner uno nuevo. Ahora debería cerrar bien. Yo...

–¿Servirá para que no entres de nuevo? –preguntó con voz y mirada cortantes.

–Sí, si lo cierras cuando yo esté fuera –dijo con educación, a pesar de que tenía el corazón acelerado–. Además, me harías un favor, porque pensé que tendría que cerrarlo desde dentro y después saltar la valla, y es bastante alta –esbozó una sonrisa. Él no respondió. «Tiene todo el derecho a estar enfadado», se dijo. Señaló la carretilla llena de ramas y continuó–: Será mejor que me vaya. Ya he terminado todo lo que vine a hacer.

Él miró la carretilla como para asegurarse de que no se llevaba ninguna planta valiosa. Y, al ver lo que contenía, frunció el ceño.

–¿Por qué lo has hecho?

–¿Arreglar la verja?

–Cortar las zarzas. ¿Por qué lo has hecho?

–Estaban creciendo sobre el melocotonero y lo hacían sufrir... Soy jardinera. Mañana iba a contactar con la inmobiliaria para ver si estaban interesados en darme trabajo. Para arreglar un poco el jardín ahora que la han puesto a la venta.

–No te molestes –dijo él–. Me gusta tal y como está.

–Probablemente tengas razón. Es mejor que lo limpien los nuevos dueños. Que empiecen de nuevo.

–A lo mejor te contratan.

–Lo dudo. Llevaría meses arreglar todo esto. Imagino que contratarán a una empresa. Alguien que les proporcione resultados inmediatos con una máquina. Meterán todo esto en un contenedor y traerán plantas ya crecidas, como hacen en los programas de jardinería de la televisión –él la miró sin más. Por supuesto, llevaba mucho tiempo trabajando en el extranjero y probablemente nunca había visto uno de esos programas en los que en un solo fin de semana transformaban un jardín corriente en uno de estilo mediterráneo–. Entonces, me marcho. Si necesitas alguna cosa, vivo en Old Cottage –dijo ella–. Al final de la calle.

–¿Y qué podría necesitar de ti?

Era evidente que consideraba que nada. Pero se equivocaba. Ella podía ofrecerle contacto humano. Estar con él, como Amy había estado con ella cuando se sentía culpable y desesperada. Día tras día. Semana tras semana. Negándose a que la rechazara.

–Algún día alguien te necesitará, Kay –solía decirle Amy cuando ella se quejaba de su incapacidad para recompensarla por sus pacientes cuidados–. Todo lo que podemos hacer es dar amor sin tener en cuenta el esfuerzo.

Kay tenía la sensación de que había llegado su momento. Y no estaba preparada. No tenía ni idea de lo que debía hacer.

–Podría ofrecerte una taza de té –dijo ella–. ¿O invitarte a desayunar? –insistió–. Los huevos son orgánicos. Tengo unas gallinas... –él no contestó. Nada indicaba que la hubiera escuchado. ¡Por el amor de Dios, ser educado no costaba tanto!–. ¿Y qué tal una toalla para secarte los pies?

Él se miró los pies y frunció el ceño, como si acabara de darse cuenta de que estaba descalzo sobre la hierba mojada y de que tenía los pantalones empapados hasta la rodilla. Entonces, se volvió sin decir palabra y regresó hasta la casa.

Kay lo observó alejarse. Llevaba la espalda tensa por la rabia y el orgullo y probablemente se estaba odiando a sí mismo por haber confundido a su querida Sara con otra mujer.

Sí, bueno, ella conocía sus limitaciones. No era lo bastante inteligente para tratar aquella situación. Amy debería estar allí. Ella sabría qué hacer. Las palabras exactas que decir.

Lo único que no habría hecho era salir corriendo y dejarlo así.

Pero Amy no estaba allí. Estaba de camino a la costa con Jake y los niños, así que era ella la que tenía que tomar una decisión y, aunque el sentido común le decía que lo mejor era marcharse, necesitaba una respuesta más valiente.

–¡Maldita sea! –murmuró. Y lo siguió. Se detuvo en la puerta del estudio. A pesar del delicado papel de flores que cubría las paredes y de las cortinas de seda de color azul, el ambiente era opresivo y húmedo. Y como el jardín, parecía abandonado. Allá fuera, ella deseaba cortar las malas hierbas para permitir que la luz llegara a las plantas. Dentro de la casa, deseaba abrir las ventanas para que entrara el aire fresco y el sol.

Se contuvo. Ya había causado demasiado daño.

No había rastro de que Dominic Ravenscar viviera allí, excepto por una butaca a la que le habían quitado la sábana que la cubría, lo que sugería que había dormido en ella frente a la ventana. Esperando ver de nuevo a Sara.

Eso, y las huellas que había dejado sobre el suelo de madera. Ella las siguió y, al llegar al recibidor, vio que las huellas se encaminaban hacia el piso de arriba.

Al oír el ruido del agua de la ducha, se percató de que había estado conteniendo la respiración. Se dirigió a la cocina, se lavó las manos y llenó la tetera para calentar el agua.

Sobre la mesa había una caja que contenía bolsas de té, pan y un cartón de leche. Puso unas rebanadas de pan en la tostadora y después buscó un plato y una taza en los armarios.

Todo estaba cubierto por una fina capa de polvo así que, mientras ponía a remojo el plato y la taza, buscó un poco de detergente. Encontró una botella medio vacía en un armario. El fabricante había cambiado el envase hacía mucho tiempo y ella tuvo la sensación de que Sara Ravenscar había sido la última persona en tocarlo.

Tratando de no dejarse llevar por esos pensamientos, comenzó a enjuagar los cacharros.

¿Qué diablos había hecho? ¿En qué había estado pensando? Imaginarse que Sara estaba esperándolo en el jardín... Hablar con ella... Aquella mujer debió de pensar que estaba loco cuando la besó.

Y a lo mejor lo estaba.

Pero estaba claro que ella sabía perfectamente quién era, y en qué estaba pensando. Entonces, ¿por qué había permitido que la abrazara? ¿Por qué no se había enfadado cuando él la besó?

No sólo no había gritado, ni le había dado una bofetada, sino que había correspondido al beso y, durante un momento, había creído que había despertado de la peor de sus pesadillas. Al sentir el calor de los labios de una mujer, había notado cómo la sangre le corría por las venas y se había sentido hombre de nuevo.

–¡Idiota! –golpeó la pared con el puño–. ¡Idiota! ¿Es que nunca iba a aprender?

No tenía esperanzas. Sólo se sentía desesperado por haber confundido a una extraña con la mujer que había amado. Y a la que aún amaba. Además, no tenían ningún parecido, excepto la estatura. Había permitido que la mente lo traicionara. Aquella mujer, Kay Lovell, quizá era un poquito más alta, pero no tan delgada. Tenía los ojos grises y no azules. Su cabello no tenía el mismo brillo, ni la misma forma...

Y ella había permitido que la besara por lástima.

Agarró el jabón y se lavó el cabello. Deseaba borrar el aroma de aquella mujer. Se cepilló los dientes, ansioso por quitarse el sabor de Kay.

No había remedio para el palpitar que sentía en las venas, para la estremecedora respuesta de su cuerpo a una desconocida.

Tendría que vivir con aquella traición. Agarró una toalla y se la enrolló en la cintura. Entonces, ya que aún no había subido la maleta, bajó a recogerla.

Kay preparó una taza de té y untó una tostada con mantequilla. Cuando levantó la vista, Ravenscar estaba en la puerta, observándola con una expresión indescifrable. Como si llevara años guardándose los sentimientos para sí mismo.

Se había duchado. Su cabello oscuro estaba mojado y despeinado y estaba desnudo, excepto por la toalla que llevaba enrollada en la cintura.

–Todavía estás aquí.

–Tienes buena vista –dijo ella.

–¿Te ha enviado Greg? –preguntó él.

–¿Greg? –se chupó la mantequilla que tenía en un dedo y trató de desviar la mirada de su torso desnudo. Estaba muy delgado y casi podían contársele las costillas.

–¿Te ha pedido que me vigiles?

–Nadie me ha enviado.

–Entonces, ¿eres una de esas personas que van haciendo el bien por ahí?

¿Qué esperaba? ¿Qué le estuviera agradecida?

¿Acaso ella se había sentido agradecida cuando Amy la encontró, la llevó a su casa, le dio comida y consiguió que comenzara una nueva vida con Polly?

No.

Sólo había deseado que la dejaran sola. Sólo había querido morirse. Y en ese momento pensaba que, a lo mejor, tenían más en común de lo que él imaginaba. Él sólo deseaba que se marchara, olvidarse de que la había visto y de que la había besado. Sin duda, creía que ser desagradable no sólo era la mejor manera de deshacerse de ella, sino también la forma de asegurarse que se mantendría alejada de él.

Kay también había empleado la misma táctica, pero no le había funcionado. Amy había conseguido ver mas allá de la rabia y, al percibir el dolor, no se había separado de ella.

Puso un poco de leche en la taza de té y se la ofreció a Dominic.

–He visto que no hay azúcar, así que deduzco que no tomas. Tampoco tienes mermelada para las tostadas.

–No tengo mucho de nada, excepto de ti –dijo él, ignorando la taza–. De hecho, tengo demasiado de ti.

–Eso es lo que ocurre con los que nos dedicamos a hacer buenas obras –dijo ella, y dejó la taza sobre la mesa–. Te traeré un bote de la mermelada que yo hago. Ganó un premio en el concurso del verano.

–Enhorabuena, pero no te molestes. No me gusta la mermelada.

–¿Y la jalea de fresa? –preguntó–. Utilizo fresas orgánicas de mi propia cosecha. También me dieron un premio por ellas.

–¿Qué es lo que quieres? –insistió él.

–Nada –dijo ella–. Absolutamente nada.

–Bien, porque eso es lo que vas a conseguir –agarró la taza de té y la vació en el fregadero.

Ella se quedó de piedra, sorprendida por el daño que le había causado el gesto. Pero ésa era la intención de Dominic. Ella conocía bien todas las jugadas.

–¿Prefieres café? –no cometió el error de ofrecerse para preparar uno, sino que añadió–: Lo recordaré para la próxima vez. Entretanto, si necesitas algo, ya sabes dónde encontrarme –y sin esperar a que él respondiera, salió al jardín.

Sabía que debía marcharse, pero se negaba a dejar un trabajo medio hecho y se arrodilló para terminarlo. Cuando se disponía a desenredar las ramas, descubrió que le temblaban tanto las manos que tuvo que colocarlas bajos los brazos y presionarlas contra su pecho.

Dom agarró la tostada y, apretando los labios, la tiró a la basura. Después, recogió la maleta y la llevó al piso de arriba, a la habitación que había compartido con Sara durante un año maravilloso.

La noche anterior, el único aroma que había percibido en la habitación era el del perfume que ella utilizaba y que había quedado impregnado en sus ropas.

Dejó la maleta y trató de concentrarse para percibir de nuevo el aroma de la mujer que había amado.

Pero no lo consiguió. Aquél día, el único aroma que podía percibir era el de una casa cerrada durante mucho tiempo. Entonces, abrió una ventana.

CAPÍTULO 3

DOM SE acercó a la ventana para respirar el aire fresco del jardín y contempló la imagen de la ciudad que se extendía tras la valla.

Nada había cambiado.

Ni el campo de hierba donde, en verano, se jugaba al cricket cada fin de semana, antes de que los equipos se retiraran al bar para continuar jugando a los dardos. Ni la hierba alta que rodeaba el estanque que se llenaba de renacuajos en primavera y que, en aquellos momentos, estaba comiéndose un asno.

Podría ser el mismo asno.

–Es el lugar perfecto para formar una familia –había dicho Sara el primer día que vio aquel lugar. Era tan seguro...

Pero nada era perfecto, e incluso el Edén tenía su serpiente. Peligros ocultos, insidiosos. Miró el jardín destrozado. Se fijó en que algo se movía entre la hierba y agradeció la distracción. Hasta que vio que era Kay Lovell, que se dirigía hacia la tienda a comprar el periódico del domingo.

El calor de su sonrisa irradió hasta la ventana cuando ella se detuvo a hablar con alguien. Sin duda, el tema de conversación de aquella mañana sería que la casa había salido al mercado. Estaba seguro de que, al día siguiente, todos los habitantes del pueblo sabrían que él había regresado, gracias a su vecina, la recolectora de moras.

Observó su caminar y se preguntó de nuevo cómo había podido confundirla con Sara. No se parecían en nada.

Todo había sido un truco de su imaginación, debido al cansancio quizá. O a lo mejor, sólo el hecho de que ella estuviera allí, en el lugar de Sara, haciendo las mismas cosas que ella...

Apartó la mirada y se fijó otra vez en el jardín. Desde arriba se veía muy bien el melocotonero al que ella había liberado y la tierra removida alrededor del tronco. Furioso consigo mismo, y con ella, bajó corriendo por las escaleras, salió al jardín y se apresuró para cerrar el cerrojo de la verja, antes de apoyarse de espaldas a ella y cerrar los ojos. No quería que ella, ni nadie, invadiera de nuevo la privacidad del jardín. No estaba para que la gente lo viera. Con un gesto de angustia, agarró el cartel de «Se Vende» que había colocado la inmobiliaria y arrancó el poste, que estaba clavado en el suelo.

Kay dejó el periódico sobre la cómoda. Había pensado reposar un poco con los pies en alto y leer el suplemento y las páginas de jardinería pero, por algún motivo, no encontraba la manera de permanecer quieta desde que había regresado a casa.

No importaba. Gastaría su energía haciendo algo práctico. Tenía que preparar muchos dulces y rellenar las tartas para congelarlas, y no encontraría mejor momento que aquel.

«Olvídate de Dominic Ravenscar», pensó mientras se lavaba las manos y sacaba la balanza de cocina. Tenía que olvidar el beso que le había dado. «No era a mí a quien estaba besando», se dijo mientras pesaba la harina con manos temblorosas.

Él creía que era su esposa. Un fantasma.

¿Y ella había estado tentada a hacer de psicóloga en prácticas? Debería estar agradecida porque él le hubiera dicho que no quería volver a verla.

Respiró hondo y puso más harina en la balanza.

¿Qué diablos pensaba que podía hacer en diez minutos con una taza de té y una tostada? Ella no era como Amy Hallam, que tenía el don de llegar al centro del problema y hacérselo ver a la otra persona.

Miró el montón de harina y trató de recordar lo que estaba haciendo.

Pastas.

Estaba haciendo pastas.

–No podía haber dejado más claro que no quería que me acercara a él ni a su jardín –dijo en voz alta. Mog, el gato, estaba dormido encima del calentador de agua y no se daba cuenta de que ella hablaba con él–. Ni siquiera me dijo lo que podía hacer con el té y mi simpatía –continuó, a pesar de que el gato no le prestaba atención–. Pero, ¿para qué iba a hacerlo? Sus acciones lo dejaron bien claro –el gato abrió un ojo, suspiró y lo volvió a cerrar–. De acuerdo, tenías que haberlo visto.

¿Y de qué se estaba quejando? De acuerdo, él había tirado el té que le había preparado. Había sido de muy mala educación pero, al fin y al cabo, él no le había pedido que se lo preparara. Ni tampoco que se preocupara por él.

Debería sentirse aliviada. Durante un instante se había dejado llevar por buenas intenciones que nadie apreciaba. Era ella la que se había comportado de manera equivocada, pero por suerte él se lo había hecho ver.

–Debería sentirme aliviada –dijo en voz alta–. Como si no tuviera nada mejor que hacer –sacó la mantequilla de la nevera y la partió en pedazos–. Soy madre soltera con una hija que mantener. Y un gato. No necesito más complicaciones en mi vida.

Era cierto que Polly sólo le daba felicidad. Pero si la maternidad compartida requería completa concentración, estar sola era...

El ruido del cuchillo contra la tabla de cortar interrumpió sus pensamientos.

Un único beso y ¿se sentía sola? ¿Cómo había podido tener tiempo de sentirse sola?

–Soy una madre soltera con una hija que mantener y un negocio que no va a ninguna parte –le dijo a Mog. El gato bostezó–. Y no digamos el empleo a media jornada que tengo en la tienda del pueblo. Es suficiente trabajo para una mujer. No necesito que Dominic Ravenscar y sus problemas me compliquen la vida. Y en cuanto a su jardín... –Mog, al darse cuenta de que ya no podía estar tranquilo, se levantó, se estiró, saltó al suelo y salió de la cocina–. Perfecto. Al menos podrías escucharme a cambio de los trozos de carne que comes. No voy a darte ningún capricho más, gato desagradecido.

Lo único que obtuvo como respuesta fue un gracioso movimiento de cola que hizo el gato antes de tumbarse en un trozo de hierba que crecía junto al camino.

–Y también cavaré ahí –el gato mordisqueó la hierba con regocijo–. Cavaré y plantaré algo más útil. Cebollas, o ajos –amenazó–. Y entonces, te arrepentirás.

Y eso era otra cosa. Todo el tiempo libre que le quedaba debía invertirlo en su jardín. No podía ganar premios por su mermelada de fresa si no dedicaba tiempo a su plantación.

Y aunque deseara la oportunidad de limpiar el jardín de Linden Lodge, no tenía tiempo para adoptar el papel de tía agonías de Dominic Ravenscar. Suponiendo que él quisiera que lo hiciera. Y era evidente que no quería.

Eso consumía mucho tiempo. Amy había gastado muchas horas estando a su lado. Días. Semanas. Incluso en esos momentos, lo único que necesitaba era descolgar el teléfono y...

No le hacía falta hacerlo. La madrina de Polly siempre encontraba una excusa para pasar a visitarlas la mayor parte de los días. A veces, ella se sentía como si estuvieran controlándola. Trató de borrar ese malagradecido pensamiento de su mente y lo relacionó con Dominic Ravenscar.

No era sólo que estuviera muy ocupada. Era una madre soltera que vivía en un pueblo donde los habitantes rumoreaban mucho y, tras haber conseguido ganarse el respeto de la comunidad, iba a hacer todo lo posible por mantenerlo.

El hecho de que un viudo con el corazón roto a menudo pasara a tomar el té por casa de una mujer, sin importar lo inocentes que fueran sus motivos, provocaría múltiples comentarios en la cola de la oficina de correos.

Ya bastaba de pensar en Dominic Ravenscar.

Sacó el tamizador y se percató de que no había sacado el recipiente para mezclar los ingredientes.

Solía ser un mujer organizada, pero un simple beso había bastado para desestabilizarla.

–Olvídalo –se dijo en voz alta. Polly y ella estaban solas, y no pensaba cargar a su hija con su sentimiento de soledad. Ni estropear la tranquilidad de sus vidas por mantener una relación con un hombre–. Olvídate de él.

Era más fácil decirlo que hacerlo, y apenas consiguió sujetar el recipiente con las manos untadas de mantequilla.

Dominic deseaba que en el cielo oyeran su rabia y su dolor pero, ¿para qué? ¿Quién iba a escucharlo?

En su lugar, retiró el cartel de «Se Vende» y caminó hasta donde Kay Lovell había estado trabajando. Al mirar el delicado arbusto, liberado de las malas hierbas, se percató de que debería haberse quedado para finalizar el trabajo.

A pesar de que se había llevado la carretilla y la herramienta, se había olvidado de algo. ¿A propósito o sin querer?

Se agachó para recoger la navaja que estaba tendida sobre la hierba y trató de olvidar sus sospechas. ¿Por qué diablos iba ella a necesitar una excusa para regresar?

Él se había comportado como un maleducado. Se había comportado como un grosero, un método que empleaba siempre que alguien intentaba acercarse demasiado a él. Un auténtico grosero. La había acusado de robarle plantas valiosas cuando lo único que había hecho era rescatar uno de los preciados arbustos de Sara para que no lo asfixiaran las malas hierbas.

Además la había besado, con tanta intimidad que lo había dejado temblando. Tendría suerte si no lo estaban buscando por acoso sexual. El pequeño detalle de que ella hubiera traspasado la propiedad privada no lo habría salvado.

Lo cierto era que mientras él se había comportado como un estúpido, ella no había reaccionado con horror ni se había avergonzado, aunque él le hubiera gritado como si fuera culpa suya que no fuese Sara. Sin embargo, se había preocupado por él y le había preparado un té con tostadas, e incluso le había ofrecido un tarro de mermelada casera. Exactamente el tipo de vecino amable que esperaban encontrar en un magnífico pueblecito inglés.

El tipo de mujer que recogía algunas moras salvajes del jardín del vecino, pero que después trabajaba para que quedara mejor de lo que lo había encontrado. Como si tuviera cincuenta años en lugar de veintitantos.

Por supuesto, si hubiera tenido esa edad, no la habría besado. Ni ella habría respondido con tanta efusividad. Aquello había sido algo más que una relación de vecinos. Su cuerpo había reaccionado al sentir la suavidad de sus labios y el sabor de su boca, haciendo que deseara tomarla allí mismo, sobre la hierba.

Estaba casi seguro de que se habría rendido ante su ferviente deseo. Y su cuerpo, dormido durante largo tiempo, medio mortecino, se estremeció ante la idea.

Kay dejó el recipiente sobre la mesa, se lavó las manos y, tras respirar hondo, continuó con la tarea que se había propuesto, negándose a sucumbir ante un simple beso como si fuera una adolescente.

Comprobó el peso en la balanza y metió una jarra de agua en la nevera. Sacudió los dedos para relajarlos. Si amasaba con tensión, los dulces no le saldrían bien. Se había olvidado de ponerles un pellizco de sal. Cuando se disponía a sacarla del armario, golpeó con el codo la balanza. Habría sido mejor dejarla caer, de ese modo el desastre habría quedado confinado sobre la mesa.

Al tratar de agarrarla, el platillo saltó por los aires y la harina se esparció como una nube por todas partes.

–¡Cielos! –exclamó, y movió la mano en el aire para tratar de disipar la nube. Pero sólo consiguió empeorar las cosas, así que salió al jardín tosiendo y con los ojos humedecidos. Se los frotó con el delantal. Pestañeó. Y al ver a Dominic Ravenscar junto a la valla, se quedó sin respiración. Alto, bronceado, y por cómo había reaccionado su corazón, demasiado peligroso para su paz mental.

Durante un instante, ninguno dijo nada.

–Yo quería... –comenzó él.

–He tenido un... –ambos se callaron. Kay tragó saliva y continuó–: He tenido un pequeño accidente con la harina.

–Nunca lo habría adivinado.

No sólo era maleducado. También podía ser sarcástico. Estupendo.

–Parezco un payaso, ¿no? –dijo ella, y trató de quitarse la harina del rostro con el antebrazo–. ¿Has venido a hacerme una visita formal o es que has cambiado de opinión acerca de la mermelada de fresa? –le preguntó, con un tono más cortante de lo que pretendía.

–No, gracias. Pero sí te debo una disculpa –Kay se contuvo y evitó rellenar el silencio diciéndole que no pasaba nada. «Olvídalo. Te has llevado una sorpresa y lo comprendo». Era un maleducado. Muy maleducado. Así que ella mantuvo la calma y esperó–. Y pensé que a lo mejor estarías buscando esto –dijo él, y sacó la navaja de su bolsillo y se la mostró.

Ella sintió que las mejillas se le ponían coloradas y deseó que no fuera su navaja, sino otra parecida. Se tocó el bolsillo donde siempre la guardaba.

Algo tenía que salirle bien.

Pero estaba vacío. Por supuesto.

Se quedó sin habla. Que se hubiera olvidado la navaja en el jardín podía parecer una excusa para que él le devolviera la visita. Dominic podría encontrar varias explicaciones a su comportamiento.

Una madre soltera frustrada esperando algo más tras el beso que le había dado por la mañana. Una cotilla deseosa de meterse en los problemas ajenos. Una jardinera desesperada en busca de trabajo.

Desde luego, él nunca creería que lo había hecho sin querer. Ella tampoco lo creería si estuviera en su lugar.

–¿Se puede? –preguntó él, señalando la valla y sacando a Kay de sus pensamientos. Sin esperar a que ella contestara, abrió la puerta y se acercó–. Discúlpame –le dijo.

–¿Por qué?

–Por lo de esta mañana –Kay se sonrojó de nuevo–. No debería haber sugerido que estabas robando plantas.

Ella se aclaró la garganta.

–Entiendo que lo sospecharas. No hay mucha gente que se cuele en un jardín para podar.

–No, supongo que no –dijo él, mirándola a los ojos. Vaya. Se suponía que tenía que reír. Al menos, sonreír. Teniendo en cuenta que ella había sido muy graciosa–. También te pido disculpas por haber tirado el té. Fue una...

–¿Tontería? –terminó la frase por él y observó cómo tensaba la boca–. ¿Una niñería? –continuó ella.

–Una actitud desagradecida –dijo él, y se encogió de hombros–. Supongo que debería confesarlo todo y decirte que también he tirado la tostada.

–Ahora sí que estoy sorprendida –declaró ella, y se le ocurrió que a lo mejor era él quien necesitaba una excusa para ir a verla–. ¿Sabes que hay mucha gente que se muere de hambre en el mundo? –le dijo. Dominic permaneció con el rostro inexpresivo y ella se percató de que no era capaz de distinguir cuando estaba bromeando o cuando hablaba en serio–. Por supuesto que lo sabes –al ver que no contestaba, continuó–: De acuerdo, te perdonaré por esta vez. Sólo porque me has pedido que lo haga y porque supongo que los que nos dedicamos a tratar de hacer el bien tenemos que saber que a veces hay contraataques.

Él negó con la cabeza y apretó los labios de forma que casi esbozó una sonrisa. Un pequeño alivio.

–Quizá debería dar un donativo al fondo que la iglesia destina para paliar el hambre en el mundo –se ofreció–. ¿Eso lo arreglaría?

–Oh, mira, no quería... Ya has hecho tu parte. No debes –se calló al darse cuenta de que estaba bromeando con ella–. Estoy seguro de que lo apreciarían.

–Dalo por hecho. En realidad, lo que quería decirte era...

–No. No digas nada –a ninguna mujer le gustaba oír que la habían besado por equivocación–. Ya te has disculpado bastante. Lo de esta mañana es parte del pasado –tendió la mano para recoger la navaja. Todavía tenía impregnado el calor de su mano–. Gracias por devolvérmela. No sé lo que habría hecho sin ella.

–¿Habrías forzado la verja otra vez?

–Oh, eso es un golpe bajo. Te diré que cuando arreglo una cerradura, señor Ravenscar, permanece así.

–Entonces, supongo que tendrías que saltar la valla. Siempre que estuvieras segura de que yo no estaba en casa. Y ya que estabas allí, salvarías de la muerte a otro arbusto.

–Me resulta muy difícil resistirme a la tentación –contestó. Probablemente no era la mejor respuesta del mundo, y al ver que estaba a punto de sonreír se volvió para dirigirse a la cocina, permitiendo que él eligiera si deseaba seguirla o no. Cuando se volvió de nuevo, él estaba en la puerta de espaldas al sol.

–Sobre el jardín... –dijo él.

–¿Sí?

–Tienes razón. Está en un estado lamentable. Me gustaría arreglarlo y dejarlo tal y como estaba antes de...

Kay se percató de que no podía terminar la frase.

–¿Antes de que estuviera en un estado lamentable? –lo ayudó.

Él miró el jardín de Kay.

–Parece que sabes lo que haces.

Kay agarró la tetera y se contuvo para no decirle que estaba muy interesada en arreglar el jardín. Mientras la llenaba de agua, la sujetó con fuerza para no caer en la tentación de abrazar a Dominic y demostrarle lo interesada que estaba.

Abrazarlo no era buena idea. Y, desde luego, nada profesional. Algo tentador, pero no lo adecuado.

«Como aceptar el trabajo», pensó con el corazón apenado.

Era una gran oportunidad laboral para ella. Un magnífico comienzo para la empresa que había formado con grandes esperanzas. Había imaginado que para entonces ya habría ganado lo suficiente como para comprar una furgoneta y contratar a alguien que la ayudara. Sin embargo, todavía estaba luchando para sacarla adelante.

Por mucho que deseara aceptar el trabajo debía olvidarse de su deseo y concentrarse en Dominic Ravenscar. Aquella mañana había aprendido que él no había superado la pérdida de su esposa, y estaba convencida de que verla trabajando en el jardín que había creado la mujer de su vida no lo ayudaría a hacerlo.

Estaba casi segura de que él la había elegido más por su parecido físico que por su talento como jardinera. Para alimentar la fantasía de que ella continuaba allí.

Tenía la sensación de que arreglar el jardín no sería lo mejor para Dominic Ravenscar. Al menos, no de aquel modo.

–Si te soy sincera, te diré que sólo buscaba trabajar unas horas para limpiar un poco el lugar. Arreglarlo un poco para que los posibles compradores no se echen atrás. Lo he hecho otras veces. Las agencias inmobiliarias me contratan para eso y para que arregle las propiedades que tienen en alquiler, porque no cobro mucho. Una restauración completa es algo más. Es un proyecto importante y necesitarás contratar una empresa que se dedique al diseño de jardines. Alguna que tenga muchos empleados. Te darán un presupuesto previo, y de esa manera sabrás cuánto va a costarte –tragó saliva. Sabía que estaba perdiendo una gran oportunidad–. Seguramente te saldría más barato hacerlo de esa manera –añadió–. Yo tardaría mucho más.

–¿A pesar de que cobres menos?

–Sólo estoy empezando. Tengo que darles un buen motivo a las empresas para que me contraten. Cuando demuestre lo que valgo podré cobrar una tarifa más elevada.

–Cuando te conozcan porque cobras poco nadie querrá pagarte más –respondió él–. Se correrá la voz y te verás obligada a aceptar el mínimo, mientras que tus amigos de las agencias inmobiliarias no tendrán problema para cobrar el máximo a sus clientes. Tienes que valorarte a ti misma si quieres que otros te tomen en serio. El precio no es un factor a tener en cuenta en este caso. Lo que necesito es alguien que se preocupe por el jardín.

–¿Quién ha dicho que yo me preocupo? –él se quedó callado–. Vas a vender la casa –dijo ella con voz firme, pero cuerpo tembloroso. No estaba segura de si estaba siendo sincera con él o de si salía huyendo del trabajo, de la responsabilidad y de aquel hombre.

–Te prometo que no se repetirá lo que sucedió esta mañana. Si es eso lo que te preocupa.

–¡No! –exclamó ella. Entonces, al ver su boca, recordó el encuentro que habían tenido aquella mañana y se sonrojó. Lo que había sucedido estaba muy reciente. No era que ella dudara de sus palabras; era a Sara a quien deseaba. En su cabeza, era a ella a quien había besado.

–Olvida lo sucedido esta mañana. Yo lo he hecho –dijo ella, cruzando los dedos detrás de la espalda. Nunca olvidaría la magia de su beso–. Me llevará meses conseguir que tu jardín quede como estaba antes y tengo un trabajo a media jornada en la tienda del pueblo, además de mis clientes habituales.

–Ya –apretó los dientes–. ¿Me estás diciendo que no vas a hacerlo?

–Estoy diciendo que tal vez no sea la mejor persona para ese trabajo.

–Es una extraña manera de construir un negocio.

–Quizá. Pero estoy siendo sincera. De veras creo que deberías pensar en ello.

–Ya he pensado en ello. Sara invirtió mucho tiempo y esfuerzo en diseñar y crear... –el hilo de voz fue disminuyendo, como si de pronto se encontrara en otro sitio. Después, al darse cuenta de que ella estaba mirándolo, continuó–: No quiero que se destruya. Si está en buen estado, con el mismo aspecto que ella lo dejó, los compradores no tendrán la tentación de destrozarlo todo y rehacerlo desde el principio.

Maldita sea. Era evidente que no había conseguido que se enfrentara a la realidad. Al parecer, su intención era convertir el jardín en un homenaje duradero a su esposa.

¿Era algo bueno? ¿O sólo provocaría problemas? Y sobre todo, ¿era asunto suyo?

NO PUEDO... no permitiré que nadie lo vea como está –dijo él con brusquedad, como si supiera exactamente lo que ella estaba pensando.

–Te costará mucho trabajo vender la casa si no permites que vean el jardín –señaló ella.

–Mañana voy a llamar a la agencia para que la retiren del mercado hasta que el jardín esté arreglado. El tiempo que eso lleve dependerá de ti.

–Oh, no, espera. No puedes...

–¿Cuántas horas a la semana le puedes dedicar?

Kay comprendió que no iba a aceptar un no como respuesta, pero aun así decidió intentar que entendiera que era imposible.

–Diez como máximo. Tengo las mañanas ocupadas, así que sólo puedo dedicarle las tardes. Dos horas, cinco días a la semana.

–¿Dos? –repitió él–. ¿Dos horas? ¿Eso es un trabajo de tarde? No te esfuerzas demasiado, ¿verdad?

–Para ser un hombre que parece desesperado por contratarme, no te esfuerzas demasiado por ser educado –respondió ella perdiendo la calma–. Para tu información, termino a las tres y cuarto, cuando Polly regresa del colegio –ése era uno de los motivos por los que había elegido trabajar por cuenta propia–. Eso no es negociable –cuando la tetera comenzó a silbar, Kay se volvió para retirarla del fuego y respiró hondo para intentar que no se le acelerara el pulso–. Es todo lo que puedo ofrecerle, señor Ravenscar –dijo en tono formal–. Gracias por pensar en mí y darme la oportunidad de desempeñar un trabajo que, sin duda, será muy reconfortante pero, como ya le he dicho, necesitará a alguien que trabaje a tiempo completo si lo que quiere es que el jardín esté terminado en un futuro próximo.

–Sé lo que necesito, señorita Lovell –contestó con la misma formalidad que ella–. Te necesito a ti. Si sólo puedes darme dos horas cada tarde, así será. ¿Nos estrechamos las manos para sellar el trato?

Sus ojos oscuros dejaban entrever el brillo de un posible reto, como si él supiera que ella deseaba salir huyendo.

Con intención de demostrarle quién era el que estaba asustado, Kay levantó la mano de manera automática. Todavía la tenía llena de harina.

–Creo que debería consultarlo con la almohada –dijo ella, y se frotó la mano en el delantal. Trató de que pareciera que no quería mancharlo de harina en lugar de comprometerse con él. Necesitaba tiempo para pensar en un motivo convincente por el que no debía aceptar aquel trabajo–. Y, entretanto, comprobaré en mi agenda qué trabajos tengo pendientes para los próximos dos meses.

–No puedes tener muchos si tienes que trabajar en la tienda del pueblo para poder llegar a fin de mes.

–¿Lo ves? Ya estás otra vez. Comportándote como un auténtico maleducado. Supongo que no puedes evitarlo. Te diré que me gusta trabajar en la tienda del pueblo.

–¿De veras? ¿Cuánto? Por ejemplo, ¿irrumpes en la tienda para ordenar las estanterías fuera de tu horario?

–¡No irrumpí en tu jardín! Empujé la verja y se abrió la puerta. El cerrojo estaba oxidado. ¡Te hice un favor!

–Estupendo. Puedes añadir el coste del nuevo cerrojo en la factura de tu primer mes de trabajo.

–Entretanto –dijo ella ignorando su provocación, y sacó un folleto de un cajón–, a lo mejor quieres echarle un vistazo a esto. Son mis condiciones y mi experiencia laboral.

–No tendrás ninguna, si así es como llevas tu negocio.

Kay hizo caso omiso de sus palabras.

–El jardín llevará mucho trabajo y, aunque cobre poco, no salgo tan barata.

–¿Estás sugiriendo que quizá no pueda pagar tus servicios, Kay Lovell? –preguntó él. Agarró el folleto, pero no lo miró.

–Probablemente, cualquiera que deje abandonada una valiosa propiedad durante más de seis años tiene más dinero que juicio –respondió ella–. Sólo estoy sugiriendo que no deberías precipitarte, Dominic Ravenscar. Mañana trabajo en la tienda del pueblo hasta la una. Te llamaré de camino a mi casa y podrás decirme si quieres continuar con esto. ¿Estarás en casa?

–¿En casa? –frunció el ceño–. Ah, comprendo. No importa. Dejaré la verja abierta. Trae tus herramientas para que puedas empezar cuanto antes –comentó, y se marchó antes de que ella pudiera preguntarle si le apetecía una taza de café.

Quizá fuera lo mejor. Él ya le había demostrado lo que pensaba de sus desayunos y si iba a trabajar en su jardín no quería que tuviera ninguna confusión acerca de quién era. Sería mucho más sencillo mantenerse en un plano profesional.

A lo mejor aquel hombre había olvidado cómo vivir pero, desde luego, no se había olvidado de dar órdenes.

Terminó de recoger la harina y comenzó de nuevo, tratando de concentrarse todo lo posible en la preparación de los dulces antes de meter la masa en la nevera para que reposara. Después, se preparó un café y salió para tomárselo al sol, tratando de convencerse de que había hecho lo correcto al intentar no aceptar el trabajo que le había ofrecido Dominic en Linden Lodge.

Las cosas no le iban tan mal. De acuerdo, le salían pocos trabajos, pero tenía algunos clientes fijos en el pueblo.

Se ocupaba del jardín de Mike y Willow Armstrong. Sólo tenía que mantener una pequeña zona de césped para que los niños pudieran jugar y plantar flores de temporada en las macetas. Sospechaba que la habían contratado por lástima, sólo para darle ánimos. Pero era un trabajo.

Los Hilliard, en Old Rectory, también la habían contratado un par de horas a la semana, y regularmente también cortaba el césped de algunos jubilados.. Por supuesto, no podían pagarle, pero a cambio tejían algo de ropa para Polly. Su hija tenía más gorros y bufandas de los que podría ponerse a lo largo de su vida. A lo mejor debería organizarlos de forma que pudieran vender las prendas en un mercadillo y así pudieran pagarle en metálico.

«No, no... concéntrate»

Lo cierto era que dos horas al día de trabajo significaría una gran diferencia para su economía. Una gran diferencia para Polly, que estaba a punto de cumplir seis años y deseaba celebrar una gran fiesta. Y una bicicleta.

Así que, ¿qué importaba que Dominic Ravenscar le hiciera recordar todo lo que se estaba perdiendo? Romanticismo. Amor. Sexo...

Era una mujer adulta. Podría manejar la situación. Habría resultado más sencillo si no tuviera que enfrentarse al recuerdo del beso que habían compartido. Pero aun así, podría manejarla.

Entretanto, lo que necesitaba era hacer ejercicio para olvidar la imagen del torso desnudo del señor Ravenscar, y la de las caderas que se intuían bajo la toalla.

–¿Te ha besado? ¿Dominic Ravenscar te ha besado?

Polly había entrado para decir que ya había regresado, pero sólo permaneció en la casa el tiempo suficiente para dejar sus cosas y salió a jugar a la hierba con los hermanos Hallam. Kay tuvo la oportunidad de contarle a Amy el encuentro que había tenido con su vecino.

–No era a mí –le explicó–. Era evidente que pensaba que era una visión, un fantasma, o algo. De su esposa.

–¿Y ahora quiere que trabajes para él? Has debido de ser muy convincente.

–¿Yo? –había cierto tono de sorna en las palabras de Amy, pero Kay era consciente de que era difícil explicar qué era exactamente lo que había sucedido–. A lo mejor sólo está aliviado porque no le haya partido la cabeza con el rastrillo –dijo ella, esperando obtener una sonrisa.

–A lo mejor –nada de sonrisas–. ¿Y por qué no lo hiciste?

–Buena pregunta. Supongo que deberías haber estado allí. Todo sucedió en un momento –uno de esos momentos que parece que duran eternamente.

–Hay momentos y momentos –dijo Amy–. Probablemente él no sepa por qué te ha ofrecido el trabajo.

Era demasiado tarde como para desear no haber dicho nada. Había pensado que Amy lo comprendería.

–¿Y tú lo sabes?

–No hace falta ser un genio, Kay. ¿No estarás pensando en aceptarlo?

Llevaba todo el día pensando en los pros y los contras. Había muchos pros, pero los contras eran básicamente los mismos que Amy estaba encontrando. Pero una cosa era tomar una decisión propia y otra que alguien dijera lo que uno debería hacer.

Últimamente, Amy había estado haciendo eso con ella. Siempre le ofrecía consejo como si supiera qué era lo mejor. Para ella. Para Polly. Sobre todo para Polly.

Los buenos consejos, aunque fueran bien intencionados, solían llegar a ser irritantes.

–No acepta un no como respuesta. Le dije que pensaría en ello. Y que él debería hacer lo mismo.

–De acuerdo, piensa en ello. Y después di que no.

–Eso es un poco duro, Amy.

–Estoy pensando en ti, Kay. Es un hombre atractivo, pero es evidente que necesita ayuda. Al menos, para superar el dolor.

–Sí, de eso ya me he dado cuenta –estuvo a punto de decir algo más, pero se calló a tiempo.

–¿Qué?

–Nada. Olvídalo.

–¿Qué? –repitió Amy.

Kay se encogió de hombros.

–¿Recuerdas que una vez me dijiste, cuando traté de agradecerte todo lo que habías hecho por mí, que algún día encontraría a alguien que me necesitaría?

–¿Y crees que Dominic Ravenscar es esa persona?

–Necesita a alguien.

Tras una pausa, Amy dijo:

–Ha debido de ser un buen beso.

Kay sintió cómo se sonrojaba. Aquella mañana había pensado mucho en todo aquello. Había pensado en su reputación y en lo mucho que le había costado que la gente local la aceptara. Había tomado una decisión basada en la razón y el sentido común.

Pero había tenido todo el día para pensar en el beso que él le había dado, y eso había hecho que afloraran los sentimientos que tenía dormidos desde hacía mucho tiempo. De pronto, al enfrentarse al juicio de Amy, todo ese deseo se convirtió en rabia. Ya había demostrado ser una buena madre, una buena amiga y un buen miembro de la comunidad. ¿O es que tenía que pagar por lo que había hecho durante el resto de su vida?

—Crees que no puedo hacerlo, ¿verdad? Que debería mantener la cabeza agachada y continuar segando el césped de los jubilados...

Amy la agarró del brazo para detenerla.

—Lo siento, Kay. No quería menospreciarte. Has conseguido darle la vuelta a tu vida y tu compasión lo demuestra. Lo que me sorprende es que no puedas ver el peligro.

—¿Peligro? —preguntó ella—. ¿Qué peligro? —como si no hubiera estado todo el día pensando en ello. Si no hubiera visto el peligro no habría dudado y habría aceptado el trabajo sin más—. Voy a podar sus arbustos... —al oír sus propias palabras confirmó que había tratado de engañarse a sí misma. Por supuesto que iba a aceptar el trabajo.

—¿Vas a hacer que te lo deletree?

—Creo que será lo mejor —enseguida se arrepintió de sus palabras. Aquello se le estaba yendo de las manos. De acuerdo, era una cuestión de orgullo, pero Amy era su amiga, y estaban teniendo una discusión que podría poner en peligro su amistad.

–Han pasado seis años, Kay. Ni siquiera has mirado a un hombre en todo este tiempo, pero eres joven y, de pronto, ese desconocido aparece de entre la nada y te da un beso, haciendo enloquecer a tus hormonas. Recordándote lo que te has perdido durante todos estos años. Es suficiente como para hacer que incluso la mujer más sensata pierda la cabeza.

–¿Y yo no soy sensata?

–Creo que en estos momentos estás tan confusa como él...

–Tengo casi veinticinco años, Amy –dijo elevando el tono de voz–. Créeme, conozco la diferencia entre la fantasía y la realidad. He estado...

–Yo te aconsejaría que te mantengas alejada de un hombre que no podrá ofrecerte nada más que dolor.

¿Acaso creía que ella no lo sabía? Había estado todo el día pensando en ello. El sentido común contra la necesidad de demostrarse que se había curado. Que ya no estaba desequilibrada emocionalmente.

–Sólo me ha pedido que le arregle el jardín. Eso es todo.

–Pero crees que también puedes arreglarle el corazón.

No había manera de engañar a Amy Hallam.

–Tu me arreglaste el mío.

–Supongo que la prueba de ello está en el hecho de que estás dispuesta a arriesgarlo de nuevo –Amy la rodeó con el brazo y la besó–. Gracias por prestarme a Polly durante el día. Ha sido una delicia.

Pero ahora debo irme a casa y darme un baño. Haré que uno de los chicos acompañe a nuestra pequeña cuando hayan agotado toda su energía.

Polly apenas podía mantener los ojos abiertos en la bañera y se quedó dormida antes de que Kay abriera el libro de cuentos que leían antes de dormir.

La metió en la cama, le dio un beso de buenas noches y permaneció arrodillada a su lado observándola y acariciándole la mejilla. Necesitaba tocarla. Asegurarse de que estaba allí.

Había estado muy avergonzada por lo que había hecho, muy agradecida por tener una segunda oportunidad, y sabía que todo lo que tenía se lo debía a Amy Hallam. Pero ese día se había sentido como una niña. Incapaz de tomar sus propias decisiones. Y a pesar de que había conseguido evitar una discusión, el resentimiento permanecía dentro de ella.

Kay se acercó a la ventana y contempló el alto muro de Linden Lodge. Quizá Amy tuviera razón. Quizá le hubiera dado un sabio consejo. Desde luego, bien intencionado. Pero necesitaba liberarse y no pasar el resto de su vida esperando la aprobación de su amiga antes de dar un paso hacia lo desconocido.

No podía depender del apoyo de los Hallam durante el resto de su vida. Vivir en la casita de Amy. Jugar a ser una mujer de negocios siempre que encajara con el resto de su vida. Compartir a Polly con la mujer que las había reunido. ¿Desde cuándo dar prioridad a la opinión de su amiga en lugar de confiar en la suya propia se había convertido en una costumbre?

Desde hacía mucho tiempo, y era un hábito que debería romper. Ya era hora de ser ella misma. Era una idea aterradora, pero al pensar en ella su corazón latía más deprisa y en su boca se formaba una sonrisa. Amy tenía razón... como siempre. Había sido un gran beso. Y sin duda, había provocado que algo se soltara en su cerebro.

–Un centavo por ellos –dijo Jake tumbado en la cama mientras observaba cómo Amy se peinaba el cabello.

–¿Qué?

–Por tus pensamientos. Llevas abstraída desde que has ido a visitar a Kay.

–Dominic Ravenscar está en la casa –dijo ella, dejó el cepillo y se volvió para mirar a su marido–. Le ha pedido a Kay que trabaje en su jardín para limpiarlo y arreglarlo.

–Eso está bien, ¿no crees?

–Me he portado muy mal. Hemos estado a punto de discutir por ello.

Jake no preguntó por qué. Conocía bien a su esposa y sabía que, si estaba preocupada, era porque había algo sobre lo que preocuparse.

–¿A punto?

–He tenido poco tacto. Ella se puso muy sensible.

–Parece que no hablas de vosotras.

–No. De pronto me puse a recordar aquella vez que George quería que le quitaras los ruedines de la bicicleta.

–Y tú dijiste que se caería y se haría daño –dijo Jake.

–Tenía razón. Se lo hizo.

–La libertad y la independencia tienen su precio.

–Va a hacerse algo más que arañarse la rodilla y golpearse el codo, Jake. Va a romperse el corazón.

–¿Por Ravenscar? ¿Por qué iba a hacer tal cosa?

–No a propósito. Pero él todavía está penando la muerte de su esposa y Kay cree que su deber es ayudarlo. Porque nosotros la ayudamos a ella.

–A lo mejor necesita demostrarse algo a sí misma. O a ti.

–Sólo hay una manera de que una mujer ayude a un hombre con tanto dolor. Él no será capaz de resistirse a ello, pero después se arrepentirá por no haberlo hecho. Entonces, la odiará.

–¿Recuerdas lo que la gente dijo cuando buscamos a Kay para traerla a casa?

–Que éramos idiotas –dijo ella–. Que no nos lo agradecería... y no lo hizo. Que nos arrepentiríamos –se secó una lágrima que rodaba por su mejilla–. Había veces, Jake...

–Lo sé –se puso en pie, se acercó a su esposa y la abrazó–. Pero tú seguiste adelante e hiciste un buen trabajo. No infravalores su capacidad para sobrevivir. Y no te infravalores a ti misma. Si está preparada para ayudarlo a él, es sólo porque tú la has hecho lo suficientemente fuerte como para que corra el riesgo.

Amy lo miró a los ojos.

–¿Estás diciendo que lo único que puedo hacer es dar un paso atrás y esperar a ver cómo se destroza? ¿Prepararme para recoger los pedazos? ¿Otra vez?

–Lo que estoy diciendo es que deberías venir a la cama. Ha sido un día largo y mañana tienes una reunión de la junta...

Amy hizo un gesto como quitándole importancia.

–No lo comprendes, Jake. ¿Qué pasará con Polly? Es ella la que sufrirá...

–Kay se desvive por Polly.

–Pero...

–Es su hija. Su responsabilidad.

–No...

–¡Sí, Amy! –ella se apoyó en su hombro–. Lo siento, amor mío. Sé lo mucho que deseabas tener una niña.

–Tengo tres niños maravillosos. Te tengo a ti –contuvo las lágrimas y sonrió–. Creo que debe de existir una norma para que nadie consiga todo lo que desea. Debe de ser malo para nosotros, o algo así...

–A lo mejor lo es. Pero eso no significa que debamos dejar de luchar por ello –la besó en los labios–. Ven a acostarte.

Kay se detuvo junto a la puerta del jardín de Dominic Ravenscar, sintiéndose más nerviosa que la primera vez que traspasó aquella puerta. Era ridículo. Esa vez no entraba de forma clandestina a recoger moras. Ni tampoco había ido obedeciendo a sus hormonas, tal y como había sugerido Amy. Aquello era un trabajo.

No. No era sólo un trabajo. Era un trabajo bien pagado. Y puesto que se había pasado toda la noche haciendo cálculos y enfrentándose a las necesidades de la vida diaria, lo mejor sería que se olvidara de los nervios y continuara hacia delante con la cabeza bien alta.

Esa vez la estaban esperando. Estaba invitada. Incluso se lo habían ordenado.

A menos que él hubiera hecho lo que ella le había aconsejado y hubiera cambiado de opinión. Esperaba que no estuviera pidiendo presupuesto a una de las mejores empresas de jardinería de Maybridge. No podía creer la importancia que ese trabajo había adquirido para ella.

Se secó el sudor de las manos en los pantalones y abrió la puerta esperando encontrárselo con una expresión indescifrable y de negocios.

Pero el jardín estaba vacío.

La única señal de que Ravenscar había pasado por allí era el cartel de «Se Vende» que estaba en el suelo, lo que indicaba que era cierto que había decidido sacar la casa del mercado.

«Menos mal», pensó ella, tratando de ocultar su desilusión. Él no estaba allí. Había mencionado esa posibilidad. Le había dicho que debía empezar a trabajar. Bien. Tragó saliva. Después sonrió. ¡Si no estaba allí, significaba que no había cambiado de opinión!

–¡Sí! –gritó–. ¡Sí!

Le resultaría mucho más fácil trabajar sin que él vigilara cada uno de sus movimientos. Lo que necesitaba era un plan de acción. Un programa de trabajo. Así que comenzó a tomar notas y a hacer dibujos mientras recorría el jardín.

Desde la ventana del primer piso, Dominic observaba cómo tomaba notas en el jardín. Kay no había llevado ninguna herramienta, pero parecía que estaba dispuesta a aceptar el trabajo si todavía estaba disponible.

Le había aconsejado que lo consultara con la almohada. Bueno, Dominic no había conseguido dormir mucho y había pasado toda la noche preguntándose si ella tendría razón y él habría cometido un gran error al convencerla para que trabajara en el jardín. No porque creyera que no era la persona adecuada para el trabajo. Sabía que lo era, pero no estaba seguro de que pudiera soportar su presencia.

No pasaba nada. Ese día no tenía problemas para separar la fantasía de la realidad. Lo que lo sorprendía era haberse dejado engañar.

—¿Qué está haciendo, señorita Lovell?

Kay levantó la vista sabiendo con quién se iba a encontrar.

—Puesto que me pediste que trajera mis útiles de trabajo y comenzara a trabajar enseguida, eso es lo que estoy haciendo.

—Yo había pensado en algo más práctico.

–No todo el trabajo de jardinería se hace con la azada, y estoy haciendo un plano del jardín. Apuntando lo que hay que hacer y en qué orden. Cuando llegue a casa haré una agenda de trabajo. En el ordenador.

–No necesito un bolígrafo ni un ordenador, para decirte que lo primero que hay que hacer es cortar la hierba. El cortacésped está en la caseta –añadió, como si ella no lo supiera.

–Ya lo he encontrado, gracias.

Él arqueó una ceja.

–¿Me estás diciendo que también has roto aquel candado?

KAY LO miró con cara de disgusto. Pero no era fácil, porque ese hombre parecía una estrella de cine.

–El cerrojo estaba colgando de la puerta. Mañana te traeré uno nuevo, pero a lo mejor deberías pensar en mejorar la seguridad.

–¿Esto qué es? Entras en mi jardín y después me vendes cerrojos.

–Soy la coordinadora de seguridad del vecindario. Haré que el agente para la prevención de delitos venga a hablar contigo. Entretanto, he llamado a los del servicio técnico para que vengan a por el cortacésped. Vendrán a recogerlo por la mañana para ponerlo a punto. No te preocupes por esperarlos, yo los dejaré entrar. Puedo arreglar el cerrojo al mismo tiempo.

–¿No estarás trabajando en la tienda del pueblo?

–Los lunes, jueves y viernes por la mañana –dijo ella.

–Entonces...

–No hace falta que me des las gracias –dijo ella, antes de que él pudiera terminar–. Es parte de mi trabajo. Haría lo mismo contigo si llevaras seis años metido en una caseta con humedades y estuvieras cubierto de polvo y telarañas –de pronto se percató de que era incapaz de mantenerle la mirada. Sus palabras se parecían demasiado al plan original. Quitarle el polvo, frotarlo y aplicarle aceite para que pronto estuviera funcionando con normalidad. Hizo todo lo posible para no pensar más en ello. No iba a resultarle tan sencillo.

Además, el trabajo era demasiado importante como para arriesgarse a estropearlo implicándose sentimentalmente. Quizá no le gustara lo que Amy le había dicho, pero eso no significaba que no hubiera asimilado el mensaje.

–No es que vayamos a poder utilizarlo en esto –continuó ella quebrando el silencio y señalando la hierba alta con el bolígrafo–. Llamaré a Jim Bates para que venga con la guadaña.

–¿Jim Bates?

–El sacristán. Mantiene el jardín de la iglesia, y puesto que manejar la guadaña requiere un talento que todavía no he desarrollado, él realiza ese trabajo para mí. De hecho, también le pediré que cave el huerto. Es un hombre tranquilo, pero hará un buen trabajo. No te preocupes por pagarle. Te pasaré la factura por el tiempo que dedique. A precio de costo –añadió para que no pensara que iba a sacar beneficio de ello–. Bueno, quizá puedas invitarlo a una cerveza en el bar. Sé que te lo agradecerá.

Dominic permaneció en silencio durante unos instantes. Después dijo:

–¿Ya está? ¿Ya has terminado?

–Sí. Lo siento. Ibas a decir algo cuando te interrumpí. ¿Quizá tenías una idea mejor?

Él la miró.

–La tuya me gusta.

–Me alegro.

–Y eso incluye comprarle una cerveza al señor Bates. Puedes añadirlo a la factura.

–Oh, pero... –quizá no estuviera preparada para implicarse sentimentalmente, pero había encontrado una excusa para sacarlo de casa y le parecía una oportunidad demasiado buena como para dejarla escapar. Dominic se dio la vuelta y se dirigió hacia la casa.

Kay no había terminado.

–Señor Ravenscar –lo llamó. Él no se detuvo, así que Kay lo siguió hasta la casa–. Dominic, yo...

–¿Qué? –preguntó volviéndose para mirarla.

Ella se estremeció al verlo con el ceño fruncido y deseó estar en la otra punta del jardín. Demasiado tarde. Él estaba esperando.

–Sólo quería saber si tu mujer tenía un diario.

–¿Un diario? –preguntó él–. Y si lo tenía... ¿por qué sería asunto tuyo?

–¡Oh, no...! –exclamó ella–. No me refería a un diario personal, me refería a un diario de jardinería. Yo tengo uno... bueno, dos. Uno para mi jardín y otro para mis clientes. Apunto el clima, las siembras, las cosechas. Los trabajos que se han hecho y los que quedan por hacer. Las podas. Los catálogos que hay que pedir. Cualquier cosa.

–Ya veo.

–Bueno y... ¿tenía uno?

–¿Es importante?

–Me ayudaría a saber qué era lo que estaba haciendo exactamente. Su idea del jardín. No todo ha sobrevivido –miró los arbustos de los bordes–. Hay algunos huecos. Bueno, eso puedes verlo tú mismo.

–No veo ningún hueco.

–¿No?

–Al contrario.

–Ah, ya sé a qué te refieres –evidentemente era uno de esos hombres que no distinguían una passiflora de su codo–. Cuando quite todas las malas hierbas, los verás.

–A lo mejor deberías continuar con tu trabajo en lugar de hacerme perder el tiempo.

–Lo siento. No me había dado cuenta de que estaba interrumpiéndote.

Dominic la vio mirando la sábana llena de polvo que todavía estaba en el suelo y apretó los dientes.

–Me has pillado entre las visitas de la asistenta.

–Viene una vez al mes ¿no es así? Perdóname, pero creo que no podrás esperar otras dos semanas.

–¿Estás ofreciéndote para quitar el polvo? ¿En las dos horas que me dedicas? Cuando no estás ocupada hablando. ¿Estás segura de que vas a tener tiempo?

Ella apretó los dientes para no morder el anzuelo.

–Iba a recomendarte a la señora Fuller. No trabaja de forma continuada, pero acepta trabajos ocasionales. Creo que éste entraría dentro de esa categoría. Piensa en ello.

–¿Eso es todo?

–Sí. ¡No! Lo siento. Mira, si tu mujer no tenía un diario, a lo mejor tenía una agenda de trabajo. Un plan de siembra. No me gustaría empezar a cavar y descubrir que estoy rompiendo unos bulbos preciosos.

Dominic parecía tentado de decirle que se marchara y que no regresara nunca. Sin embargo, le dijo:

—Será mejor que entres.

—¿Qué? Ah, vale —se quitó los zapatos y lo siguió hasta el final del recibidor.

—Sara utilizaba esta habitación —dijo él, y abrió la puerta de una habitación contigua a la cocina—. No le gustaba el estudio de la parte delantera porque no tiene vistas al jardín.

—Bueno, está... lleno.

—El hombre de la agencia inmobiliaria lo describió como la despensa del mayordomo, pero creo que quizá se dejó llevar demasiado por todo eso de la residencia de un caballero.

—Supongo que sí —admitió ella, y entró en la habitación. Las estanterías tenían libros de jardinería y de cocina. Sobre el escritorio había un cuaderno abierto, una pluma y algunos lápices de colores. Había postales y fotos de jardines recortadas de las revistas y colgadas en un corcho. También una foto de Dominic con aspecto jovial y feliz, sonriendo a la mujer que había tomado la foto.

Kay sintió que se le partía el corazón.

La habitación parecía que estaba en espera. Como si la persona que la utilizaba hubiera ido a prepararse un té y fuera a regresar en cualquier momento. Miró hacia atrás, pero parecía que él no estaba dispuesto a acompañarla en ese espacio atestado.

—¿Puedo echar un vistazo?

—Por supuesto... —pronunció de manera forzada. Ella agarró el cuaderno. Estaba forrado con una tela suave y escrito con letra elegante. Al pasar las hojas, se percató de que el interior hacía juego con el exterior. Era algo más que un diario de trabajo, era un diario de todo lo que había sucedido en el jardín. Desde la visita de un puercoespín hasta la floración de una orquídea. También había ilustraciones hechas a bolígrafo–. ¿Era eso lo que estabas buscando?

–Oh, sí. Lo siento. Pero debe de haber más cosas. Sólo hay una cuarta parte utilizada.

–Busca en el cajón.

Ella agarró el tirador del cajón, pero éste no se abrió.

–La llave debe de estar en algún sitio –abrió una cajita que contenía gomas de borrar y clips. Antes de que pudiera rebuscar en ella, sonó un pitido en uno de sus bolsillos. Kay sacó un pequeño despertador y lo apagó–. Mi reloj se ha quedado sin batería –le explicó al ver la expresión de su cara–. Lo siento, tengo que irme. Son las tres y cuarto. El colegio termina dentro de cinco minutos y debo recoger a Polly.

–Lo recuerdo. Tu hija es lo primero.

–Te lo dije. Si tienes algún problema con eso... –empezó a decir Kay.

–No. Por supuesto que no. No la hagas esperar. Dos horas me parecían pocas porque quería que terminaras el jardín lo antes posible.

–Te dije que...

–Lo sé. No paras de decir cosas. Vete. Yo buscaré la llave. A lo mejor los planos también están en el escritorio –la guió hasta la puerta–. Si vas a pasar más tiempo trabajando en esto, por favor, apunta las horas para después pasarme la factura.

–Oh, no. No es necesario. Si no, ¿qué podría hacer por las noches? Cuando Polly duerme.

–No soy yo quien puede aconsejarte. Sólo puedo decirte que tu negocio no durará mucho si no empiezas a valorar tu tiempo. Deberías tener un contrato estándar donde se especifique ese tipo de cosas. Pregúntale a tus amigos los Hallam. Ambos han tenido mucho éxito en los negocios. Estoy seguro de que te aconsejarán bien –Kay sabía cuál sería su consejo. «Olvídalo». Tenía que dejar de engañarse a sí misma...–. Piénsalo –dijo él, al ver que ella no contestaba.

–Lo haré, si me prometes pensar en contratar a Dorothy Fuller para limpiar esta casa.

–¿Pero qué es esto? ¿Es que todo el pueblo te paga una comisión por encontrarles empleo? Olvídate de la jardinería. Deberías montar una pequeña empresa de servicio doméstico.

Era lo de pequeña lo que la molestaba. ¿Por qué nadie creía que podía hacer algo grande? Pero no demostró su enojo. Miró a Dominic pensativa y dijo:

–¿Supongo que no estarás interesado en unos bonitos jerseys tejidos a mano? El invierno está a punto de llegar y conozco a un par de mujeres mayores que los fabrican. Estoy segura de que se venderían mucho.

–¿No tienes que recoger a tu hija? Abriré la verja a primera hora para que dejes pasar al técnico de la segadora –dijo él–. Y no te olvides de añadir esas horas a tu cuenta.

–Entonces, le diré a Dorothy que te llame y pase a verte, ¿no?

–Adiós, señorita Lovell.

–Hasta mañana, señor Ravenscar.

Dominic observó cómo se agachaba para pasar por debajo de la rama de un árbol que dominaba el césped. Esperó a oír el ruido de la puerta al cerrarse y, al darse cuenta de que no había echado el cerrojo, se dirigió a hacerlo.

Después, en lugar de regresar a la casa, que parecería aún más vacía sin la presencia y la conversación de Kay, fue a la caseta para ver en qué estado se encontraba la segadora. La máquina que había comprado al poco tiempo de mudarse allí estaba cubierta de polvo y telarañas. Y sería peor si por dentro se encontraba en el mismo estado que la herramienta oxidada que colgaba de la pared.

Agarró una llana, pasó el dedo por la superficie y se le quedó manchado de rojo. La colocó en su sitio y se preguntó qué pensaría Kay Lovell al respecto.

Sin duda, tendría algún comentario que hacer, porque siempre tenía algo que decir.

Qué mujer más irritante.

Kay miró la segadora desde la puerta. Esperaba que Dominic apareciera a su lado en cualquier momento e hiciera algún comentario acerca de que no le pagaba por no hacer nada. Sin embargo, no apareció.

Ella tuvo que contenerse para no mirar hacia la casa, esperando que se abrieran las puertas de la terraza y aquel hombre se acercara a ella por la hierba. Se sorprendió al ver lo mucho que le importó que permanecieran cerradas.

«No», se regañó mientras salía del jardín. Todo estaba cerrado, lo que significaba que él había salido. Le parecía bien. Dominic estaba pasando demasiado tiempo solo.

Rodeó la casa por la calle hasta llegar a la puerta principal y metió en el buzón el sobre que pensaba entregarle en mano. Estaba a punto de marcharse cuando un coche se detuvo a su lado. El tipo de coche que encantaba a los hombres y en el que las mujeres soñaban con entrar. Caro, veloz y con asientos de cuero.

—¿Qué es lo que has metido en el buzón? —Dominic Ravenscar se bajó del coche y apareció a su lado—. ¿Has cambiado de opinión sobre el trabajo?

Ella dejó de mirar el coche y se fijó en el hombre que era su cliente. Estaba muy atractivo vestido con una chaqueta de cachemira, una camisa de lino y unos pantalones de vestir.

—Si hubiera cambiado de opinión no habría metido una nota en el buzón, te lo diría en persona.

—Sí, por supuesto. ¿Entonces? —preguntó él—. No me mantengas en suspense. ¿Es una invitación para la fiesta de la cosecha? ¿El último número de la revista de la parroquia? ¿Un listado de las especialidades de la tienda del pueblo?

—Nada de eso. He venido a controlar que se llevaran la segadora y de paso he traído mi contrato.

–¿Tu contrato? No has invertido mucho tiempo en pensar en ello.

–¿Se suponía que debía hacerlo? Lo siento, pero no tengo mucho tiempo para eso. Bonito coche –dijo para cambiar de tema–. Muy...

–¿Negro? –dijo él, con un tono de voz que sugería que estaba a punto de sobrepasar el límite.

–Limpio.

Había estado a punto de decir sexy, y sospechaba que él lo sabía.

Dominic esbozó una sonrisa y ella pensó que si conseguía que sonriera del todo merecería la pena haber pasado por cualquier situación vergonzosa.

–Puesto que voy a quedarme un tiempo pensé que sería mejor que tuviera algún tipo de transporte.

–¿Transporte? Eso no es un transporte. Un autobús sí es un medio de transporte. Eso es un capricho.

–¿Hay servicio de autobuses? –preguntó él.

–Y muy regular –aseguró ella–. Tres veces al día.

–¿Tan a menudo? Si me lo hubieras dicho ayer... –abrió la puerta de la casa y se agachó para recoger el sobre que ella acababa de meter por la ranura del buzón–. Será mejor que entres.

Kay había llamado al hijo de una de las mujeres jubiladas a las que solía cortarles el césped. Era abogado y no le costaría mucho enviarle un documento contractual para que ella rellenara e imprimiera. Además le había dado muchos consejos legales acerca de sus derechos y responsabilidades. Le había insistido en lo importante que era que tuviera un seguro laboral. La había animado a que fuera más ambiciosa y creara una imagen y un nombre para su empresa. Y le había prometido que se enteraría de qué subvenciones había para las empresas de nueva creación.

Incluso se había ofrecido a pagarle por cortarle el césped a su madre. Pero ella se había negado en rotundo.

–¿Cómo has conseguido tenerlo preparado tan rápido? –preguntó Dominic, y sacó un documento encabezado con el logotipo y el nombre de la empresa.

–Seguí tu consejo –dijo ella–. Pensé en ello y me di cuenta de que tenías razón. Puede que tenga un negocio pequeño, pero eso no quiere decir que no pueda ser ambiciosa. Y profesional al cien por cien –se le había ocurrido que le resultaría más fácil convencer a las agencias inmobiliarias para que la contrataran si no era sólo Kay Lovell, una jardinera que trabajaba de forma ocasional. Por eso se había dedicado a crear su propio logo, tarjetas de negocio y folletos que dejaría en el centro de jardinería de la zona–. Hay dos copias –le dijo–. Tienes que firmar las dos y devolverme una.

–¿Eso es todo? ¿No te has olvidado de lo más importante? –al ver que ella fruncía el ceño, añadió–. ¿La parte de leerlo primero?

–Ah, no importa –dijo ella–. Yo ya lo he leído –sonrió. «¡No! ¡No has sido nada profesional!»–. Lo siento, he hecho una broma muy mala. Tómate el tiempo necesario. Pasaré a recogerlo esta tarde. O cuando sea.

–No me llevará tanto tiempo –dijo él, y abrió más la puerta–. ¿Por qué no le echamos un vistazo ahora mismo? A menos que tengas que marcharte a otro trabajo.

Tenía muchas cosas que hacer, entre otras, planear la fiesta sorpresa del cumpleaños de Polly. Pero sospechaba que él se refería a un trabajo de verdad. Remunerado.

–Dejaré que prepares una taza de café mientras lo leo –añadió Dominic.

–Oh, sí. ¿Quién podría rechazar una oferta como ésa?

Dominic no quería que se marchara.

No lo había admitido, pero esa mañana se había ido para no tener que verla. No sólo porque le recordaba a Sara, sino porque le recordaba que era un hombre.

Regresar y encontrarla en la puerta de su casa vestida con ropa de trabajo, una telaraña polvorienta en el cabello y sin nada de maquillaje en el rostro no lo había ayudado.

Había algo refrescante en ella. Algo natural. Metía la pata continuamente, pero cuando lo hacía, se reía de sí misma, o se sonrojaba, o se ponía nerviosa. Pero no se callaba. Eso era extraño.

Como resultado, él había hablado más en los dos últimos días que en los seis últimos años. Sólo sobre trabajo, eso sí.

–¿A lo mejor podría tentarte con el resto de los cuadernos de Sara? –le ofreció la única cosa a la que sabía que no podría resistirse–. También he encontrado su plano del jardín.

–Ahora sí que hablas de cosas importantes. A cambio, tendrás tu café –dijo, dejando claro cuáles eran sus prioridades–. Aunque ya he visto lo que haces con las bebidas calientes –dijo mientras se quitaba las botas y entraba en la casa–. También he visto cómo escribía tu esposa. Sinceramente, no puedo ser su rival.

Dominic se fijó en que ella tenía un agujero en un calcetín y se preguntó cómo podía mantener a su hija. ¿Por qué estaban solas? O quizá no lo estaban. Ella no había mencionado a nadie, él no había visto a nadie en la casita, pero eso no significaba nada. A lo mejor él estaba fuera... No. Si hubiera alguien en su vida ella no habría respondido al beso con tanto ardor, con tanta pasión.

–Tu esposa tenía el don de la comunicación –siguió diciendo ella. Era más alta que Sara. Sus ojos estaban casi a la misma altura. Quizá por eso era tan difícil ignorarla. Ella lo miraba a los ojos y no tenía miedo de sostenerle la mirada–. Su entusiasmo ha hecho que el jardín cobre vida para mí. Leer sus cuadernos me ha hecho sentir como si la conociera. Comprendo por qué la echas tanto de menos.

¿Echarla de menos? Durante un momento, un pequeño instante, casi se había olvidado...

–Pondré el agua a calentar –dijo él–. Lo encontrarás todo en su estudio.

Kay se encontró contemplando su espalda mientras él se alejaba. ¿Qué había dicho? Durante un instante, él había bromeado con ella, pero al momento se había vuelto a encerrar en sí mismo.

Tenía que aprender a guardarse las opiniones para sí y hablar sólo de aquello en lo que era experta. Como la poda.

Dejó los cuadernos a un lado y abrió el plano del jardín. Era perfecto. Estaba dibujado con colores y tenía escritos los nombres botánicos de cada planta.

Seguía admirándolo cuando Dominic dejó una taza de café a su lado.

—¡Oh, lo siento! —se tapó la boca con la mano—. Me olvidé de que tenía que hacer el café.

Él se apoyó en el escritorio con otra taza entre las manos.

—No hay problema. Soy yo el que debo pedirte disculpas. Otra vez.

—¿Por qué?

—Supongo que no sé cómo actuar cuando la gente menciona a Sara —se encogió de hombros—. No he tenido mucha práctica. Después de su muerte, la mayoría de nuestros amigos habría preferido clavarse agujas en los ojos que hablar de ella.

—Si eras tan susceptible, lo entiendo.

«¡No, no no!», deseó esconderse debajo de la mesa.

Pero Dominic estaba mirando el café como si fuera a encontrar una respuesta y, por un momento, ella pensó que no la había oído. Entonces, él levantó la vista.

—A pesar de que por las últimas pruebas pudiera parecer lo contrario, no me dedicaba a cortarles la cabeza. La mayor parte de la gente no me daba la oportunidad de hablar de ella después de su muerte. Ahora parece que me he olvidado de cómo hacerlo.

–Lo siento. Ha debido de ser muy duro para ti.

–Lo hacían con buena intención. Supongo que pensaban que si no la mencionaban podría olvidarla más rápido.

–¿Estás seguro de eso?

–¿Qué otro motivo podrían tener para querer borrar todo recuerdo de ella? ¿Para actuar como si nunca hubiera existido? –se encogió de hombros–. Me ofrecieron venir a retirar su ropa. Meter su vida bajo la alfombra lo más rápido posible. Seguir adelante –puso una mueca–. Ésa era una expresión que oí a menudo.

–Quizá consideraban que si no había recuerdos de ella en cada lugar, te sería más fácil superar el dolor –dijo con amabilidad–. Por supuesto, estaban equivocados. Necesitabas hablar de ella. De esa manera podrías recordar los momentos felices. Marcharse no era la solución.

–¿Estás segura de que no querías decir huir? –la miró fijamente a los ojos.

–Hay más de una manera de hacerlo, pero sólo es una forma de retrasarlo. Tarde o temprano, uno tiene que enfrentarse a ello.

CAPÍTULO 6

ESTUPENDO. Ya estaba otra vez jugando a ser psicóloga. Y eso que, a pesar de unos momentos difíciles, pensaba que lo estaba haciendo bastante bien. Dejó la taza sobre la mesa y centró su atención en el plano del jardín.

–Me temo que el cenador es una de las cosas con las que tendrás que enfrentarte. Es una lástima. Debió de ser precioso en sus días de esplendor. Pero por desgracia sufre un caso severo de decrepitosis.

–¿Qué? –preguntó él, como si regresara de un lugar muy distante–. ¿Eso es algún tipo de hongo? –entonces se percató de lo que ella había dicho y trató de sonreír–. Ya. Era otra de tus bromas, ¿no?

–Así es –admitió ella–. He intentado dejar de hacerlas. Sólo cinco al día. Bueno, y a lo mejor no todos los días... –al ver el esfuerzo que él hacía por sonreír, Kay sintió ganas de tomarle la mano, abrazarlo y decirle que lo comprendía. Que todo saldría bien. Resistió la tentación. Fuera cual fuera su reacción, sólo haría que ella se avergonzara–. Por favor, no te sientas forzado a reír –dijo ella–. No es obligatorio.

–De acuerdo –y sin avisar, sonrió de verdad.

—Sospecho que sólo lo sujeta la clematis —dijo ella, tratando de concentrarse en el trabajo—. Lo que es justo, ya que ella es la que causó el problema en primer lugar. Es muy vieja. Quizá la plantaron cuando se construyó el cenador. Supongo que en aquel momento parecería una buena idea.

—Recuerdo que Sara dijo que tendría que podarla mucho, pero estaba esperando a que floreciera primero por si...

Se calló de golpe y ella se apresuró a rellenar el silencio.

—Puedo verla desde la ventana de la habitación de Polly y es una estampa preciosa.

—Las primeras flores se abrieron el día del entierro. Recogí algunas para colocarlas a su lado, pero se les cayeron los pétalos —se hizo un silencio interminable y Kay no supo cómo rellenarlo. Dominic Ravenscar lo hizo por ella—. ¿Qué pasó con el padre de Polly?

El repentino cambio de tema la sorprendió y ella reaccionó contestando a la defensiva.

—Polly nunca tuvo padre —su única excusa era que hacía mucho tiempo que nadie le hacía esa pregunta. Quizá también hubiera erigido una barrera para proteger el lado emocional de su vida. Fuera lo que fuera, no estaba preparada. Avergonzada por su reacción, lo intentó de nuevo—. Yo... Él era joven y necesitaba encontrarse a sí mismo. Todavía se está buscando... —era una respuesta destinada a hacer reír a la gente y, de paso, le brindaba la oportunidad de cambiar de tema. ¿Qué había dicho acerca de que había más de una manera de huir?

Dominic dejó la taza sobre la mesa.

–De acuerdo, ¿qué es lo que sugieres?

–¿Sugerir? –repitió ella confusa.

De pronto, se percató de que había sido él quien había cambiado de tema, rescatándola para que no tuviera que dar una explicación que la dejara al descubierto. Se dio cuenta de que al hablar de sus problemas había perdido la oportunidad de que él se abriera y le contara los suyos. Había fallado. Aunque quizá no fuera demasiado tarde. Quizá si encontrara las palabras adecuadas podría...

–Tú eres la profesional –dijo él, al ver que dudaba–. ¿Qué opinas?

Kay se prometió que encontraría el momento para hablar del tema. Pronto. Entretanto, debía concentrarse en el trabajo.

–Oh, sí. Esta mañana le he echado un vistazo mientras esperaba al técnico de la segadora. Me temo que no puede salvarse.

–¿El cenador?

–La clematis. Bueno, ninguna de las dos cosas –se hizo un silencio y ella se dio cuenta de que estaba tocando un tema delicado–. Si lo prefieres, podría intentar podarla. A lo mejor hay suerte y se recupera.

–Sara pensaba que lo haría.

–Sara no iba a tirar el cenador –lo mejor sería que lo decidiera él.

Tras otro largo silencio, Dominic dijo:

–No. Debemos remplazarlos. Un cenador nuevo y una trepadora nueva. Algo especial.

¿Debemos?

Kay sintió que le daba un vuelco el corazón. Esperaba que él le hubiera dicho que se marchara y no regresara jamás.

–De acuerdo. Yo... –se aclaró la garganta y se puso a doblar el plano para evitar mirar a Dominic–. Si quieres, buscaré distribuidores en Internet y pediré algunos catálogos.

–¿Me estás diciendo que no conoces a ningún hombre del pueblo que esté dispuesto a construir un cenador en su tiempo libre?

¿Qué? Cuando levantó la vista, vio que estaba esbozando una sonrisa. ¿Estaba bromeando?

–Bueno, si paso por alto el comentario sexista de que debería ser un hombre... supongo que la próxima vez que vaya a cortar el césped podría preguntarle a Mark Hilliard si le gustaría hacerle uno de sus diseños. O quizá, podrías ir a la fiesta de la cosecha y preguntárselo en persona.

–¿Hilliard? ¿El arquitecto?

–Vive en Old Rectory. Al otro lado de la pradera.

–Está... cerca. ¿Pero hace diseños rurales?

–Normalmente no. Pero estoy segura de que te diseñaría algo en acero y cristal –al ver que arqueaba las cejas, añadió–: Estaba bromeando.

–Yo también –afirmó Dominic.

–No, tú te estabas burlando. Hay cierta diferencia. Comprendo que Upper Haughton debe de parecer un lugar peculiar después de haber viajado por el mundo...

–No, lo siento. Es algo más que eso. Nos mudamos aquí porque era el tipo de sitio en el que la gente se preocupa por los demás. Donde siempre hay alguien que conoce a otra persona que puede hacer justo lo que uno necesita. Donde darle a tu vecino un bote premiado de mermelada casera es algo tan natural como respirar.

–Para serte sincera, lo de la mermelada es pura imagen –le dijo–. Somos buenos vecinos, pero te prometo que cuando queremos podemos ser cotillas y muy cerrados de mente.

–No me desilusiones –durante un instante compartieron cierta complicidad, como si las posibilidades esperaran a que uno de los dos las pusiera en palabras–. ¿A lo mejor quieres buscar una trepadora adecuada?

–¿Yo? –le hizo tanta ilusión que él se lo pidiera que, sin pensarlo, le acarició la mano–. Gracias.

Él la miró a los ojos y ella retiró la mano. Por supuesto que se lo había pedido a ella. ¿A quién iba a pedírselo si no?

–Buscaré una, Dominic. Encontraré varias para que elijas. Es posible que Sara ya hubiera pensado en ello. Las clematis son delicadas, así que seguro que sabía que si la cortaba se moriría. No apuntó nada en el plano, pero estoy segura de que había pensado en ello. O tal vez escribiera algo en su cuaderno. ¿Puedo llevarme el resto de los cuadernos? –tenía que salir de aquella pequeña habitación para poder respirar–. ¿O a lo mejor prefieres mirarlos tú?

–No –dijo él–. En estos momentos, los necesitas más que yo. No te olvides de anotar el tiempo que empleas en leerlos.

–No te preocupes, me ha aconsejado un abogado. Se tomó el tiempo de explicarme todo acerca de cobrar por cada minuto. Cada carta. Cada llamada –le dijo.

–¿Y con tu tarifa por horas puedes pagar a alguien que cobra cada minuto? –preguntó Dominic.

–Utilizamos el método de facturación rural. No se necesitan libros de contabilidad –sonrió–. Él me dedicó media hora de su tiempo y, a cambio, yo le corto el césped a su madre.

–¿Durante cuánto tiempo?

–Mientras lo necesite. Pero lo haría de todas maneras, así que su tiempo me ha salido gratis. No te preocupes, la jardinería es muy diferente a la abogacía... yo no cobro por minutos. Además, leer esto no es trabajo, es un placer.

–Hablaremos de ello a final de mes, cuando me pases la factura. Entretanto, aquí tienes el contrato debidamente firmado –dijo él, y sacó el documento doblado de su bolsillo.

A lo mejor habían avanzado un poco. Al menos él lo había hecho, y Kay necesitaba estar un tiempo a solas para descubrir dónde estaba. Pero por lo menos él confiaba más en ella. Dejó el contrato encima de los cuadernos y sujetó todo contra su pecho.

–Te veré esta tarde –dijo ella, mientras se dirigía hacia la puerta y él se la abría–. Si es que vas a estar aquí –miró el coche que estaba frente a la puerta y se puso las botas. Después miró a su alrededor para ubicar dónde podía dejar los libros mientras se ataba los cordones.

–Permíteme –dijo él, y al agarrar los libros sus dedos se rozaron. La mano de Dominic rozó el pecho de Kay, así que ella se entretuvo al atarse las botas para que se le quitara el sonrojo. Cuando se enderezó, él le tendió los libros con cuidado y le dijo–: No tengo planes para ir a ningún sitio.

—Estupendo –dijo ella, incapaz de mirarlo a los ojos–. En ese caso, traeré conmigo a Dorothy Fuller para que le digas lo que hay que hacer en esta casa.

Le pareció que había dicho algo en voz baja, pero Kay no le pidió que lo repitiera.

Kay apenas se percató del paseo de regreso a casa. Sin darse cuenta, de pronto estaba en la puerta.

¿Cómo podía ser que después de un beso tan intenso se sintiera lo suficientemente segura como para trabajar con Dominic Ravenscar, y sin embargo un simple roce de su mano le pareciera lo más peligroso del mundo?

Todavía sentía su roce en la punta de los dedos, así que cerró la palma para evitar que la extraña sensación se esparciera por su cuerpo. Una sensación como aquélla podía destrozarle el corazón.

Amy había intentado advertirle que la situación era explosiva, y aunque no le hubiera dicho que terminaría llorando, se lo había dejado bien claro.

¿Pero la había escuchado? No. Bueno, sí... pero lo único que había oído era el tono de duda de Amy. ¿O era miedo porque sufriera? O peor aún, ¿que Polly sufriera una crisis emocional? Tenía todo el derecho...

Tendría que tener más cuidado en el futuro. Nada de roces. Ni siquiera pensar en ello.

Se centraría en su trabajo y en sacar su negocio adelante. Y sería ella misma. Una buena vecina. Quizá eso fuera suficiente.

Al ver que debajo del banco del porche había una cesta, Kay interrumpió su pensamiento. Dejó los cuadernos de Sara Ravenscar sobre el banco y sacó la cesta.

En una de las asas había un sobre. Kay no necesitaba leer la nota para saber quién la había dejado. Era una de las caras cestas de la gama de aromaterapia Amaryllis Jones, fabricada en la empresa de Amy y vendida en sus tiendas.

A pesar de que los lunes siempre iba a Londres, había encontrado un hueco para pasar por allí para hacer las paces.

Kay sacó la nota y la leyó: «Kay, querida, quizá esto te sea útil. Con cariño, Amy»

–¿Útil?

Abrió la cesta y vio que contenía una gran gama de aceites esenciales. Sacó uno de los frascos. Bergamota. Como todos los aceites de cítricos, servía para levantar el ánimo y mejoraba la depresión. También había manzanilla. Y agua de rosas, una de las favoritas de Amy. Se utilizaba para aliviar la tensión emocional. Amy la había empleado con ella...

–Ya comprendo –dijo en voz alta. La inteligente Amy. La amable Amy. Aquello no sólo era un ofrecimiento de paz, sino un regalo puramente práctico. La manera de recordarle que si quería ayudar a Dominic debía pensar en todo.

Cómo iba a utilizarlo para ayudarlo era totalmente diferente. Sabía que algo tan directo como

ofrecerse para hacerle un masaje no sería bien recibido. Ya podía imaginarse acariciando su espalda,
su cintura...

«¡Basta!»

Tendría que aproximarse a él de una manera más
suave.

Decidió que tenía que pensarlo bien, y continuó
mirando el contenido de la cesta.

Lavanda. ¿Había algo para lo que la lavanda no
fuera bueno? Y mejorana. Frunció el ceño. Una vez
Amy le había regalado un libro sobre aceites esenciales y recordaba que había algo sobre la mejorana. Algo sobre los antiguos egipcios. Recogió todo
y se dirigió dentro para buscarlo.

Sí, eso era.

Los antiguos egipcios lo utilizaban como paliati-
vo para el dolor.

Había cierto toque otoñal en el ambiente. Olor a
leña y a margaritas, que habían amanecido cubiertas
de escarcha. Era el indicio de que pronto llegaría el
invierno.

Dominic no tenía problema alguno al respecto.
El invierno no lo disgustaba. Era la primavera, con
el esplendor de nuevas vidas, lo que hacía que se le
encogiera el corazón.

Mientras se acercaba hasta el cenador para echarle un vistazo, se dio cuenta de que Kay Lovell tenía
razón. Desde la distancia, la imagen era pintoresca.
Pero de cerca era deprimente. La trepadora se había
introducido entre las tablas de madera y con la lluvia

se había estropeado la estructura. Dentro, las sillas y el sofá de bambú estaban llenos de moho.

Si él hubiera estado allí, quizá habría podido detener todo aquello. Al pisar el suelo oyó un fuerte crujido y dio un paso atrás. Cuanto antes se demoliera, mejor. Estaba seguro de que Kay conocería a alguien que pudiera hacerlo. Y a alguien que pudiera llevar un contenedor para retirar los escombros. A ese paso, cuando el jardín estuviera terminado habría contratado a medio pueblo.

Al oír que se abría la verja, se volvió y miró el reloj. Era demasiado temprano para que Kay regresara a trabajar y pensó que un cerrojo no era suficiente seguridad para aquella casa.

Sin embargo, no era un intruso. Oyó el dulce murmullo de la voz de Kay y sintió que se le aceleraba el corazón. Rodeó el cenador y vio que no estaba sola.

—Hola, Kay. Otra vez —dijo él. Le dio la sensación de que se había puesto un poco nerviosa al verlo. Igual que le había pasado a él. Afortunadamente, él era el que no se sonrojaba—. Eres como las margaritas: no importa que uno intente deshacerse de ellas, porque siempre vuelven a salir —acababa de firmar un contrato con ella, así que no debía decírselo en serio.

—Llego un poco más temprano, eso es todo. No era mi intención molestarte...

—¿No? —Kay se sintió muy mal. Lo había molestado la tarde que él había regresado a la casa y no había dejado de hacerlo desde entonces—. Ya sé, hay cosas que no pueden esperar.

Ella le echó una gélida mirada.

–De hecho, creía que estarías demasiado ocupado como para darte cuenta de que estaba aquí –dijo ella.

–Ya he comenzado –señaló una una bolsa llena de revista viejas–. Acabo de parar para comer y tomar un poco de aire fresco –mintió.

–Todo huele un poco a cerrado –admitió ella–, pero Dorothy vendrá poco después de las tres. Sé amable con ella y te dejará la casa limpia y con un buen aroma.

–¿Qué llevas ahí? –preguntó mirando la cesta que ella llevaba en la mano. Era un artista cambiando de tema.

–Hierbas. Esta es tomillo limonero –dijo, indicando una docena de tiestos–. Y esto es mejorana –frotó las hojas y le acercó los dedos para que los oliera. El aroma era limpio pero punzante, pero fueron las manos de Kay lo que más llamó su atención. Se fijó en las uñas bien cuidadas y en el arañazo que se había hecho con la zarza. No era una mano demasiado cuidada, pero la había colocado sobre la suya para darle ánimos.

Aunque no era eso lo que había sentido.

Se había engañado al pensar que la había contratado simplemente porque era la persona adecuada para el trabajo. ¿Qué haría ella si él se acercara, la tomara entre sus brazos y la besara de nuevo?

–Es bastante fuerte –dijo él.

–No te preocupes –le entregó las hojas machacadas y sonrió cuando él las aceptó–. No voy a cobrarte por ellas. Saqué muchos esquejes de la fiesta del verano. Demasiados. Esto es sólo un detalle de buena vecina.

–No tengo un jardín de plantas aromáticas. ¿O sí?

–Según el plano, hay uno enterrado en algún sitio bajo las malas hierbas. ¿O quizá Sara no llegara a plantarlo?

Él negó con la cabeza.

–No lo sé. El jardín era su territorio. Yo tenía que encargarme de mi negocio.

–No importa. Tengo otros planes para todo esto. He pensado que podríamos plantar el tomillo limonero entre las losas de la terraza. Cuando haya quitado las malas hierbas. Huele estupendamente cuando uno las roza al pasar.

–¿No hay muchas cosas que hacer antes de pensar en plantar algo? –preguntó él.

–Nunca es pronto para empezar a pensar en ello. Y cuando el trabajo es duro, y éste lo será, es bueno tener algún objetivo. ¿Conoces a Jim Bates? –dijo ella. Dejó la cesta en la baranda del cenador y se volvió para presentarle a su acompañante. Dominic se percató de que él no era el único a quien se le daba bien cambiar de tema.

Temía que ella estuviera tramando algo.

¿Pero qué?

–Me suena tu cara –dijo él, y extendió la mano para saludar al hombre–. Gracias por echarnos una mano, Jim. ¿Vas a empezar hoy con la hierba?

–Kay me dijo que había que cortarla y pensé que lo mejor sería hacerlo mientras haga este tiempo –dijo él, y sacó la guadaña.

–¿Hay peligro de que llueva? –preguntó Dom mirando miró el cielo despejado.

–Jim guarda un alga junto a la puerta trasera y con ella puede saber qué tiempo hará –explicó Kay–. Nunca falla.

–Así es. Y anoche, la mujer que daba el parte meteorológico en la radio dijo que había un frente adentrándose desde el oeste –dijo, y se dirigió a la otra punta del jardín.

–Kay –dijo Dominic, y se volvió para mirarla. Notó cómo su cuerpo reaccionaba al verla–. Quería saber si entre tus contactos hay alguien que estuviera interesado en demoler esto –Kay miró el cenador y después a él–. No me importa si es hombre o mujer –añadió al ver que ella no contestaba. Kay lo miró sonriente. Sus ojos grises brillaban con el sol y adquirían un tono dorado.

Ella rodeó el cenador y lo observó con atención.

–No, creo que en esta ocasión lo que se necesita es la fuerza masculina.

–¿Quieres decir que es un trabajo que sólo puede hacer un hombre? –insistió él, disfrutando de la cara de asombro que ella ponía.

Su sonrisa sugería que no era exactamente eso lo que quería decir, pero no dijo nada. Al contrario.

–Por supuesto. Y conozco al hombre adecuado. No te vayas. Vuelvo enseguida.

CAPÍTULO 7

KAY... –pero antes de que pudiera detenerla ella ya estaba fuera de su vista.

Dominic pensaba que iba a buscar a un hombre musculoso del pueblo, pero cuando la vio llegar con el pelo lleno de telarañas, las mejillas llenas de polvo y una maza grande en la mano, supo que no había tenido tanta suerte.

–Toma –dijo ella. Apoyó la maza junto a sus pies e inclinó el mango hacia él para que no le quedara más remedio que agarrarlo. Dominic deseó haberse quedado dentro de la casa. ¿Es que no comprendía que ordenarle que destruyera algo lleno de buenos recuerdos era muy duro? No podía pretender que lo hiciera él.

Ella esperó.

–Estás tentando la suerte –dijo él–. Lo sabes, ¿verdad?

–Sé que la camisa que llevas es muy cara. Te recomiendo que te pongas algo menos elegante antes de empezar. Algo que también debería hacer yo –se miró la muñeca–. Debería hacer algo con mi reloj –se volvió para marcharse, pero cambió de opinión–. ¿Te importaría quitar esa cesta de ahí antes de empezar? Es vieja, pero me gusta. La terraza es muy soleada, las plantas estarán bien aquí hasta que pueda...

–Tenemos un contrato, Kay. Según las condiciones, todo lo que hay en el jardín es responsabilidad tuya. Tú las has traído, así que tú las cuidas. Después de todo, para eso te pago –ella hizo una mueca, pero él estaba demasiado enfadado como para preocuparse por ello. Tiró el mango de la maza sobre la hierba, enfadado con ella por tener razón, enfadado consigo mismo por haberse metido en esa situación–. Sólo... continua con tu trabajo –añadió Dominic.

Kay se agarró a la barandilla un momento. Estaba temblando.

Iba a ser difícil. Nunca se le había dado bien actuar, pero el asunto de la mejorana lo había pensado bien y había practicado cortando unas hojas y aplastándolas para dárselas a oler a él hasta que pareciera la cosa más natural del mundo.

Por supuesto, la mano no le había temblado al practicar con el gato. Pero Mog tampoco la había mirado con suspicacia, como había hecho Dominic, quien imaginaba que ella tramaba algo.

No importaba. Lo que importaba era que el delicioso aroma a mejorana quedaría impregnado en sus dedos. Habría conseguido su objetivo. Sólo esperaba que los antiguos egipcios supieran lo que hacían.

Miró la maza, la recogió y la colocó junto a la baranda.

Derrumbar el cenador, un lugar lleno de recuerdos, sería difícil. Incluso pedirle a alguien que lo hiciera por él.

Bueno, no tenían prisa.

Que se enfadara era una buena señal. Había conseguido que cambiara la expresión contenida de sus ojos oscuros. Incluso habían brillado durante un segundo.

Entretanto, como él bien había señalado, tenían un contrato de por medio. Ya era hora de que dejara de intentar arreglar el mundo y comenzara a ganarse la vida.

Dominic cerró las ventanas de la terraza y se apoyó en ellas, como para impedir que ella lo siguiera como lo había hecho antes. Permaneció allí hasta que su respiración volvió a la normalidad. Después, se cubrió el rostro con las manos, como para tratar de olvidar a Kay Lovell.

Un error. Inmediatamente lo asaltó el aroma de la planta que ella le había ofrecido y que él había cometido el error de aceptar.

Maldita sea, necesitaba mantenerse alejado de Kay Lovell. Hacía que se enfadara, y enfadarse no era bueno. La única manera de sobrevivir era cortar por lo sano esa reacción emocional incontrolada... Oyó un ruido detrás de él y se volvió.

Ella estaba en la terraza, subida a una escalera cortando las rosas. Al estirarse, se le levantó la camiseta, de forma que una franja de su piel bronceada quedó al descubierto, como pidiendo que la acariciaran.

Él se volvió de golpe. Kay hacía que se enfadara, pero lo peor era que también hacía que en él afloraran los sentimientos que había tenido dormidos durante mucho tiempo.

–¿Cómo es que no estabas en la tienda esta mañana?

Habían pasado casi dos semanas desde el incidente del cenador, y puesto que él no había hecho nada al respecto y había estado evitándola, Kay decidió recordarle que no podía ignorar el problema y esperar a que desapareciera. Por eso le dejó un montón de folletos que había acumulado en el buzón de Linden Lodge, esperando a provocar algún tipo de reacción. Esperando que se reuniera con ella en el jardín y mirara los diseños que había marcado como posibles sustitutos del cenador.

La puerta delantera de la casa se abrió antes de que Kay pudiera llegar a su vieja furgoneta.

Ella se volvió despacio, pero no sirvió de mucho. El sonido de su voz había hecho que se le acelerara el corazón, pero al menos le había dado tiempo de respirar hondo antes de verlo junto a la puerta.

–¿Perdona? –preguntó Kay.

–Es viernes.

–El día después del jueves –dijo ella–. Como todas las semanas.

–Es uno de los días en los que trabajas en la tienda –dijo él–. Pero esta mañana no estabas.

–Y ahora tampoco estoy allí –dijo ella, sorprendida de que él recordara qué días trabajaba–. He tenido que recortar mi horario –dijo ella–. ¿Querías hablar conmigo? Podías haberme llamado a casa.

O haber hablado con ella cuando la vio en The Feathers, la noche que invitó a Jim Bates a la cerveza que le debía.

O cualquier otra tarde, mientras estaba trabajando. Pero él siempre había estado ausente. Kay esperaba que hubiera estado ocupado limpiando el pasado, preparándose para el futuro. Sin embargo, por lo que le había contado Dorothy, parecía que ése no era el caso.

–¿Está mejorando el negocio? –preguntó él.

–Sí. Sobre todo gracias a ti. Mira, lo siento, ahora no puedo pararme a hablar. Tengo que ir al banco –señaló la furgoneta–. Como verás, si quiero causar buena impresión a futuros clientes, necesito mejorar mi medio de transporte –no le comentó que esperaba obtener un crédito con su contrato–. ¿Por qué no le echas un vistazo a esos catálogos? Hay cenadores de todas las formas y tamaños. Si necesitas ayuda para decidirte, puedo verlos contigo esta tarde.

–Espera –dijo él, mientras ella se disponía a abrir la furgoneta–. Yo también voy al pueblo. Podemos hablar por el camino. Iremos en mi coche.

–Oh, pero...

–Insisto –dijo él.

–De veras, esto no es... –se sobresaltó al sentir que él colocaba la mano sobre su espalda y la guiaba hasta el garaje.

–Mi bolsa. Mi agenda de negocios... –protestó ella.

Él hizo una pausa, el tiempo justo para recoger las cosas de Kay. Ella miró hacia la furgoneta.

–No la he cerrado y la llave está en el contacto.

–Si tienes suerte, alguien te la robará –contestó él, y abrió la puerta de su deportivo–. Pero yo no tendría muchas esperanzas.

–¡No! Me encanta ese cacharro –dijo ella, y se acomodó en el asiento de cuero. Dominic la miró con escepticismo–. De acuerdo, a lo mejor exagero, pero lo necesito. Me va a costar convencer al banco, y eso sin decirles que necesito dos furgonetas nuevas. Nuevas pero de segunda mano. Y parece que esté peor de lo que está. Pasó la inspección técnica hace sólo un mes.

–¿Dos?

–Wayne, uno de lo chicos del pueblo, va a trabajar para mí cortando el césped hasta finales de octubre. La rutina de siempre.

–¿Es de confianza?

–Aprendió algo de jardinería durante el tiempo que estuvo haciendo servicios comunitarios el año pasado...

–¿Servicio comunitario? Estupendo. ¿Qué había hecho?

–Nada malo –ella había hecho algo peor–. Si funciona, veré si consigo que haga algún curso y obtenga un título.

–¿Y si no?

–Por lo menos se mantendrá alejado de la calle. Y dejará de molestar a su madre durante algunas semanas.

–Te gusta vivir peligrosamente, ¿no?

–Wayne no es peligroso. Ni siquiera es malo. Sólo necesitaba que alguien le diera una oportunidad –Dominic se subió al coche y arrancó sin decir palabra. Kay lo miró, pero deseó no haberlo hecho. Aquello era peligroso. Había hecho todo lo posible para no pensar en Dominic Ravenscar y, estar con él dentro de un espacio cerrado no la ayudaba mucho. De pronto, sólo podía pensar en él. En cómo su boca había rozado sus labios, en su torso desnudo, el tacto de su piel. Invadida por el deseo, se volvió antes de que él pudiera ver su cara–. En serio, es un buen chico. Sólo necesita tiempo. Como todos.

Dominic se abrochó el cinturón.

–¿Y que hagan con él lo mismo que los Hallam hicieron contigo?

Ella se quedó de piedra. ¿Con quién había hablado Dominic?

–No te consideraba un cotilla, Dominic.

–No lo soy. Pero la gente habla.

–¿Dorothy?

–Tengo que agradecerte que me la hayas recomendado –dijo él, sin confirmar si había sido ella la que le había contado la historia. Daba igual. Todo el pueblo sabía lo sucedido–. Es maravillosa.

–Tienes mucha suerte de que trabaje para ti. Sólo trabaja cuando quiere y con quien quiere.

–Aunque tiene una curiosa adicción al popurrí.

¡Maldita sea! ¿Se habría dado cuenta de que el aroma a bergamota tenía algo que ver con ella?

–Para las polillas, supongo –dijo ella–. Para ahuyentarlas, claro. Espero que no la hayas ofendido tirándolo a la basura.

–No, intento contenerme para no ofender a más de una mujer cada vez. Ha hecho un gran trabajo limpiando la casa y haciendo que recuperara el olor que... –dudó un instante–, debía tener.

–Es una mujer estupenda. Sólo tiene que entrar en una habitación con el plumero para que se rinda a sus pies. Sin embargo, he oído que tú no estás teniendo el mismo éxito –se aventuró a decir–. La casa está limpia pero, ¿los armarios siguen llenos de cosas? La gente habla.

–Dorothy no. Es muy discreta. Da igual lo que la presione para que me cuente lo del padre de Polly, ella sólo me habla del concurso que se celebra en el pub. Y cómo su equipo va a ganar otra vez este año.

–Está bien, sólo era una suposición.

–Y por supuesto, tienes razón. Pero ¿qué se puede hacer con la ropa de la persona que has amado? ¿Meterla en una bolsa de plástico y dársela al primero que llame a la puerta para que la venda? ¿Y que la amontonen en el suelo para que la gente rebusque? Vamos, eso no es fácil para nadie.

–Lo siento –dijo ella–. Nunca he tenido que enfrentarme a algo parecido. Debe de ser muy difícil.

–Difícil. Ésa es una buena palabra. ¿A qué banco tienes que ir? –antes de que ella pudiera contestar, Dominic se había bajado del coche y le estaba ofreciendo la mano para ayudarla a salir. Ella se quedó confusa. Sabía lo mucho que la alteraba tocarlo. Por otro lado, no tenía práctica en salir de un coche deportivo con zapatos de tacón. Aceptó su mano y, en un instante, estaba de pie sobre el asfalto–. ¿Dónde quieres que quedemos? –preguntó él, sin soltarle la mano.

Ella tragó saliva. Ésa no era la manera de prepararse para ir a pedir un crédito. Necesitaba estar tranquila, centrada. Pensó en la posibilidad de decirle que no la esperara, que tomaría el autobús de regreso a casa.

–Hay un café a la vuelta de la esquina –sugirió.

–Lo conozco. ¿Una hora será suficiente?

–Eso espero. No sé tantas cosas como para mantener a un empleado de banco entretenido más de diez minutos.

–Entonces, espero que él...

–Ella.

–Que ella sepa lo suficiente como para entretenerte más tiempo, porque si no tendréis un problema. Tómate tu tiempo. Te esperaré –y antes de soltarle la mano, le dio un beso en la mejilla.

Kay se estremeció. El aroma de su cuerpo hizo que se le acelerara el corazón y se quedara sin respiración. Sin embargo, él no se percató de lo que sucedía porque dio un paso atrás y se despidió con brusquedad.

–Buena suerte, Kay.

Kay trató de contestar:

–Gracias, Dominic –pero de su boca no salió ningún sonido.

Dominic la vio subir las escaleras del banco. Tenía un aspecto tan diferente con el cabello recogido, maquillaje y el traje de chaqueta negro que llevaba... Y por si no fuera suficiente, también se había puesto zapatos de tacón.

Estaba muy sexy.

Pero le gustaba más cuando llevaba el pelo desordenado. Al besarla en la mejilla y sentir el aroma de su piel, deseó quitarle las horquillas para soltarle la melena.

Tampoco necesitaba maquillaje. Ni perfume.

En realidad, le parecía que estaba muy sexy vestida con ropa de trabajo. Ése era uno de los motivos por los que se había mantenido alejado de ella desde el incidente del cenador.

Sin embargo, no había sido capaz de no ir a la tienda del pueblo los días en que ella trabajaba e incluso había ido al pub con la excusa de invitar a una cerveza a Jim Bates.

Por eso, aquel día, cuando fue a la tienda del pueblo para enviar unas cartas y vio que ella no estaba detrás del mostrador, decidió que era hora de dejar de engañarse a sí mismo y admitir que no podía dejar de pensar en ella. Quizá por eso le resultaba tan difícil retirar las cosas de Sara.

Se sentía paralizado por un sentimiento de culpabilidad.

Pero ese sentimiento no le había impedido abrir la puerta cuando vio el buzón lleno de catálogos de cenadores y supo que había sido ella. Esperaba encontrarla vestida como todos los días, pero cuando la vio tan elegante dijo la primera tontería que se le ocurrió. Que él también tenía que ir al pueblo.

No podía soportar la idea de que se alejara de él. Entonces, por algún motivo, se encontró hablando de Sara cuando sólo quería hablar de ella...

Un agente de tráfico se acercó hasta él y le dijo:

–Si yo fuera usted no me quedaría aquí, a no ser que quiera que le pongan un cepo al coche.

Una vez en la cafetería, Kay dejó la carpeta que llevaba sobre la mesa y se sentó frente a Dominic antes de que él tuviera tiempo de ponerse en pie.

–Bueno, habría sido más productivo que empleara la mañana cavando el huerto.

–¿Té o café? –preguntó él, y miró a la camarera para que se acercara.

Kay miró a Dominic y se fijó en sus ojos y en su cabello oscuro.

–Quiero un café con sirope de avellana y nata montada –dijo ella–. Y también tomaré doble porción de esa tarta de chocolate que está de muerte –¿y por qué había tenido que elegir justo esa?–. ¿Por qué no me matas aquí mismo? Sácame de este mundo cruel.

–Creo que me gustaría más que te tomaras una ración doble de nata montada con la tarta de chocolate. Tardarás más en morir, pero la disfrutarás más.

–Lo siento de veras.

–No lo hagas. Y por favor, no te lo pienses dos veces a la hora de elegir tu comida preferida. No lo soportaría.

–¿No?

–No –sonrió–. ¿De veras quieres doble porción?

Ella lo miró. A pesar de haberse pasado una hora con una mujer sin sentido del humor y que pensaba que su negocio tenía pocas posibilidades, estaba riéndose.

–Tienes miedo de que vomite en tu precioso coche.

–Olvídate del coche. No quiero que tus arterias pesen sobre mi conciencia.

–Esta bien. No lo decía en serio. Si me como todo eso se me saltarán los botones de la falda. Y no es mía. Bastará con un café solo –él no parecía convencido–. En serio.

Dominic asintió a la camarera y dijo:

–Me temo que no te ha ido bien.

–Eso es poco. Incluso me tomé la molestia de pedirle prestado el traje a Amy. Es el que ella se pone para las reuniones de la junta. Pero no sirvió para impresionar a la empleada.

–Yo sí estoy impresionado –contestó él.

–¿De veras? Eres muy amable, pero está claro que la señora Harding no sabe diferenciar un Armani de...

–¿Una aspidistra?

–Eh, soy yo quien hace pésimas bromas.

–Lo siento. Pensé que debía ayudarte, ya que estás intentando dejarlo –levantó las manos como gesto de rendición–. Bueno, cuéntame, ¿qué ha ocurrido?

–No la han impresionado nada mis planes de negocio.

–¿Puedo verlos?

Ella señaló la carpeta que había dejado sobre la mesa.

–Olvídate de mi talento, de mis conocimientos, del hecho de que tengo más trabajo del que puedo desempeñar sin ayuda. Lo único que le interesaba era mi «colateral». Enseguida capté el mensaje de que puesto que no soy propietaria de la casa donde vivo, no tengo ninguna posesión con la que puedan quedarse. Y como mis expectativas son un poco ambiciosas, no están deseando dejarme el dinero.

Él levantó la vista de los papeles.

—¿Te ha dicho claramente que no?

—¿A la cara? Por favor. Ha utilizado la excusa de que tiene que comentarlo con sus colegas. Dijo que me darían la respuesta a su debido tiempo. Le dije que no se molestara. Que ya había causado demasiado daño ecológico rellenando todo el formulario de solicitud y desarrollando el plan y que no quería que pesaran más árboles sobre mi conciencia.

—Que no fuera comprensiva, no significa que no vaya a prestarte el dinero. A lo mejor necesita que alguien con más autoridad apruebe que corran el riesgo, puesto que el único respaldo que tienes es tu entusiasmo y tu valentía. Créeme, si saben lo que están haciendo, no infravalorarán esas dos cosas.

Ella se quejó, agachó la cabeza y la golpeó contra la mesa.

—Lo he estropeado todo, ¿verdad?

—De todo se aprende. Prueba en otro banco.

—¿Para qué? Es culpa mía. Me he aferrado a la seguridad laboral que me proporciona la tienda en lugar de dedicarme de lleno a mi negocio. Si no confío yo en mi propio negocio ¿por qué van a confiar ellos?

—Ahora vas a dedicarte a ello. Wayne puede utilizar la furgoneta por las tardes, ¿no es así? No la necesitarás mientras trabajes en mi jardín. Ése es un comienzo.

–Sí, supongo que sí. Y también puede utilizarla los jueves por la mañana.

–¿Los jueves por la mañana?

–Es el día del jubilado. Correos está lleno y en la tienda no se da abasto... –él no ocultó su sonrisa, y ella captó el mensaje–. ¡Maldita sea! Nunca seré una ejecutiva ocupándome de la jardinería, ¿verdad?

–¿Quieres llegar a ser una ejecutiva?

–Sería estupendo no tener que preocuparme por el dinero. Eso es lo que hacen los ejecutivos, ¿no?

–Más o menos.

–En ese caso, no quiero serlo. Sólo quiero que Polly tenga seguridad.

–Es una buena ambición. No la abandones. A lo mejor sí que puedes obtener una de esas ayudas de las que te habló tu consejera legal. Hay una para jóvenes empresarios, ¿verdad?

–Yo no soy joven.

–Eso es cuestión de opiniones. Creo que eres lo bastante joven para optar a una de esas ayudas. Quizá sea tu mejor apuesta.

–Parece que sabes mucho de todo esto. Dime, ¿a qué te dedicabas antes de decidirte a organizar programas de vacunación?

–Me has pillado, señorita Lovell. Era consejero financiero.

–No como... –se calló a tiempo–. Olvídate de lo que he dicho. Por favor, olvídate de que he sido tan estúpida como para pensar eso. Además, si hubieras sido como ella, no habrías sido capaz de comprar Linden Lodge.

–No.

–Olvida que te he hecho esa pregunta. He sido maleducada y entrometida.

–Es de conocimiento público.

–¿Sí?

–Lo único que tienes que hacer es poner mi nombre en un buscador de Internet y presionar el botón mágico.

–No. Eso sería cotillear.

–¿Eso crees? Alguien ha debido investigar mi pasado para saber exactamente lo que estaba haciendo. Estoy seguro de que ha habido muchos rumores sobre las parcelas en la tienda del pueblo. Montones de chismorreos a la hora del té.

–No... –dijo ella, pero se sonrojó–. Bueno, quizá un poco. La gente se pregunta qué vas a hacer. Eso es todo. Si vas a quedarte. Si vas a vender...

–¿Y qué les has dicho?

–Que estoy demasiado ocupada con el jardín como para interrogarte sobre sus planes. Incluso suponiendo que me dieras la oportunidad. Alguien más sensible quizá pensara que me has estado evitando.

–No quería que pensaras que te estaba controlando.

–No querías que te insistiera sobre el cenador –dijo ella.

–¿Siempre dices lo que piensas?

–Creo que evita malentendidos. Ofuscación.

–¿Y con qué frecuencia utilizas esa palabra en conversaciones normales? –preguntó–. Sólo por esa proeza, te mereces que alguien te de información.

CAPÍTULO 8

PUES empieza –le dijo Kay.

De acuerdo, él estaba evitando el tema. Otra vez. Pero ella ya le había dejado claro que no podía ocultalo para siempre y se mentiría si negaba que sentía curiosidad por todo lo que Dominic había hecho en su vida.

Además, hablar sobre sí mismo le sentaría bien.

Dio un sorbo de café y esperó.

–Creé un programa de software cuando estaba en la universidad. No tenía dinero, tenía hambre y estaba en números rojos. Ya sabes cómo es eso. Mi familia hizo lo que pudo, pero tampoco tenían mucho dinero. Básicamente, estaba solo.

–¿No te gustaba servir cerveza en el pub, o rellenar estanterías en el supermercado?

–¿Has intentado conseguir alguno de esos trabajos en una ciudad universitaria?

–Diez candidatos por puesto, ¿no?

–Y muchos más. Así que utilicé todo mi cerebro para diseñar un programa por el que me pagaron algunas libras. Me sirvió para mantener alejado al lobo y lo agradecí. Después descubrí por cuánto lo comercializaron y sentí que me habían timado. Fue entonces cuando descubrí que el contrato que firmé les otorgaba todos los derechos. Mundiales. Para siempre.

—Pero eso es terrible. ¿No pudiste hacer nada?

—Nadie me había obligado a firmar. Dejaron un cheque sobre la mesa y yo firmé sin leer el contrato correctamente. De lo único que podía quejarme era de que no me hubieran avisado de que debía hablar con un abogado primero. Pero, ¿por qué iban a hacerlo? No era su trabajo. Era mi responsabilidad.

—Aun así, me parece horrible.

—Bueno, puede, pero cuanto más dura sea la lección, antes se aprende, y a la larga me hicieron un favor.

—Ésa es una actitud muy curiosa.

—Hay un viejo refrán que dice: «si alguien te engaña una vez, los culpables son ellos... si te engañan dos veces, el culpable eres tú». Pronto descubrí que no era el único estudiante al que había engañado un inteligente hombre de negocios y, puesto que ya lo sabía, decidí que no quería pasarme el resto de mi vida sentado en un despacho creando programas informáticos, y me cambié a Empresariales. Cuando me gradué ya tenía mi propia empresa en marcha.

—Con la teoría de «si no puedes vencerlos, únete a ellos»

—Con la teoría de que uno puede vencerlos. Sólo se necesita a alguien que te ayude. Mi empresa se creó para proteger a los inocentes. Una empresa para aconsejar, para que quienes querían montar su propia empresa pudieran tener capital y para revisar los contratos de los que sólo querían vender sus ideas

–sonrió–. Había otra gente que hacía lo mismo, por supuesto. Se llaman abogados. Pero son muy caros. Mis genios eran jóvenes, tenían ideas, pero no dinero, así que compartía el riesgo con ellos y les cobraba un pequeño porcentaje de los beneficios futuros. Dormí en el suelo del despacho durante la mayor parte del año, pero incluso una pequeña parte de los millones empieza a acumularse pronto.

–¿Qué ocurrió con la empresa cuando...? –se calló de golpe.

–¿Cuando Sara murió y a mí dejó de importarme todo? –preguntó, y se encogió de hombros–. Todavía está en marcha, pero mis beneficios se destinan a una sociedad benéfica.

–Sí que te importa. Sólo que no te gusta que la gente lo sepa. La sociedad benéfica es la que financia los proyectos que desarrollabas, ¿no es así? –no esperó su respuesta–. No debería quejarme, ¿verdad? Estoy mucho mejor comparada con la gente que tú ayudas.

–Sí, así es. Pero no te estás quejando, estás frustrada porque tienes un sueño y no ves cómo puedes hacerlo realidad. Pero no abandonarás. No eres ese tipo de persona.

–Eso es cierto –dijo ella–. Cuando me propongo algo, nunca abandono.

–No será fácil, Kay –le advirtió–. Lo que tienes que recordar es que cuando uno consigue que su sueño se haga realidad, también se hace realidad para otra gente. Gente como Wayne, que necesita que alguien como tú crea en ellos. Tu éxito será positivo.

–Habría sido así si no me hubiera comportado como una estúpida –se terminó el café–. Gracias por permitir que me queje, pero creo que ahora debería irme a casa y hacer algo útil.

–Eres demasiado dura contigo misma. Quedémonos a comer aquí.

–¿A comer?

–Trazaremos una estrategia para que tengas éxito –agarró la carta que había sobre la mesa y comenzó a leer los platos del día.

–Todos suenan estupendamente, pero no puedo comer mucho y pasar la tarde agachada en tu jardín. Y por cierto, si no nos vamos voy a llegar... –¡no! Tenía que dejar de pensar en ella. Se suponía que era a él a quien tenía que ayudar.

–¿Vas a llegar...?

–Tarde –dijo ella, y se echó hacia delante con tono conspirador–. Resulta que tengo un cliente cruel, y si no estoy allí a la una y cuarto en punto dispuesta a dejarme la piel durante dos horas, él...

–¿Él, qué? –dijo con media sonrisa.

–Nada. Es el mejor cliente que he tenido nunca. Nunca me vigila para asegurarse de que no estoy vagueando. Nunca me hace perder el tiempo haciendo que escuche sus deseos y después se queja de que no he hecho nada que justifique la suma de dinero que me paga.

–¿Y este cliente estupendo nunca te ha dado una tarde libre para salir a comer?

–¿Qué clase de mujer de negocios se toma la tarde libre sólo porque alguien la haya invitado a comer, señor Ravenscar?

–La misma que recibe consejos de manera gratuita. Puedes recuperar las horas el fin de semana, si es lo que te preocupa. Lleva a Polly contigo y yo observaré cómo hace guirnaldas de margaritas mientras tú te dejas la piel.

–Bueno, supongo que podría hacer eso. Pero con una condición.

–¿Condición? Te invito a comer. Hago todo lo posible para que aceptes, incluso cambiando los términos del contrato, ¿y quieres poner condiciones?

–No. Tienes razón. Es ridículo. Está fuera de lugar. Comer me sentará bien. Algo ligero, eso sí. Un sándwich, quizá.

La camarera pasó con un bocadillo de beicon, lechuga y tomate y unas patatas fritas. Ella la siguió con la mirada.

–¿Esa es tu idea de algo ligero? –le preguntó él con una sonrisa.

–Por otro lado, quizá la pasta sea mejor opción.

–Yo tomaré lo mismo –la camarera se acercó a tomar nota y cuando se marchó, Dominic le dijo a Kay–: Está bien, es tu turno.

–¿Mi turno? ¿Mi turno para qué?

–Para contarme el momento en que cambió tu vida. ¿Qué ocurrió con el padre de Polly?

–¿Por qué quieres saber sobre él?

–No es eso. Quiero saber sobre ti –le tomó la mano y le acarició el dedo anular–. ¿Os casasteis?

–No, no estuvimos casados –contestó riendo.

No dijo nada más, así que Dominic esperó a que continuara. Kay sabía que ese momento llegaría tarde o temprano y se había prometido que no evitaría el tema. Pensaba que si se abría y le contaba su historia a Dominic, él haría lo mismo con ella. ¿Pero estaba preparada para correr el riesgo? Quizá él se marchara disgustado. ¿Podría soportarlo?.

–No estuvimos casados –repitió–. Ambos seguíamos en el instituto –al ver que él arqueaba las cejas, añadió–: Tenía dieciocho años –era mayor de edad, pero la única mujer virgen del instituto–. Era una chica que había pasado de tener un comienzo terrible en la vida a ganar una beca para un instituto público y a tener la posibilidad de acceder a una plaza en Oxford. Lo único que tenía que hacer era cumplir mi promesa y obtener las notas adecuadas el verano siguiente. Era la típica niña mimada del profesor.

–Pero las hormonas no pueden controlarse –dijo él con expresión seria.

–Se puede contar con que siempre te dejan mal. Sobre todo cuando un amor de juventud se mete por medio –dijo ella, mientras jugueteaba con la cucharilla de café.

–¿Cómo se llamaba?

–Alexander. Aunque todo el mundo lo llamaba Sasha. Su abuela era rusa.

–Un tipo interesante.

–¿Tienes idea de lo que estás diciendo? Aquel chico era un dios. Adonis personificado.

–Conozco esa clase de hombres –dijo él.

–Sí, bueno, no era de la clase de chicos que yo frecuentaba. Yo era la empollona de la clase, el tipo de chica en la que ellos no se fijaban. Una extraña sin ropa de marca. Sin dinero, sin familia y sin propiedades.

–¿No tienes propiedades? Bueno, comprendo que eso sea duro –dijo él.

–¿Duro? No tienes ni idea. Mi madre no me quería y, suponiendo que supiera quién era mi padre, sólo lo conocí por su ausencia. Lo único que tuve fue una serie de madres de acogida, algunas buenas, otras normales y otras odiosas. Mi única posesión era mi cerebro. E incluso así, llegó el día en que Sasha decidió encandilarme.

–Lo siento, no había comprendido. Pensaba que... –no terminó la frase. Ambos sabían lo que él había pensado. Creía que era una niña snob que había despreciado a sus padres por no ser ricos, como los de los demás–. Debiste de haberte sentido muy sola.

Su tono de voz era amable, así que ella lo miró a los ojos. Él no intentó ocultar su compasión.

Kay tuvo que contener las lágrimas. Apretó los dientes y tragó saliva.

–Sí, bueno –dijo ella–, si hubiera sido una de esas chicas que tenían dieciocho pero parecían de treinta, y que se reían de las insensateces de las demás, habría comprendido lo que sucedía. Con mi inocencia, nunca se me ocurrió que él estuviera trabajándose a todas las chicas de nuestro curso, honrando a cada una de nosotras con la oportunidad de experimentar su magia –Dominic masculló algo en voz baja, pero cuando ella lo miró, negó con la cabeza–. Era un juego. Todas lo sabían, y se lo tomaban como algo divertido. Yo pensaba que todo lo que decía era en serio. Después, cuando le dije que estaba embarazada, suspiró y me dijo que debería haber hecho caso de su primera intuición y haberme dejado en paz, pero que las otras chicas le habían dicho que no era justo dejarme fuera del juego sólo porque fuera una pazguata. Me estaba haciendo un favor, por el amor de Dios. Pensaba que era inteligente. Me dijo que me las arreglara sola.

–¿Que te las arreglaras? ¿Esperaba que te deshicieras del bebé? –preguntó horrorizado.

–Yo no esperaba que hiciera de padre. Enseguida me di cuenta de que había sido idiota. Pero esperaba que actuara como un caballero. Creía que todas esas cosas sobre el honor y la decencia que nos enseñaban en la escuela servían para algo. Patético, ¿verdad?

–Lo que es patético es que te dejara embarazada. ¿No habías oído hablar del sexo seguro? Imagino que todas las demás insistirían en utilizar protección, ¿no?

–El preservativo se rompió. A él no pareció importarle. Yo era virgen. No suponía peligro para él... Mencionó algo de ir a ver a la supervisora. Dijo que ella lo solucionaría, pero yo preferiría morir antes que admitir ante cualquiera lo idiota que había sido. No se lo conté a nadie, me negué a admitirlo. Por desgracia, el embarazo es algo serio y no se pueden ocultar las náuseas matinales cuando una vive en habitaciones compartidas con otras chicas. Cuando alguien se lo contó a la supervisora, no sólo se quejó de que hubiera mantenido relaciones sin protección, sino de que además hubiera sido tan estúpida como para no pedirle la píldora del día después.

–¿Qué tipo de institución era ésa?

–No la culpes. Estaba a cargo de un internado mixto. Un lugar lleno de hormonas revolucionadas. Se enfrentaba a la realidad.

–¿Y qué pasó después? Sospecho que no era el tipo de sitio donde las chicas pueden continuar con su educación disponiendo además de tiempo libre para visitar al médico antes del parto.

–La supervisora me concertó una cita con una clínica privada donde practicaban abortos.

–Estupendo.

–No, estaba recibiendo el mismo trato que las chicas cuyos padres pagaban grandes sumas para mandar a sus hijas al colegio. No me discriminaron porque fuera una becaria que había pasado los primeros doce años de un lado a otro. Es más, así era mejor para mí. No tenía padres que pudieran pagarme el aborto. Recibía un trato especial porque era becaria, alguien a quien habían sacado de la miseria y le habían dado una oportunidad. Yo iba a dar más prestigio a la escuela, era la prueba viviente de su altruismo –tenía la boca seca. Hacía mucho tiempo que no hablaba de ello, que no pensaba en ello–. ¿Crees que podrías conseguir un poco de agua?

Dominic se sentía muy mal. Su intención no era que Kay removiera sus malos recuerdos sólo para satisfacer su curiosidad. Deseaba abrazarla y decirle que pensaba que era maravillosa. Deseaba estar en un lugar privado donde poder hacerlo. Pero lo único que podía hacer era conseguir el agua que ella le había pedido, así que se levantó y se acercó a la barra.

–Lo siento, Kay –le dijo mientras ella bebía–. Mi intención no era hacerte pasar por esto.

Pero ella siguió hablando como si no lo hubiera oído. O como si no pudiera parar.

—Cuando me negué a abortar, me lo dejaron bien claro. O abortaba, o me iba.

—¿Y el chico?

—Aparte de que la gente arqueara las cejas ante el hecho de que el heredero de un título de conde ya no me hiciera caso, le ocurrió poco más —trató de sonreír—. Por supuesto, se lo contaron a su familia, para que estuvieran preparados para enfrentarse a las repercusiones legales, como el mantenimiento de la criatura —se encogió de hombros—. A lo mejor le consiguieron unos preservativos mejores —al ver la expresión del rostro de Dominic, Kay dijo—: Imagino que te preguntarás por qué estoy viviendo gracias a la cortesía de los Hallam en lugar de a la cortesía de su familia.

—Más o menos —admitió él.

—Me castigaron en mi habitación hasta que decidieron lo que sería mejor. Una de las chicas me dijo que el conde había acudido al colegio en persona y que estaba reunido con el director. Yo tenía miedo de que presionara para que me deshiciera del bebé. Si era un chico... —se calló y permitió que Dominic sacara su propia conclusión.

—Ya. En aquellos tiempos, habría estropeado la posibilidad de que el heredero legítimo obtuviera el título. ¿Qué pasó entonces?

—Me escapé.

—¿Te escapaste? ¿Dónde?

—Me escapé.

—¿Y tus estudios? ¿La plaza de Oxford?

–Imaginaba que en Oxford no estarían interesados en tener una madre soltera. A lo mejor fui demasiado dura con ellos, pero no podía pensar con claridad, y supongo que podría haber ido a otro sitio, pero eso significaba que el bebé habría tenido que quedarse con un tutor. O a lo mejor habría terminado en una casa de acogida. La historia se repetiría y yo no podía permitir que eso sucediera... –él le agarró la mano para tranquilizarla–. No me costó mucho encontrar un trabajo de oficina. Después, una trabajadora social se puso en contacto conmigo. Alguien me había estado buscando y me encontraron sin problemas. Empezó a preguntarme qué iba a hacer cuando naciera el bebé. Me dijo que era inteligente y que podía llegar lejos. Que a lo mejor podía pensar en dar a la criatura en adopción. Eso me asustó tanto que volví a escapar. Empecé a imaginar que me seguían y me volví paranoica pensando que podían secuestrarme para quitarme al bebé. Que alguien lo adoptaría y nunca más volvería a verlo. No me atrevía a buscar trabajo. El poco dinero que tenía se agotó enseguida y comencé a dormir en la calle. Pedía para sobrevivir. Mirando atrás, me doy cuenta de lo estúpida que fui. Estoy segura de que lo único que querían hacer era ayudarme. Pero no me comportaba de manera racional. Tuve una crisis emocional.

–Me pregunto cómo habría sobrevivido tu amor de juventud si hubiera tenido que pasar por lo mismo. Solo, abandonado...

–¿Embarazado? –sonrió por fin–. Gracias. Es un comentario que alegra el corazón.

–Sobreviviste. Saliste adelante. Eso sí que alegra el corazón. ¿Pero cómo diablos llegaste hasta aquí?

–Un policía me encontró cuando estaba de parto, cuando ya no podía huir. Nadie se dio cuenta de que estaba en plena crisis emocional. Sentía dolores y no decía nada con sentido. Me limpiaron, me llevaron al hospital y dejaron que la Seguridad Social se ocupara de mí. Estaba en la cama, medio dormida, con mi hija recién nacida en la cuna de al lado, cuando escuché la voz de un hombre. Estaba preguntando por la mujer que la policía había llevado al hospital. Preguntaba por Katie Lovell.

–¿Katie?

–Katherine, Katie, Kay. Cuanto mayor me hago más corto se convierte mi nombre... No esperé a ver quién era. Se habían llevado mi ropa, pero agarré la de la taquilla de al lado, y también algo de dinero. No sabía a quién pertenecía, pero me daba igual –se estremeció al pensar lo que había hecho–. Hoy día hay más seguridad. No habría podido escapar con un bebé recién nacido con tanta facilidad.

–¿Dónde...? –llegó la comida y Dominic se vio obligado a soltarle la mano. La camarera se aseguró de que no les faltara nada, pero él no estaba interesado en la comida–. ¿Dónde fuiste? –preguntó, asombrado por su coraje.

–A casa de tía Lucy. No es familia mía, pero todo el mundo la llama así. Ha criado a montones de niños durante años. A mí me enviaron a vivir con ella durante una semana antes de que me dieran la beca. Se encargó de mi uniforme y de que tuviera un corte de pelo decente. De que supiera utilizar toda la cubertería. Era encantadora y nunca olvidaré lo bien que se portó conmigo. Pensé que si conseguía dejarle a mi niña, ella buscaría a alguien que la acogiera, cuidara de ella o incluso la adoptara. De pronto, el peor de mis temores se había convertido en mi única solución.

–¿Y tú?

–¿Yo? No importaba. Sólo importaba el bebé –le temblaba la voz. Se miraron un instante–. Dejé a Polly en el escalón de su puerta con una nota en la que le decía lo que quería que hiciera. No la firmé. Sólo puse mi inicial.

–K.

–Lucy no tenía ni idea de quién era, pero al final me encontraron.

–Todo eso pertenece al pasado. Creo que eres una Katherine con todas las letras –ella se sonrojó. A Dominic le encantaba que después de todo lo que había pasado todavía pudiera sonrojarse al oír un cumplido. O quizá fuera por todo lo que había pasado–. Entonces, ¿cómo te encontraron? ¿Cómo te reuniste con Polly?

–Estaba a miles de kilómetros de distancia cuando se me ocurrió pensar que, a lo mejor, Lucy no había hecho lo que le pedí. Que quizá no hubiera tenido más remedio que contactar con los servicios sociales, y que entonces publicarían una orden de búsqueda para la madre. Saldría en los periódicos. Intenté regresar antes de que encontraran a mi hija, pero me había asegurado de que la encontraran enseguida. Entonces tuve que intentar descubrir dónde estaba.

Agarró el tenedor y jugó con un poco de pasta.

–¿Y?

–Ella había hecho lo que le pedí y había llevado a mi hija a casa de Amy y Jake Hallam. Arriesgándose. Ella había cuidado de Jake cuando era un chico malo –sonrió–. No siempre fue el hombre encantador de ahora.

–¿Eso es cierto?

–Ellos ya tenían tres hijos, pero Amy siempre había deseado una niña. Era la solución perfecta.

–No podían decir que era de ellos, Kay. Nadie puede hacer eso. Existen unas leyes...

–Tienen mucho dinero. Mucho poder. Y mucho amor para dar. No creo que nadie les hubiera dicho que el bebé no podía quedarse en esa casa, con un padre, una madre y una niñera que se asegurarían de que no le faltara nada. No hay docenas de casas de acogida esperando a que les llegue un bebé.

–Si lo pones así...

–No habría sido fácil, pero podrían haberlo hecho. Pero Amy también es madre. Sabía que yo estaba en un lío, que necesitaba ayuda y que no iría lejos –pestañeó y una lágrima cayó sobre el plato–. Quería tener una hija y podía haberse quedado con la mía, Dominic. Pero Jake y ella me encontraron y me la devolvieron –cayó otra lágrima–. También me devolvieron la vida –le temblaba tanto la mano que se le cayó el tenedor en el plato. Dominic se acercó a ella para abrazarla y susurrarle palabras tranquilizadoras al oído. Palabras que no decía desde hacía muchos años y que temía que no pudieran sacarla de sus recuerdos. Pero cuando ella lo miró, a pesar de que seguía teniendo lágrimas en los ojos, había recuperado el control–. Lo siento, Dominic, creo que no puedo comer nada ahora mismo.

–No –él también sentía un nudo en la garganta–. Vámonos a casa. No soy buen cocinero, pero puedo abrir un par de latas de sopa –seguía abrazándola. No quería soltarla–. ¿Vamos?

–Vale.

Dominic sacó la cartera y dejó un par de billetes sobre la mesa antes de guiar a Kay hasta la puerta.

–Esa fue la primera tienda que abrió Amy, –dijo ella señalando el establecimiento mientras caminaban por la acera.

Él deseaba agarrarla de la mano, pero parecía que ella quería mantener la distancia y una conversación normal.

–«Levanta el ánimo»... –Dominic leyó el nombre en una cesta que había en el escaparate y que contenía aceites esenciales. Al instante recordó el popurrí con el que Dorothy había ambientado la casa. Pensó en el hecho de que las tres mujeres fueran amigas, y en que Amy y Katherine eran mucho más que eso. Recordó que ella había plantado hierbas aromáticas en su jardín y que desde entonces, el aroma del tomillo y la mejorana lo seguían a todas partes. ¿Cómo habían afectado a su ánimo?

–Ahora tiene una tienda en cada pueblo del país –añadió ella.

–A lo mejor puedes seguir sus pasos –dijo él. Ella lo miró–. Las margaritas se extienden por todos sitios ¿no? Con tu empresa Daisy Roots puede suceder lo mismo.

—Como las malas hierbas –dijo ella. Se llevó la mano a la boca–. ¡Mi furgoneta! Estaba en la puerta de tu casa con las llaves en el contacto. ¡Espero que siga allí! ¿Dónde has aparcado? –al acelerar el paso se le metió un tacón entre los adoquines y se tambaleó.

Él la agarró por los hombros para evitar que se cayera. Al mirarla a los ojos, confirmó que se había sentido atraído por ella desde el primer momento.

—¿Estás bien? –preguntó, y ella asintió–. Será mejor que esperes aquí. Iré por el coche. Tardaré menos si voy solo –y así podría recuperarse de los encuentros íntimos que no le dejaban pensar con claridad.

Kay se fijó en que algo caía al suelo cuando Dominic sacó las llaves de su bolsillo.

—¡Dominic, espera! Se te ha caído... –pero él había acelerado el paso y estaba fuera de su vista. No importaba. Sólo era un montoncito de hojas secas que se deshacía entre sus dedos. Las olió para ver qué eran. Mejorana. ¿Todavía llevaba las hojas que ella le había dado?

Había múltiples motivos para ello. Que hubiera olvidado que las tenía en el bolsillo era el más plausible.

Si no fuera porque llevaba una chaqueta diferente.

CAPÍTULO **9**

LA FURGONETA de Kay estaba aparcada frente a Linden Lodge, tal y como la habían dejado, pero Dominic decidió no hacer ningún comentario sobre que nadie en su sano juicio querría robársela. Y menos cuando Kay dependía de ella para su negocio.

—Quizá deberías cerrarla antes de entrar en casa —ella dudó un instante, como si buscara alguna excusa para marcharse, pero Dominic no iba a darle esa oportunidad—. Podemos echar un vistazo a los catálogos —le dijo, quitó las llaves del contacto y cerró la furgoneta—. Y puesto que he dejado de comer por ti, podrías decirme cuál era la condición que ibas a poner para comer conmigo.

—Oh, no... —dijo ella. Se cubrió la mano con la boca y se sonrojó.

Esperaba que él se hubiera olvidado.

—Oh, sí —dijo él, y le dio las llaves.

—No era nada importante —dijo con inseguridad—. Sólo iba a intentar que dieras tu brazo a torcer y aceptaras ir a la fiesta de la cosecha, mañana por la noche —al pronunciar la invitación sus labios se volvieron más sensuales y Dominic comprendió por qué aquel jovencito del instituto se había tomado la molestia de seducirla. Era vulnerable, virgen y muy tímida. Una de las presas más difíciles. Y los hombres eran cazadores por instinto. Él había estado hibernando tanto tiempo que había olvidado lo que era ver cómo una mujer se humedecía los labios, cómo se sonrojaba o cómo ocultaba la mirada tras sus pestañas–. No sólo conmigo –añadió enseguida–. Todo el mundo estará allí.

–Sí, lo sé.

La idea de estar rodeado de gente lo horrorizaba, pero estar a solas con ella...

–No tendrás otra oportunidad de probar mi tarta de mora y manzana –dijo ella.

–¿No será nuestra tarta de mora y manzana? –preguntó Dominic.

–Bueno, sí. Más motivo para que vayas.

Por fuera parecía segura de sí misma, directa, imparable. Pero era pura fachada, se escondía como un caracol en cuanto veía la mínima barrera y él no soportaba verla esconderse por su culpa. Así que, en lugar de dejarse llevar por el instinto y acariciarle el labio inferior, le dijo:

–Prometo que lo pensaré –pensaría en ello. Pensaría en cómo sería estar junto a ella en una mesa llena de comida, oyendo su risa, rodeándola con el brazo y sintiendo su cadera bajo la palma de su mano–. Pero sólo si entras y comes algo. Y cuando me hayas aconsejado sobre el cenador, yo te aconsejaré sobre tu negocio –extendió la mano–. ¿Trato hecho, Katherine?

–Trato hecho, Dominic.

Él la guió hasta la casa sin soltarle la mano.

Katherine. El nombre seguía resonando en su cabeza.

Nadie, en toda su vida, se había molestado en llamarla por su nombre completo. La hacía sentirse especial, querida... Era extraño, ella se había propuesto rescatar a Dominic Ravenscar del pasado, pero en las últimas horas los papeles habían cambiado y era él quien la estaba rescatando a ella.

O quizá se estuvieran recatando el uno al otro.

–Mami, ¿voy a tener una fiesta? Kay abrió la puerta de Linden Lodge a la mañana siguiente y dejó pasar a Polly.

–¿Una fiesta? ¿Y por qué ibas a tener una fiesta? –bromeó.

–Ya lo sabes. Es mi cumpleaños. ¡Dentro de dos semanas! Tenemos que hacer una fiesta. En el centro social, para que pueda ir todo el mundo.

–¿Eso me incluye a mí? –preguntó Dominic inesperadamente.

Se detuvieron de golpe al verlo. Estaba sentado en el suelo, cortando la hierba que había crecido entre las baldosas del paseo. No se levantó y no miró a Kay. Sólo a Polly.

Habían pasado la tarde anterior sentados en la mesa de la cocina comiendo unos sándwiches que había preparado Dominic, mirando catálogos y hablando de los viajes que él había hecho. Hasta que ambos quedaron en silencio y el reloj les recordó que era la hora de ir a recoger a Polly al colegio.

–No lo sé –dijo la niña–. Es para los pequeños.

–Tú no eres pequeña –afirmó él.

Kay se mordió el labio inferior. No se le había ocurrido que Dominic pudiera llevarse bien con los niños. Pero, ¿por qué no? Había sido bueno con ella. Sabía escuchar.

–Soy la más alta de mi clase –dijo Polly–. Mamá dice que estoy creciendo como una flor.

–¿De veras? ¿Qué tipo de flor? ¿Una margarita?

–Las margaritas no son grandes. Mira... –Polly dejó su bolsa de juguetes en el suelo y se sentó junto a Dominic. Empezó a recoger las margaritas silvestres que crecían por todos lados–. ¿Ves? Son muy pequeñas.

–Entonces, como un diente de león –la pequeña se rió–. ¿No? ¿Qué tal un cardo?

–A lo mejor... Mamá, ¿los cardos son silvestres?

–Depende de dónde crezcan –contestó Kay–. ¿Puedo dejarte aquí hablando con el señor Ravenscar mientras me pongo a trabajar?

Polly lo miró y se encogió de hombros.

–Vale. ¿Sabe hacer guirnaldas de margaritas, señor...?

–Mis amigos me llaman Dom –dijo él.

–¿Dom? Eso no es un nombre.

–Es la abreviatura de Dominic.

–Ah, sí. En mi clase hay un niño que se llama Dominic. Es un pesado. Bueno, así es como se hacen las guirnaldas –lo miró para asegurarse de que se estaba fijando.

Kay contuvo la respiración. Dominic le había prometido que cuidaría de Polly, pero no que jugaría con ella ni que escucharía su charla incesante.

–Entonces, háblame de esa fiesta...

Hacía una tarde perfecta. Kay limpió una gran parte del jardín. El sol calentaba su espalda. La dulce voz de Dominic y el sonido de la risa de su hija invadían el lugar.

–¡Se acabó el tiempo! –Dominic le tendió una taza de té y ella la aceptó–. Ha quedado muy bien.

–Gracias. Y gracias por limpiar las baldosas.

–No podía quedarme sentado en una tumbona mientras tú de dejas la piel. Además, lo he disfrutado. Nunca encontraba el momento –se encogió de hombros–: Siempre estoy muy ocupado.

–El lunes cortaré la hierba para que veas lo bien que va a quedar –dijo ella–. Y buscaré algún abono para el césped y algo para las margaritas.

–Déjamelo a mí. Lo de cortar la hierba, quiero decir. Te dejaré la parte técnica a ti. Aunque creo que las margaritas le dan personalidad al césped, ¿no te parece?

–Con moderación –convino ella.

–Espero que no pienses que soy un tacaño y creas que trato de ahorrarme dinero...

–Claro que no. Hay trabajo suficiente para todos y odio cortar la hierba –se fijó en que él tenía mucho mejor aspecto que otros días. Parecía más relajado y su sonrisa no era forzada–. Gracias por cuidar de Polly.

–Es una niña encantadora. Tiene mucha imaginación. No sabía que las muñecas tenían una vida tan completa –dijo, y la observó mientras recogía sus juguetes–. Se parece mucho a ti. Me ha puesto al día de todos los niños de su clase. Y de los profesores.

Kay sonrió.

–Los padres tienen un trato con los profesores: si ellos no creen todo lo que oigan de nosotros, nosotros no creeremos nada de lo que oigamos sobre ellos –le dijo–. Tengo que irme...

–Lo siento, estoy impidiendo que te prepares para la fiesta de la cosecha.

–Eso no me llevará mucho tiempo –afirmó ella mientras recogía sus cosas–. Las tartas se están descongelando y lo único que tengo que hacer es meterlas en el horno. Y preparar un montón de natillas.

–¿Necesitas que te eche una mano para llevarlo todo al centro social?

–Bueno, gracias. Sería estupendo. ¿Por qué no te pasas por casa sobre la cinco y media?

Kay se duchó y se puso una falda y una blusa, a pesar de que llevaría un delantal durante casi toda la tarde. Dedicó más tiempo del habitual a su cabello y se puso esmalte de uñas transparente.

Se miró en el espejo y se sorprendió con su propia imagen. Con el cabello suelto y los hombros al descubierto, parecía una chica que estaba a punto de conocer al hombre del que iba a enamorarse.

Soltó un gruñido.

Con una simple mirada, todo el pueblo lo sabría. Amy se enteraría. O peor aún, Dominic lo sabría.

Se quitó la blusa y se puso una camiseta de color azul. Después, se recogió el cabello.

Todavía estaba trenzando la melena de Polly cuando llamaron a la puerta.

–¡Está abierta! –gritó.

–¿Llego demasiado temprano?

Kay levantó la vista y vio a Dominic junto a la puerta. Polly se levantó y fue a saludar al visitante.

–Dominic –le dijo, y lo agarró de la mano para que entrara–. Las muñecas se han reunido con los ositos de peluche y han decidido que vengas a mi fiesta.

–¡Polly! –exclamó Kay–. Lo siento, Dominic.

–Si te apetece... –añadió Polly sin moverse, y Kay oyó el tono de súplica de su hija. Reconoció un peligro que no había previsto.

Dominic lloraba la muerte de su esposa.

Polly deseaba tener un padre. Y ella...

–Polly, ¡tengo que terminar de peinarte!

–¿Quieres que empiece a llevar cosas? –preguntó Dominic.

–Oh, sí. Gracias. Puedes llevar una de las bandejas que hay en la cocina. Ten cuidado, los platos están calientes. Te encontrarás con Dorothy y Jane Hilliard en el centro social. Están a cargo de todo y te dirán dónde dejar las cosas.

–De acuerdo. Vuelvo enseguida. Polly, más tarde hablaremos de esa invitación –le guiñó un ojo y se dirigió a la cocina.

Y Kay sintió que se le aceleraba el corazón.

–Vamos, cariño, deja que te peine.

Pero Polly no se marcharía de casa sin la corona de margaritas que Dominic había hecho para ella.

Kay pasó gran parte de la tarde confusa. Trataba de mantenerse alejada de Dominic porque quería protegerse, pero al mismo tiempo deseaba estar todo lo posible con él para protegerlo de las miradas de los curiosos.

Dominic pasó la tarde hablando con viejos conocidos y, al cabo de un rato, ella se relajó un poco. Era un hombre adulto. Había vivido solo los últimos seis años. No necesitaba que ella cuidara de él. Al contrario. Parecía que apenas se daba cuenta de que ella estaba en la misma habitación.

–Kay, te he buscado por todas partes. Voy a llevar a los niños a casa y Mark me ha preguntado si Polly puede venirse a dormir –también había estado evitando a Amy, pero ésta la encontró en la cocina mientras metía los platos en el lavavajillas–. ¿Te parece bien?

–Oh, sí. Si no es molestia.

–Polly nunca molesta. Cielos, ¿qué diablos estás haciendo? –dijo Amy.

–Colaborar un poco con la recogida.

–Pues no sigas. Hay un turno de tareas y tú no estás en ésta –Amy señaló la lista que había en la pared. El nombre de Kay no figuraba en ella.

–Pero yo siempre...

–Nada de peros. Eres un miembro de la comunidad muy trabajador. Te mereces disfrutar por una vez. Sal de aquí y suéltate la melena. Diviértete con los adultos.

–Lo estoy pasando bien. De veras.

–Ya, claro. Ahí fuera hay un hombre atractivo acosado por todas las mujeres menores de cincuenta. Y tú aquí dentro, limpiando los platos. Lo siento, no me convence.

–No necesita que lo agarre de la mano, Amy. Está bien.

–Ha venido contigo.

–No. Me ayudó a traer las tartas. No me ha mirado en toda la tarde.

–Mientras que tú te has pasado toda la tarde mirándolo con lástima, supongo. Se puede decir lo mismo de las parejas que no se intercambian miradas y de las que sí lo hacen. A veces más... –y de pronto, Kay estaba entre los brazos de Amy.

–Lo siento. Lo siento. Debería haberte escuchado. Siempre tienes razón.

–Tenía razón sobre ti –dijo ella, tranquilizándola como si fuera una niña–. Corrí el riesgo cuando todo el mundo me decía que estaba loca. Pero me equivoqué al protegerte tanto y al no animarte cuando querías extender las alas. Y también me equivoqué con Dominic Ravenscar. Debería haber confiado más en ti, y por eso soy yo quien lo siente.

–No he hecho nada. Sólo he hablado con él –Kay se secó las lágrimas y sonrió–. Incluso cuando él no quería que lo hiciera.

–Tal y como yo hablé contigo.

–Y le quité un montón de malas hierbas. Dejé entrar un poco de luz para que las plantas tuvieran oportunidad de crecer.

–A lo mejor era todo lo que se necesitaba. Viste lo que era necesario y no tuviste miedo de enfrentarte al problema, de hacer el trabajo duro. Parece un hombre distinto de cuando llegó a casa. Jake fue a visitarlo y se quedó impresionado del mal aspecto que tenía.

–No tan malo –dijo Kay, recordando la primera vez que lo vio–. Por supuesto, nunca lo vi cuando era feliz. Cuando su vida era perfecta.

–Nadie tiene una vida perfecta, Kay. La satisfacción no está garantizada. Si lo estuviera, no habría nada por lo que luchar. Estaríamos viviendo felices en una cueva. Él necesitaba saber que su vida podía ser buena otra vez. He visto cómo te miraba esta noche, mientras tú estabas ocupada.

–Pero Polly...

–A Polly le gusta. Lo sé. Me lo ha contado todo sobre la mañana que pasaron juntos.

–Tengo miedo, Amy. Tengo miedo de que me importe demasiado. De que Polly se acostumbre a él.

–Yo también tenía miedo. Estaba segura de que sufrirías. De que no serías capaz de soportarlo cuando sí lo estabas haciendo. Tengo más miedo de que, al haberte protegido demasiado y tratado de mantenerte cerca de mí en lugar de dejar que fueras libre, por si te llevabas a Polly, no corras el riesgo. Y que sufras de todos modos.

–No has hecho nada mal, Amy. Soy yo la que he pasado toda mi vida huyendo. Cuando conocí a Dominic, me di cuenta de que sigo huyendo...

–Entonces, los dos habéis aprendido algo útil. Ahora ha llegado el momento de ponerlo en práctica. Y puesto que los dos sois muy listos y posiblemente lleguéis enseguida al nivel avanzado, puede que esto os sea útil.

Cuando Kay abrió la mano y se dio cuenta de lo que estaba sujetando, Amy ya se había marchado.

Buscó a Polly, la besó y permaneció en la puerta despidiéndose de ella, de Amy y de los niños. Estaba tentada de irse a casa. De olvidarse de su decisión de dejar de huir.

–Pensaba que ibas a marcharte sin mí.

–No –dijo ella, al oír que Dominic estaba a su lado–. No pensaba abandonarte. Sólo me estaba despidiendo de Polly. Va a dormir en casa de los Hallam. Mark y ella son muy buenos amigos. Es comprensible, pasaron el primer año en la misma guardería. ¿Ya te has cansado?

–Me he cansado de hablar. Creía que nunca te quitarías el delantal para poder pedirte que bailaras conmigo.

–¿Bailar? –no esperaba que quisiera bailar con ella en público–. No es necesario. En serio.

–¿Me estás rechazando, Katherine?

Kay miró hacia la pista de baile y vio que las parejas bailaban abrazadas. Pensó en lo agradable que sería sentir la suavidad de su camisa en la mejilla, el cuerpo musculoso contra el suyo. Pensó en cómo había estado toda la vida huyendo. Y en lo bueno que sería dejar de hacerlo y descansar en sus brazos.

–No, es sólo que...

–¿Qué?

–Nunca he hecho algo así. Bailar con un hombre de esta manera.

–¿Es que todos los hombres de Upper Haughton están ciegos?

Ella se sonrojó.

–He pasado la mayor parte del tiempo en la cocina. Y después tengo que irme a casa con Polly.

Creo que alguien ha hecho algún cambio en los turnos... –y Amy se había llevado a Polly a casa.

–Bueno, hace mucho tiempo que yo tampoco hago esto, así que tendremos que ayudarnos el uno al otro. Pon tu mano aquí –se la colocó sobre su hombro–. Y si no recuerdo mal, yo tengo que poner la mía aquí –la agarró por la cintura y ella se estremeció–. ¿Lo hecho bien hasta el momento?

–Mmm, es agradable.

–Será mejor si te acercas un poco más –Kay obedeció–. Más aún – y ella se movió un poco más cerca.

–No sabía que la gente todavía bailara así.

–Así es como realmente se baila –dijo él–. Ahora nos movemos –Kay dio un paso hacia la pista de baile–. Yo soy el hombre, así que decido hacia dónde vamos –la abrazó con más fuerza y la guió hasta la terraza–. Hay menos gente aquí –le dijo, mientras se movían al ritmo de la música–. Katherine... –se detuvo y ella lo miró–. La tarta estaba buenísima.

–Gracias –contestó ella, y apoyó la mejilla en su hombro para seguir bailando.

–El párroco me ha pedido que dé una conferencia sobre las maneras de paliar el hambre en el mundo. Cuando le di el donativo le prometí que lo haría.

–Probablemente puedas comprarlo con otro cheque.

–¡No!

–De veras. Es una artimaña bien conocida. Debería haberte avisado. No tiene vergüenza.

–Me alegro de que me hayas convencido para que viniera –dijo él.

–No te he convencido yo.

–No... Katherine... –cuando ella levantó la vista él no dijo nada durante largo rato. Después repitió–: Katherine.

–¿Sí?

–Nada. Me gusta pronunciar tu nombre –la besó en los labios.

–Katherine...

–Sí.

La besó de nuevo y ella se estremeció. Dominic le acarició el cabello, ella echó la cabeza hacia atrás y él aprovechó para besarla con más pasión. Le acarició el labio inferior con la lengua, se lo mordisqueó y ella sintió que una ola de calor la invadía por dentro. Deseaba más.

Separó los labios y, al sentir el roce de su lengua, notó cómo despertaban en ella todas las sensaciones que había tenido dormidas durante años.

Aquello no era mera curiosidad de juventud. Era algo más. Algo sobre lo que había leído pero que nunca pensó que fuera cierto.

Y por fin comprendió lo que era el deseo irracional por lo que las mujeres inteligentes arriesgaban todo. Arriesgarlo todo por conocer a un hombre capaz de robarles el corazón.

–Llevo toda la tarde esperando este momento –murmuró él mientras la besaba en el cuello.

Y ella susurró:

–Yo llevo esperando este momento toda mi vida.

KAY DESPERTÓ en su cama. El cielo todavía estaba rosado porque acababa de amanecer y sugería que el otoño estaba al llegar. Se estremeció.

–¿Tienes frío?

Se volvió y vio que Dominic estaba apoyado sobre el codo, observándola.

–No...

–¿Arrepentida?

–No. ¿Cómo iba a estarlo? –le acarició la mejilla. Estaba frío. ¿Cuánto tiempo llevaría en esa postura, viéndola dormir?–. Es sólo que nunca había hecho algo así. Bueno, evidentemente había hecho algo así... No, tenía razón la primera vez. No se pareció en nada a esto –no había dormido con Alexander. Ni se había despertado con él mirándola como si pudiera desaparecer si le quitaba los ojos de encima. No habían compartido nada. No había sentido que el mundo había cambiado–. Él no me hizo el amor, no hizo el amor conmigo...

Dominic la calló con un beso. Tenía los labios fríos. Fríos y dulces.

–¿Nadie te ha dicho nunca que hablas demasiado? –murmuró mientras le besaba el cuello.

–No... Bueno, últimamente no. Sólo hablo mucho cuando estoy nerviosa.

–¿Yo te pongo nerviosa? –sonrió–. ¿Tan nerviosa?

–Nnn –trató de contestar mientras él le acariciaba el vientre–. Tu mano está muy fría.

–Mentirosa. Esta es la que está fría. ¿Tienes idea de lo que he pasado desde el primer día en que te vi? –ella negó con la cabeza–. Hacía tanto tiempo que no deseaba hacer el amor con una mujer que pensaba que lo había olvidado.

–Te prometo que no has olvidado nada.

–No. En cuanto te vi meterte en mi jardín lo recordé de golpe –y esa vez, cuando le acarició el cuerpo con la lengua, tomando el camino más largo para llegar hasta su destino, el único sonido que ella pudo emitir fue un jadeo entrecortado. Parecía una eternidad hasta que pudo respirar otra vez dando un largo suspiro.

–He conocido a una persona, Sara –Dominic estaba en la habitación que había compartido con su esposa hablando con la fotografía que tenía en la mesilla de noche. A su alrededor, los armarios estaban abiertos como si sus pertenencias hicieran que su presencia fuera más fuerte. Pero el aroma que él recordaba impregnado en sus ropas había desaparecido. Todas las prendas parecían viejas. Como si ella las hubiera abandonado al fin. Como si ya no las necesitara–. Nunca te olvidaré, amor mío. Aunque eso ya lo sabes, te lo he dicho muchas veces.

Pero conocer a Katherine me ha enseñado que para recordarte no tengo que bloquear todo lo demás. Me he enamorado de ella, pero tú sigues siendo parte de mí. Siempre lo serás. Si yo hubiera muerto, no me habría gustado que te quedaras sola. Que nunca te amara nadie. Que nunca tuvieras hijos.

Hizo una pausa, como si esperara una respuesta. Sin embargo, sólo se oyó la verja al cerrarse indicando que Katherine había llegado al trabajo.

Él sonrió al verla junto a la puerta. Deseaba ir a encontrarse con ella. Sólo le quedaba una cosa por hacer...

—En muchos aspectos es como tú. Tiene tu coraje, tu sinceridad, tu franqueza —se dio cuenta de que estaba sonriendo—. Hace unas bromas malísimas, Sara. Me hace reír. Creía que me había olvidado. También hace que me entren ganas de llorar, cuando pensaba que ya no me quedaban lágrimas. Me ha recordado quién soy. Apareció entre la niebla de la mañana y me regaló el beso de la vida —acarició su imagen—. No tiene tu estilo, por supuesto. Ni es tan segura como tú. Lleva una ropa horrible, dice lo primero que se le pasa por la cabeza sin pensar lo que ha dicho hasta que es demasiado tarde. El misterio es cómo pude confundirla contigo... Ya sé. Comprendo. Gracias, mi querido ángel...

Dominic se había marchado discretamente antes de que despertara el resto de los habitantes del pueblo y de que Polly regresara a casa. Pero volvió a la hora de comer y se quedó a tomar el té. Permitió que Polly lo monopolizara mientras Kay recogía la cocina. Después se marchó a casa, dejándola con un simple beso en la mejilla.

–Te veré mañana por la tarde.

Kay había sonreído. Lo había pasado muy bien. De noche y de día.

Él había llamado para darle las buenas noches y para que Kay supiera que estaba pensando en ella. También había llamado al día siguiente, antes de que ella llevara a Polly al colegio, sólo para decirle hola.

Kay no había dejado de sonreír en toda la mañana. Pero en esos momentos, cuando estaba a punto de verlo, volvió a ponerse nerviosa. ¿Cómo iban a manejar el hecho de que trabajara para él? ¿Cómo se hablaban los amantes? No tenía experiencia...

El montón de leña que estaba en el jardín de la cocina la hizo estremecer.

Había estado animando a Dominic para que retirara las pertenencias de Sara, y Dorothy se había ofrecido a hacerlo por él, pero él se había resistido. Como si no hubiera oído nada. Sin embargo, que lo hiciera justo después de haber pasado la noche con ella le parecía un poco mal. Como si lo hubiera hecho por ella, en lugar de...

Él no estaba por ningún sitio. Kay esperaba encontrarlo en el jardín, haciendo algo, cualquier cosa, cualquier excusa para estar allí cuando ella llegara.

Kay comenzó a trabajar. Trató de convencerse de que sólo iba a quemar papeles.

–Hola.

Ella estaba arrodillada cavando alrededor de una planta y se sobresaltó.

–¡Maldito seas! Me has hecho saltar.

–Eso no es difícil. Sólo tengo que tocarte en un sitio para que... –ella se sonrojó–. Ah, veo que te acuerdas.

–¿Cómo iba a olvidarme? –había estado toda su vida esperando aquello.

–Pensé que vendrías a decirme hola antes de ponerte a trabajar.

–Hay mucho que hacer, y no quería molestarte si estabas ocupado.

–Demasiado tarde para preocuparse por eso. ¿Puedes dejar las malas hierbas un momento? Échame una mano.

–Oh, claro... –y al ponerse en pie vio que llevaba una caja en la mano de la que asomaba una prenda de seda negra. No eran papeles.

–Estoy siguiendo tu consejo.

–Ya. ¿Estás seguro de querer hacerlo ahora, Dominic?

–Sólo es ropa vieja, Katherine. ¿Cómo voy a pedirte que me tomes en serio, que te cases conmigo, que vengas a vivir aquí, si las cosas de Sara están por todos sitios? ¿Si todavía estoy anclado al pasado? –no esperó su respuesta–. ¿Puedes traer el rastrillo?

–¿Casarme contigo...?

No podía haber oído bien. Apenas se conocían. El matrimonio estaba fuera de lugar. Todavía estaba asimilando que se había acostado con él.

Kay lo siguió con el rastrillo en la mano. Observó cómo metía unos papeles bajo la leña y cómo les prendía fuego.

No le diría nada, ni una palabra, a menos que él volviera a sacar el tema. Y en ese caso...

Pensaría en algo. Después de todo era improbable que sucediera. Era una locura.

–¿Vigilas el fuego mientras voy a por otra caja?

–Por supuesto.

Cuando las llamas se avivaron con el viento, ella echó más leña. Quería que el fuego se mantuviera vivo para que la ropa se quemara cuanto antes. Un par de veces vio que Dominic miraba un vestido o unos zapatos, pero fue sólo al abrir la última caja cuando lo vio dudar.

Kay se agachó a su lado.

–¿Dominic? ¿Qué ocurre?

Él suspiró. Ella bajó la vista y vio un osito de peluche.

–Estaba embarazada. Sara estaba embarazada cuando murió –agarró el osito–. Se enfadó conmigo cuando compré esto. Decía que podía dar mala suerte. Que tentaba al destino... Pero no. No. La vida no es así. A veces parece que es así... –después de meter el osito en la hoguera se puso en pie. Kay sintió un nudo en la garganta, le agarró la mano y se la apretó–. Deseaba gritar la noticia desde lo alto de la torre, pero me hizo prometer que no se lo contaría a nadie hasta que pasaran los tres primeros meses. Tras su muerte, ya no tuvo sentido. Su familia ya tenía bastante dolor. ¿Cómo iba a cargarlos con más sufrimiento?

–Por supuesto que no podías hacerlo –lo abrazó, y ambos lloraron juntos.

Dominic lloró por la crueldad del destino.

Katherine, porque recordaba el primer día que se vieron. Cuando él la confundió con Sara. Cuando le preguntó por Polly porque quería saber quién era.

Creyó que él había visto fantasmas, pero se había estado engañando a sí misma. Dominic no había superado nada. Simplemente, había sustituido a la familia que había perdido por Polly y por ella.

Kay sólo pretendía ayudarlo, pero el camino al infierno estaba lleno de buenas intenciones, y lo único que había hecho era empeorar las cosas.

Sonó la alarma del pequeño despertador que llevaba en el bolsillo.

—Tengo que irme, Dominic —dijo, agradecida por tener la oportunidad de escapar.

—Ya —le agarró la mano un instante, como para retenerla. Como si supiera que estaba huyendo de él—. Te llamaré. Más tarde —dijo él, y la soltó.

Ella trató de sonreír. Era incapaz de decir palabra, así que, sin pararse a recoger la herramienta, se marchó.

Dominic no quería dejarla marchar. Tenía la sensación de que si le soltaba la mano ella nunca regresaría.

Algo iba mal. Lo sentía.

Le había molestado que quemara la ropa de Sara y, quizá, el momento no había sido el adecuado. Pero quería que ella supiera que había dejado atrás el pasado. Que estaba comprometido con el futuro. Y que deseaba que ella formara parte de él.

En un momento dado Kay se había separado de él, no física, sino emocionalmente. Se había sentido aliviada cuando sonó la alarma. Desesperada por escapar.

Mirando las brasas de la hoguera recordó todo lo sucedido por la tarde. Sus palabras, sus gestos, hasta que recordó el momento exacto. Y comprendió lo que había hecho.

Kay deseaba escapar. Era como si tuviera dieciocho años otra vez y se enfrentara con problemas que no podía manejar. Pero no pensaba escapar del lío que había formado. Ésa nunca era la respuesta.

Amy le había enseñado lo que era el amor, y sentirse amada había marcado la diferencia. Aprender a amar, tamb-ién.

Cuando Polly salió corriendo del colegio, Kay se agachó para darle un abrazo. Quizá no había ayudado a Dominic, pero él le había enseñado algo muy importante: que la distancia no hace que los problemas desaparezcan. Que el tiempo reduce el daño. Que al final, uno tiene que enfrentarse a sus demonios.

Y él no dejaba de preguntarle por el padre de Polly. A lo mejor porque quería asegurarse de que nadie se llevaría de su lado a su familia sustituta. Llegaría el día en que Polly hiciera la misma pregunta. Y la pequeña tenía derecho a saberlo.

No pensaba huir de Dominic. Le contaría lo que iba a hacer: adentrarse en el pasado para enfrentarse a los errores que había cometido. Y quizá lo ayudara a darse cuenta de que Polly no era su bebé, sino la niña de otro hombre. Una vez hecho eso, trataría de solucionar el presente y se prepararía para enfrentarse al futuro.

Después de darle la merienda a Polly y de hablar sobre la escuela, la dejó pintando un puercoespín y se dirigió a hacer una llamada.

Podía haber sido peor. La secretaria de la escuela era la misma de siempre. Y el silencio que se formó indicaba que recordaba muy bien quién era Katie Lovell.

Diez minutos más tarde sonó el teléfono. Kay esperaba que fuera el director del colegio. Pero era el abuelo de Polly. Lo escuchó durante largo rato, y cuando terminó dijo:

–Polly, tu abuelo quiere hablar contigo.

–¿Mi abuelo? ¿Es que tengo un abuelo? Mark no tiene ninguno... –agarró el teléfono y dijo–. ¿Hola? ¿Vas a venir a mi fiesta?

Kay se cubrió la boca con la mano, contuvo las lágrimas y vio que Dominic estaba en la puerta de la cocina.

–Llamé antes de entrar... –miró a Polly.

–Está hablando con su abuelo.

–¿Con el conde en persona?

Ella asintió.

–Ha estado todo este tiempo esperando a que lo llamara. Desesperado –había ido un día a recogerla para llevarla a casa con él, para cuidar de ella. Había encargado que la buscaran, recorrido todos los hospitales cuando estaba a punto de dar a luz...

–¿Y el padre de Polly? –dijo él–. ¿También ha estado esperando?

Ella frunció el ceño.

–Oh, no. Esto no tiene nada que ver conmigo. Tiene que ver con Polly.

–Entonces, a él no lo verás.

–No. Alexander murió el año pasado, Dominic –miró a Polly y vio que seguía hablando como si conociera a su abuelo de toda la vida–. Qué pena –dijo ella, y salió al porche con Dominic–. Si no hubiera sido tan estúpida, él podría haberla conocido. Y Polly a él.

–Si él no hubiera sido tan estúpido. Si toda esa gente que se suponía era buena hubiera sido un poco mejor. Pero lo cierto es que los dos erais muy jóvenes, y estabais muy asustados... –Dominic deseaba abrazarla, ofrecerle el mismo apoyo que ella le había dado. Sin embargo, esperó a que se sentara y le agarró las manos–. No seas tan dura contigo misma, Katherine. ¿Por qué te has decidido a hacer la llamada?

–Necesitaba enfrentarme a mis miedos. Arreglar las cosas. Debería haberlo hecho antes.

–Supongo que el arrepentimiento es inevitable. Cuando pienso en el pasado, me arrepiento de todas las noches que pasé en las reuniones de trabajo y que podía haber pasado en casa.

–El tiempo es algo que todos dilapidamos. Si supiéramos...

Él le acarició la mejilla.

–Podemos aprender de nuestros errores. Aprender a valorar cada minuto como lo más preciado del mundo, ya sea mientras firmamos un contrato millonario o mientras bailamos con la mujer que amamos. Y nunca, nunca, pensar que está garantizado.

–Dominic, tenemos que hablar.

–Más tarde. Polly te necesita ahora. Tendrá muchas preguntas. Pero te he traído algunas fotografías –le entregó un sobre–. Míralas cuando tengas un minuto. Después, hablaremos.

–¿Sobre qué?

–El pasado, el futuro... –deseaba tomarla entre sus brazos, pero no lo hizo–. Sobre nosotros –se alejó de ella.

¿Fotografías? Kay abrió el sobre y miró su contenido. Sacó una de las fotos. Se parecía a las de moda que salían en las revistas que leía Amy.

–Mami... Oh, pensaba que Dominic iba a quedarse.

–Mmm...

Había imaginado que Sara Ravenscar era alguien como ella. Alta. De cabello claro. Más delicada, por supuesto. Con mucho más estilo, pero al fin y al cabo, una jardinera con barro en las manos.

Nunca había estado tan equivocada.

–¿Y Dominic? –insistió Polly.

–¿Qué? Oh, no, cariño. Esta tarde no.

–Ya... bueno, se lo contaré mañana.

–¿El qué?

–Lo del abuelo. Quiere decirte adiós. ¿Quién es esa?

–Sara. Era la mujer de Dominic.

Sara Ravenscar tenía una belleza que la destacaba entre la multitud. Dominic debía haber encontrado las fotografías mientras recogía sus cosas. ¿Y qué? ¿Se había percatado de su error? ¿Por qué se las quería enseñar? Lo único que él tenía que decir era adiós, pero le había dicho que hablarían más tarde.

—¿Y dónde está ahora?

—En el cielo, cariño.

—¿Como papá?

—¿El abuelo te lo ha contado?

—Sí. Va a enviarme una foto. Necesita la dirección.

—¿Qué? ¿Todavía está en el teléfono? ¡Cielos!

Corrió a la cocina, se disculpó y prometió enviarle una fotografía de Polly. Cualquier cosa con tal de contestar el teléfono.

Después, sacó el resto de las fotografías sobre la mesa de la cocina.

Sara era preciosa. Su cabello era como los rayos del sol. Tenía una piel preciosa y unas piernas larguísimas.

—¿Se parecía a Dominic? –dijo Polly.

—¿Quién?

—Papá.

—No. Para nada. Tenía el pelo claro, como tú. ¿Por qué?

—Pensaba que si vas a casarte con Dominic debería ser como papá, eso es todo.

—¿Casarme? ¿Quién te ha dicho que voy a casarme con él?

—Todo el mundo en el colegio hablaba de que fuisteis juntos a la fiesta de la cosecha. Y Amber Gregson dijo que su madre os vio besaros. Pero a lo mejor no importa que no se parezca a mi padre, porque tú no te pareces en nada a Sara, ¿no?

—No querida, me temo que no. Ni un poquito.

Rápidamente, Kay agarró el teléfono para llamar a Dominic. Él contestó enseguida.

—¿Por qué creíste que yo era Sara? —le preguntó antes de que él pudiera hablar—. Aquella mañana. En el jardín.

—Un truco de la iluminación —dijo él—. Jet lag. Un pequeño milagro. La combinación de todo lo anterior...

—Ahondemos en la teoría del milagro.

—Ésa es mi favorita. Por otro lado, si no hubiera estado tan cansado habría necesitado algo más que una camiseta azul turquesa para confundirme.

—Ya.

—En ese caso no te habría besado. No me habrías seguido hasta la casa. No me habría tenido que disculpar y nunca se me habría ocurrido contratarte como mi jardinera, señorita Lovell. Señorita Kay... Katie... Katherine Lovell.

—Sólo Katherine —dijo ella, y sonrió.

—No sólo Katherine —dijo él—. Maravillosa Katherine. Inconfundible Katherine. Perfecta Katherine. Adorable Katherine... —ella se volvió al sentir su presencia en la puerta. Él dejó caer hacia un lado la mano en la que llevaba el teléfono inalámbrico y afirmó—: Te quiero, Katherine. Cásate conmigo, Katherine.

Y Polly dijo:

—¿Lo ves? Te lo había dicho. ¿Puedo ser la dama de honor?

—No —dijo Kay—. No puedo casarme contigo.

—SÍ —dijo Dominic—. ¿Por qué no?

—Bueno. La gente no lo hace de esta manera. Acabamos de conocernos.

–Pero todo ha sido estupendo.

–¡Dominic!

–¿Vas a darme un motivo?

Kay negó con la cabeza y él se acercó a ella.

–Cásate conmigo, Katherine.

–No puedo... Tengo un negocio que dirigir. Una niña que criar. ¿Y qué vas a hacer con el resto de tu vida? No quiero casarme con alguien que vaya a marcharse al Kalahari, o a una selva llena de serpientes cada cinco minutos. La preocupación no me dejaría dormir...

–¿Te preocuparías por mí? –dio un paso adelante.

–Me preocuparía por cualquiera...

Un paso más.

–¿Te casarías conmigo para mantenerme alejado del peligro?

–¡Eso no es justo!

–No tengo intención de jugar limpio –afirmó Dominic–. Me aprovecharé de todo lo que pueda. Entonces, ¿tu objeción para casarte conmigo es que me conoces desde hace poco y que quizá ponga mi vida en peligro y no te deje dormir?

–Mmm.

–Si te digo que voy a dejar que los viajes los haga alguien más joven, que voy a quedarme en casa, y que quizá amplíe mi actuación benéfica para crear una manera de que la gente joven necesitada pueda comenzar su vida, ¿dejarás de objetar?

–¿De veras vas a hacer eso?

–Depende de ti.

–No es justo –dijo ella–. ¿Cómo puedes estar tan seguro? De lo del matrimonio... –pero ya sabía la respuesta. La conocía desde el momento en que pensó que iba a partírsele el corazón–. Todo está yendo tan rápido...

–¿Cómo crees que podría continuar esta relación mientras esperamos que el tiempo nos confirme nuestros sentimientos? ¿Con citas nocturnas y salidas matinales que mantendrán al pueblo entretenido durante un año? –ella negó con la cabeza–. ¿O preferirías venirte a vivir conmigo? ¿O que yo venga a vivir contigo? ¿Cuál es la diferencia?

–El compromiso.

–Exacto –dijo él, y la agarró de la mano–. Cásate conmigo, Katherine –y esa vez, sus palabras llegaron directas a su corazón.

Ella no protestó, simplemente dijo:

–¿Cuándo?

–Cuando esté terminado el nuevo cenador.

–Pero para eso pueden pasar meses... –se quejó, y vio que él sonreía.

–Elegiremos un anillo juntos pero, entretanto, esto puede valer –sacó una caja de su bolsillo, la abrió y colocó un reloj en la muñeca de Kay–. Sólo para recordarnos que no podemos perder ni un segundo.

–¡Por aquí, Polly! –el salón estaba lleno de risas infantiles y Polly y sus amigos jugaban con un globo. Dominic y Jake los ayudaban con los lanzamientos difíciles.

–Los hombres nunca crecen –dijo Amy–. Siempre tienen algo de niños deseando salir a la luz.

–Es estupendo, ¿no crees? –intercambiaron una sonrisa–. ¿Cuándo vas a contarme tu secreto? –preguntó Kay.

–¿Secreto? –contestó Amy disimulando.

–Llevas sonriendo todo el día.

–Soy una mujer feliz por naturaleza –contestó su amiga–. Pero quizá el hecho de que estoy embarazada me ayude un poco.

–¡No! Es maravilloso –se abrazaron–. Espero que esta vez sea niña.

–Pensaba que eso era importante –se puso la mano en el vientre–, pero no importa nada. Llevamos tanto tiempo intentando tener otro hijo que estoy encantada... –el globo se explotó y los niños gritaron con más fuerza.

Y entonces, cuando se abrió la puerta, todos se quedaron en silencio al ver que un hombre alto y distinguido entraba en la habitación.

–¿Es esta la fiesta de la señorita Polly Lovell? –preguntó. Kay sintió que se le detenía el corazón al reconocer los rasgos de aquel hombre. Se parecía a Polly–. No me he colado –dijo él–. He recibido una invitación.

Y mostró una de las invitaciones que Kay había sacado con la impresora, comprada con el préstamo que finalmente le había dado la señora Harding. En ella aparecía la palabra «Abuelo» y la firma era «Con amor, Polly». Pero la niña no había podido poner la dirección...

¿Cómo la había averiguado? ¿Qué iba a hacerle Dominic por aparecer de esa manera? Entonces, se volvió y lo vio acercarse hacia él con Polly en los brazos. Y mientras ella trataba de encontrar las palabras adecuadas, él hizo las presentaciones. Un apretón de manos lo dejó todo aclarado.

Una vez que Polly recuperó el aplomo, agarró a su abuelo y lo llevó para que conociera a Mark, su mejor amigo, y viera todo lo que le habían regalado. Y su abuelo le dio un relicario de oro que contenía una foto de su padre para que lo añadiera al montón de regalos. Dominic agarró la mano de Kay y murmuró:

—Todo ha ido bien. La semana que viene conocerás a mi familia.

—¿Familia? —sorprendida, miró al distinguido desconocido que estaba sentado en el suelo y rodeado de niños.

—¿Qué más? —dijo él—. Ah, sí. Asegúrate de que venga a la boda.

Un brillante y escarchado día de enero, la gente se reunió en la iglesia del pueblo para presenciar el matrimonio de Katherine Susan Lovell y Dominic Matthew Ravenscar.

Amy era la madrina y Polly, que llevaba una cesta llena de romero y pensamientos, la dama de honor.

Kay llevaba un vestido de color crema largo hasta los pies y una corona pequeña para mantener su peinado. No se enteraba de nada. Sólo podía ver a Dominic, esperándola con la mano extendida para aceptar la suya.

Cuando Katherine le dio la mano, Dominic sintió un momento de máxima felicidad. Había estado vagando solo en un mundo salvaje y ella lo había encontrado.

Después, a solas en la terraza, mirando las estrellas, Katherine dijo:

—Pensaba que haría falta algo más que un beso para que este jardín recobrara la vida. Ahora no estoy tan segura.

—Si se da con el corazón, amor mío, un beso puede hacer milagros —contestó Dominic.

Y por si tenía alguna duda, la besó de nuevo.

JAZMÍN™

NICOLA MARSH

CITAS
ARRIESGADAS

CAPÍTULO 1

Q UÉ quieres que haga?
Kara Roberts miró a su mejor amiga con incredulidad. Quería a Sally entrañablemente,
pero había ido demasiado lejos.

–Por favor, Kara. Por favor. Sabes que estoy con
el agua hasta el cuello. Los negocios no marchan
bien –pidió en tono zalamero, pero había temor en
su mirada.

Kara supo que la había derrotado. Nunca había
visto a Sally tan desesperada. La agencia debía de
tener más problemas de lo que Sally dejaba entrever.

Tras dejarse caer pesadamente en una silla, Kara
se cruzó de brazos.

–De acuerdo, lo haré. Pero sólo por esta vez.

Sally, una mujer mayor de cabellos grises ensor-
tijados en torno a su cara mofletuda, se acercó a ella
y la abrazó con fuerza.

–Gracias, tesoro. Tú vales mucho –dijo, con sus
ojos marrones empañados en lágrimas.

Kara sintió el corazón henchido de amor hacia
esa sorprendente mujer que, sin dudarlo, se había
hecho cargo de ella tras la muerte de sus padres.
Sólo tenía doce años cuando los seres más importantes de su vida fallecieron en un accidente de co-

che. Sally, la mejor amiga de su madre, le ofreció su hogar. Y no sólo un hogar. La había apoyado, estimulado y querido a lo largo de los difíciles años de la adolescencia hasta ese mismo día.

El favor que le haría a Sally, difícil para Kara, sólo sería una pequeña recompensa por todos esos años de amor y amistad.

–Bueno, ahora que estoy con la soga al cuello, dime qué tengo que hacer.

Sally rebuscó entre los papeles que se amontonaban en la mesa.

–Aquí están. Para empezar, rellena estos cuestionarios. Todo tiene que ser legal, así que debes completar los formularios y firmar en la línea de puntos.

Kara leyó rápidamente.

–Tienes que estar de broma, Sal. ¿Color de ojos del candidato deseado? ¿La cena más romántica? ¿La zona del cuerpo más erótica? ¿De dónde sacas todo esto? –preguntó con incredulidad.

Sally cruzó los brazos sobre el pecho, infló las mejillas y exhaló lentamente.

–Necesito toda esa información para procesar tus datos en el ordenador. Ya conoces el procedimiento. Te has reído de él durante años. ¿Por qué desanimarse ahora?

Kara dejó escapar una risita.

–Me he reído cuando hacías estas preguntas ridículas a otras personas. Pero ahora que estoy bajo el microscopio no lo encuentro tan divertido. ¿No puedo saltarme esta parte y acabamos de una vez?

Sally negó con la cabeza.

–Si quiero ganar el premio que otorgan en Sidney a la Agencia Matrimonial del Año, necesito que completes todos los datos. Tu solicitud será procesada junto a las demás. Kara, no te pediría que lo hicieras si no estuviera en una situación tan apremiante. No sabía qué hacer cuando Maggie se marchó esta mañana. Lo único que necesito es que asistas esta noche a la cita de siete minutos con cada uno de los candidatos.

–¡Ah! Eso es muy fácil de decir. ¿Y si me ve alguien conocido? Pensará que soy incapaz de conquistar a un tipo por mí misma.

Kara notó que sus palabras la habían herido. Para Sally, el oficio de relacionar a personas que se encontraban solas era su mundo. Su propia profesión era preciosa, ¿por qué la de Sally tenía que ser diferente?

–¿Quieres decir como el resto de mis clientes?

–Lo siento, Sal. No estoy acostumbrada a esto. Prefiero elegir a mis pretendientes a la manera tradicional.

Sally alzó las cejas.

–¿Y qué manera es ésa? Hace más de un año que no sales con nadie.

La verdad era dolorosa. Hacía más de doce meses que había renunciado a los hombres, cansada de su juego. La mayoría de sus citas tenían un solo propósito y eso había llegado a enfermarla.

–Lo que dices es un poco duro. He tenido muchas citas en los últimos años.

Sally ignoraba la sensación de vacío que le producía hablar de hombres. Solamente uno la había hecho sentirse especial y ese hombre se había ido. Hacía mucho tiempo.

–Seguro que sí, querida, por eso pasas la mayor parte de tu tiempo libre con una vieja como yo.

–¿Vieja, tú? Tienes algunas canas y un par de arrugas de reírte en torno a los ojos, ¿pero vieja? ¿Por eso prefieres entrevistar personalmente a los candidatos varones? Te he visto con la cara iluminada después de una entrevista con alguno de tus atractivos aspirantes.

–Gracias por tu estímulo. Bueno, basta de charla. Rellena los cuestionarios porque necesito procesarlos inmediatamente. Y luego sería mejor que fueras a casa a arreglarte. Tengo una última entrevista con un candidato y todo quedará preparado para esta noche. Una vez que haya unido a mi milésima pareja, el premio DATY será mío.

Al ver la expresión afligida de Sally, Kara sintió que se le encogía el estómago.

–¿La agencia tiene muchos problemas económicos, Sal?

Los fondos de Kara eran muy limitados porque había invertido casi todo el dinero en Inner Sanctum, su estudio de diseño de interiores. Aun así, si era necesario, pediría un préstamo para ayudar a Sally.

–Si no gano el DATY, Matchmaker tendrá que cerrar. El dinero del premio serviría para modernizar el sistema informático y el prestigio del DATY sería una buena publicidad para la agencia –suspiró Sally–. Sí, se podría decir que estoy en un apuro.

–¿Pero, cómo? –preguntó Kara, aunque sabía que la respuesta no le iba a gustar.

–Sabes que nunca he sido una mujer rica, querida. Invertí todo lo que tenía en crear un hogar para nosotras y en esta agencia –dijo al tiempo que con los brazos abiertos abarcaba la oficina, que era la sede de Matchmaker–. Tal vez no hice bien las cuentas.

Lo que Sally no mencionó fue el dinero que le había prestado para abrir Inner Sanctum.

–Sal, si puedo hacer algo más aparte de esto, no dejes de decírmelo.

–Tú escribe y yo me ocuparé del resto, corazón.

–Lo haré.

En unos cuantos minutos, Kara completó los formularios. Y en unas cuantas horas más estaría bebiendo unas copas en compañía de un puñado de desconocidos con el propósito de encontrar un candidato apropiado para ella. Si no fuera por el hecho de que Sally estaba desesperada, habría roto la solicitud allí mismo.

Desde luego, ése no era su mejor día.

Los Smithson prácticamente la habían estado acosando para que se ocupara de redecorar el conservatorio. Desgraciadamente, había tenido que soportar el lamento del violín de la nieta prodigio durante las dos horas que les llevó discutir los planes.

Así que había recibido con alivio la llamada de Sally a su teléfono móvil. Momentáneamente. De hecho, entre una velada con posibles pretendientes y unas cuantas horas soportando el chirrido de un violín, prefería lo último.

–¿Así que nos vemos esta noche?

–Supongo que sí –convino Kara con un suspiro.

–Conozco esa expresión. La misma que cuando tenía que arrastrarte al dentista –se rió la mujer mayor.

–No te equivocas.

Sally le palmeó cariñosamente la mejilla.

–¿Por qué no vas a casa a relajarte? La velada acabará antes de que te des cuenta.

–Mmm.

Tras cerrar la puerta del despacho de Sally, Kara echó una mirada a la zona de recepción con orgullo. No estaba mal para una principiante. La oficina había sido uno de sus primeros proyectos. Kara adoraba su trabajo. Le encantaba combinar colores, formas y dimensiones de un modo particularmente imaginativo. Era una lástima que sus clientes no pensaran lo mismo. Tras unos cuantos meses muy ocupados después de la inauguración del estudio, los negocios habían bajado considerablemente. Sal no era la única que necesitaba dinero con urgencia.

Cuando llegó a la salida, la puerta se abrió con tal ímpetu que casi la empujó hacia un lado.

–Lo siento. ¿Se encuentra bien? –oyó que preguntaban. «No», pensó ella antes de reconocer el rostro del último hombre que hubiera esperado encontrar en una agencia matrimonial–. ¿Kara? Qué sorpresa.

Los fuertes brazos de Matthew Byrne la estrecharon con fuerza.

Todos los antiguos sentimientos se apoderaron de ella en ese instante: su anhelo por ese hombre, su dolor por no ser la mujer que él deseaba. En un segundo percibió que todavía tenía el poder de reducirla a un estado de total estupidez. Claro que no lo iba a demostrar.

–Hola, Matt. Me alegro de verte –saludó al tiempo que se zafaba de sus brazos, con el pulso latiéndole aceleradamente.

–Sí que has crecido.

Mientras la mirada masculina recorría su cuerpo, Kara sintió que se le erizaba la piel. La mirada se detuvo en sus senos un largo segundo antes de volver a la cara.

Kara cruzó los brazos en un gesto fingidamente casual.

Él sonrió, con la misma sonrisa diabólica que la había cautivado durante años.

Kara alzó la barbilla y lo miró, furiosa.

–Sí, suele sucederle a las niñas pequeñas –contestó.

Se preguntó si él recordaba las penosas palabras que había pronunciado la noche de su decimoctavo cumpleaños. La noche que le había destrozado el corazón.

Una chispa de conciencia brilló por unos segundos en sus profundos ojos azules.

–Bueno, ya no eres pequeña. Tienes un aspecto maravilloso. Es una pena que no nos hayamos visto en todos estos años.

Kara podría haberse sumergido en el azul infinito de esos ojos. Nunca había visto una tonalidad como aquélla, una mezcla de violeta, zafiro y un leve toque de esmeralda.

La joven sintió que se sonrojaba al tratar de adivinar el sentido de las palabras de Matt. De pronto recordó sus manos y sus labios acariciando cada centímetro de su cuerpo, explorando sus más íntimos secretos.

Como si adivinara sus pensamientos, Matt le rozó una mejilla con la mano.

–Eres adorable cuando te sonrojas de esa manera. Sí, eres la misma Kara de siempre.

La voz baja y ronca le hizo vibrar los nervios. De pronto anheló apoyar la mejilla en esa mano y sentir el consuelo que sólo él podía darle. Luego recordó el beso intenso, las manos frenéticas y el firme rechazo que para ella había durado una vida. Matt Byrne la había apartado de sí de la manera más cruel posible, con tal desprecio que ella había decidido no volver a hablarle más.

Y en ese momento estaba allí, irrumpiendo en su vida como un superhéroe, con sus músculos flexibles, su ancho pecho, su rostro de rasgos acusados y su sonrisa asesina.

Todo lo que necesitaba era una capa y el cuadro estaría completo. Kara no pudo evitar la risa.

—¿A qué viene esa risa?

—Lo siento. Viejos recuerdos.

—No creo que nuestros recuerdos fueran tan divertidos —dijo al tiempo que le frotaba los brazos bajo las mangas de la camiseta. Era una caricia íntima que llegó a atemorizarla.

Kara dio un paso atrás para no hacer algo tan estúpido como quedarse quieta y esperar que la besara.

—Esos son recuerdos del pasado. Sé que estás haciendo cosas más grandes e importantes. Tu vida como abogado, y playboy además, debe de estar llena de cosas más emocionantes que los viejos recuerdos.

Matt entornó los ojos, que de pronto habían perdido su brillo.

—No creas todo lo que lees por ahí. Los medios de comunicación se dedican a chismorrear para aumentar sus ventas.

–Seguramente tendrás algún beneficio, porque lo que dicen de ti da para vender un millón de ejemplares –comentó. Su reputación de playboy en gran parte se debía a que aparecía continuamente en la prensa de Sidney, siempre acompañado de hermosas y provocativas mujeres–. Hablando de reputación, ¿qué haces aquí? Eres el último hombre que esperaría ver en una agencia matrimonial. ¿Problemas con tu encanto personal?

A pesar de que la broma era bienintencionada, Kara notó que la sonrisa de Matt disminuía.

–A mi encanto personal no le sucede nada. Deberías saberlo –dijo con una sonrisa forzada.

–Entonces, ¿por qué estás aquí?

Su respuesta fue breve, cortante y amenazadora.

–Por negocios.

Maldición, si los abogados habían empezado a perseguirla, Sally debía de tener más problemas de lo que Kara suponía.

–La tratarás con suavidad, ¿verdad?

La joven no pudo interpretar la fugaz expresión de sus ojos.

–¿Kara, estás bien? Te has sonrojado.

La joven supo que tenía que escapar. Aún ejercía aquel extraño poder hipnótico sobre ella. Durante nueve largos años no había aprendido a controlar sus sentimientos respecto a él. Los años y las incontables citas habían ayudado muy poco a borrarle de la cabeza la imagen de ese hombre. Al parecer, había quedado impresa para siempre en su espíritu y en su mente.

–Sí, estoy bien, Matt. Me ha encantado volver a verte. Espero que tengas suerte con lo que te ha traído hasta aquí –dijo al tiempo que su mirada intentaba memorizar cada detalle del rostro masculino.

–Gracias. Yo también me alegro de verte. Tal vez podríamos ir a tomar una copa alguno de estos días.

Ella ignoró los fuertes latidos de su corazón.

–No creo. Gracias de todos modos. Adiós.

Kara se escabulló antes de que Matt pudiera responder.

«No mires atrás, porque va a pensar que todavía estás colada por él»

Pero como nunca se le había dado bien escuchar la voz de la razón, arriesgó una rápida mirada por encima del hombro. Él la miraba a través de una ventana, situado directamente bajo las letras rojas del cristal: «Agencia Matrimonial». Una divertida coincidencia. Sin embargo, no había la menor posibilidad de que eso sucediera. No se imaginaba a Matt Byrne, un famoso playboy, junto a la compañera idónea gracias a los servicios de una agencia matrimonial.

Matt contempló la espalda de Kara intentando ignorar las imágenes eróticas que se filtraban en su mente. Había crecido. Se había convertido en una hermosa rubia escultural de grandes ojos verdes.

Estaba acostumbrado a las mujeres hermosas que inundaban su mundo. Mujeres estupendas, inteligentes y profesionales, más que ansiosas por estar junto a él. La lista era interminable. Sin embargo, hacía mucho tiempo que ninguna le llamaba la atención. Hasta que había vuelto a ver a Kara. Era asombrosa, con sus ojos verdes de gata y la brillante melena rubia con toques rojizos que le caía por la espalda como una sedosa cortina.

Había sido una agradable muchachita que había florecido a los dieciséis años. Todavía recordaba las interminables charlas, las confidencias compartidas, la fluida amistad que había entre ellos... hasta que ella creció. Y le revolucionó las hormonas. Y a partir de entonces, la figura de Kara llenó sus horas de vigilia y de sueño.

La había deseado con una intensidad que lo había asustado. Por ser mayor y más maduro, como un hermano para ella, debió haber sabido lo que ocurriría. Incluso en ese momento, no podía olvidar la pasión inocente de la joven cuando se lanzó a sus brazos y lo besó el día que cumplía dieciocho años. Durante un breve instante, Matt sintió que todas sus fantasías se volvían realidad, hasta que recordó que la estaba besando a ella. Entonces reaccionó y la apartó de sí con palabras frías, interponiendo una barrera verbal. Palabras capaces de apagar hasta las llamas más ardientes.

Después de todo, no había querido que la historia se repitiese. Bastaba con un asaltacunas en la familia Byrne y las consecuencias de su acto. A veces pensaba que podría matar a su padre, de veras que sí.

Sí, había hecho la única cosa decente que cabía hacer: evitar a Kara como a la peste. Hasta ese mismo día. Maldición, todavía estaba obsesionado. Pensó que ella había correspondido a su saludo con la misma calidez que él y que luego se había arrepentido.

Seguro que no había nada malo en haberla invitado a una copa, ¿verdad? De acuerdo, ella probablemente había recordado el modo en que la había tratado durante esos años, así que no debería sorprenderle que no quisiera salir con él.

¿Y qué demonios hacía en la agencia matrimonial?

Una mujer como Kara no estaría sola mucho tiempo. ¡Lo que daría por estar a solas con ella en ese momento!

Matt desechó esos pensamientos al tiempo que llamaba al timbre del mostrador.

—Estaré con usted en un minuto —gritó una voz desde el despacho interior.

Matt miró a su alrededor. La oficina estaba perfectamente decorada en tonos negros y cromo con algunos toques de rojo para animar el conjunto. Allí no había corazones pegados en las paredes, sólo algunos carteles muy modernos, obra de algún artista desconocido para él. Bueno, tampoco era un experto en la decoración de agencias matrimoniales. Era la primera vez que iba a una y esperaba que fuese la última.

—Siento haberlo hecho esperar.

Matt se volvió rápidamente. La voz le resultaba extrañamente familiar.

—¿Sally? ¡Maldición, qué día más curioso! Primero Kara y luego tú.

La mujer mayor lo abrazó.

—Me alegro de verte, Matt. Estás tan apuesto como siempre —dijo al tiempo que le quitaba una imaginaria hebra de hilo de la chaqueta.

Ese gesto familiar le llevó a la memoria el preciado recuerdo de su primer baile cuando, junto a sus padres, en la puerta de su casa, Sally lo despidió como si fuera su propio hijo. De hecho, había sido más cariñosa con él que su propio padre.

–Tú también estás estupenda, Sally –dijo con una sonrisa al ver que las ya rubicundas mejillas se sonrojaban aún más.

–¡No seas zalamero! –exclamó ella al tiempo que le palmeaba los brazos–. ¿Qué te trae a Matchmaker? No creo que un hombre como tú necesite nuestra ayuda.

–¿Tú diriges la agencia? –preguntó aliviado.

Si Sally era la directora, era obvio que Kara había ido a visitar a su madre adoptiva y no a pedir sus servicios.

Sally asintió con la cabeza.

–Sí. Abrí esta oficina hace unos cuantos años, cuando Kara emprendió sus propios negocios. Siempre había tenido la idea de proporcionar un poco de alegría a la gente que se siente sola, así que después de leer muchas novelas románticas, decidí dar el salto.

–Eso es fantástico –dijo Matt. Luego pensó en preguntarle acerca del negocio de Kara, pero decidió postergarlo. Tenía mucho tiempo para hacerlo–. Necesito tu ayuda.

–Entra y acomódate.

Matt la siguió hasta el pequeño despacho, tan bien decorado como la oficina, en el que predominaban los tonos suaves que lo hacían más espacioso.

–¿Qué pasa, Matthew? Cuéntamelo todo –dijo suavemente.

Matt se reclinó en el cómodo sillón y cruzó las piernas.

—Necesito un cambio de imagen. Mi padre piensa que mi reputación perjudica la imagen de la empresa.

—Entiendo. Regularmente suelo enterarme de tus travesuras a través de la prensa. Eres un hombre muy aficionado a las mujeres.

Él negó con la cabeza.

—No creas todo lo que dicen. Mi vida no es tan emocionante como la pintan los periodistas. De todos modos, mi padre dice que no me dejará participar como socio de la empresa hasta que no mejore mi conducta —dijo al tiempo que se pasaba la mano por el pelo—. Ya conoces a mi padre. Byrne y Asociados es la niña de sus ojos. No tengo ninguna esperanza hasta que no demuestre «una actitud más responsable respecto a mi vida personal», fin de la cita.

Sally dejó escapar un suspiro.

—Fui vecina de tu padre durante mucho tiempo. Está muy orgulloso de ti. Él te quiere, independientemente de que tengas pareja estable o no.

¿Amor? Su padre ignoraba el significado de esa palabra.

—Necesito demostrar en la firma que soy un buen abogado que no depende de su padre. Quiero formar parte de la sociedad. Y cuanto antes, mejor.

Le hervía la sangre cada vez que pensaba en las insinuaciones que hacían acerca de su creciente posición en la empresa. Era un abogado de primera clase, sin la ayuda de su padre. Y no porque Jeff Byrne se la hubiera ofrecido.

—¿Cómo puedo ayudarte?

Ésa era la parte más espinosa de la cuestión.

–Como te he dicho, necesito un cambio de imagen. Necesito conocer rápidamente a una mujer que concuerde con mi forma de pensar. Había pensado en hacer un trato con ella. Podría acompañarme en calidad de novia estable a todos los actos sociales de la profesión. Naturalmente, cobraría por sus servicios.

Sally pestañeó.

–Eso suena demasiado frío y calculador. Lo mío es el romance, no la organización de citas. Por lo demás, ¿no crees que sería engañar a tu padre? ¿No hay otro modo de solucionar el asunto?

Matt negó con la cabeza.

–He hecho indagaciones. Las citas organizadas son la manera más rápida y fácil de conocer a una mujer que encaje con mis necesidades. Sé que el servicio es confidencial, así que mi padre no se va a enterar. Por lo demás, ¿quién es él para atreverse a juzgar? Basta con mirar su vida privada.

–Sigo pensando que no es correcto ocultárselo a tu padre.

Sally siempre había defendido a su padre, aunque Matt no entendía por qué. A veces había sido un progenitor duro de corazón, pero Sally siempre sostenía que la paternidad no era asunto fácil. El problema era que Jeff Byrne lo ignoraba todo sobre la paternidad.

–Quiero hacerlo, Sally. Lo antes posible.

Matt había puesto las cartas sobre la mesa y ella no se había reído de él.

Los ojos oscuros de Sally lo miraron con una chispa de malicia.

–De acuerdo, basta de sermones. Rellena estos cuestionarios y pondré tus datos en el ordenador.

Esta noche irás al Blue Lounge, a las ocho. Yo estaré allí para explicarte cómo funciona el sistema. ¿Alguna pregunta?

Matt se preguntó a qué se debía la mirada divertida de Sally. Llegados a ese punto, decidió tentar a la suerte.

—Sí, una. ¿Cómo puedo ponerme en contacto con Kara?

Sally rompió a reír al tiempo que agitaba el índice ante él.

—Déjalo de mi cuenta, jovencito. Lo sabrás antes de lo que crees.

CAPÍTULO 2

KARA entró en el Blue Lounge minutos antes de las ocho.

Puntual como era, había dado unas vueltas a la manzana para matar el tiempo y no parecer demasiado ansiosa. Gracias a Dios que lo hacía para ayudar a Sal, sin ninguna implicación personal, a diferencia del resto de los clientes, que iban allí para encontrar a su amor verdadero. En cuanto a ella, cumpliría lo prometido y luego se iría a casa tras dejar a los candidatos suspirando de amor.

Kara examinó la estancia suavemente iluminada, con mesas para dos esparcidas por todas partes. El pulso empezó a latirle de aprensión ante el pensamiento de pasar siete minutos con siete candidatos diferentes. Las mesas eran suficientemente pequeñas para crear un ambiente de intimidad entre sus ocupantes. En vez de fingir indiferencia se vería forzada a entablar una breve y amable charla para luego marcharse rápidamente. Maldición, estaba ansiosa y esperaba que no se notara.

Esa noche se había arreglado para impresionar: un vestido negro de falda muy corta, medias de seda, sandalias con lentejuelas y un bolso a juego. A continuación, un leve toque de maquillaje para realzar los ojos y los labios. Después se había recogido el pelo en un elegante moño. Kara sabía que podría aprobar cualquier examen.

Claro que esa imagen ocultaba un tembloroso amasijo de nervios.

En cuanto se sentó localizó a Sally, que le sonrió mientras se desplazaba entre las mesas saludando a todo el mundo como una reina. Sally era asidua del local porque lo utilizaba semanalmente como punto de reunión para sus clientes.

—Hola, tesoro. ¡Estás sensacional!

Kara se encogió de hombros.

—¿Con estos trapos?

—Te conozco, querida. ¿Un vestido y maquillaje maravillosos? Apuesto a que estás muy nerviosa.

—¿Qué te hace pensar eso?

Las dos se rieron al unísono. Sally estaba al tanto de que Kara prefería una elegancia comedida más que vestidos hechos para impresionar, así que no había duda de que se sentía muy nerviosa.

—No importa. No tendrás tiempo para preocuparte una vez que empiece la función. ¿Te acuerdas de las reglas?

—No fastidies, Sal. Hace años que las conozco. ¿Quién más que yo se dedicaba a escuchar tus desvaríos acerca de la agencia?

Sally le pellizcó cariñosamente la nariz, con una amplia sonrisa.

—Tú me animaste a emprender esta aventura. No lo olvides.

—¡Vaya! Eso fue antes de saber que sería víctima de tus dotes de casamentera. Quién sabe con cuántos perdedores voy a malgastar mi tiempo esta noche.

La sonrisa de Sally se hizo más amplia.

–Yo en tu lugar no me preocuparía tanto. Mi ordenador es muy hábil para detectar lo que una mujer necesita. Ha batido el récord: ocho bodas en dos años. ¿Quién sabe si tal vez encuentres al hombre de tus sueños? Entonces le darás las gracias a la vieja Sally en lugar de regañarla.

–¡Vamos! No necesito un hombre. He de ocuparme de mi negocio y no tengo tiempo para nada ni nadie más. Y en cuanto a encontrar al hombre de mi vida, creo que sería más fácil que me tocase la lotería.

Sally la miró con ojos chispeantes.

–No digas que no te lo advertí. Suceda lo que suceda esta noche, gracias por ayudarme, querida.

Kara se sintió culpable. Lo menos que podía hacer era actuar con entusiasmo. Después de todo, la agencia era el orgullo y la alegría de Sal. Y ella más que nadie podía comprenderlo. Su propio negocio marchaba con dificultad y haría cualquier cosa para salvarlo.

Kara abrazó a la mujer mayor.

–Todo saldrá bien, Sal. Esta noche vas a unir a tu milésima pareja y la agencia marchará viento en popa durante los próximos diez años. Te lo digo yo. Me alegra poder ayudarte. Si no, ¿para qué están las hijas?

Tras acariciarle la mejilla, Sally se alejó.

Kara echaba de menos a sus padres, aunque el tiempo hubiera suavizado el terrible dolor de la pérdida. Sally se había encargado de hacerlo a fuerza de amor, atención, calidez y seguridad. Sin embargo, Kara nunca olvidaría las interminables noches vacías, cuando se dormía llorando.

Matt también la había apoyado. Había escuchado su aflicción, le había gastado bromas, la había ayudado con los deberes. Kara se había sentido desgarrada cuando se marchó a la universidad y sólo podía verlo durante las vacaciones.

Sin embargo, cuando volvió a casa el primer año, algo había cambiado. La abierta relación que había entre ellos se vio afectada por una tensión casi tangible. Ella sabía que era por su culpa. No había sido capaz de ocultar el apego hacia él, que en ese tiempo había aumentado en gran medida. Estaba claro que Matt lo sabía, porque a partir de entonces la había tratado con guante blanco. Se acabaron las caricias juguetonas, los abrazos impulsivos. El objeto de su afecto guardaba las distancias y eso la hacía sufrir enormemente.

Todo siguió igual hasta el día de su decimoctavo cumpleaños. Todavía le daba un vuelco el estómago al recordar el rechazo de Matt. Incluso ese mismo día, al verlo aparecer inesperadamente en la agencia, casi se había desmayado.

–Perdone. ¿Está libre este asiento? –una voz profunda irrumpió en sus recuerdos.

–La verdad es que estoy esperando a.... –alcanzó a decir, y luego se quedó sin habla.

–Hoy debe de ser mi día de suerte. Te he visto dos veces en unas horas. ¿Qué probabilidades había de que ocurriera?

Ella absorbió con los ojos todos los detalles de su rostro. Era un hombre muy apuesto. Con el corazón galopando en el pecho sintió que el deseo la invadía.

–No lo sé, Matt –dijo con las manos apretadas bajo la mesa–. Dímelo tú que eres el jugador, a juzgar por lo que comenta la prensa respecto a tu presencia en las carreras de Randwick.

–Diría que una entre un millón. Aunque siempre sucedería algo para que acabáramos juntos. A propósito, me alegra saber que estás muy atenta a mi vida a través de los periódicos. ¿Me has echado de menos? –preguntó. Ella no pudo responder. Para su sorpresa, Matt se sentó y cruzó las largas piernas. Sus rodillas se tocaron y ella se estremeció–. ¿Por qué no tomamos ahora la copa que mencioné esta tarde? –preguntó mientras se inclinaba hacia ella, creando una intimidad que la atraía como un imán.

–Creo recordar que rechacé tu invitación.

La intensa mirada de Matt le llegó al alma.

–Sin ninguna convicción. Digamos que esto es obra del destino. Estábamos destinados a encontrarnos nuevamente y ahora nos hallamos aquí. ¿Qué tiene de malo que dos viejos amigos compartan una copa?

Kara se hundió en el líquido pozo azul de sus ojos, incapaz de resistirse. Siempre había sido así cuando estaba con él. Indecisa. Perdida. Anhelante.

–Mmm, dentro de muy poco me voy a reunir con unas personas. ¿Por qué no lo dejamos para otra ocasión?

Tenía que alejarlo antes de que descubriera la verdadera razón de su presencia allí, y tomar una copa era el mínimo precio que tendría que pagar.

–A decir verdad, soy una de las personas que esperas –dijo con una sonrisa que dejó al descubierto su blanca dentadura.

De pronto, Kara se quedó apabullada. En su mente lo vio entrando en la agencia, recordó a Sal contándole que había atendido a un nuevo cliente, y por último la coincidencia de ambos en ese bar, a la misma hora. ¡No había la menor duda! Matt había ido a ver a Sally por motivos que no eran profesionales.

–¿Estás bromeando? El famoso Matt Byrne, rey de las fiestas, no puede conseguir una cita. Dime la verdadera razón por la que estás aquí. ¿Sally te incitó a hacerlo? –preguntó con un tono sarcástico que no pudo evitar.

Matt se cruzó de brazos y se reclinó en la silla.

–No seas ridícula. Encontré la agencia de Sally por casualidad. Estoy aquí porque me inscribí en el programa esta misma tarde. No te debo ninguna explicación, Kara. Mi vida no es un libro abierto, así que no saques conclusiones precipitadas.

–¿Pero una agencia matrimonial? ¿Por qué un tipo como tú necesita ayuda para conseguir una cita?

Las palabras salieron de su boca antes de pensárselo dos veces. Maldición, tendría que justificar su significado.

–¿Un tipo como yo? –preguntó en voz baja, y ella sintió un escalofrío en la columna vertebral.

–Ya sabes. Un hombre de éxito. Y rico, además –respondió al tiempo que desviaba la mirada.

–Te olvidas de lo atractivo que soy –bromeó.

Kara se sonrojó y luego intentó engañarlo con un tono frívolo.

–Sí, eso también. Así que dime, ¿cuál es tu historia? –preguntó. A juzgar por la expresión de Matt, no lo consiguió.

–No tan rápido. ¿Qué te parece si disfrutamos de nuestros siete minutos y si quieres saber algo más me eliges para tu próxima cita?

Ella se echó a reír.

—¡No tienes remedio! El chantaje no te llevará a ninguna parte.

Él se inclinó hacia delante.

—¿Y qué te parece la lisonja? ¿Crees que me conducirá a alguna parte?

Con ansias de igualar su ingenio, ella batió las pestañas.

—Descúbrelo por ti mismo.

Los labios de Matt se curvaron en una lenta y seductora sonrisa capaz de acabar con cualquier resistencia.

—Trato hecho.

Kara se reclinó en la silla, cruzó las piernas y Matt vislumbró las tentadoras medias. Anheló acariciar cada centímetro de la suave piel hasta hacerle pedir más.

Desde que entró en el local apenas había podido apartar la mirada de ella. En ese instante tuvo que convencer a sus manos para que hicieran lo mismo.

—¿Así que sabes cómo funciona esto? —preguntó Kara.

Incluso su preciosa voz parecía estar cargada de promesas sensuales. Si persistía en esos pensamientos, le iba a costar mucho trabajo concentrarse en lo que ella dijera en los próximos siete minutos, así que se esforzó por volver al presente.

—Sí, Sally me lo explicó. Paso siete minutos con siete mujeres maravillosas y al final elijo a mi pareja perfecta. Con este sistema se acaban las laboriosas citas a ciegas, la pérdida de tiempo en conversaciones triviales y las charlas en cenas que suelen durar una eternidad. Aquí se trata de ir al grano.

Kara le lanzó una mirada furiosa.

–Hay algo que no me dices. Se comenta que te encantan las citas. «Cuantas más citas, más feliz», parece ser tu lema. ¿Así que para qué recurrir a esto? Creí que eras la clase de hombre a quien le encanta la emoción de la caza.

–Seguro, me encanta la caza como a cualquier otro, pero mis prioridades han cambiado.

Matt esperaba que su respuesta satisficiera a Karen. No estaba preparado para decirle la verdad. Él apenas podía asumirla.

Ella alzó las manos en un gesto de rendición. Matt miró los largos y elegantes dedos al tiempo que se los imaginaba acariciando su cuerpo. Le resultaba cada vez más difícil mantener la compostura.

–Muy bien, digas lo que digas, todavía creo que estás tramando algo. Espero poder arrancarte el secreto, lo quieras o no –dijo entre risas.

Un dulce tintineo que a Matt le hizo recordar cálidas tardes de verano, cuando ambos compartían sueños y confidencias.

Él alargó la mano, capturó la de ella y le acarició la palma con el pulgar.

–Me siento más dispuesto al halago. ¿Te importa si lo intento? –Kara sintió la garganta repentinamente seca y tragó saliva. El pulgar de Matt enloquecía sus sentidos. Ondas de placer recorrían su cuerpo. Y saboreó la caricia, ajena a todo pensamiento lógico.

Al mirarlo directamente a los ojos sintió un vuelco en el estómago. Lo deseaba más que cualquier otra cosa en la vida. Afortunadamente, sólo lo vería esa vez. Matt Byrne era peligroso. En un día había sido capaz de hacerle revivir sentimientos que había enterrado durante años. No podía con él, era demasiado hombre para ella.

Kara retiró la mano. Necesitaba restablecer las fronteras entre ellos.

—No he venido aquí buscando tus halagos. ¿Me quieres decir qué mosca te ha picado? Si no lo haces, no creas que me importa. Nuestra amistad terminó hace mucho tiempo, así que, ¿por qué no seguimos con el asunto que nos ha traído aquí y luego nos separamos?

Él se echó hacia atrás, se cruzó de brazos y le lanzó una mirada furiosa. Kara se sintió como un bicho bajo el microscopio.

—¿Qué te hace pensar que esta noche será el final?

Matt sonrió. Maldición, siempre le había resultado difícil resistirse a esa sonrisa.

—No fui yo la que cortó la relación, Matt. Si no recuerdo mal, fuiste tú quien decidió apartarme de tu lado.

El dolor volvió a apoderarse de ella. Había sido su primer amor. Y si era totalmente sincera, su único amor. Y allí estaba, después de todo ese tiempo, como si nada hubiera sucedido. No, no se lo pondría fácil.

—Lo pasado, pasado está. Hay que mirar hacia delante. Además, en aquel entonces eras sólo una niña. ¿Qué esperabas que hiciera?

Para su fastidio, las lágrimas se agolparon en los ojos de Kara. Lágrimas de rabia, de vergüenza y de innegable pesar.

–¿Una niña? Tenía dieciocho años. Era lo suficientemente mayor como para saber lo que quería. Y no es que te importara. Al parecer yo era una molestia, una muchachita pegada a ti que jugaba a ser una vampiresa, pero a quien le faltaba mucho para madurar. ¿Te suenan esas palabras? –preguntó al tiempo que pestañeaba furiosamente para evitar las lágrimas.

Matt se pasó la mano por el pelo, un claro signo de desconcierto.

–Lo siento, Kara. Acababa de terminar la carrera de Derecho y estaba redactando mi memoria. Tenía muchas cosas en la cabeza y no necesitaba la atención de una colegiada muy inclinada a experimentar... –Matt se calló al ver que ella se levantaba de la mesa.

–¿Quién diablos te crees que eres? No estaba experimentando. Yo estaba...

–Vosotros dos. ¿A qué se debe esta explosión?

Sally se había materializado junto a ellos y los miraba con las manos en las caderas y el ceño fruncido.

–Sal, necesito hablar contigo –dijo Kara al tiempo que la agarraba del brazo y la alejaba de la mesa–. No puedo hacer esto. Matt me está volviendo loca. No puedes esperar que pase un segundo más junto a él, por no hablar de los siete minutos.

Sally sonrió, aunque su serenidad no contribuyó a calmar los nervios de Kara.

–Sé que esta noche es un sufrimiento para ti. Hazlo por mí, te lo ruego.

Kara respiró a fondo y luego exhaló lentamente. No había modo de resistirse a la mirada suplicante de Sally.

–De acuerdo. Lo haré por ti. Pero juro que tan pronto como haya hablado con el último idiota me largo de aquí.

–¡Ésta es mi chica! Ahora siéntate, sonríe a Matt, charla un poco con él y la tortura habrá acabado antes de que te des cuenta.

Kara se volvió a mirar a Matt. No se había movido y, a juzgar por su expresión divertida, había oído la conversación.

–¿Todo solucionado? –preguntó con suavidad.

–Mmm –farfulló Kara–. Vamos a empezar. Buena suerte, Matt. Espero que encuentres a la persona que andas buscando.

–¿Y si te digo que ya la he encontrado?

–Le desearía buena suerte. La va a necesitar. Gracias a Dios que ha quedado claro que no soy tu tipo.

Matt la miró con una chispa de inseguridad en los ojos.

–¿Buena suerte? ¿Quién sabe lo que habría sucedido si hace años no te hubiera apartado de mí?

Una hora más tarde, el sufrimiento había concluido. Kara apenas podía recordar su charla con el resto de los candidatos, porque las palabras de un solo hombre resonaban en su mente. Durante los siete minutos Matt la había mantenido embelesada, coqueteando con ella con la seguridad de un maestro en la materia.

Cierto, ella se había resistido, aunque con mucha dificultad. No había remedio. A pesar del enfrentamiento, las acusaciones quedaron olvidadas mientras él le dedicaba toda su atención.

Ninguna mujer podía resistirse a Matt Byrne: a su brillante sonrisa, a sus ojos magnéticos, a su animada conversación. La había atrapado como una araña atrapa a la mosca en su tela. Sí, estaba atrapada, le gustara o no. Los siete minutos habían pasado en un instante. Ése era su poder. La había envuelto con su voz seductora.

El resto de los candidatos no podían compararse con él. Kara no era capaz de recordar ni una palabra de la conversación mantenida con ellos, por muy amable y entretenida que hubiera sido la charla. Sabía que su incapacidad para recordar tenía mucho que ver con su atención puesta en Matt, dedicado a seducir a otras mujeres con su encanto.

Con la tensión enroscada en el estómago, observaba cómo las mujeres caían víctimas de su seducción. ¿Quién podría culparlas? A ella le había sucedido lo mismo a pesar de su decisión de mantener la calma. ¿Quién sería la dama afortunada? Kara apostaba por la morena de grandes pechos que lo escuchaba atentamente y que le palmeaba el brazo a intervalos regulares.

Deseó arrancarle los ojos. La morena era el tipo de mujer que le gustaba a Matt: toda silicona y labios que hacían pucheros. En los periódicos había visto a muchas mujeres similares colgadas de su brazo y se enfadaba consigo misma por sentir celos irracionales de todas y cada una de ellas.

Kara miró el impreso que se encontraba encima de la mesa. Aunque era una pura formalidad, le tembló la mano al poner una cruz en la palabra «Sí» junto al nombre de Matt. Tras la contienda verbal, no había la menor posibilidad de que la eligiera, así que se sintió segura al marcar su nombre.

La morena elegiría a Matt y viceversa. Cuanto antes anunciaran que se había formado la milésima pareja, antes podría escapar. Matt y la morena. Se le removieron las vísceras al pensarlo.

Sally recogió el impreso, lo agregó al montón que llevaba en la mano y le hizo un guiño.

–No queda mucho, cariño, pronto estarás en casa. Un millón de gracias. Te quiero.

–Y yo también a ti –murmuró Kara, al tiempo que buscaba con la vista a Matt.

Todavía charlaba con la morena. ¿Es que nadie les había dicho que sus siete minutos habían acabado?

Kara deseó que terminara la velada. De alguna manera, ver a Matt había sido una grata sorpresa. Pero verlo con todas esas mujeres no fue tan grato. Y verlo con esa versión de Pamela Anderson como su pareja ideal, sería demasiado para ella.

–¿Pueden prestarme atención, damas y caballeros? –se oyó la voz de Sally–. Matchmaker ha unido con éxito a novecientas noventa y nueve parejas en los últimos años. Optar por las citas veloces es la manera más emocionante, rápida y relajada de lograr reunir a personas solteras con intereses similares. Por lo tanto, si esta noche no han encontrado a su pareja, vuelvan a intentarlo –Sally asintió con la cabeza y luego sonrió al oír los aplausos de los presentes–. Y ahora, sin más dilación, Matchmaker se enorgullece de anunciar la elección de su milésima pareja ideal –declaró. Kara sintió una extraña tensión. No sería capaz de observar la euforia en la cara de la mujer afortunada, ya que no dudaba de que Matt sería el hombre elegido esa noche–. Matt Byrne y Kara Roberts. ¿Podrían hacer el favor de acercarse al estrado?

Aturdida, Kara se dejó caer en la silla. Habría jurado que Sally acababa de pronunciar su nombre. Tenía que haber un error. La tensión aumentó al ver que Matt se acercaba a ella.

–Kara, creo que nos llaman.

Ella miró la mano que le tendía como si fuera una cobra. Si la tomaba estaría perdida. Sus labios se movieron y la rigidez de los músculos faciales dio paso a la apariencia de una sonrisa. Podía hacerlo. Tenía que hacerlo.

–Ésta es mi chica –murmuró Matt al tiempo que le estrujaba la mano y la guiaba hacia el estrado.

Kara se movió mecánicamente, sin oír las felicitaciones que les llegaban de todas las direcciones.

Sally le palmeó el brazo cuando llegó al escenario.

–Lo siento, cariño. Tú y Matt habéis sido los únicos que habéis encajado. No podía tergiversar los resultados. El comité de la agencia examina a fondo los detalles, por no decirte que se encuentran presentes varios de los miembros del jurado que otorga el premio. ¿Me perdonas?

Con la cara sonrojada, Kara miró fijamente a Sally. Extrañamente, el rostro de su amiga no expresaba el menor remordimiento. De hecho, se diría que estaba muy contenta. Sin embargo, no había tiempo para discutir. Tenía que ocuparse de cosas más importantes, como poner fin a esa farsa sin comprometer el negocio de Sally. Y también ocuparse del modo en que podría desviar las atenciones de Matt cuando acababa de elegirla como su pareja deseada.

–Dejémonos llevar por ahora –murmuró Matt, como si le leyera el pensamiento.

Kara lo miró fijamente. La intensidad de la mirada masculina no consiguió calmarla.

«Es más fácil decirlo que hacerlo», pensó la joven.

CAPÍTULO 3

CUANDO las formalidades hubieron concluido, los asistentes comenzaron a marcharse. Kara, muy sonriente, aceptó las felicitaciones de los otros participantes con la mano en la de Matt, que no la había soltado en todo ese tiempo. Cuando la última persona se hubo retirado, le dolía la cara por el esfuerzo de mantener una expresión de felicidad. ¿Felicidad? Nada más lejos de la realidad. Era hora de solucionar ese lío de una vez por todas.

–¿Podemos hablar, Matt? A propósito, ya puedes soltarme la mano. La comedia ha terminado.

Notó que la calidez de su mirada se apagaba.

–¿Te apetece una copa? Por tu expresión, me parece que la vas a necesitar –dijo al tiempo que la soltaba.

A ella no le gustó el matiz de dureza que había en su voz, aunque eso podía llevarlo bastante mejor que su talante amistoso. No iba a ser fácil hablar con él.

–Una copa pequeña de vino blanco, por favor. Estaré en la mesa del rincón.

–¿Así que has elegido la mesa más apartada del recinto? O me vas a decir cuánto te ha emocionado que te haya elegido o estás planeando deshacerte de

mí. ¿Cuál de las dos posibilidades es? –preguntó.
Kara se puso rígida, sorprendida de su habilidad
para leerle la mente–. Entiendo, ¿vas a hacerme pagar por lo que sucedió hace nueve años, verdad?
–dijo antes de volverse al camarero–. Un copa de
vino blanco y un zumo de naranja para mí, por favor. No, pensándolo mejor, un whisky para mí.

Kara lo esperaba a mitad de camino hacia la mesa.

Observó que Matt se pasaba la mano por el pelo,
luego consultaba su reloj y golpeteaba con el pie el
brillante suelo. Parecía que no hallaba la hora de salir de allí, como le sucedía a ella. ¿Por qué diablos la
había elegido?

Desde luego que se sentía halagada. ¿Qué mujer
no lo habría estado? El fino traje azul marino y la
camisa de seda en tono marfil no podían ocultar su
poderosa fuerza. La ropa de confección no desvir-
tuaba el ancho pecho, la esbelta cintura y las largas
piernas. Seguro que la camisa ocultaba un estómago
plano. No cabía duda de que Matt estaría impresionante sin ropa alguna.

La imaginación de Kara remontó el vuelo mientras lo visualizaba completamente desnudo.

–¿Planeando el ataque?

La interrupción la devolvió de golpe al presente,
pero no le calmó el pulso acelerado. Tendría que
controlar su cuerpo para enfrentarse a él.

–No soy una clienta, Matt. No planeo ningún ataque. Sólo quiero hablar contigo –replicó mientras se
dirigía a la mesa con la cabeza alta, más enfadada
por la respuesta irracional de su cuerpo que con él.

¿Qué habría pasado con la tranquila y tímida
Kara que él había conocido? Matt pensó que se sen-

tiría feliz por haberla elegido. Pese a su instinto de buen abogado, al parecer, se había equivocado.

–Aquí tienes, vino blanco, como pediste.

Matt no pudo evitar mirarle las nalgas cuando se sentó. Era impresionante. El vestido negro realzaba todas las curvas de su cuerpo. Los grandes senos, la estrecha cintura y las larguísimas piernas. Una vez más, su mente se entregó a las imágenes sensuales.

«No olvides que esto es un acuerdo de negocios»

–Díselo a mi libido –murmuró al tiempo que bebía un sorbo de whisky.

–¿Qué dices, Matt?

Lo miraba con sus brillantes ojos verdes. Convencer a su libido iba a ser una dura tarea.

–Nada. ¿Qué querías decirme?

Kara respiró hondo. Iba a ser difícil concentrarse en la tarea si Matt seguía mirándola como si fuera su próximo bocado.

–Es necesario que aclaremos esta situación. Actualmente no estoy interesada en salir con nadie. La única razón que me ha traído aquí es la de ayudar a Sally con su empresa –explicó al tiempo que se alisaba la falda para calmar la agitación de las manos–. De todas formas, podemos hablar con Sally y ella buscará la manera de emparejarte con alguna de las otras mujeres.

–No –respondió Matt de inmediato. Kara se estremeció bajo el escrutinio de su desconcertante mirada–. Te elegí por una razón, Kara. Eres justamente la clase de mujer que busco.

–¿Y qué clase de mujer es ésa?

Con los codos apoyados en la mesa, Matt unió las yemas de los dedos y la miró directamente a los ojos.

–Inteligente, independiente, sin ilusiones. Por nuestra conversación anterior deduzco que no te inspiro ningún interés romántico. De hecho, esta tarde rechazaste mi invitación para ir a tomar una copa. Así que eres la elección perfecta para mí.

La confusión se apoderó de la mente de Kara.

–No entiendo.

Él sonrió, aunque la sonrisa no llegó a sus ojos. De hecho, se habían oscurecido hasta alcanzar un frío color azul.

–Tu evidente antipatía hacia mí es exactamente lo que busco. De hecho, no habrá ideas equivocadas por tu parte, como tampoco ningún riesgo de que te enamores de mí y se estropee el trato. Nuestras citas serán sólo eso: un trato comercial. Nada más. Te presentaré como mi novia durante los próximos seis meses, hasta que me incorpore como socio en la empresa de mi padre. Eso es todo.

Su fría mirada reforzaba la crudeza de su tono. En ese instante, Kara supo cómo podría sentirse la parte contraria en un tribunal. Coaccionados. Derrotados. Devastados. Y había sido tan tonta como para pensar que él todavía albergaba sentimientos no resueltos hacia ella. ¡Vaya broma!

–¿Y qué obtengo yo de dicho pacto? ¿Piensas que puedes comprarme? –preguntó con firmeza.

–Todos podemos ser comprados. Lo único que varía es el precio.

Kara sintió que se encogía.

–¿Desde cuándo te has vuelto tan cínico?

–Cínico, no. Simplemente realista. Todos los días compruebo el poder adquisitivo que tiene el dinero, por no mencionar el ejemplo de primera mano de mi padre –Matt escupió las palabras como si fueran veneno.

–¿De tu padre?

–Él es el ejemplo perfecto de lo que el dinero puede comprar. Si no, pregúntale a su última mujer. La esposa número tres. Veinte años más joven que él y ávida de dinero. Es triste, ¿verdad? –preguntó al tiempo que fruncía los labios como si acabara de ver algo repulsivo–. De todos modos, basta de hablar de mi familia. ¿Qué me dices?

Los pensamientos se aceleraron en la mente de Kara. Si aceptaba la estrafalaria propuesta de Matt por dinero, sus problemas se resolverían. Podría salvar Matchmaker asegurándole el DATY a Sally y luego podría concentrarse en mejorar su propio negocio. Kara pensó que la única forma de mantener ese pacto tan concreto, impersonal y absolutamente comercial era por dinero.

–De acuerdo. Acepto, Matt. Me presentaré como tu novia durante seis meses por treinta mil dólares.

Matt no pudo evitar un gesto de sorpresa, pero se recuperó de inmediato.

–Trato hecho. Mañana voy a redactar el contrato. ¿Puedes ir a mi oficina sobre las diez?

Kara asintió.

–¿Tardarás mucho? Tengo una cita en Bondi a las once de la mañana.

–Mi oficina está en el centro. Será un trámite breve e indoloro.

Ella se preguntó si se refería a la firma del contrato, al trayecto hasta el centro de la ciudad o al trato mismo. Matt se acabó el whisky en tres sorbos y se puso de pie.

–¿Quieres que te lleve a casa?

Ella negó con la cabeza.

–No, gracias. He venido en mi coche.

Él abrió su billetero y le tendió una tarjeta comercial.

–En ese caso, aquí tienes la dirección. Nos veremos mañana.

Cuando ella tomó la tarjeta, sus dedos se rozaron. Matt retiró la mano como si se hubiera quemado, con una mirada indescifrable.

–Hasta mañana, entonces.

Kara lo vio dirigirse hacia la puerta sin volver la cabeza. Luego saboreó el vino que refrescó su garganta reseca. La velada no había resultado como esperaba, pero no pudo hacer otra cosa. Aparte de negarse al pacto. ¿Y dejar a Sally en la estacada? De ninguna manera. Pagaría sus deudas.

Entonces, ¿por qué se sentía como si hubiera hecho un pacto con el mismísimo diablo?

CAPÍTULO 4

KARA entró en la impresionante oficina de Byrne y Asociados. Echó un vistazo a la zona de recepción con ventanales del suelo al techo que dominaban la ciudad de Sidney. La estancia evidenciaba riqueza y buen gusto: suelos pulidos, sillones de piel en tono crema, pinturas Pro Hart estratégicamente dispuestas en las paredes... Allí no se había reparado en gastos.

La recepcionista no desentonaba con el decorado: pulcra, acicalada y puntiaguda como un alfiler.

–¿Puedo ayudarla?

–Sí, Matt Byrne me espera. Soy Kara Roberts.

–Informaré al señor Byrne que usted ha llegado –dijo con una sonrisa mientras apretaba botones en el teléfono–. La señorita Roberts está aquí, señor Byrne.

La recepcionista se levantó y le hizo una seña.

–Sígame, por favor.

Kara admiró el corte del caro traje de diseño, contenta de haber escogido el traje que llevaba. Ese día exigía un aspecto impactante, así que había elegido uno rojo de falda y chaqueta, una camisa negra y accesorios del mismo color. Sally decía que vestida así intimidaba a la gente, especialmente a los hombres. Por lo tanto, Kara reservaba el conjunto

para negociaciones decisivas con clientes especialmente difíciles. Y Matt figuraba en esa categoría.

Dio las gracias a la recepcionista mientras llamaba discretamente a la puerta que lucía una placa
brillante: «Matthew Byrne».

—Entra.

Antes de hacerlo, Kara compuso una brillante
sonrisa intentando ignorar las mariposas que revoloteaban en su estómago.

—Buenos días, Matt. ¿Cómo estás?

Él alzó la vista de una montaña de papeles y miró
su reloj.

—Las diez en punto. Me gustan las mujeres pun-
tuales.

Mientras se ponía de pie y se acercaba a ella, las
mariposas de su estómago echaron a volar. Tenía un
aspecto increíble. El traje gris marengo de rayas, la
camisa azul oscuro y la corbata a juego le conferían
el aire de un profesional que irradiaba poder. La camisa hacía juego con el asombroso tono azul de sus
ojos, en ese momento fijos en ella.

—¿Te apetece un café?

—No, gracias. No tengo tiempo. ¿Recuerdas que
te dije que tenía una cita a las once?

No quería ser poco amable, sin embargo así sonó
su respuesta. Mezquina y desagradable.

—De acuerdo. Entonces, vamos a lo nuestro. Aquí
está el contrato. Léelo y dime qué te parece.

Kara tomó el documento que le tendía y se sentó.
Luego se alisó la falda para evitar que se le subiera
hasta los muslos. Su sexto sentido estaba totalmente
alerta. Matt no volvió a su asiento. En vez de eso la
examinó, apoyado contra el escritorio. Aunque man-

tuvo la vista baja, cada centímetro de su cuerpo podía sentir su mirada. Necesitaba concentrarse para descifrar el contrato.

Le asustaban los documentos legales con sus interminables cláusulas y condiciones. Sin embargo, el contrato estaba redactado de forma clara y sencilla. Matt no había utilizado demasiada jerga legal, así que comprendió lo esencial con bastante facilidad. Matt compraba sus servicios en calidad de novia por treinta mil dólares. Un pequeño precio que pagar por la tranquilidad mental de Sally. Y por la suya.

No tenía intención de quedarse con el dinero. Ya se le ocurriría algo para salvar su negocio. Destinaría el dinero a saldar su cuenta con Sal.

—¿Dónde debo firmar? —preguntó al tiempo que arriesgaba una mirada hacia Matt.

Por su cara cruzaron varias expresiones contradictorias que ella no fue capaz de interpretar.

Matt sacó una pluma del bolsillo superior de la chaqueta y se inclinó para indicarle dónde debía hacerlo.

—En la línea de puntos.

Kara miró el documento sumida en la confusión. Su cerebro no funcionaba ante la proximidad de Matt y el aroma de la loción para después del afeitado la envolvía como una nube sensual. Su cuerpo irradiaba calor, ¿o era la lánguida calidez que se había apoderado del suyo lo que le hacía desear arrancarse la ropa porque la temperatura entre ellos había llegado al punto de ebullición?

—¿Kara?

Incluso el modo de pronunciar su nombre sonaba como una sedosa caricia. El deseo fluyó por su cuerpo gritando por liberarse. Nunca se había sentido así con otro hombre. ¿Qué diablos le sucedía? No le gustaba perder el control.

Firmó el contrato con mano temblorosa.

–Aquí lo tienes. Ya está hecho –dijo al tiempo que se ponía de pie rápidamente, ansiosa por escapar de esa oficina. Desgraciadamente, las piernas le temblaban tanto como el resto del cuerpo. Kara se tambaleó e intentó apoyarse en el escritorio.

–Ya te tengo –murmuró Matt mientras la sujetaba por los brazos–. ¿Te encuentras bien? –preguntó. Ella hubiera preferido el frío desdén de la noche anterior. El interés que irradiaban sus ojos en ese momento lograría anularla en un segundo. Incapaz de hablar ni de apartar la mirada, Kara asintió con la cabeza–. ¿No crees que podemos encontrar una forma mejor de sellar nuestro pacto? Después de todo, eres mi nueva novia –sugirió con una sonrisa lenta, cálida y seductora.

A Kara le dio un vuelco el corazón. No podía soportar su proximidad un segundo más y, sin embargo, era incapaz de moverse. «Atención. Peligro», fueron las palabras que relampaguearon en su mente. Si no ponía límites a la relación en ese mismo lugar y momento, se crearía un problema con «P» mayúscula.

–Sólo soy tu novia de cara al público. Y ahora estamos solos.

¿De dónde le había surgido ese tono de voz tan suave y entrecortado?

La respuesta brilló como una llama en los ojos de Matt.

–Lo sé, cariño, pero no hay nada malo en practicar. Después de todo, a través de la práctica se logra la perfección.

Sin dejar de mirar los labios de la joven con fijeza, Matt se inclinó lentamente. Kara cerró los ojos y ladeó la cabeza, incapaz de frenar sus emociones desbocadas. La lógica la abandonó totalmente cuando sintió que los labios de Matt rozaban los suyos.

–Creo que el dicho era que a través de una práctica prolongada se logra la perfección –murmuró junto a la comisura de la boca masculina.

Y en ese instante se perdió. Los labios de Matt atraparon los suyos en un demoledor asalto a sus sentidos, mordiendo y sorbiendo el labio inferior. Ella abrió la boca permitiendo que ambas lenguas se entregaran a las delicias de una danza erótica. Las manos de Kara rodearon el cuello de Matt mientras él la ceñía contra la dureza de su cuerpo.

Había soñado con un beso como ése. El beso por el que había clamado desde su decimoctavo cumpleaños hasta ese instante. Su cuerpo cobró vida propia mientras se amoldaba al de él, saboreando cada centímetro de su contacto.

Al sentirla pegada a su cuerpo, Matt dejó escapar un gemido y apartó la boca bruscamente. Kara lo miró con fijeza y luego dio un paso atrás mientras se estiraba la chaqueta. ¿Qué diablos se había apoderado de ella para provocarlo de ese modo? Prácticamente lo había invitado a besarla. Y pensar que había deseado aparecer serena y controlada ante él... ¡Vaya broma! Su cuerpo la había traicionado. ¿Cómo podría fingir ser su novia durante seis meses cuando el primer día no había podido apartarlo de sí?

El beso había acabado con todas las ideas que albergaba sobre su autocontrol y su desdén. Había pensado que Matt era patético al tener que comprar la compañía de una mujer para asegurarse un puesto como socio en la empresa de su padre. También se había burlado de la idea de que todavía lo amaba; más bien atribuía el renacer de sus sentimientos a una nostalgia de la adolescencia. ¡Seguro! De los dos, la única patética era ella.

—Debo marcharme, Matt.

Le dio un vuelco corazón al notar el desconcierto en su mirada.

Matt rodeó el escritorio, ciertamente con la intención de poner el mayor espacio posible entre ellos.

—Nos mantendremos en contacto. Tengo muchas invitaciones para cenar en las próximas semanas y necesitaremos coordinar nuestros horarios.

—Muy bien. Llámame —dijo, y luego hizo una pausa—. Matt, en cuanto al beso...

—No te preocupes. Tómalo como una manera insólita de sellar un pacto —declaró casi sin mirarla, mientras metía el contrato en una carpeta—. Te llamaré.

Sintiéndose convenientemente castigada y rechazada, Kara salió de la habitación. Sólo tras cerrar la puerta y apoyarse en ella, se dio cuenta de que había estado conteniendo la respiración. Dejó escapar el aire con una sensación de alivio que duró poco.

Si ese beso había sellado el contrato, deseó de pronto haber leído la letra pequeña con más cuidado.

CAPÍTULO 5

TRAS entrar en la casa, Kara cerró de un portazo y luego se quitó los zapatos de tacón. La cartera cayó con un golpe sordo en el sofá al tiempo que ella se hundía en los cómodos cojines y cerraba los ojos.

¡Qué día! Desde que esa mañana había firmado el estúpido contrato de Matt, las cosas habían ido cuesta abajo. Rápidamente.

Se había quedado atrapada en unas obras de la carretera cuando iba camino a Bondi y llegó a la cita con media hora de retraso. Penélope, la pedante esposa de Jack Normanby, la había regañado durante una hora a pesar de las excusas de Kara por no haber podido avisar. Aún no podía creer que el encuentro con Matt esa mañana la hubiera dejado en tal estado de agitación como para haber olvidado cargar el teléfono móvil.

Para empeorar las cosas, Penélope y su insoportable hija adolescente habían puesto reparos a todas sus ideas para renovar la suntuosa mansión. Cuando llegó la suegra de Penélope y se unió a ellas, Kara había recurrido a todas las reservas de tacto que poseía. Pero las tres se mantuvieron férreamente unidas.

—Penélope, querida, ¿no crees que la cretona es demasiado tosca?

–Oh, no, mamá, es realmente divina. Las ideas de Kara son muy originales, ¿no te parece? Después de todo, ella es la experta.

Sólo en ese momento la queridísima madre se había dignado a mirar a Kara desdeñosamente, como si fuera un objeto que el perro galés de la familia hubiera hecho entrar a la fuerza en casa.

–Bueno, sólo si estás segura, Penélope. Papá y yo contamos con otros profesionales por si no te entiendes con esta señorita.

Kara había sonreído amablemente, pensando en la excelente comisión, pero luego les había dedicado unas cuantas muecas en cuanto le volvieron las espaldas enfundadas en vestidos de Gucci.

Después de dejar a las tres mujeres que hicieran lo que les diera la gana, había vuelto a la oficina, sólo para encontrar virus infiltrados en el ordenador y una pila de presupuestos sin terminar.

Incluso su ayudante personal también se volvió contra ella en la hora de más necesidad. Olivia le había enseñado el último ejemplar del *Financial Times,* en el que aparecía en primera plana el joven y prometedor abogado Steve Rockwell, ex pretendiente de Kara, y se había dedicado a elogiarlo.

Por desgracia, al pensar en los abogados, la varonil imagen de Matt cruzó por su mente. Y una vez instalada allí, no fue capaz de desalojarla.

–¿Qué pasa? Tienes la misma expresión que cuando ves una foto de Mel Gibson en una revista. Te quedas con la mirada perdida y viscosa –la regañó Olivia.

–No sé de qué hablas. Además, hace más de un mes que no babeo por Mel.

Era cierto que había rechazado el comentario de Olivia. Sin embargo, no había podido borrar a Matt de sus pensamientos. Había revivido mil veces aquel beso, disfrutando del contacto de sus labios, del sabor y de todos los matices de la caricia.

Finalmente, tras haber contemplado los presupuestos con la mente en blanco durante una hora y maldecir al ordenador, decidió que la jornada había terminado.

El hecho de estar en casa no alivió la tensión. Los pensamientos se arremolinaban en su cabeza y la arrastraban con ellos. Kara se masajeó la sienes respirando profundamente con el deseo de relajar el cuerpo y la mente. Sólo había sido un beso... sólo un beso. Si repetía el mantra una y otra vez, tal vez empezaría a creerlo.

El sonido estridente del teléfono la arrancó de su momentánea paz.

–Diga –gruñó.

–Eres justamente la mujer que busco –el tono ronco de Matt no contribuyó a calmarle los nervios–. ¿Cómo te ha ido el día? ¿Y a qué se debe ese tono beligerante?

–El día ha sido un desastre, de principio a fin –contestó con una voz que le pareció infantil, aunque no le importó.

Era la última persona con la que le apetecía hablar en ese momento.

–¿Tan mal ha estado? ¿Incluso la mañana?

–Especialmente. Ha sido la mañana lo que me ha dejado mal para todo el día –replicó con una especie de bufido, para su horror–. Gracias a nuestro encuentro llegué tarde a una cita muy importante.

–Lo siento, aunque el encuentro no duró demasiado tiempo. Tal como lo recuerdo, fue breve y dulce –rebatió Matt. El rico matiz de su voz recorrió el cuerpo de Kara como una caricia–. ¿No has olvidado nuestro trato, verdad?

El trato había sido facilísimo, sólo que el calor se apoderó de ella al recordar el modo en que lo habían sellado.

–Desde luego que no. ¿Por eso me llamas? Es la hora de sacarle algún beneficio a tu dinero, ¿no es así?

Kara se arrepintió de aquellas palabras en cuanto salieron de su boca. El silencio que se produjo al otro lado de la línea no auguraba nada bueno. En ese momento, más que molesta y excitada, sintió un temblor en el estómago.

–Qué perspicaz eres, querida –dijo Matt con una voz tan fría que a ella se le heló la espalda–. Esta noche tengo una cena de negocios, así que pasaré a buscarte a las ocho. Si lo de esta mañana fue una especie de indicio, me atrevería a decir que me darás más de lo que vale mi dinero. Estoy ansioso por ver lo que haces cuando el trato esté a punto de finalizar.

–Eres un bast...

–Vaya, qué vocabulario. Te veré a las ocho –la interrumpió–. Y ponte algo elegante –añadió antes de cortar la comunicación.

Kara se quedó mirando el auricular, completamente muda. Luego lo puso de golpe en su sitio murmurando una sarta de maldiciones impropias de una dama y fue a su dormitorio pisando con fuerza. ¿Cómo se atrevía a hablarle de ese modo? Ya se sen-

tía como una mercancía, una posesión a la que su
dueño se limitaría a decir cuándo saldrían juntos y
adónde. Sólo que no le gustaba que él se lo dijera.

Kara se quitó la ropa y la lanzó sobre la cama.
Con manos temblorosas se arrancó un aro de oro de
la oreja, pero el otro quedó enganchado.

–¡Maldición! –murmuró mientras manipulaba el
delicado broche que de pronto se partió en dos.

Kara se dejó caer en la cama con la cara entre las
manos y lloró a gritos, con unos sollozos que resonaron en el silencio. Estaba claro que las lágrimas
eran una reacción infantil que la hacían sentirse más
estúpida, pero al menos eran una forma de catarsis.
El pendiente podía reemplazarse, pero su salud
mental era otra cosa. Desde que había firmado sobre
la línea de puntos actuaba como una loca. El beso
sólo había sido el comienzo.

Se había comportado como un monstruo al teléfono, desahogando sus frustraciones sobre Matt. Y
no porque en parte no se lo mereciera. Después de
todo, no sería un caso perdido si no fuera por él.

Seis meses. En ese momento le parecían una con-
dena de por vida. ¿Cómo podría fingir ser su novia
cuando siempre había soñado con serlo de verdad?
¿Y si la gente descubría la farsa? ¿Entonces qué sucedería? ¿Sería capaz de despedirla y buscar otra
mujer que pudiera comprar? Porque realmente era
eso, una cosa que Matt había comprado. Dios, debía
de pensar que era un objeto barato.

«¿Y qué te importa lo que él piense? Piensa en
Sal. Se lo debes», se dijo a sí misma.

Con el pensamiento puesto en Sally se secó las
lágrimas y fue al cuarto de baño, ansiosa por li-

brarse de la pena bajo la ducha. Podía hacerlo. Si Matt la consideraba una mercancía, lo sería. Un paquete atractivo para enseñar a sus frívolos colegas. Y si deseaba algo más de ella, ya podía esperar.

Matt llamó al timbre. Mientras esperaba, miró a su alrededor sin dejar de notar la atractiva combinación de colores crema y rojo que adornaban la casa de dos pisos con terraza. Unas pulcras hileras de setos rodeaban una pequeña extensión de césped de un verde intenso, animado por los vivos colores de grupos de petunias estratégicamente dispuestos. El sendero de entrada estaba flanqueado por grandes tiestos de terracota que armonizaban perfectamente con el colorido general de la casa. A veces le fastidiaba su ojo adiestrado para captar detalles. Era cierto que esa habilidad le resultaba de gran ayuda en el trabajo, pero nunca podía prescindir de ella. Ciertamente, Kara tenía talento. Si el exterior estaba tan logrado, el interior de la vivienda sería sorprendente.

Matt admiraba el éxito de Kara. Siempre había deseado ser diseñadora, desde que había renovado la casa de Sally a los catorce años. Había transformado la monotonía del interior en una obra de arte, al parecer sin mayor esfuerzo. Por eso no le sorprendió que un día le dijera que había decidido combinarle el vestuario.

Matt volvió al presente cuando se abrió la puerta.

–Hola, Matt. Llegas a tiempo –saludó Kara. El tono sensual de su voz disparó la imaginación de Matt.

¿De dónde demonios la había sacado? Su voz había sonado muy diferente al teléfono.

Matt se esforzó por cerrar la boca mientras la miraba. Kara era toda una visión, envuelta en una rica tela verde que realzaba las curvas de su exquisito cuerpo y caía en suaves pliegues hasta las rodillas. Le fue muy difícil apartar la vista del tentador escote que insinuaba la lujuria de sus senos. Se había recogido el pelo en un moño alto y unos rizos sueltos enmarcaban su rostro. En general, a Matt le disgustaban las mujeres maquilladas, pero ella había utilizado un leve maquillaje para realzar los grandes ojos y la boca de labios llenos. El resultado era asombroso.

—Estás maravillosa —murmuró, sin dejar de notar el rubor que al instante cubrió las mejillas de la joven.

Era un hábito que mantenía desde que era una cría y que a él le encantaba.

—Gracias. ¿Nos marchamos? –preguntó Kara. Él asintió, todavía mudo por la sorpresa, mientras ella se volvía a cerrar la puerta. Unas delicadas medias, ligeramente brillantes, atraían la atención hacia sus largas piernas–. ¿Dónde iremos esta noche?

Kara lo miró esperando su respuesta. El problema era que Matt no podía recordar la pregunta. Había estado demasiado ocupado con la deliciosa fantasía de deslizar esas medias a lo largo de las piernas para luego besarlas desde los tobillos hacia arriba.

—Lo siento. ¿Qué has dicho?

Afortunadamente, ella se echó a reír, con la misma risa que lo había cautivado todos esos años.

—Baja a la Tierra, Matt. ¿Te encuentras bien?

–Sí, un poco distraído. La cena de esta noche es importante. Uno de los competidores de la empresa intenta captar a nuestro personal y debo poner fin a esa situación.

Kara alzó una ceja.

–Diría que es poco ético, ¿no es así?

Matt se encogió de hombros.

–Sí, aunque ya nada me sorprende del mundo corporativo. Es como estar rodeado de un cardumen de pirañas. Un paso en falso y estás muerto.

Kara dejó escapar una risita.

–Pirañas, como algunos de mis clientes. Por lo menos, me solidarizo contigo.

Matt se unió a su risa mientras le abría la puerta del coche. Había echado de menos la compenetración y la sencilla camaradería que existía antes entre ellos. Si pudieran mantener la amistad a ese nivel durante los próximos seis meses, la tarea iba a ser pan comido.

–Bonito coche. Concuerda con tu personalidad.

Kara miró el moderno interior del vehículo, que olía a nuevo.

–¿Qué quieres decir con eso?

Matt puso en marcha el motor y luego la miró. Ella no podía pensar cuando la miraba de esa manera, con una mirada intensa, inquisitiva y un tanto escéptica.

–No te pongas a la defensiva. Sólo he querido decir que un coche deportivo plateado es símbolo de prestigio social y eso es lo que has deseado toda tu vida. Por eso estoy aquí, ¿verdad? Para que puedas convencer a Jeff Byrne de que mereces asociarte a la firma.

Debió haberse mordido la lengua. Cada vez que le hablaba sus palabras sonaban como si formulara un juicio, lo que iba en contra de su decisión de permanecer imperturbable.

Matt apretó las mandíbulas y sus ojos brillaron un segundo.

–Sí, por eso estás aquí. Y ahora nos marcharemos –dijo al tiempo que movía el vehículo.

Se produjo un incómodo silencio. Mientras fingía prestar atención al paisaje, Kara le echó unas cuantas miradas de reojo. Oh, Dios, Matt no sólo era apuesto. Era maravilloso. El tipo de hombre que hacía que las mujeres pensaran en harenes masculinos. Esa vez se había puesto un traje negro de diseño con camisa blanca. El tipo tenía estilo. No le era fácil respirar dentro del vehículo porque el aroma a madera de la loción del afeitado le impactaba los sentidos. Iba a ser muy duro separarse de él dentro de seis meses.

–¿Ves algo que te guste?

La pregunta sorprendió a Kara. A Matt no se le habían escapado sus constantes miradas. Cualquier sutileza quedó descartada. Cansada de la tensión reinante, Kara tomó una rápida decisión. Haría un esfuerzo por mantener una conversación agradable durante toda la velada. Sin dardos. Sin juicios.

–Puede ser, aunque una mirada más de cerca sería lo indicado.

La ronca risa masculina le llegó como un trueno. A ella le encantaban las tormentas. Eran intensas, impresionantes, espectaculares. Como Matt.

–Eso tiene arreglo. ¿Cuánto más necesitas acercarte?

La voz de Matt le hizo vibrar los nervios y le incendió la imaginación con pensamientos de una cercanía más íntima con el hombre de sus sueños.

–Mucho más –murmuró, con el pulso acelerado.

–¿Hablas en serio o estás interpretando a tu personaje?

–¿Qué dices?

–Mira a tu alrededor. Hemos llegado. Pensé que estabas practicando el papel de novia seductora.

Ella miró al exterior, sorprendida. Había estado tan a gusto en la intimidad del coche y flirteando con Matt, que no se había dado cuenta de que el vehículo se había detenido.

–Sí, eso era –dijo con la esperanza de que el rubor no la traicionara. Dios, si él supiera dónde habían estado sus pensamientos minutos antes de aparcar...

Él la contempló fija y prolongadamente antes de volver la cara.

–Eso fue lo que pensé. Has representado tan bien el papel de novia seductora, que tendrías que añadir a la lista de tus talentos el de actriz. Por un momento lograste convencerme.

«Dile que es cierto. Dile que de verdad deseas una cercanía más íntima. Ahora es la oportunidad».

En vez de eso, Kara abrió la puerta y bajó del coche.

–Soy una mujer de muchos talentos. Cuanto antes te des cuenta, mejor será.

–Mujeres –murmuró Matt al tiempo que cerraba el coche con el mando a distancia. Cuando alzó la vista, su fría mirada apagó la ardiente imaginación de Kara como un cubo de agua fría–. Esta noche es importante para mí. Gracias por estar aquí.

Ella notó la incertidumbre que cruzó por su rostro. Una expresión vulnerable que le llegó al corazón.

—No hay problema. Encantada —replicó en tono ligero.

Habría pocas posibilidades de volver a bajar las defensas si se mantenía imperturbable. Había que dejarlo flirtear todo lo que quisiera. Ella estaría preparada.

Sin embargo, mientras intentaba ignorar que se le aceleraba el pulso al sentir la mano de Matt en la espalda, de pronto se dio cuenta de que había un problema. Un gran problema. Y de que el problema se dirigía directamente hacia ellos.

C ÓMO ha estado estos días mi diseñadora de interiores favorita? –Steve Rockwell la besó en la mejilla y el primer impulso de Kara fue rechazarlo. En cambio, se ocultó tras una máscara de sonriente amabilidad.

–Muy bien, gracias, Steve. ¿Y tú?

–Mucho mejor al verte aquí. Estás impresionante, como siempre.

El cumplido incomodó a Kara considerando que Matt estaba junto a ella. Se estremeció ante el escrutinio de Steve. Siempre la había hecho sentirse incómoda y no buena del todo. Su único apoyo era la firme mano de Matt en la espalda. Kara ignoró el cumplido. Steve no había cambiado nada. El mismo pelo rubio ingobernable, los ojos grises, el traje impecable y las suaves palabras. Su aspecto era tremendamente atractivo y él lo sabía. Lástima que no tuviera corazón.

Se produjo un silencio incómodo antes de que ella se apresurara a decir:

–Steve, quiero presentarte a un amigo, Matt Byrne.

Steve dirigió a Matt una mirada feroz.

–¿Qué haces aquí, Byrne? ¿Te dejas ver nuevamente?

A Kara le dio un vuelco el estómago por la sorpresa. Situada entre ambos hombres, vio que desaparecía la acostumbrada compostura de Matt mientras apretaba el puño en su espalda.

–Me alegro de verte, Rockwell. Veo que no has perdido tu encanto –saludó con gélida frialdad.

–¿Para qué habría de desperdiciar mi encanto contigo? Más bien lo dedicaría a la encantadora mujer que te acompaña.

Matt rodeó los hombros de Kara con el brazo y la atrajo hacia sí. Kara no tuvo más alternativa que aceptarlo.

–Es lo más inteligente que has dicho desde hace mucho tiempo, Rockwell. Kara no sólo es encantadora, también es cálida, fabulosa y divertida. Además es mi novia.

Steve dejó escapar un bufido.

–¿Por cuánto tiempo? ¿Hasta que la puedas apuntar como tu centésima conquista? Pobre chica. Está claro que no te conoce bien.

Los dedos de Matt se hundieron en el hombro de Kara.

–Ve con cuidado, Rockwell...

–Chicos, todavía estoy aquí. Me gustaría quedarme a charlar, pero os dejo discutiendo quién tiene el juguete más grande. Matt, te veré dentro.

Kara se alejó con la cabeza erguida y con la esperanza de que las rodillas no le flaquearan hasta llegar a la seguridad del restaurante. Estaba furiosa. No era un premio para lucimiento de otros y abominaría de sí misma si alguna vez terminaba en la cama de uno de ellos, como un trofeo.

–¡Espera! –Matt la agarró del brazo y la volvió hacia él–. ¿A qué ha venido todo eso?

Kara se liberó con brusquedad.

–Verás, no soy tu último objeto de exhibición –dijo ella.

Matt entornó los ojos.

–¿Has olvidado nuestro pequeño pacto? ¿Necesitas que te lo recuerde?

Antes de que ella pudiera decir una palabra, los labios de Matt atraparon los suyos en un beso exigente y arrollador. La lengua de Matt entreabrió sus labios en tanto la estrechaba contra su cuerpo. Kara descartó el pensamiento de resistirse y se abrazó a él mientras sus manos le acariciaban el pecho por debajo de la chaqueta. El calor de su cuerpo atravesaba la tela de la camisa atrayéndola como el océano en un día estival.

El beso se hizo más intenso. Ella sintió que ardía de excitación. En ese instante no existía nada más que la lengua de Matt, sus manos y su cuerpo.

El sonido del flojo aplauso de Steve tardó varios segundos en llegar a la mente de Kara.

–Bien hecho. Bonita demostración de mutuo amor. Es una lástima que no quisieras exhibirte cuando estabas conmigo, Kara. Nuestra vida amorosa habría sido bastante más divertida.

Matt apretó los puños. Kara pensó que estaba a punto de propinar un puñetazo en la arrogante nariz de su ex.

–No te atrevas a volver a hablarle así –amenazó con fingida calma y las mandíbulas apretadas.

Kara no supo si reír o llorar. La escena era ridícula, como una mala película.

–Vámonos, Matt –dijo al tiempo que le tiraba de la chaqueta.

Él la miró sorprendido, como si hubiera olvidado que estaba allí.

–Claro que sí. Una cosa más. Apártate de mi camino, Rockwell, y deja a Kara en paz –le advirtió con una mirada sarcástica.

Steve giró sobre sus talones y se alejó rápidamente de ellos.

–¿Estás bien? –murmuró Kara al tiempo que le acariciaba los dedos crispados.

–Sí. ¿Y tú?

–Oye, no era yo la que iba a asestar un puñetazo. Matt aún tenía la virtud de avergonzarse.

–Lo siento. Es que me sacó de quicio cuando dijo esa tontería sobre ti. Casi no pude controlar mis puños. Maldición, cada vez me parezco más a mi padre. Primero actuar y después pensar –dijo al tiempo que se llevaba las manos a la cara.

Kara creyó haber oído mal. Jeff Byrne era un hombre encantador, severo pero razonable. Seguro que no era violento, ¿verdad?

–¿Qué has dicho? –preguntó, casi temiendo la respuesta.

–Nada. ¿Estuviste muy implicada con Rockwell? Ella se encogió de hombros.

–Salíamos de vez en cuando. Durante un tiempo.

–¿Cuánto tiempo?

–Dos años.

Incluso a ella misma le pareció demasiado largo.

–¿Dos años? ¡Estás bromeando! Eso no es salir con alguien, es un matrimonio.

–Sucedió hace unos años. Yo era muy joven.

–¿Eso quiere decir que ahora eres una mujer mayor y sabia?

–Mayor, sí. Sabia, no. Me hago pasar por tu novia por treinta mil dólares, continúas besándome y tolero tu conducta propia de un hombre de las cavernas. ¿Te parece sabio?

Kara no pudo descifrar la expresión de sus ojos.

–Sólo lo que se refiere a los besos –dijo en tanto le tomaba la mano–. Te propongo que nos olvidemos del asunto por esta noche. Te necesito a mi lado, ni más ni menos. ¿Te hace feliz eso?

Ella negó con la cabeza, preguntándose qué demonios le había hecho firmar ese contrato.

–No, no me hace feliz. Toda la situación es absurda. Tú, yo, el contrato, el dinero. Sin embargo, un trato es un trato y si me necesitas estoy aquí para ayudarte.

–En cuanto al dinero, ¿me ayudarías sin recibirlo a cambio?

Ella vaciló un instante.

–No, probablemente no.

¿Cómo podría explicarle que el dinero era un factor material y frío que utilizaba para mantenerse libre de emociones?

La desolación de su mirada le llegó a lo más hondo de su ser. Duró un segundo y luego fue tan áspera que le desgarró el corazón. Incluso llegó a dudar de haber percibido una expresión de tristeza en sus ojos.

–Muy bien. Al menos ambos somos sinceros. ¿Entramos? Es hora de que empieces a ganarte tus honorarios.

Ella se mordió el labio inferior, luchando contra las lágrimas. Esa noche sólo era el comienzo. Matt tenía razón. Había comprado su compañía y era hora de empezar a trabajar.

–Creo que la velada ha sido un éxito –comentó Kara con ligereza.

–Depende de lo que tú llames éxito –respondió Matt enfadado, pero no le importó. En ese momento el éxito estaba lejos de su mente ante la mirada inocente de ella. Deseaba concluir lo que habían empezado antes. Aquel beso había sido el preludio de una tentadora aventura y él deseaba alcanzar un final triunfal.

–Bueno, me pareció que tus colegas me aceptaban y además conseguiste la información que deseabas –dijo en un tono suave, indeciso.

Esa voz junto a sus ojos hechiceros le llegaron al corazón. No podía pensar con claridad. Todo lo que podía hacer era sentir, y eso era exactamente lo que no deseaba. Se trataba de una relación de negocios, pura y simplemente.

«Concéntrate. Manténte imperturbable».

–¿Te gustaría salir a navegar conmigo mañana?

A Matt le dio un vuelco el corazón al ver que el rostro de ella se iluminaba.

–Me encantaría. ¿Te acuerdas del verano que fuimos al lago y tu obra maestra hecha a mano me tiró al agua?

Él dejó escapar una risita.

–Sí, me acuerdo. Aquella canoa era un ejemplo de brillantez náutica.

–¡Casi llegué a creerlo! Mi camiseta blanca recién comprada tardó horas en secarse.

–Exactamente –afirmó. Matt notó que las pupilas se le dilataban y el rubor le teñía las mejillas. Dios, era increíble–. Salgamos de aquí –dijo al tiempo que la agarraba de la mano y luego se despedía de los colegas invitados, con una extraña sensación de orgullo.

Kara había estado extraordinaria esa noche. Casi lo había convencido de que era una mujer enamorada. Si hubiera accedido a ser su novia sin dinero de por medio... Pudo haber pedido otra cosa en lugar de los malditos dólares. No le pegaba ser una aventurera.

–¿Puedo preguntarte algo?

–Desde luego –contestó Matt mientras le abría la puerta del coche, evitando cuidadosamente mirarle las piernas. Ya había visto anteriormente que la falda se le subía hasta los muslos al acomodarse en el asiento del acompañante. Matt era consciente de sus emociones desbordadas y otra mirada a las piernas le llevaría a hacer una estupidez. Sólo quería un acuerdo de negocios. ¿De dónde había salido la invitación para ir a navegar?

–¿Por qué deseas con tanta urgencia formar parte de la sociedad?

Matt giró la llave de contacto y el motor empezó a ronronear.

–Necesito probar muchas cosas a muchas personas.

No deseaba tocar el tema, no en ese lugar ni en ese momento. Esperaba que su escueta respuesta impediría a Kara continuar con más preguntas.

–¿Incluso a tu padre?

–Sí.

Matt puso en marcha el reproductor de discos compactos y de inmediato la suave voz de Ella Fitzgerald inundó el coche, tranquilizándolo como siempre que la escuchaba.

–Me gusta tu padre. Siempre me ha parecido un hombre razonable.

–¿Razonable? Tienes que estar bromeando. Es exigente, duro y miope. Excepto cuando se trata de sus mujeres, desde luego. Para ellas es pan comido.

–¿Echas de menos a tu madre?

Matt se tragó la repentina amargura.

–Sí, se podría decir que sí.

–¿Culpas a tu padre por lo que sucedió?

–¿Tú que crees? –le espetó, al límite de su paciencia–. ¿A qué viene tanta pregunta?

Ella hizo una pausa y luego su voz apenas se elevó por encima de la música.

–Sólo deseaba ponerme al día sobre tu vida, conocerte mejor, saber lo que te motiva.

–No pierdas el tiempo. Recuerda que nuestra relación es puramente comercial.

Si lo repetía a menudo, alejaría su mente de las curvas tentadoras y del delicado perfume floral que había embriagado sus sentidos toda la velada.

–¿Cómo podría olvidarlo?

Matt captó una nota de tristeza en la voz de la joven.

–En cuanto a lo de mañana...

–Lo siento, Matt. Creo que no podré acompañarte. Olvidé que tenía que acabar unos presupuestos para los Normanby.

Él suspiró con alivio.

–¿Lo dejamos para otro día?

–Desde luego. ¿Por qué no me envías un fax con los compromisos a los que debo acompañarte en las próximas semanas para ponerlos en mi agenda?

–Muy bien. Me encantan las mujeres organizadas.

–A ti te gustan las mujeres, y punto.

Tras aparcar frente a la casa de Kara, se volvió a mirarla.

–¿De dónde has sacado eso?

Matt no pudo ver la expresión de su rostro debido a la escasa luz de la calle.

–Lo siento. Debo de estar cansada. Buenas noches. Hazme saber tus horarios.

Matt se inclinó, atraído hacia ella por una fuerza inexplicable.

–Buenas noches, Kara. Felices sueños –dijo rozándole la mejilla con los labios.

Hubiera preferido besarla en la boca, pero ella volvió la cara en el último segundo. Matt observó cómo se alejaba por el camino de entrada sin siquiera echar una mirada por encima del hombro. Como deseaba que lo hiciera, se sintió muy desilusionado. Luego alejó el vehículo del bordillo y enfiló calle abajo, preparado para otra noche de insomnio dedicada al recuerdo de Kara.

En torno a las seis de la mañana, Kara renunció a sus pretensiones de dormir. Se incorporó en la cama al tiempo que se frotaba los ojos resecos. La comedia con Matt iba a ser más dura de lo que pensaba. La noche pasada había sido extraordinaria. Matt no le había soltado la mano, le había dirigido sonrisas íntimas y había flirteado con ella durante toda la velada. Habían sido tres horas mágicas que le hicieron pensar en lo que sería convertirse en la novia real de Matt Byrne.

Se había sentido querida por un hombre todo calidez y suavidad. Incluso se había permitido olvidar quién era durante esas preciosas horas y había aceptado sus atenciones con entusiasmo.

Había reaccionado instintivamente a la invitación a navegar. Claro que le habría gustado pasar el día en un yate solitario con el hombre de sus sueños. Sin embargo, camino a casa, la realidad se había impuesto y había tenido que buscar una excusa poco convincente. Desgraciadamente, él se había mostrado tan ansioso como ella de librarse del compromiso. ¿Entonces, por qué la había invitado? La situación entre ambos se tornaba cada vez más compleja.

Tras una ducha refrescante y un rápido desayuno, se acomodó en el sofá para revisar los periódicos del fin de semana. Acababa de llegar a la página tres del primero cuando sonó el timbre de la puerta de la calle. Con el pulso acelerado, la abrió.

—¡Sorpresa, querida! ¿Hay tiempo para una taza de té? —saludó Sally entrando rápidamente.

Kara siempre se alegraba de ver a Sal. Sin embargo, no podía negar que habría preferido que el visitante hubiera sido un abogado alto, maravilloso y de brillantes ojos azules.

—Claro que sí, Sal. Además, ¿cuándo me he negado a tus visitas de fin de semana, especialmente si llegas con esos deliciosos croissants para el desayuno? Acomódate mientras voy a poner la tetera.

–¿Leyendo los periódicos? –preguntó Sal mientras se sentaba a la mesa.

–Acababa de empezar a leerlos. ¿Por qué?

–Por nada. ¿Hiciste algo anoche?

–Salí a cenar. Nada demasiado importante.

Kara habría jurado que Sal dejó escapar un bufido.

–Y pensar que casi me lo creí...

–¿Qué dices?

–Nada, querida. ¿Por qué no traes el té y los croissants a la mesa y leemos los periódicos juntas?

Sally se traía algo entre manos. Kara conocía bien ese brillo peculiar de sus ojos. Era la misma mirada de la otra noche, cuando Matt la había elegido como su pareja perfecta.

–Como quieras. Aquí está el té.

Al mirar la página del periódico por encima del hombro de Sally, Kara casi dejó caer la taza.

–¿Quieres ver esto? Creo que la pareja que aparece en la crónica de sociedad sois Matt y tú, ni más ni menos –comentó con una mirada de inocencia que no engañó a Kara ni por un segundo.

–¡Enséñame eso! –exclamó al tiempo que le arrebataba el periódico.

Cierto, en la página diez aparecían en una foto a todo color durante la cena de la pasada noche. Y como si eso no bastara, iba acompañada de un artículo con entusiastas comentarios sobre la impresionante acompañante de Matt y la felicidad que irradiaba la pareja.

–Estupendo –comentó al tiempo que tiraba el periódico sobre la mesa y se sentaba.

–¿Qué sucede, querida? Si un fotógrafo me sorprendiera con una mirada como ésa junto a un hombre con ese aspecto, quedaría extasiada.

Kara notó la confusión en los ojos de Sal. ¿Cómo podía explicar sus sentimientos sin desilusionar a la mujer que la había querido y apoyado durante todos esos años?

–Sencillamente no quiero publicidad, Sal. Además, ¿qué saben sobre mi amistad con Matt? No nos hicieron preguntas, se han limitado a inventar lo que les ha dado la gana.

Sal le dio unos golpecitos en la mano.

–Me alegra saber que volvéis a ser amigos. Pensé que la cita de la otra noche os acercaría más. Siempre creí que era una pena que os hubierais alejado, especialmente porque estabais muy unidos.

Kara nunca le había explicado la razón por la que se había enfriado su amistad con Matt. Sal tampoco había preguntado, aunque la miraba con extrañeza cada vez que Kara evitaba hablar de la familia Byrne.

–¿La elección de la pareja ideal fue hecha a propósito, Sal?

–Desde luego que no. Hubo una elección mutua entre vosotros. ¿Cómo podría haber alterado vuestros cuestionarios? A mí me parece que fue obra del destino.

Kara arrugó la nariz.

–Para mí el destino es sólo una palabra más. La odio. Ha trastocado mi vida.

Sally se levantó de la mesa y la abrazó.

–Has estado sola demasiado tiempo. Una joven atractiva como tú necesita a un joven agradable en su vida y creo que Matt Byrne es perfecto para ti. ¿Qué tiene de malo salir con él?

«Si supieras», pensó Kara.

–No albergues esperanzas. Vamos a salir por un tiempo, pero sólo como amigos, nada más. Tendrás que guardar tu sombrero de las bodas durante largo tiempo, ¿de acuerdo?

Sal le pellizcó la mejilla.

–Demasiado tarde, cariño. Ya lo he sacado de la caja con bolas de naftalina. No tardes mucho en fijar la fecha de la boda, ¿quieres?

Kara le golpeó el trasero con el periódico.

–¡Vete y déjame en paz, vieja incorregible!

–Yo también te quiero, encanto. Nos veremos pronto –dijo Sal mientras se dirigía a la puerta con el croissant en la mano.

Kara desenrolló el periódico y lo extendió sobre la mesa. Maldición, Matt era muy fotogénico. Su aspecto era maravilloso tanto en una fotografía impresa como en carne y hueso. ¿Cómo podía expulsarlo de sus pensamientos cuando aparecía dondequiera que mirase?

Gracias a Dios que ella tampoco estaba mal. Si toda la ciudad de Sidney tenía que verla, al menos su aspecto era presentable. Ambos parecían felices. Matt la miraba sonriente, con el brazo alrededor de su cintura y ella le devolvía la mirada con adoración. Si una imagen valía más que mil palabras, aquélla era un clásico.

¿Podría resurgir la amistad entre ellos? Posiblemente, pero, ¿estaría satisfecha sólo con su amistad? ¿No había sido ésa la razón por la que se había alejado de él deliberadamente, aparte de sentirse mortificada por su rechazo? Había deseado mucho más por parte del hombre del que se había enamorado. ¿De qué servía sacar a la luz viejos sentimientos que era mejor mantener en el olvido?

Mientras contemplaba la fotografía, Kara supo que se engañaba. Sus sentimientos hacia Matt no estaban olvidados, sólo enterrados. Desgraciadamente, temía que resurgieran al menor estímulo y pasar por su novia podría desencadenar una reacción desastrosa.

–No estoy enamorada de él. Nunca más –dijo entre dientes al tiempo que doblaba el periódico para ocultar la imagen sonriente de Matt.

Sin embargo, la sonrisa quedó impresa en su mente. De pronto deseó que sus sentimientos quedaran ocultos con la misma facilidad.

ERA UN perfecto día de verano y el pintoresco Teatro de la Ópera se alzaba contra un límpido cielo, sin nubes. Cientos de embarcaciones salpicaban las aguas del puerto de Sidney, dispuestas a sacarle partido a ese día ideal para los veleros. Kara se reclinó en su asiento al tiempo que alzaba la cara al sol.

–Espero que lleves crema protectora.

Ella echó un vistazo a Matt, situado tras el timón.

–Desde luego que sí. No soy tonta.

–Y pensar que casi lo creí –bromeó él.

Ella sonrió, sorprendida del avance de sus relaciones en tan corto tiempo. Dos meses antes, le habría echado un rapapolvo por esa observación. Entonces vivía a la defensiva. En la actualidad, tras muchas cenas de negocios y charlas tomando un café, había aprendido a bajar la guardia. Y disfrutaba.

–¿Dónde piensa llevarme, capitán?

Él se quitó la gorra a modo de saludo burlón.

–Al lugar que desee mi dama.

En ese momento el yate se deslizaba bajo el puente del puerto.

–¿Por qué no me sorprendes? –sugirió con un escalofrío de anticipación.

–Creo que puedo hacerlo.

Ella no habló. Se limitó a contemplarlo, contenta al ver que gobernaba la embarcación con la eficacia de un experto. Estaba muy apuesto con sus pantalones cortos blancos y un polo azul marino. Las largas piernas bronceadas sostenían el cuerpo en una posición estable mientras el yate avanzaba velozmente. Kara admiró los musculosos bíceps que controlaban el timón. Siempre estaba atractivo, ya fuera vestido informalmente o con traje de diseño.

Matt dirigió la embarcación hacia un canal cercano y apagó el motor. El silencio los envolvió mientras ella miraba a su alrededor. Majestuosos eucaliptus se alzaban en la orilla arenosa. El verde follaje contrastaba con las aguas azules. A ella le encantaba el paisaje de los canales, pacíficos refugios lejos de las aguas del puerto, atestadas de embarcaciones.

–¿En qué piensas? –preguntó Matt al tiempo que abría el frigorífico y sacaba dos copas frías y una botella de champán.

–Encantador –murmuró con los ojos puestos en él.

–Gracias.

Ella desvió la mirada rápidamente con la esperanza de que Matt no advirtiera su expresión anhelante. Sal siempre decía que era un libro abierto.

–Esto debería calmar los ánimos. A la salud de mi maravillosa novia –brindó él mientras le tendía una copa alargada.

Su sonrisa era íntima y cálida, como una caricia.

El calor se apoderó de las mejillas de Kara cuando bebió el primer sorbo de champán y las burbujas se deslizaron por su garganta reseca. Ojalá fuera su novia real y ese día no formara parte de una comedia.

–¿Por qué me has invitado a navegar? –dijo finalmente.

Por fin se atrevía a hacer la pregunta que había rondado por su mente toda la semana.

Él guardó silencio un instante.

–Porque me gusta tu compañía y porque pensé que te agradaría pasar un día en el mar –contestó finalmente.

–No hay nadie a nuestro alrededor, así que esto no puede ser parte del trato.

Demasiado tarde se dio cuenta de que había hablado en voz alta.

Matt murmuró un juramento.

–Olvidemos el maldito trato al menos por hoy, ¿de acuerdo? Es un hermoso día y somos viejos amigos que disfrutan de la mutua compañía. ¿Por qué no dejarlo así como está?

Ella se encogió de hombros. Demasiados paseos juntos sin la red de seguridad que le proporcionaba el trato podría ir en contra de su bienestar.

–Si tú lo dices...

–Bien, ahora que hemos llegado a un acuerdo, vamos a comer.

–Bueno.

Bajo la mirada de Kara, Matt desempaquetó una selección de manjares y los dispuso sobre la cubierta. Mientras él se inclinaba sobre la cesta de la merienda, ella notó que estaba hambrienta. Pero no de comida, precisamente.

–Espero que tengas hambre.

Matt alzó la vista antes de tiempo. Kara bajó los ojos velozmente, pero no con la rapidez suficiente. Una sonrisa diabólica apareció en el rostro masculino.

–Basta ya. Hora de comer, payaso –dijo ella, todavía ruborizada.

Luego llenó su plato con trozos de pollo asado, salmón ahumado, tomate y queso mientras intentaba ignorar la sonrisa satisfecha de Matt. ¿Se habría acordado de que el merengue de limón era su postre favorito?

Comieron en amigable silencio, aunque ella estuvo pendiente de cada gesto, de cada bocado que él se llevaba a la boca.

–¿Te has quedado con hambre? –preguntó Matt más tarde, mientras retiraba los platos vacíos.

Ella se dio unos golpecitos en el estómago.

–No. Una comida deliciosa.

–¿Te apetece tomar el postre? Es tu favorito.

¡Se había acordado después de tantos años!

–Gracias por todo esto. El almuerzo ha estado fabuloso –dijo ella al cabo de un rato.

Matt se sentó a su lado y Kara sintió que sus sentidos se revolucionaban. Olía deliciosamente. Una tentadora mezcla de sol, aire marino y la fresca fragancia a limón de la loción del afeitado. En el futuro, cada vez que pasara en su coche por el puerto, recordaría ese día y a ese hombre.

–Tienes una miga aquí –dijo Matt al tiempo que le alzaba la barbilla y le limpiaba la comisura de la boca con el pulgar. Un suave gemido involuntario escapó de los labios de Kara. Los ojos de Matt se oscurecieron–. Oye, no soy un santo. Voy a hacer algo que puedes lamentar si no dejas de gemir.

A modo de respuesta, ella se inclinó hacia él. «¿No estará un poco achispada?», pensó Matt al tiempo que unía sus labios a los de ella.

El beso de Matt sabía a champán, a limón y era dulce. Sus labios se acoplaron mientras sus lenguas se buscaban con ansia y luego se entregaban a una danza sensual.

–Es tan bueno... –murmuró ella al tiempo que se arqueaba hacia él.

–Es tan bueno sentirte a ti... –susurró Matt recorriéndole el mentón con los labios, hasta posarse en el lóbulo de la oreja.

Kara se retorció contra su cuerpo mientras sus manos le acariciaban la espalda y se deslizaban hasta las nalgas.

–Esto era lo que te apetecía almorzar, ¿verdad? –murmuró él sin dejar de juguetear la oreja de Kara.

–No estoy segura –susurró ella con una sonrisa mientras continuaba acariciándole la espalda.

Matt la tendió en la cubierta.

–Eres hermosa –declaró sobre el cuerpo femenino, observando el rubor de sus mejillas, los labios ligeramente hinchados y los luminosos ojos verdes.

La había deseado tan intensamente y durante tanto tiempo que le costaba creer que todo eso estuviera sucediendo.

–¿Qué estamos haciendo, Matt? –preguntó ella, con incertidumbre.

Matt no podía pensar con claridad. Si seguía acariciándolo de esa forma, todo acabaría antes de empezar. Entonces se apartó un poco sin dejar de rodearle la cintura con el brazo.

–Me parece obvio, cariño.

Las manos de Kara se detuvieron al instante.

–No quiero que esto sea sólo sexo.

–¿Qué quieres que sea? –preguntó al tiempo que deslizaba un dedo por la mejilla, maravillado de su suavidad.

La sensación era asombrosa: suave piel, curvas sensuales, pechos generosos. Todavía recordaba una antigua imagen: los pezones oscurecidos bajo la empapada camiseta blanca. Desde entonces se sentía hechizado.

Kara lo miró directamente a los ojos.

–No lo sé bien –dijo mientras se pasaba la mano por los cabellos rubios, que brillaban al sol como doradas hebras de seda–. Sólo sé que no quiero ser otra de tus conquistas. Las cosas serían muy difíciles cuando tuviera que marcharme.

La amargura se apoderó de Matt, como si le hubieran derramado un cubo de agua fría en la cabeza.

–¿Quién dijo que tendrías que marcharte cuando finalizara el trato? –preguntó al tiempo que dejaba caer la mano.

Kara se sentó.

–Ambos sabemos que esto no conduce a ninguna parte. El trato finaliza en menos de cuatro meses y tú reanudarás alegremente tu antiguo estilo de vida. No estoy a favor del sexo casual, así que es mejor continuar con la comedia y dejar las cosas como están.

Había alzado la voz y sus palabras destrozaron el corazón de Matt.

–Siempre volvemos al maldito contrato, ¿no es cierto? ¿El dinero es tan importante para ti? –preguntó en un tono deliberadamente bajo.

Matt podría haber jurado que los ojos de Kara se habían empañado antes de volver la cabeza.

–Sí, lo es.

Esas tres pequeñas palabras le hicieron daño. Unas breves palabras, afiladas e hirientes.

Matt movió la cabeza de un lado a otro intentando aclarar sus pensamientos.

–Necesito refrescarme –anunció. Se quitó la ropa y se lanzó al agua.

Kara contempló la figura que se alejaba de la embarcación nadando con largas brazadas. Dejó que las lágrimas corrieran libremente por sus mejillas, arrepentida de su interrogatorio. ¡Dios, qué lío! Fue una revelación descubrir que Matt la deseaba con igual pasión. Tras el beso de la primera «cita» ante Steve, no se había acercado a ella. Era cierto que le daba un beso rápido delante de los colegas y al final de las citas, pero eso era todo.

Hacía unos minutos ella prácticamente había implorado ese beso. Debió de ser a causa del sol. Sí, eso era. Un golpe de calor.

Apoyada en la barandilla mientras lo veía nadar cada vez más lejos, supo que el único golpe de calor que la afectaba era a causa de Matt. Incluso en ese momento una onda cálida recorría su cuerpo al recordar sus labios y sus manos. Había ardido con tal deseo que su intensidad llegó a asustarla.

Entonces, ¿por qué resistirse?

Por miedo, pura y simplemente. Había sido sincera con él, al menos en parte. No quería convertirse en otra compañera casual. Quería más. Diablos, lo quería todo. Quería oírle decir que el trato se había acabado, que la amaba tanto que quería que fuese su novia de verdad, que no era una mera adquisición para él.

Sin embargo, él no había dicho nada de eso. Kara sabía que le encantaban las mujeres y ella era eso para él, una mujer que había dejado muy claro que le gustaba. ¿Por qué Matt no iba a sacar ventaja de una oportunidad como ésa? Gracias a Dios que había recobrado el sentido común sacando a colación el trato que existía entre ellos.

Otra vez había utilizado el dinero como una barrera contra el dolor. Mientras él creyera que actuaba por dinero estaría a salvo. Podía manejar a Matt como amigo. Pero Matt como amante, como el hombre que ella amaba, era demasiado. Dios, iban a ser cuatro meses muy largos hasta que concluyera el trato que había entre ellos.

De acuerdo, el paseo no había sido una de sus mejores ideas, pensó Matt. No sabía qué demonios se había apoderado de él para invitar a la mujer más sexy del mundo a pasar el día en su yate. Desde la primera cena había deseado estar a solas con ella en la embarcación. Incluso se lo había pedido la primera noche, aunque afortunadamente ella había rehusado.

Pero dos meses más tarde la había vuelto a invitar. Y se lo había pedido a sabiendas de que no iba a ser capaz de mantener las manos lejos de ella. Había sido muy duro actuar como un caballero en las últimas cenas.

Matt había vuelto a repasar la escena en el yate. Ella prácticamente le había implorado que la besara. Sentirla suave y entregada bajo su cuerpo, devolviendo las caricias apasionadamente, había sido como estar en el cielo. Había imaginado esa escena tantas veces... Con frecuencia había fantaseado con la idea de verla entregada a él, gimiendo su nombre.

Lleno de frustración, Matt golpeó el escritorio con el puño. Maldito trato. Si no fuera por el dinero no habría puesto barreras a sus sentimientos por Kara. Sin embargo, bastaba con una aventurera en la familia. Lorna, su última madrastra, era una maestra en el oficio de sacar dinero a su padre, y que Dios lo ayudara si Kara se le parecía.

En ese momento deseaba agarrar a su padre por el cuello. Si no hubiera sido por sus ridículas condiciones para asociarlo a la firma, nunca habría tramado ese estúpido pacto.

«Y no hubieras vuelto a tropezar con Kara». Siempre había una espada de doble filo. Matt suspiró mientras revolvía los contratos que tenía sobre el escritorio.

Unos golpecitos en la puerta interrumpieron sus reflexiones.

–Pase.

–Me pregunto si dispones de un minuto, Matt –dijo su padre al tiempo que entraba en el despacho. Matt esperaba tener tan buen aspecto como él a los cincuenta y ocho años: fornido, con la piel tersa y una vitalidad que resplandecía en sus ojos azules. No le extrañaba que las mujeres lo encontraran atractivo. Se preguntaba si su madre habría advertido las miradas codiciosas que dirigían a su marido. ¿Sería ésa una de las razones que la hicieron alejarse del hogar?

–Por supuesto. ¿En qué puedo ayudarte?

Odiaba el hecho de no poder llamarlo «papá» en la oficina. También deseaba que alguna vez Jeff lo llamara «hijo» en lugar de Matt.

—Los miembros de la firma hemos decidido hacer una excursión de dos días. Será dentro de un par de semanas, así que tienes tiempo de avisar a Kara.

Matt se aclaró la garganta.

—Veré qué puedo hacer, aunque es una mujer muy ocupada. Sabes que tiene su propio negocio. Puede que no disponga de tiempo libre.

El padre hizo un movimiento con la mano, como un mago.

—Tonterías. Kara es una mujer adorable. Ahí has acertado, hijo. Estoy seguro de que le encantará ir con nosotros. He oído que sus negocios no marchan bien, así que es posible que disponga de tiempo ese fin de semana. Tal vez podrías darle algún consejo profesional, ¿no te parece?

Matt se quedó sin habla. Su padre lo había llamado «hijo». ¿Y qué había dicho sobre los negocios de Kara? ¿Por eso necesitaba el dinero?

—De todos modos te enviaré un correo electrónico con los detalles. Y no olvides saludar a Kara de mi parte —dijo antes de hacer una pausa, ya en la puerta—. Estoy orgulloso de ti, hijo.

No podía creerlo. Había vuelto a llamarlo «hijo». Matt se reclinó en su sillón de piel y suspiró, aliviado. Había esperado mucho tiempo para oír esa palabra de labios de su padre. Entonces, ¿ por qué sentía que su victoria era más aparente que real? Odiaba engañar a su padre, pero el trato era la única manera de que lo tomara en serio. Y si la visita que acababa de hacerle era un indicio, al parecer empezaba a tener éxito. ¿Pero a qué precio? Cuanto antes resolviera el lío en el que se hallaba, mejor. Tanto su padre como Kara se merecían algo mejor.

¿Pero qué pasaba con el dinero? ¿Por qué no marchaba bien el negocio de Kara? ¿Lo estaría utilizando como las otras mujeres?

Mientras hacía girar la estilográfica distraídamente, se fijó en el calendario. ¿Un par de semanas, eh? Resolvió hablar con ella sobre el trato durante la excursión. Si el dinero era tan importante, él se lo daría. Quería que la relación que había entre ellos estuviera libre de obligaciones. No más tratos.

¿Y si no lo quería sin el dinero?

Se le encogió el corazón al pensarlo. Después de todo, ella había dejado claro que no quería nada con él. ¿Tal vez lo hacía únicamente por dinero? Sólo había un modo de saberlo. Mientras alargaba la mano hacia el teléfono, el aparato empezó a sonar.

–¿Diga?

–Byrne, viejo amigo. ¿Me ocultas algo? ¿Qué es eso de que vas a llevar a la bella Kara a nuestra excursión?

–¿Qué quieres, Saunders? Estoy ocupado.

Aunque trabajaban en la misma empresa, hacía semanas que no hablaba con Luke Saunders, su mejor amigo. Luke se dedicaba al derecho penal, así que raramente se encontraban esos días.

–Apuesto a que estás demasiado ocupado... –la voz de su amigo se convirtió en una risa disimulada.

–No digas tonterías. He estado trabajando muchas horas en un caso de propiedad intelectual. Sí, he visto a Kara, aunque eso a ti no te importa.

Luke se rió a carcajadas.

–¿He tocado un punto sensible? No es propio de ti ponerte serio respecto a una mujer. ¿Qué se cuece por ahí?

Ojalá pudiera contarle el secreto a su amigo. Desgraciadamente, Luke no se caracterizaba por su discreción.

–¿Es que uno no puede cambiar? Resulta que Kara me gusta. Y mucho.

Al otro lado de la línea se oyó un claro bufido.

–¿Cambiar? ¿Tú? ¿Intentas decir que nuestros días de juerga han terminado?

–Has dado en el clavo, viejo amigo. Te has quedado solo.

–Pero mi agenda está desbordada. ¿No te tienta ir a alguno de nuestros lugares favoritos para recordar los viejos tiempos?

–Debo volver al trabajo. ¿Qué te parece si nos tomamos una copa más tarde?

–Supongo que sí.

–Nos vemos en el pub sobre las siete. Adiós.

Matt miró el teléfono mientras se preguntaba si debía ponerse en contacto inmediatamente con Kara. La llamada de Luke lo había distraído y quería estar concentrado cuando la invitara a la excursión. No habían hablado mucho desde el fracasado paseo en el yate y sospechaba que no la atraería en absoluto pasar un fin de semana haciendo el papel de su novia.

Se lo diría con gentileza. ¿Tal vez con flores, vino o bombones? Sí, una sutileza como un mazo de hierro. ¿Y una tarjeta de invitación formal? No, eso podría amedrentarla. De pronto decidió que lo mejor sería hablar con ella personalmente. El teléfono no bastaba para algo tan importante. No era propio de él perder la confianza en sí mismo. Ese estúpido trato le ponía los nervios de punta. Le gustaría ser él mismo con Kara y cortejarla debidamente, sin tener que actuar.

De pronto se le iluminó la mente. ¡Eso era! Había estado actuando, no sólo en beneficio de su padre sino en el de Kara también. ¿Por qué no intentar ser él mismo? Ella lo había querido en el pasado. Entonces, ¿por qué no recobrar la antigua magia que había habido entre ellos y ver qué sucedía? ¿Qué tenía que perder?

«Byrne, eres un genio».

CAPÍTULO 8

KARA se hundió en el agua caliente de la bañera con un suspiro de alivio. La fragancia a lavanda de la espuma la envolvía ayudándola a relajar la mente. Cerró los ojos y la imagen de las pequeñas llamas de las velas alrededor desaparecieron de su vista. ¡Qué semana! Gracias a Dios que había hecho caso a su instinto ignorando la insistente invitación de Olivia para ir a bailar esa noche. Un baño caliente, una película romántica y un helado de fresa era todo lo que anhelaba.

Pensando en anhelos... una vívida imagen de Matt cruzó por su mente y puso fin a su tranquilidad. Durante toda la semana se las había arreglado para encerrarlo en el rincón más remoto de su mente mientras se concentraba en su trabajo. Los Normanby, incluso la vieja quisquillosa, habían quedado convenientemente impresionados.

Sin embargo, desde el tórrido encuentro en el yate, la imaginación le jugaba malas pasadas. Varias noches se había despertado cubierta de sudor a causa de sus sueños eróticos con Matt. Afortunadamente, hacía más de una semana que no la llamaba. Las pocas veces que habían hablado por teléfono, se había mostrado amable pero reservado. Kara llegó a pensar que lo hacía más por obligación que por interés en saber cómo se encontraba. Incluso había pensado en la posibilidad de que estuviera con otra mujer, pero de inmediato había desechado la idea. Matt necesitaba con urgencia asociarse a la empresa de su padre. Después de todo, no habría hecho ese ridículo pacto si no estuviera tan interesado. Sólo tres meses más y quedaría libre...

¿Libre para hacer qué? ¿Para volver a enterarse de su emocionante vida a través de las páginas de sociedad de la prensa?

Ella necesitaba una vida propia. Tal vez se decidiría a pedir la ayuda profesional de Sally, después de todo.

—Debo de estar muy necesitada —murmuró mientras se hundía en el agua.

En esos momentos sólo una cosa podría aligerarle el espíritu, pero tendría que secarse, buscar una cuchara y abrir el frigorífico. Gracias a Dios que tenía helado, el mejor amigo de una chica deprimida.

Tras secarse el pelo y ponerse su pijama de algodón con un estampado de cerditos, sacó un bote de helado del frigorífico. Luego eligió uno de sus vídeos favoritos y se hundió entre los cojines de piel del sofá.

Cuando empezaba la película, oyó el timbre de la puerta.

—¡Maldición! —murmuró pensando si no sería demasiado tarde para apagar las luces y fingir que no estaba en casa.

No tuvo suerte. El timbre volvió a sonar insistentemente.

—Ya voy. Ya voy.

Kara abrió la puerta unos centímetros con la cadena de seguridad puesta.

–Hola. ¿Puedo entrar?

Era como una pesadilla recurrente. Cada vez que pensaba en Matt, él se materializaba. ¡Y ella con su pijama de cerditos, por amor de Dios!

–Estoy ocupada en este momento –dijo a sabiendas de que era una disculpa poco convincente.

–Prometo que no me quedaré mucho tiempo. Sólo quiero pedirte algo.

La expresión de Matt le derritió el corazón: suave como la de un niño perdido.

Kara se sintió picada por la curiosidad.

–Sólo un momento, ¿de acuerdo?

Una cálida sonrisa iluminó el rostro de Matt.

–Gracias.

Kara abrió la puerta deseando haberse puesto esa noche un camisón de satén.

–Si te permites bromear acerca de mis cerditos, te marchas inmediatamente –amenazó intentando contener la risa. Matt la miró de arriba abajo con una sonrisa afectada–. Lo digo en serio –exclamó mientras blandía la cuchara como una espada.

Él alzó las manos.

–No te preocupes. De mi boca no saldrá un chillido, ni siquiera una mirada furtiva.

Ambos rompieron a reír mientras entraban en la sala de estar.

–Me alegro de que estés en casa. Necesito hablar contigo.

–De acuerdo. Siéntate. ¿Quieres tomar algo?

–Me apetece un café.

Kara retiró el bote de helado y se marchó a la cocina. Cuando volvió a la sala, lo encontró mirando las fotografías que tenía colocadas en la repisa de mármol de la chimenea.

—Debes de echarlos mucho de menos —murmuró señalando las fotografías de sus padres.

—No puedo creer que haya pasado tanto tiempo desde el accidente.

Matt se sentó junto a ella en el sofá.

—Seguro que el responsable anda suelto por las calles —murmuró antes de beber un sorbo de café—. La ley apesta cuando se aplica a conductores borrachos. Me alegra no tener que defenderlos. Simplemente no podría, aunque formara parte de mi trabajo.

Kara no quería explayarse sobre la muerte de sus padres ni sobre el conductor ebrio cuyo vehículo había sido el arma mortal. Había tenido que enfrentarse a su propia rabia y superarla, aunque el dolor nunca había desaparecido del todo.

Miró a Matt por encima del borde de la taza. Parecía cansado, con líneas pronunciadas junto a la boca y sombras bajo los ojos. A pesar de los claros signos de fatiga, su aspecto era increíblemente sensual.

—¿De qué querías hablarme?

La curiosidad de Kara aumentó al verlo sacar del bolsillo un sobre con cantos dorados.

—Pensé que esto podría gustarte.

Ella abrió el sobre y una pequeña llave barroca se deslizó en su mano. Kara alzó la vista pero no pudo descifrar la misteriosa intensidad de la mirada de Matt.

—De acuerdo. Me rindo. ¿De qué se trata?

—¿Recuerdas aquel verano cuando solíamos ir al cobertizo de la barca y encontré la llave de tu diario?

¿Cómo podría olvidarlo? Fue el verano en que se enamoró de él. Su diario guardaba todos sus anhelos secretos.

—Sí, lo recuerdo —respondió con cautela.

—Bueno, te afectó mucho y me exigiste que te devolviera la llave. Y lo hice.

Ella alzó una ceja.

—¿Y?

—Cuando nos encontramos en el Blue Lounge, quisiste saber cuáles eran mis motivaciones. Esta llave te ayudará a averiguarlo.

Ella notó la mirada expectante y el brillo travieso de sus ojos. Seguro que tramaba algo, pensó al tiempo que dejaba la llave sobre la mesita.

—Eres demasiado complejo para mí, Matt Byrne. He renunciado a intentar comprenderte.

Matt se inclinó hacia ella.

—¿No quieres afrontar el desafío?

Otra vez volvía a hacerlo. Había utilizado los recuerdos comunes como una herramienta persuasiva. Sabía que ella nunca dejaba de aceptar un desafío.

—De acuerdo. Dime qué puedo abrir con esta llave.

Matt la retiró de la mesa y luego la balanceó ante los ojos de Kara.

—No tan rápido. ¿Estás libre el próximo fin de semana?

—Puede ser. Depende de quién me lo pida —contestó ella al tiempo que le quitaba la llave.

Matt dejó escapar una risita, un sonido que a Kara siempre le hacía sentirse segura y protegida.

—Bueno, los miembros de la empresa han organizado una excursión para el fin de semana, una especie de retiro anual. Las esposas están invitadas, así que me preguntaba si te gustaría ir conmigo.

Matt le tomó la mano y Kara sintió que se le aceleraba el pulso. Intentó retirarla, pero él enlazó sus dedos con los suyos.

–¿Y qué hay de la llave? –preguntó al tiempo que echaba una mirada al objeto que había caído de la mano de Matt y brillaba entre ellos sobre los cojines.

–Forma parte del trato. Si vienes conmigo, utilizarás la llave para saber todo lo que quieras sobre mí.

–No quiero otro maldito pacto –murmuró, incapaz de apartar la vista de la mirada desafiante de Matt.

Él maldijo en voz baja.

–He escogido mal la palabra, cariño. Este fin de semana significa mucho para mí. Albergo la esperanza de que podamos aclarar algunas cosas y llegar a algún acuerdo –dijo mientras le acariciaba la mejilla.

Kara apenas podía respirar, no sólo por la caricia sino también por la expresión vulnerable mezclada con un encanto infantil que anulaba completamente su propia voluntad.

–Iré contigo –dijo en un murmullo, con el deseo de que la besara.

–Estupendo. Espero con ansiedad que llegue ese día –declaró Matt con una sonrisa radiante.

Ella se inclinó hacia él, con los labios entreabiertos.

–Yo también.

Matt la miró fijamente durante un interminable segundo antes de levantarse bruscamente del sofá.

–Gracias por el café. Te daré todos los detalles cuando estén en mi poder.

Kara respiró a fondo y luego exhaló intentando recuperarse. Otra vez casi se había lanzado sobre él. Un gesto que se estaba convirtiendo en una costumbre que tendría que modificar si quería mantener intacta su salud mental.

–Gracias por la invitación –dijo mientras recogía la llave–. Espero con ansia poder utilizarla. Va a ser divertido descubrir tus secretos.

–Me atendré a ello.

Luego le dio un casto beso en la mejilla, le guiñó un ojo y se alejó.

–Buenas noches, Matt.

Ya en la puerta, él se volvió.

–Personalmente, creo que los cerditos son graciosos... ¿o tal vez la mujer que los lleva? –dijo antes de lanzarle un beso con la mano y cerrar la puerta tras de sí.

La sonrisa de Kara se desvaneció en sus labios. En menos de media hora, Matt nuevamente había derribado las barreras que ella había interpuesto cuidadosamente.

Sin embargo, el encuentro de esa noche había sido diferente. Lo percibió apenas él entró en la sala. Se había mostrado más abierto, menos seguro de sí mismo. De hecho, había sido el Matt que conocía, el de los viejos tiempos. El hombre que amaba. Kara intentó borrar ese pensamiento, pero fue imposible.

Con un nudo en el estómago, abrió la mano y contempló la pequeña llave. ¿Estaba jugando con fuego? ¿Qué abría esa llave? Si abría alguna cosa, esperaba que no fuese la caja de Pandora.

Matt aceleró bajo una gran tensión. Había tenido que recurrir a toda su fuerza de voluntad para alejarse de Kara. Estaba seguro de que ella había deseado su beso. Y había resistido, a pesar del deseo que se apoderó de él desde que le abrió la puerta con ese pijama tan gracioso. A pesar de que le encantaba la lencería de satén, al verla casi se había derretido. ¿Cómo unos cerditos podían ser tan sensuales? ¡Seguramente se estaba volviendo loco!

Se había tenido que contentar con la imagen de ese cuerpo inclinado hacia él y la fugaz visión de los senos bajo la tela.

El fin de semana sería diferente. Tal vez tendrían la oportunidad de terminar lo que habían comenzado en el yate. Sin ataduras, desde luego. Las cosas se harían a su manera.

No tenía intención de enamorarse de una mujer que consideraba el dinero como un requisito para estar junto a él. Aunque no había pensado en ello las últimas veladas que habían pasado juntos. Había estado demasiado absorto en ella como para pensar en el tema y para ponderar las razones que la habían llevado a pedirle tamaña cantidad de dinero.

Gracias a Dios que él no se parecía a su padre. Aunque Jeff Byrne dijera que admirar a las mujeres era como apreciar una obra de arte, Matt sabía que ésa había sido la causa de la aflicción de su madre.

¿Por qué otro motivo tuvo que abandonarlo cuando sólo tenía seis años, dejándolo con un padre adicto al trabajo que se había casado con su secretaria al año siguiente?

Matt no era estúpido. A muy temprana edad se había dado cuenta de las cosas y había sufrido fuertes rabietas cuando su padre empezó a llevar a casa a «tía Denise», sólo dos meses después de la partida de su madre. Cuando Denise fue a vivir con ellos, sintió tanta amargura que se negó a aceptarla como su madrastra. Sorprendentemente, el matrimonio duró veinte años y con el tiempo él empezó a quererla. Para Matt fue una verdadera conmoción cuando Denise abandonó a su padre. Sin embargo, Jeff Byrne volvió a casarse tras haber obtenido el divorcio.

Y llegó Lorna, la esposa número tres, más ávida de dinero que las otras. ¿Cómo podía su padre ser tan crédulo?

Tras ese pensamiento, Matt asestó un puñetazo al volante.

¿Cómo podía acusar a su padre de ser estúpido con Lorna cuando él se comportaba de la misma forma con Kara?

Era cierto que ella lo encontraba atractivo, aunque el dinero era parte importante de esa atracción. Incluso ella misma lo había dado a entender. Sin dinero no habría pacto.

Matt movió la cabeza de un lado a otro mientras aparcaba el coche. Luego entró en su apartamento. De ninguna manera permitiría que una mujer le clavara sus ávidas garras. Incluso aunque fuera la mujer que se adueñaba de todas sus fantasías y que le hacía anhelar mucho más.

Mientras cerraba la cremallera del bolso de viaje, Kara deseó que con la misma facilidad desaparecieran las miles de mariposas que revoloteaban en su estómago. Luego examinó el dormitorio por si dejaba algo que pudiera necesitar. Había revisado el armario cientos de veces eligiendo y descartando ropa al azar.

Ese fin de semana era importante y debía estar presentable. La invitación de Matt la había intrigado y la misteriosa llave era como un ascua ardiente guardada en el bolso durante las dos últimas semanas. Matt sabía qué botones apretar con ella. Con él la vida no era nada aburrida. Era vibrante, amigo de pasarlo bien, adictivo.

Unos golpecitos en la puerta interrumpieron sus pensamientos.

—Hola, preciosa. ¿Preparada para partir? —preguntó Matt sonriente cuando ella salió con el bolso en la mano.

—Preparada como siempre.

Su aspecto era estupendo. Llevaba tejanos, una camiseta blanca que realzaba los músculos del torso y una chaqueta negra de piel.

—En marcha, entonces. Tenemos dos horas de viaje hasta King River y no quiero que nos perdamos la cena. Dicen que la comida es excelente —comentó colgándose del hombro el bolso de Kara y ofreciéndole la mano.

Ella ignoró el gesto, cerró la puerta y luego fue hacia el coche.

Charlaron amigablemente durante todo el trayecto. Sin embargo, Kara ansiaba hacerle una pregunta vital que le rondaba por la cabeza desde que había aceptado la invitación. Esperó hasta que la casa de campo apareció ante su vista.

–Qué hermoso lugar. ¿Cómo lo descubriste?

Matt se encogió de hombros.

–Mi padre estuvo aquí hace tiempo. Es un lugar muy bien equipado. Tiene salas de conferencias y todo tipo de instalaciones deportivas. Aunque creo que lo que más le gustó fue la calidad de la comida.

–Parece fabuloso –comentó Kara al tiempo que contemplaba los altos eucaliptus, las colinas onduladas y los extensos prados–. ¿Cuántas personas pueden alojarse aquí?

Al fin había hecho la pregunta de un millón de dólares.

–Diez parejas. Al menos mi padre reservó diez habitaciones.

Ella jugueteó con la manga de la blusa.

–En cuanto a la distribución de...

–No te preocupes por eso –la interrumpió–. Tendremos que compartir una habitación y una cama sólo por las apariencias, pero creo que puedo controlarme. ¿Y tú?

Kara parpadeó intentando contener su imaginación.

–Ningún problema por mi parte. Sólo quería aclararlo desde el principio. Para evitar situaciones incómodas.

Matt dejó escapar una risita.

–Bueno, uno puede dormir a la cabecera y el otro a los pies de la cama.

Ella le dio una fuerte palmada en el brazo justo cuando Matt aparcaba el coche en el camino de entrada.

Él se frotó el brazo mientras se volvía hacia ella.

—Pegas con fuerza.

—Eso no es nada. Espera a ver lo que te va a ocurrir si te pasas de la raya.

Los ojos de Matt brillaron a la suave luz del atardecer.

—Promesas, promesas... —murmuró al tiempo que le alzaba la barbilla.

Ella lo miró paralizada. No había manera de volver la cara, incluso aunque lo quisiera.

—¿No deberíamos entrar?

—Ya lo haremos.

Cuando él se inclinaba sobre sus labios, se oyó el sonido estridente de un claxon y se separaron como dos colegiales sorprendidos en una falta. Entonces vieron que se les acercaba un descapotable rojo. La ventanilla del conductor bajó lentamente.

—Vosotros dos, ¿qué hacéis todavía en el coche? Pensé que estabais deshaciendo las maletas.

Luke Saunders guiñó un ojo a Kara. Ella lo había visto algunas veces y le encantaba su humor descarado.

—Buena idea —dijo Matt entre dientes, sin mucho entusiasmo.

Luke aparcó cerca de ellos.

—Es un tipo agradable —comentó Kara, confundida ante el prolongado silencio de Matt.

—¿Tú crees?

Ella no podía comprender su repentina reticencia a entrar.

—¿Qué sucede?

Para su sorpresa, Matt le tomó la mano con fuerza.

—Aprecio verdaderamente lo que haces por mí, Kara. Sé que fingir que eres mi novia durante una cena profesional es muy diferente a tener que hacerlo todo un fin de semana. Sólo espero que todavía me hables cuando esto acabe.

La conducta de Matt la ponía cada vez más nerviosa.

—¿Y por qué no te voy a hablar? ¿Hay algo que no me hayas dicho?

—No, aunque muchas personas van a pensar que nuestra relación es mucho más íntima tras este fin de semana, incluyendo a mi padre. Sólo quería advertirte, eso es todo.

Ella le apretó la mano.

—No te preocupes. Seré una novia modélica, ya lo verás. No olvides que un trato es un trato.

Matt le soltó la mano con una mirada triste.

—Sí, así es. Supongo que ya es hora de empezar la comedia.

Kara no pudo replicar, porque en ese momento Luke le abría la puerta.

—¿Necesitas ayuda?

Ella sonrió vacilante. ¿Qué demonios hacía allí, interpretando un papel que había codiciado toda su vida? Seguro que durante el fin de semana el padre y los amigos de Matt llegarían a la conclusión de que era una farsante. Y si era así, ¿qué posibilidad tendría Matt de convertirse en socio de la firma? ¿Y qué pasaría con el negocio de Sally?

Kara apenas escuchaba la conversación de los hombres cuando subían la escalinata del porche. De pronto oyó un chirrido de frenos. Todos se volvieron a tiempo de ver que un descapotable amarillo aparcaba bruscamente, haciendo volar las piedrecillas del camino de grava. En cuanto el coche se hubo detenido, una escultural morena desplegó sus largas piernas y salió del vehículo.

–Fantástico. Ha llegado mi acompañante –dijo Luke.

Matt la miró con fijeza y su tez bronceada palideció repentinamente.

–¿Has invitado a Miranda? ¿Qué estás tramando?

Luke parpadeó.

–Es el amor de mi vida. Al menos por esta semana.

–Estás loco, ¿lo sabías?

Kara observó que Matt apretaba y aflojaba los puños varias veces, con una tensión evidente en los hombros.

–¿La conoces? –se aventuró a preguntar, disgustada por las malas vibraciones que sentía.

Matt se volvió a ella, como si de repente notara su presencia.

–Podría decirse que sí –contestó mientras se pasaba una mano por el pelo–. Nos veremos dentro –gritó a Luke, que abrazaba estrechamente a la voluptuosa Miranda.

Matt, con una expresión de fastidio, la agarró por el codo y subieron los restantes escalones.

–¿Una ex novia?

Él asintió.

–Sí, una ex, pero no una amiga. No puedo creer que Luke esté liado con ella. ¿Podemos cambiar de tema?

Kara sintió una puñalada de celos.

–Aunque no sea una amiga parece que algo te ha enfadado.

–Déjalo –murmuró empujando la pesada puerta de roble–. Lo pasado, pasado está. Espero que Mandy también lo recuerde.

Mandy. El diminutivo no contribuyó a calmar sus celos. Kara intentó borrar la amargura de su voz.

–¿Qué pasa? Creí que te encantaba sentirte adulado por más de una mujer.

–Ese comentario malintencionado no te favorece en nada.

–Como tampoco te favorece a ti exhibir una novia de conveniencia que has comprado para abrirte paso en tu carrera.

Por segunda vez en menos de cinco minutos, el color desapareció de la cara de Matt. Kara se dio cuenta de que había ido demasiado lejos y dio un paso atrás involuntariamente.

–Voy a deshacer mi maleta –dijo Matt–. Nuestra habitación es la número ocho. Si quieres venir conmigo, me parece muy bien. Si no, me importa un bledo –afirmó mientras le lanzaba las llaves del coche, que ella atrapó al vuelo por puros reflejos–. Tú decides, de todas maneras a mí no me importa.

Ella lo vio alejarse y sus ojos se empañaron de lágrimas. ¡Maldición, quería que le importara tanto como a ella... y más! ¿Qué demonios iba a hacer?

MATT abrió la puerta y entró precipitadamente en la habitación sin siquiera echarle una mirada. No podía creer que sus planes se hubieran arruinado. Ni qué decir de cortejar a la mujer de sus sueños ese fin de semana. En ese momento no sabía si ella se quedaría o se marcharía.

Realista como era, pensó en la segunda opción. Había perdido la compostura, pero algo que no podía soportar eran los celos. Muchas veces había observado el modo en que las mujeres de su padre los utilizaban para conseguir lo que querían. Claro que su conducta no había sido ejemplar al ver a Miranda pero, ¿para qué tanto interrogatorio?

«Tal vez le importas más de lo que crees». El repentino pensamiento no contribuyó a tranquilizarlo. Ni tampoco el que le siguió. Para ser un hombre que no podía soportar los celos, algo se había revuelto en su interior al enterarse de que Steve Rockwell era ex novio de Kara. Había deseado darle un puñetazo en plena nariz. Así que, ¿por qué la juzgaba en lugar de darle una oportunidad? Dios, para ser un abogado inteligente, a veces se comportaba como un estúpido.

Ansioso por enmendar la situación, abrió precipitadamente la puerta y casi chocó con Kara.

–¿Puedo entrar? –preguntó con indecisa suavidad.

Con gran alivio, Matt se hizo a un lado mientras resistía la tentación de estrecharla entre sus brazos y llevarla a la cama.

–Claro que sí. Déjame el bolso.

Kara paseó la mirada por el dormitorio antes de clavar los ojos en la cama con dosel que dominaba la estancia.

–Es una habitación encantadora –murmuró.

Por primera vez, Matt miró a su alrededor. Observó los suelos pulidos y las alfombras en tono borgoña a juego con la colcha de la inmensa cama. De inmediato ordenó a su mente que no se pusiera a fantasear. Pero la orden no funcionó porque la excitación se apoderó de él en menos de un segundo.

Dirigir su atención a Kara tampoco fue de gran ayuda. Iba vestida con unos ceñidos pantalones en tono crema y un ligero jersey de color caqui que realzaba su esbelta figura. Contempló los labios satinados y los ojos de gata fijos en él.

–Siento lo ocurrido –dijo antes de pensarlo dos veces.

Kara esbozó una sonrisa.

–¿Matt Byrne disculpándose? Debe de ser la primera vez.

Él se encogió de hombros, un poco más confiado al ver la sonrisa en su rostro.

–Reconozco mi culpa.

–¿Quieres decir que reconoces haberte comportado de forma abominable y que realmente deseas que me quede? –preguntó al tiempo que batía las pestañas con coquetería.

–¡No te aproveches, Kara! –refunfuñó al tiempo que cruzaba la habitación.

Entonces la abrazó estrechamente al tiempo que sentía las curvas del cuerpo femenino contra su cuerpo. El perfume floral que se desprendía de ella embriagó sus sentidos y le hizo recordar aquel cumpleaños en que la rechazó con dureza. Ese fin de semana no sería tan estúpido.

–¿Cuándo podré utilizar la llave?

–¿Llave? ¿Qué llave? –preguntó Matt con fingida indiferencia al tiempo que intentaba ocultar el deseo de romper a reír al ver su expresión consternada.

Ella lo apartó y luego cruzó los brazos sobre el pecho. El gesto defensivo atrajo la atención de Matt hacia sus senos y sintió que la sangre se le agolpaba en las venas, presa del deseo de acariciarlos y besarlos.

–No juegues conmigo, Matthew Byrne. He venido por esa llave misteriosa, y tú lo sabes.

Matt se llevó la mano al corazón.

–Y yo que creí que había sido por mi encanto arrollador... Tú sí que sabes cómo herir a un tipo, ¿eh?

–Si estás jugando conmigo alguien va a resultar herido este fin de semana y no será tu ego solamente –replicó al tiempo que su mirada bajaba hasta la entrepierna de Matt y con un gesto burlón subía la rodilla como si lo fuera a golpear.

–¡Ay! –exclamó él, con una fingida mueca de dolor–. ¡Ni se te ocurra! Por lo demás, me atrevería a pensar en algo más agradable si tus intenciones van por ese camino.

Kara abrió mucho los ojos al tiempo que se ruborizaba intensamente.

—Voy a deshacer mi equipaje —dijo bruscamente mientras se inclinaba y abría su bolso.

—¿Y qué hay de la llave?

—Estoy segura de que me revelarás su uso en un momento más oportuno. Ahora voy a darme una ducha y a prepararme para la cena.

—¡El secreto de la llave no es todo lo que yo podría desvelar de mi persona!

Al oír su carcajada, ella cerró el cuarto de baño de un portazo.

La cena fue una pesadilla. Kara creía que había sido duro aparentar ser la novia de Matt en las citas anteriores, pero no había visto nada todavía. Se sentía perdida rodeada de los colegas más cercanos de Matt, que de hecho eran sus amigos, por no mencionar al padre. Presumir de novia ante los conocidos con los que Matt se relacionaba sólo profesionalmente había sido bastante más fácil.

Le dolía la cara de tanto sonreír y el corazón de tanta decepción. Jeff Byrne la trató como a una hija que no veía hacía mucho tiempo y se dedicó a presentarla con orgullo a sus empleados. La mirada ardiente de Matt la seguía a cada paso. Se sentía pendiente de él, estuviera a su lado o en el otro extremo de la habitación. Cada mirada, cada caricia, cada sonrisa casi le hacían perder el control. ¿Cómo podría compartir una habitación, por no hablar de la cama, con ese hombre y mantener la relación en un plano estrictamente platónico?

Cuando la velada llegaba a su fin, Kara se sentía al borde de un ataque de nervios. La odiosa Miranda, que se las había ingeniado para dejar sin aliento a todos los hombres, eligió ese momento para acercarse a ella.

–Hola. Tú debes de ser Kara. Soy Miranda –dijo al tiempo que le tendía una mano perfectamente cuidada.

–Encantada de conocerte –contestó al estrechársela, sorprendida de su calidez.

–¿Así que eres la actual novia de Matt?

–Sí, y me ha hablado de ti –dijo Kara sin rencor al tiempo que se preguntaba si no ardería en el infierno por la pequeña mentira.

Miranda alzó las cejas.

–¿De veras? –preguntó, muy sorprendida–. Entonces espero que no haya resentimientos. No me ha vuelto a hablar desde que rompimos nuestras relaciones.

De pronto Kara sintió lástima por ella, porque era capaz de comprender cómo se sentía una mujer rechazada por un hombre como Matt.

–No te preocupes por eso. Estoy segura de que volveréis a hablar, especialmente ahora que sales con su mejor amigo.

Miranda sonrió.

–Realmente eres muy agradable. Me alegro de que Matt te haya elegido como su novia formal.

Kara dejó escapar una risita al tiempo que intentaba ignorar los fuertes latidos de su corazón.

–¿Quién te lo ha dicho?

–Luke, desde luego. Esos dos son inseparables y dice que Matt está loco por ti, que nunca lo había visto así con otra mujer.

Antes de que Kara pudiera responder, Jeff se unió a ellas.

–Sí que tengo suerte al verme acompañado de las dos mujeres más hermosas del grupo. ¿Disfrutáis de la velada, señoras?

Kara asintió con la cabeza, feliz de dejar a Miranda charlando con el padre mientras ella iba en busca de Matt. Estaba sentado a la mesa, charlando animadamente con Luke. Le dio un vuelco el corazón al considerar lo que Miranda le había dicho.

¿Era acertada la opinión de Luke? ¿Matt se interesaba por ella o simplemente era un maldito buen actor? Luke trabajaba en la empresa y sin lugar a dudas se llevaba bien con Jeff, así que, ¿no necesitaría Matt convencerlo de que sus relaciones eran serias, con la esperanza de reforzar las posibilidades de convertirse en socio de la empresa? Tenía que ser eso. Era la única explicación lógica. Antes de atenerse a la dura realidad, por un segundo deseó creer que él la amaba.

Tras reunirse con ellos unos minutos, Kara se excusó y salió de la sala, ansiosa por encontrar un sitio tranquilo donde sosegar sus pensamientos. El dormitorio no era adecuado, porque sería el primer lugar donde Matt iría a buscarla. Casi sin pensarlo se dirigió al recinto de la piscina, unida a la casa por un pasillo acristalado. Varias tumbonas rodeaban la gran piscina de aguas claras en las que se reflejaba la luz. Kara se tendió en una de ellas y cerró los ojos.

Si la cena había sido una pesadilla, el resto de la noche iba a ser un infierno. Había utilizado todas las excusas posibles para convencerse de que no amaba a Matt: los abogados ricos y de éxito no eran su tipo, él era un playboy que la amaría y la dejaría, su estilo de vida requería una compañera con una imagen perfecta que ella mostraba a los otros sólo como parte de su quehacer profesional.

Por no mencionar la excusa más importante: una vez ella se le había ofrecido, sólo para obtener un rechazo como respuesta. Todas las razones eran válidas, pero no lograban convencerla.

Lo amaba, pura y simplemente. Se había dado cuenta aquella noche en su casa cuando la invitó a que lo acompañara ese fin de semana. Y no fue porque él hubiera dicho o hecho algo especial. Cuando Matt se marchó, fue consciente de que su vida sencillamente estaba vacía sin él. Lo amaba, tal vez desde siempre. ¿Qué demonios iba a hacer cuando se deslizara en la cama junto a ella esa noche? Y peor que eso, ¿cuándo desapareciera de su vida una vez finalizado el trato?

No era estúpida. Había visto la evidencia de su deseo esa misma tarde, y no por primera vez. Matt no había ocultado que ella le atraía desde que había firmado el estúpido trato. ¿Cuál era la novedad, entonces? ¿No encontraba a todas las mujeres sexualmente atractivas? Posiblemente había pensado que era perfectamente natural que el sexo formara parte del contrato. Después de todo, dudaba seriamente que alguna mujer lo hubiera rechazado en el pasado. Bueno, ella iba a ser la primera. Tenía que serlo si quería sobrevivir los próximos meses con el corazón intacto.

Un repentino chapoteo interrumpió sus pensamientos. Kara clavó los ojos en la piscina, pero no pudo ver a nadie. Pasaron varios segundos. Quienquiera que estuviese bajo el agua podía contener la respiración mucho más tiempo que ella. Cuando empezaba a sentir pánico, Matt apareció ante sus ojos.

Sintió la garganta apretada al ver las gotas que se deslizaban por el cuerpo bronceado y caían en las baldosas. El día de la excursión en el yate lo había vislumbrado, pero no había notado su esplendor. En ese momento tenía todo el tiempo del mundo para apreciar que era un cuerpo maravilloso. Perfectamente atlético.

Matt se acercó a ella, sin nada más que un breve bañador y una sonrisa.

–¿Te apetece un chapuzón? –murmuró mientras le tendía la mano.

Ella lo miró, hipnotizada por la intensidad de esos ojos oscurecidos de deseo.

–No tengo bañador –tartamudeó al tiempo que le tomaba la mano.

–¿Y qué? –murmuró él. La pregunta quedó vibrando entre ellos.

Cuando Matt la estrechó contra su cuerpo, Kara deseó con urgencia desgarrarse el vestido y quedar desnuda entre sus brazos. La joven dejó escapar un gemido cuando la boca masculina buscó la suya. Entreabrió los labios sin pensar en resistirse y respondió al beso arrollador con la misma intensidad, en tanto las lenguas se buscaban y luego se unían en una frenética danza.

–Te deseo tanto... –murmuró Matt en la comisura de sus labios mientras sus manos se deslizaban por la espalda de Kara.

Ella respondió retorciéndose contra su cuerpo y sus dedos recorrieron la piel desnuda del torso de Matt.

–El sentimiento es mutuo –suspiró en tanto él la besaba entre el cuello y la clavícula.

–¿Estás segura? –susurró, todavía acariciándole la espalda.

En medio de la nebulosa de la pasión, Kara experimentó un instante de asombrosa claridad. A pesar de las dudas y miedos, necesitaba hacer el amor con él. Esa noche podría ser la única oportunidad y se iba a aferrar a ella como fuera. Sería un recuerdo precioso que podría atesorar cuando tuvieran que separarse.

Kara deslizó las manos por la cintura de Matt y lo atrajo hacia su cuerpo.

–Nunca sabrás cómo te deseo –jadeó al tiempo que se inclinaba hacia atrás de modo que sólo las caderas quedaron unidas.

–Dios, qué hermosa eres –susurró Matt. Kara sintió que se humedecía al notar la mirada fija en sus pezones–. Es hora de quitarte esta ropa.

–¿No deberíamos ir a nuestra habitación? –preguntó débilmente mientras él le retiraba los tirantes de los hombros, el vestido se deslizaba al suelo y se arrodillaba ante ella con los labios en su estómago.

–Todo a su debido tiempo, cariño. Cerré la puerta con llave, así que nadie podrá molestarnos aquí –murmuró. Luego su lengua jugueteó en el ombligo de Kara, que sintió las piernas temblorosas –. Además, no creo poder esperar tanto tiempo.

Ella se abrazó a él y cerró los ojos mientras enredaba los dedos en sus cabellos.

Ondas de placer recorrían una y otra vez el cuerpo de Kara mientras él besaba el lugar más íntimo de su cuerpo.

–Oh, Matt –gimió.

–Un poco temblorosa, ¿eh? –dijo más tarde con suavidad al tiempo que la acomodaba en la tumbona.

Ella sintió la tela de los cojines en la piel desnuda mientras le hacía una seña con el dedo índice.

–Ya se me ha pasado. Ven aquí. Es hora de devolverte el favor –murmuró mientras abría los brazos.

Matt se refugió en ellos intentando desesperadamente mantener el control. La humedad de su cuerpo se había evaporado, pero sintió que empezaba a sudar al sentir que las manos de ella se deslizaban por el torso y bajo la cintura elástica del bañador.

Matt dejó escapar una especie de gruñido al sentir la mano y los dedos de Kara en su viril intimidad. Fue una caricia ardiente como el fuego que se prolongó hasta casi hacerle perder el control.

–¿Puedo quitarte esto? –preguntó Kara, suavemente.

El tono vacilante de su voz contrastaba con el toque experimentado de su mano.

Sus miradas se entrelazaron, la expresión vulnerable de los ojos verdes le llegó al corazón. Matt se inclinó y le tomó la cabeza con las dos manos mientras le acariciaba las orejas con los pulgares.

–Sí. Aunque no me hago responsable de lo que pueda suceder...

Le dio un vuelco el corazón como respuesta a la trémula sonrisa de la joven.

—Estoy dispuesta a correr el riesgo —contestó ella con la mirada fija en sus ojos.

CAPÍTULO 10

TRAS haber hecho el amor junto a la piscina, Kara había asumido el papel de novia con renovado entusiasmo, con todas las dudas desterradas de su mente. Más tarde se habían amado toda la noche en la habitación, explorando sus cuerpos hasta el amanecer. Algunas personas habían notado un fulgor especial en ella, especialmente Jeff. Y pensar que había estado tan preocupada al creer que el padre descubriría el engaño.

Había sido sorprendentemente fácil olvidar sus temores al ver que Matt la trataba como si fuera una reina y la tocaba constantemente como para asegurarse de que realmente estaba allí.

Esa tarde habían ido a montar a caballo y se habían separado del grupo en busca de un refugio entre los eucaliptus. Allí, junto a la sombreada ribera del río, se habían besado interminablemente como una pareja de adolescentes.

La cena había estado muy animada, a pesar de que la mano errante de Matt bajo el mantel distraía sus intentos de mantener una conversación civilizada con sus compañeros de mesa. El padre sonreía con indulgencia cuando se encontraban sus miradas y ella intentaba reprimir un sentimiento de culpa.

–Te veo muy pensativa –comentó Matt.

Ella miró su perfil con el pulso acelerado.

–Pensaba en la noche pasada.

–Yo también –dijo al tiempo que desviaba bruscamente el coche para evitar un bache de la carretera–. ¿Ves? Esos pensamientos no son buenos para la salud. Distraen demasiado.

Ella rompió a reír y le puso la mano en el muslo.

–¿Es cierto? Leí en alguna parte que el ejercicio físico en un gimnasio es extremadamente beneficioso para la salud, especialmente para el corazón.

Él le acarició la mano.

–Y otras partes de la anatomía –añadió descaradamente.

Kara le dio unos golpecitos en la mano.

–Concéntrate en el camino.

–Es muy fácil de decir. Pensar que tengo que contentarme con mirar a la mujer más hermosa del mundo sentada a mi lado. ¿Cómo podría un hombre concentrarse en algo más, incluyendo la carretera?

Kara recibió el cumplido estremecida de placer.

–Estoy segura de que podrás hacerlo. Después de todo, me pareció que anoche podías hacer muchas cosas a la vez.

Por toda respuesta él refunfuñó y luego pasaron la siguiente media hora en amigable silencio, cada uno sumido en sus pensamientos.

Muy pronto llegaron a casa de Kara. Ella temía ese momento y se preguntaba si el fin de semana habría sido producto de su imaginación y si la nueva relación que se había establecido entre ellos se desvanecería al volver a Sidney. El fin de semana no había hecho más que reforzar su amor por él. Esperaba con ansiedad que no la volviera a abandonar.

–¿Tienes las llaves? –preguntó Matt.

Ella asintió al tiempo que buscaba en el bolso, presa de los nervios.

–Un segundo.

–¿Te ayudo?

En un instante, Matt encontró las llaves en un bolsillo lateral. Luego abrió la puerta y dejó el bolso de viaje en el umbral.

–Debo marcharme. Tengo trabajo en la oficina –dijo con una sonrisa.

A Kara le dio un vuelco el corazón en el pecho. Había esperado que entraría y hablarían sobre lo que les había sucedido. En cambio, él se mostraba ansioso por escapar de ella para ir a encerrarse en su oficina un domingo.

–Gracias por este fin de semana. Lo he pasado muy bien –dijo Kara, incapaz de mirarlo a los ojos.

Matt le alzó la barbilla y la besó ligeramente en los labios.

–Te llamaré. ¿De acuerdo?

Ella se esforzó por sonreír mientras él se alejaba por el camino de entrada. Matt no se volvió a mirarla.

Cuando cerraba la puerta con un suspiro, Kara oyó que el coche se ponía en marcha. Fue en ese momento, al dejar las llaves sobre la mesa del vestíbulo, cuando recordó la llave que Matt le había entregado. En medio de la nebulosa de la pasión, la había olvidado por completo.

Aunque no había sido necesario desafiarla con la tentación de aquella llave.

El timbre de la puerta la sobresaltó. Tras mirar a su alrededor, Kara se sorprendió al ver que había caído el atardecer. Debía de haberse quedado dormida en el sofá.

–¿Quién es? –preguntó al tiempo que se frotaba los ojos resecos con el deseo de que el visitante se marchara.

La noche de los domingos la dedicaba a prepararse para el temido lunes.

–Abre, pequeña –dijo Sally. Cuando Kara abrió la puerta, le dio un fuerte abrazo–. ¿Cómo te encuentras, querida? ¿Cómo ha estado el fin de semana con tu maravilloso novio?

Kara alzó las manos a modo de rendición.

–Una pregunta a la vez, Sal.

Sally le lanzó una mirada crítica.

–¿Qué te pasa? Pensé que estarías en la luna después de pasar un par de días con ese atractivo novio tuyo.

–No es mío –murmuró Kara, con el deseo de que no fuera cierto.

–Bueno, ¿entonces cómo se explica esa cara? Parece como si no hubieras pegado ojo últimamente, ¿eh? –preguntó sonriente al tiempo que cruzaba los brazos sobre el amplio pecho.

Kara se ruborizó.

–No sé de qué hablas. Me he quedado dormida, por eso parezco cansada –dijo al tiempo que se dirigía a la cocina. Sabía que su cara iba a delatar sus secretos.

Mientras Kara llenaba la tetera, la mujer mayor se acercó a ella y la abrazó por detrás.

–No estoy fisgoneando, querida. Sólo que me siento muy feliz de que Matt y tú os hayáis vuelto a encontrar.

–Mm –murmuró Kara.

El abrazo de Sal la desarmó totalmente. En ese instante deseó volverse, refugiarse en sus brazos y confiarle todo ese sórdido lío: el trato, el dinero, sus sentimientos hacia Matt. En lugar de eso, Kara se recobró en un instante, se separó de Sal y metió la cabeza en el frigorífico en busca de leche.

–Tengo una noticia para ti. Una gran noticia –exclamó Sally con gran excitación–. ¡Gané! ¿Puedes creerlo? He ganado el DATY.

La noticia y todas sus implicaciones impactaron a Kara como si la hubiese atropellado un tren. Matchmaker había ganado el premio.

–Es fantástico. Enhorabuena, Sal. Sabía que lo lograrías –dijo al tiempo que la abrazaba, sorprendida de la semilla de duda que germinaba en su interior a pesar de su alegría.

Si el DATY ya era de Sal, no había ninguna razón para seguir fingiendo ser la novia de Matt. Al menos por su parte.

–Gracias, cariño. Si no fuera por ti, nada de esto habría sucedido. Los jueces dijeron que habían fallado a mi favor. al enterarse de que había unido a mi milésima pareja. Así que os necesito a ti y a Matt para hacer un poco de publicidad.

El miedo se apoderó de Kara.

–¿Qué clase de publicidad?

Si iba a confesárselo todo a Matt, ¿cómo podría esperar que participara en algún acto publicitario?

Sally se encogió de hombros.

–No lo sé todavía, aunque los jueces me lo dirán. Como ves, todo ha salido bien. He ganado el DATY, la agencia está a salvo con el dinero del premio y tú has conseguido a tu hombre.

«Tú has conseguido a tu hombre».

Las palabras de Sally resonaron en su mente. Si al menos fueran verdad... En cambio, tendría que cancelar el trato y probablemente él encontraría otra mujer en un abrir y cerrar de ojos. Claro, le molestaría tener que empezar la comedia de nuevo, pero a la larga conseguiría lo que tanto anhelaba: convertirse en socio de la empresa. Y ella se vería desplazada. Al intentar salvar el negocio de Sal, había perdido el corazón. Otra vez. Y con el mismo hombre. ¿Cómo se iba a recuperar de aquello?

No le quedaba otra solución y la contemplaba sin la menor ilusión.

Afortunadamente, Sally no se quedó demasiado tiempo, así que Kara tuvo la oportunidad de pensar seriamente, antes de que llegara la hora de presentarse ante Matt con la noticia de que el trato había acabado.

Lo echaría de menos. Más que eso, ¿cómo podría soportar verlo con otra mujer cuando se había vuelto a enamorar perdidamente de él?

Siempre había sabido que las relaciones físicas sólo contribuirían a reforzar sus sentimientos, sin embargo había optado por dejar a un lado la prudencia. En el mismo momento en que Matt había vuelto a aparecer en su vida, tendría que haber tomado la única decisión sensata: ¡marcharse a Perth!

En cambio, había obedecido los dictados de su corazón e iba a recibir el justo castigo. Porque no había duda de que quedaría en un segundo plano cuando finalizara el trato: no más cenas, no más llamadas telefónicas, no más intimidad compartida, no más deliciosos momentos en que Matt había hecho vibrar su cuerpo de placer.

De pronto, una idea se insinuó en su mente. Si tenía que decirle la verdad, ¿por qué no aprovechar la última oportunidad de asir la felicidad? Si lograba que la deseara más que cualquier otra cosa y le hacía saborear lo que podría perder si la dejaba, tal vez la historia tuviera un final feliz, como los cuentos de hadas.

Kara reprimió una sonrisa mientras la idea cobraba forma en su mente. Sí, podría llevarla a cabo y sabía lo que necesitaba para hacerlo.

Matt firmó el último contrato, lo colocó sobre el montón de documentos y se reclinó en el sillón. Había sido una dura quincena de varias negociaciones clave que había llevado a término casi simultáneamente. Estaba cansado aunque estimulado a la vez y saboreaba las mieles del éxito, tan dulces como cuando había ganado su primer caso.

Amaba su trabajo y lo amaría aún más cuando se convirtiera en socio de la firma.

«Pero no tanto como podrías amar a Kara»

Las pocas veces que habían hablado por teléfono esos días, ella lo había tratado con frialdad. ¿Qué había sucedido con la ardiente hechicera que susurraba y gemía bajo su cuerpo?

Unos golpecitos en la puerta interrumpieron sus pensamientos.

–Vete, Saunders. No estoy de ánimo para charlas.

Había anticipado la visita de su amigo, siempre resuelto a interrogarlo sobre Kara.

–¿Y no tienes ánimo para algo más?

Sobresaltado, Matt se enderezó en el sillón completamente asombrado. La mujer que ocupaba sus fantasías acababa de materializarse ante sus ojos. Aún más, su voz era igual a la que resonaba en su mente todavía: entrecortada y seductora. ¡Y su vestimenta!

Sólo Dios sabía lo que ocultaba el largo impermeable, anudado en la cintura.

–¿Qué haces aquí? –preguntó con una voz igual al croar de una rana.

Ella se limitó a guardar silencio mientras echaba el cerrojo a la puerta. Cuando se volvió hacia él, Matt vislumbró la tentadora banda de encaje de una media. ¡Oh, Señor, no llevaba falda! El corazón dejó de latirle un segundo al pensar que tal vez no llevara nada. Y luego empezó a retumbarle en el pecho.

Ella agitó un dedo ante sus ojos.

–Me has estado evitando –dijo antes de apoyarse en el borde del escritorio–. Así que he decidido remediar la situación –añadió mientras se sentaba.

Él se removió en su asiento, incapaz de apartar la mirada de las piernas cruzadas muy cerca de su cara.

Tenía que levantarse y huir de allí si quería evitar abalanzarse sobre ella. Sin embargo, la tentadora visión que se ofrecía ante él había inflamado su ego, así que no había manera de evitar que notara su expresión de deseo y de ardiente ansiedad.

Luchando por mantener la compostura, apartó los ojos de las piernas. Degraciadamente, mirarla a los ojos no fue la solución. Su brillo luminoso hacía juego con la luz de la lámpara, de un profundo color verde.

–¿Has venido a hablar conmigo? –consiguió articular después de tragar saliva.

–Algo así.

Ella se puso de pie frente a él. El corazón se le aceleró al verla juguetear con el cinturón y los grandes botones del impermeable. ¿No iría a quitárselo allí en el despacho, verdad? Matt aferró los dedos al brazo del sillón con la fuerza con que alguien a punto de ahogarse se agarra a un salvavidas. Porque se estaba ahogando en una ola de sofocante sensualidad, como nunca había experimentado en su vida.

–¿Qué quieres decir con eso?

–Creo que es hora de aclarar unas cuantas cosas, ¿no te parece?

–Sí.

Las manos de Kara se habían tranquilizado, pero no así la imaginación de Matt. En un segundo se puso de pie y la apoyó contra la mesa sujetándole las manos detrás de la espalda.

–¿A esto le llamas hablar? –murmuró Kara al tiempo que ceñía su cuerpo al suyo e inclinaba la cabeza hacia atrás a la espera de su beso.

Los labios de Matt devoraron su boca con la ansiedad de un hambriento. No era un beso corriente y no había nada dulce en él. Kara abrió los labios y lo atrajo hacia ella.

Más tarde, Matt se separó de su boca y recorrió con los labios la mejilla de la joven.

–Me encanta el idioma que hablas.

Kara había esperado enloquecerlo y lo único que logró fue arder en sus propias llamas.

–Te he echado de menos –murmuró estrechamente abrazada a él.

–Yo también –dijo Matt al tiempo que miraba hacia abajo. Ella se estremeció ante el escrutinio, repentinamente vulnerable–. Sí que llevas una ropa original.

–¿Qué, este impermeable viejo? Lo uso siempre que deseo mostrarles a ciertos hombres tercos lo que se pierden.

–Preferiría que no lo hicieras –murmuró él antes de besarla apasionadamente.

–¿Matt?

Tras deslizar las manos por su espalda, Kara le aferró las nalgas.

–¿Mmm?

–¿En tu casa o en la mía?

Matt esbozó una sonrisa y ella se concentró en sus labios mientras se preguntaba si tendría el valor de continuar con el resto del plan.

–Eso es lo que me gusta. Una mujer con iniciativa –dijo Matt mientras se ponía la chaqueta y luego recogía las llaves–. Tú decides.

–En la mía –contestó rápidamente por temor a perder el control por completo–. Y en cuanto a las iniciativas, no has visto nada todavía.

CAPÍTULO 11

KARA no podía seguir con todo aquello. Había planeado confesar la verdad a Matt a la hora del desayuno. Pero no hubo ocasión porque se dedicaron a repetir lo que habían hecho la noche anterior. Más tarde habían tomado una taza de café alegremente.

El recuerdo de Matt estaba presente no sólo en la cocina, sino en todos los rincones de la casa. Había querido atesorar una pequeña parte de él para cuando pusiera fin a todo aquello.

La noche pasada y parte de esa mañana no se habían prestado en absoluto para plantearle el final de la relación.

Todavía le costaba creer que la noche anterior hubiera sido capaz de aquella representación en el despacho. Parte de su plan consistía en hacer el amor por última vez, y antes de dar el pacto por finalizado, enloquecerlo de deseo para que la recordara siempre. Cuanto más se prolongara la comedia, más sufriría su corazón.

Una vez resuelto el sentimiento de culpa respecto a Sal, se había lanzado de lleno a interpretar el papel de novia con el deseo egoísta de disfrutar de los momentos junto a Matt. No hacía nada malo. No tenía intención de aceptar el dinero y tampoco estaba engañando a nadie.

Excepto a sí misma.

Si era sincera consigo misma tenía que reconocer que todavía albergaba la esperanza de que él pudiera enamorarse de ella y vivir felices, como en los cuentos de hadas. Sin embargo, no era Cenicienta y tenía la clara impresión de que su príncipe azul pronto se marcharía sin ella.

Cuando acababa de pintarse los labios, sonó el timbre. Matt era la puntualidad personificada.

Kara abrió con una sonrisa.

–Hola –dijo, y luego enmudeció de la impresión. El aspecto de Matt era espléndido vestido de esmoquin.

–Hola –saludó Matt antes de silbar de admiración, tomarle las manos y hacerla girar sobre sí misma–. Estás fantástica –dijo al tiempo que la abrazaba y cerraba la puerta de un puntapié.

–Me alegro de contar con tu aprobación –murmuró mientras le echaba los brazos al cuello y sentía la fragancia embriagadora de la loción del afeitado.

–Maravillosa –murmuró en tanto la ceñía contra sus caderas.

La excitación de Matt le hizo olvidar la velada que les esperaba mientras entrelazaba una pierna con la suya y la deslizaba de arriba abajo.

–¿Es muy importante ese cóctel? –susurró tentadora, con el corazón latiéndole en los oídos.

Matt la apoyó contra el espejo del vestíbulo y la besó apasionadamente antes de separarse de ella.

–Lo siento, cariño. Nada me gustaría más que continuar así, pero mi padre tiene algo muy importante que anunciar esta noche. Debo estar allí. Y si es lo que estoy pensando...

–¿Así que hoy es la gran noche? –murmuró Kara al tiempo que se alejaba de él para poder pensar.

–No estoy seguro, pero, ¿qué otra cosa podría ser? Hace ya unos cuantos meses que hay un puesto vacante para un socio y mi padre ha estado poniéndome a prueba todo el tiempo –dijo mientras se paseaba por el vestíbulo, cada vez más nervioso–. He hecho todo lo que me ha sugerido...

No fue necesario que acabara la frase. Ambos sabían que se refería a la razón que le había llevado a hacer el trato con ella. Y si el anuncio de esa noche coincidía con las expectativas de Matt, ya no sería necesario continuar con la comedia.

–Seguro que lo has hecho –dijo ella con una fingida ligereza que no engañó a Matt.

–Lo siento, Kara. Por todo.

–No te disculpes. Ambos lo sabíamos desde el comienzo. Un trato es un trato, ¿no lo recuerdas?

El único modo de ocultar su dolor era adoptar ese tono poco serio.

–Sí, pero no entraba en mis planes... –Matt hizo una pausa y desvió la mirada–. Me refiero a nosotros... ya me entiendes...

–Te refieres al sexo. Vamos, Matt, para ser abogado a veces te fallan las palabras.

–¿No crees que eso complica las cosas?

Ella se encogió de hombros y volvió la cara.

–¿Por qué? Tú te conviertes en socio y yo gano mucho dinero. Trato cumplido.

Luego rebuscó en el bolso de noche en busca de un pañuelo que necesitaba con urgencia. Tenía que enjugarse las lágrimas que amenazaban con derramarse.

Afortunadamente, la mención del dinero logró distraer a Matt del tema de sus relaciones.

–Sí, lo que tú digas. A propósito, ¿por qué necesitas tanto dinero? –preguntó, evitando tocarla mientras cerraba la puerta y luego la seguía hacia el coche.

–Ahora no es importante, así que olvídalo –dijo luchando por mantener la compostura, a sabiendas de que esa noche sería la más larga de su vida.

Matt irradiaba una gran tensión y ella se alegró cuando se alejaron en el coche y él puso música para evitar cualquier conversación.

Kara se preguntó por qué estaría tan enfadado. Ella se había limitado a establecer los hechos: habían hecho un pacto ideado por él, habían hecho el amor y su relación terminaría cuando lo nombraran socio de la empresa. Hasta donde ella alcanzaba a comprender, todo jugaba a su favor. No era él quien había cometido la estupidez de enamorarse como un tonto por el camino. Si alguien tendría que estar enfadado, debería ser ella.

–Hemos llegado.

Un anuncio breve, concreto. La suavidad no era necesaria cuando alguien estaba a punto de convertir un sueño en realidad. Afortunado él.

Cuando Matt le abrió la puerta, ella se esforzó por ocultarse tras una máscara de cortesía.

–Buena suerte esta noche.

–Gracias. Espero que ambos consigamos lo que queremos –dijo Matt con una mirada más prolongada de lo habitual, antes de guiarla hacia el ascensor que los llevaría al ático donde vivía el padre de Matt.

Mientras subían a la última planta, Kara observó que Matt se había situado al otro lado del ascensor, con las manos en los bolsillos. De inmediato comprendió que no había la menor esperanza de volverse a tocar, por no hablar de hacer el amor. Su voz profunda la sobresaltó.

–Cuando acabe nuestro trato, vamos a...

En ese momento el ascensor se detuvo. Cuando se abrieron las puertas, Jeff apareció ante ellos resplandeciente con su traje de etiqueta.

–Me complace verte, hijo. Y tú estás tan maravillosa como siempre, Kara. ¿Qué hace este tipo para merecer a alguien como tú? –bromeó al tiempo que asestaba a su hijo un ligero golpe en el brazo.

«Intentar comprarme para convencerte de que merece una oportunidad en la empresa», pensó Kara.

–Creo que es cuestión de suerte, papá. ¿Qué novedades hay por aquí?

–Todo a su debido tiempo, hijo. Entrad, estáis en vuestra casa. Poneos cómodos –dijo antes de alejarse.

–Yo no diría tanto –murmuró Matt al ver que Lorna cruzaba la estancia en dirección a ellos.

–Bueno, bueno, ha llegado mi querido hijastro. Ven a darle un beso a tu madre –saludó con una voz remilgada que no hacía juego con la fría mirada de sus ojos azules.

Kara casi retrocedió cuando la mujer rubia abrazó a Matt y lo besó en los labios, un beso quizá demasiado largo para ser maternal. Hacía varios meses la había visto brevemente en una cena. La mujer apenas le había dedicado una mirada. Para su sorpresa, se volvió hacia ella.

—Oh, la pequeña y dulce Lara. Jeff siempre me habla muy bien de ti —dijo al tiempo que extendía una mano enjoyada como esperando que Kara se inclinase ante ella.

—En realidad mi nombre es Kara. ¿Cómo estás? —saludó, decidida a ser amable a pesar de su deseo de apartar la mano que la mujer apoyaba posesivamente en el brazo de Matt.

—Muy bien, querida. Hoy habrá un gran anuncio. Formidable. Espero que te guste.

Tras enviarle un beso a Matt, la esbelta mujer, enfundada en un vestido que valía una fortuna, se alejó de ellos.

—Odio a esa mujer —espetó Matt al tiempo que clavaba una mirada como un puñal en la espalda de su madrastra.

—¿Por qué no fue a King River el fin de semana? —preguntó Kara sin mayor interés.

—Probablemente estaba con su último gigoló. ¿Quién sabe? ¿Y a quién le importa? Sólo deseo que mi padre abra los ojos alguna vez. Si hay algo que no puedo soportar es que una mujer engañe a un hombre.

Kara prestó atención a esas palabras. ¿Qué pensaría si ella le confesara la verdad en ese momento? ¿Si le dijera que no estaba interesada en su dinero, que había aceptado el estúpido trato más que nada por el bien de Sally?

—¿Y qué me dices de un hombre que engaña a su padre? ¿Eso está bien? —dijo en cambio.

Las palabras quedaron vibrando en el silencio que se produjo a continuación y ella deseó no haberlas pronunciado. Sin embargo, era la verdad y estaba harta de jugar.

Matt entornó los ojos.

—Una vez te dije que nunca me hicieras preguntas sobre esto. Tengo mis razones para hacerlo —dijo antes de girar sobre sus talones y alejarse rápidamente de ella.

Kara tomó una copa de champán de la bandeja de un camarero y se la bebió en tres largos sorbos con la esperanza de disolver el nudo que le apretaba la garganta.

Al ver a Matt charlando con su padre al otro extremo de la habitación, se juró confesarle la verdad. Toda la verdad. En ese momento, Jeff se aclaró la garganta.

—Señoras y señores, ¿me pueden prestar atención?

Las voces se silenciaron y todas las miradas convergieron hacia él.

—Como todos ustedes saben, en los últimos meses se ha producido una vacante en nuestra firma, Byrne y Asociados. Esta noche tengo el gusto de anunciar que el puesto ha sido cubierto. La persona en cuestión ha aportado muchos clientes a la firma y ha demostrado reunir todas las condiciones requeridas para formar parte de la empresa.

Kara miró a Matt, de pie junto a la ventana que cubría toda una pared orientada al sorprendente puente del puerto. Más que ver, sintió su ansiedad mientras bebía un sorbo de whisky y luego apretaba los labios en una fina línea.

–Por tanto y sin más, me complace presentarles a nuestro nuevo socio. Por favor, demos la bienvenida a Steve Rockwell.

Aplausos dispersos y sofocadas exclamaciones de sorpresa llenaron la habitación. Kara vio con horror a su ex salir de la cocina, acercarse a Jeff y estrecharle la mano con su acostumbrada sonrisa de cocodrilo. Como a cámara lenta observó que Matt retrocedía casi tambaleando y, boquiabierto, se apoyaba contra el cristal de la ventana.

Kara se aproximó a él cuando los invitados empezaron a cantar *Es un muchacho excelente*. Tras quitarle la copa de las manos y dejarla en una mesa cercana, se puso de puntillas y acercó los labios a su oído.

–Salgamos de aquí –susurró. Él la miró como si la viera por primera vez–. Sea lo que sea que pienses hacer, no vale la pena –insistió tirándole del brazo.

Matt la miró con una expresión de ira. Estaba claro que se sentía traicionado y herido.

–Para ti es fácil decirlo. No es tu padre quien te acaba de dar una patada en los dientes sin haber tenido la decencia de avisarte previamente.

Ella mantuvo un tono de voz deliberadamente suave y tranquilizador.

–Sé que es duro, pero piensa un segundo. Mañana tienes que enfrentarte a estas personas en la oficina y aunque sientas enormes deseos de propinarle un puñetazo a Steve, olvídalo. Tu comportamiento dejará una impresión duradera entre tus colegas, especialmente en tu padre.

Matt aspiró varias bocanadas de aire que exhaló lentamente. Los músculos de la cara empezaron a relajarse.

–¿Y a quién le importa lo que piense?

–A ti. Si no, no habrías imaginado un plan tan elaborado para asegurarte un puesto como socio. Sabes que lograr manejarme durante seis meses no es cosa fácil.

Matt la miró con una leve sonrisa.

–No lo sé, pero manejarte ha sido más divertido de lo que esperaba.

Ella le apretó la mano con una sonrisa.

–¿Por qué no te acercas a ellos, felicitas a Steve y le demuestras a tu padre que Matthew Byrne reúne claramente todas las condiciones para convertirse en socio la próxima vez que se presente la oportunidad?

–No me presiones –gruñó–. Preferiría estrecharle la mano a un cocodrilo antes que a Rockwell.

Kara rompió a reír de buena gana.

–¿Qué te parece tan divertido?

–Estaba pensando lo mismo que tú, eso es todo –dijo mientras se enjugaba los ojos–. ¿No te parece que tiene la sonrisa de un cocodrilo?

Matt miró en dirección a Steve.

–Claro que sí. Aunque fuiste tú quien salió con él un par de años –comentó con tranquilidad.

El modo en que la ira de Matt se había disipado maravilló a Kara. No sólo había perdido un sueño, sino que lo había perdido a causa de un hombre que le disgustaba. Kara alzó la vista al sentir que se ponía rígido. Steve se aproximaba a ellos.

Matt alzó la mano.

–Enhorabuena, Rockwell.

–Sin resentimientos, ¿eh, Byrne?

Los hombres se estrecharon la mano.

–Enhorabuena, Steve –dijo ella.

–Gracias, preciosa. Algún día tenemos que reunirnos –dijo.

Antes de que ella pudiera moverse, Steve le dio un rápido beso en la mejilla y se alejó.

–Por encima de mi cadáver –murmuró Matt–. Todavía le interesas.

–¿Tú crees? –preguntó ella al tiempo que batía las pestañas para hacerlo reír nuevamente.

Él puso los ojos en blanco.

–¡Mujeres! Déjame ir a hablar unas palabras con mi padre y luego nos reuniremos en el ascensor. ¿De acuerdo?

Con orgullo, Kara lo vio acercarse al grupo donde estaba su padre y unirse a la conversación. Había que ser un gran hombre para hacerlo y sintió que lo quería aún más por eso. Al ver que Lorna se integraba al grupo se juró que le diría la verdad. ¿Qué era lo peor que podía suceder?

«Nunca más volverá a dirigirte la palabra. Lo perderás. Otra vez», pensó.

Luchando contra las lágrimas, Kara se alejó de allí. Lo haría al día siguiente. Seguro que no sería egoísmo por su parte si compartían una noche más, ¿verdad?

Kara respiró hondo varias veces y luego llamó a la puerta.

–Pase –Kara entró en el despacho–. Vaya, la dama en la que estaba pensando –dijo Matt al tiempo que rodeaba el escritorio y la abrazaba–. ¡Qué bien hueles! –murmuró con los labios en los cabellos de la joven.

Kara se separó para poner distancia entre ellos. De otro modo no sería capaz de seguir adelante.

–¿Tienes un minuto?

–Siempre tengo tiempo para ti. Especialmente en este despacho –contestó mientras palmeaba la mesa que le traía recuerdos de un apasionado encuentro.

Ruborizada, Kara se aclaró la garganta.

–Tenemos que hablar.

La sonrisa desapareció de la cara de Matt.

–Cuando una mujer dice «tenemos que hablar», normalmente quiere decir «yo hablo y tú escuchas». ¿No es cierto?

Ella negó con la cabeza.

–No, aunque no estaría mal que escucharas por una vez.

Matt alzó una ceja.

–Muy bien. Siéntate, soy todo oídos.

Cuando ella abría la boca, el teléfono empezó a sonar.

–Perdona –dijo antes de levantar el auricular. Luego habló con evidente enfado.

Ella suspiró. Iba a ser más difícil de lo que pensaba. Había elegido el despacho para confesarle la verdad por una razón específica. Tendrían que hablar en voz baja y había pocas posibilidades de que él la distrajera con sus talentos físicos. Al menos no durante las horas de oficina.

Era una cobardía, pero no tenía otra opción. Si hubiera elegido otro lugar y él insistiera en que continuaran con el trato, dudaba si sería capaz de negarse. Después de todo, Matt podía ser muy persuasivo cuando se lo proponía.

Kara dio un brinco en la silla cuando él colgó con brusquedad.

–Lo siento. Necesito ver a alguien un momento. ¿Te importa esperarme?

–No, adelante. Iré a tomar un café.

–Gracias. Esto no debería durar más de diez minutos. Cuando vuelvas entra directamente –dijo al tiempo que se concentraba en unos documentos. Cuando ella abría la puerta, lo oyó decir–: Me alegra que hayas venido. Estoy de acuerdo contigo en que es hora de hablar.

Ella se volvió y lo sorprendió mirándola intensamente. Kara asintió con una sonrisa, repentinamente ansiosa de abandonar la atmósfera sofocante del despacho.

Con la esperanza de que una fuerte dosis de cafeína le calmara los nervios, se las ingenió para hojear una revista mientras tomaba el café.

De pronto miró el reloj y se sorprendió al ver que habían pasado los diez minutos.

Tras llamar discretamente a la puerta del despacho, Kara la abrió. Matt estaba muy concentrado en la conversación que mantenía con Steve. Cuando llegaron a sus oídos las palabras «treinta mil dólares» y «ella los ganó», supo de qué discutían.

Kara dejó escapar un sonido ahogado y al verla, Matt saltó del asiento. Su mirada afligida le heló el corazón.

–Puedo explicarlo. La verdad es...

–¿La verdad? –exclamó Kara mientras entraba en la habitación y se detenía a dos pasos de la mesa–. Tú no sabes lo que es eso. Déjame decirte unas cuantas verdades –dijo alzando la voz con rabia, sin poderlo evitar.

–Calla ahora mismo –ordenó Matt con suavidad y ella siguió su mirada, en ese instante fija en su padre, que acababa de entrar.

–No –Kara cruzó los brazos sobre el pecho como para contener el dolor que sentía en el corazón. Ya no le importaba nada. Toda la incertidumbre, la decepción y el sufrimiento de los últimos meses la empujaban a la confrontación–. ¿Quieres la verdad, Matt? ¿La verdad, sólo la verdad y nada más que la verdad? Bien, allá va.

CAPÍTULO 12

N O LO hagas, Kara –pidió Matt en un tono desprovisto de toda emoción, aunque el miedo amenazaba con hacerle tartamudear.

Era el miedo irracional de enfrentarse a ella en presencia de su padre y de perder a la mujer que lo significaba todo para él.

–No me digas lo que tengo que hacer –replicó Kara con los ojos llenos de ira fijos en él.

–No es lo que parece. Steve y yo hablábamos... –alcanzó a decir antes de vislumbrar las lágrimas en los ojos verdes. Incluso en ese momento tan inoportuno no dejó de notar su belleza. Kara había cruzado los brazos sobre el pecho jadeante, y lo miraba con los ojos brillantes de dolor. Se le encogió el corazón al reconocer cuánto significaba para él. En ese instante tan dramático, de pronto supo que realmente podría amarla.

«Estupendo»

Kara volvió su mirada furiosa hacia Steve, que no había dicho una palabra desde que ella entró en la oficina.

–¿Así que ahora sois amigos? ¿Intercambiando confidencias? –preguntó con tanta dureza que Steve se quedó helado.

Matt movió la cabeza de un lado a otro.

–No seas ridícula. Yo...

–¿Ridícula? Muy gracioso viniendo de ti. No puede haber nada más ridículo que pagar a alguien para que finja ser tu novia a fin de que papaíto te convierta en socio de su empresa.

Se produjo un silencio total. Matt miró a Kara horrorizado, casi sin creer que ella acabara de decir esas palabras. Su mirada se desvió a su padre, que estaba junto a la entrada y permanecía en silencio. La cara de Jeff enrojeció al entrar en la habitación y tomar el control de la situación.

–Steve, déjanos solos, por favor. Mi hijo y yo necesitamos aclarar ciertas cuestiones.

Como a cámara lenta, Matt observó que Steve movía la cabeza de un lado a otro y abandonaba el despacho. Kara también se dirigió a la puerta.

–Deseo que te quedes, Kara.

Aunque su padre habló con suavidad, Matt conocía bien ese tono. No era una petición, era una orden.

Kara se detuvo.

–Yo no tengo nada más que decir –declaró con la mirada fija en Jeff–. Esto queda entre tú y él –añadió indicando a Matt con un movimiento de cabeza, sin mirarlo siquiera.

–Lo sé, pero tú también estás implicada. Quédate, por favor –pidió Jeff al tiempo que la abrazaba.

Era exactamente lo que Matt quería hacer en ese momento, pero no podía. Por el modo en que Kara lo había mirado, dudó seriamente si volvería a tener otra oportunidad.

¿Qué había hecho?

Jeff movió la cabeza de un lado a otro.

–No puedo creer que un hijo mío haya intentado comprar su promoción en la firma, por no hablar de haber utilizado a una mujer para conseguirlo –dijo con una mirada penetrante–. ¿A qué demonios estás jugando?

Durante un momento, Matt no pudo hablar. Finalmente, Kara se decidió a mirarlo. La visión de las lágrimas que corrían por sus mejillas, fue como un puñetazo en el estómago que dejó a Matt sin aliento.

Entonces se sentó, observado por dos pares de ojos: unos severos y de un tono azul parecido al suyo y los otros de un verde luminoso, llenos de dolor. Sólo había una manera de afrontar la situación. Como Kara había dicho, era la hora de la verdad. De toda la verdad.

Matt se puso de pie y se aproximó a su padre.

–Sé lo que parece todo esto, pero tengo mis razones.

Su padre alzó las manos.

–No sigas. Con razón o sin ella, lo que has hecho es inexcusable. Oh, Dios, ¿en qué estabas pensando? ¿Pagar a Kara para que fingiera ser tu novia, y todo por la maldita sociedad?

Matt negó con la cabeza.

–No sólo por eso –murmuró.

–¿Qué? –gritó Jeff.

–No fue sólo porque me nombraras socio, papá. Fue por ti y por mí, para que me reconocieras como tu hijo, para que me aceptaras –declaró antes de hacer una pausa de un segundo. Temía que si no hablaba en ese momento, nunca lo haría–. Todo lo que siempre he deseado era conseguir tu aprobación, que reconocieras mis logros...

Matt vio el horror en la mirada de su padre y la conmoción en los ojos de Kara.

–Pero yo te apruebo, hijo. Siempre he estado orgulloso de ti.

–No, papá. Ocasionalmente me hablabas de negocios, pero, ¿cuándo fue la última vez que me prestaste atención para algo más que no fuera censurar mi vida privada? –preguntó. Jeff se mantuvo en silencio. Lo miraba como si fuese un alienígena–. Desde que mamá se marchó, me he sentido como un intruso. Tus esposas eran más importantes que yo. ¿Quieres saber por qué era tan importante para mí convertirme en socio de la firma? Porque cometí la estupidez de pensar que así estaríamos más unidos. Verdaderamente tonto, ¿no es así?

Matt se dejó caer en la silla más cercana y hundió la cabeza entre las manos.

Su padre le puso una mano en el hombro.

–¿Hijo?

–Márchate, papá. Ahora necesito hablar con Kara. A solas.

La mano apretó el hombro con firmeza.

–Lamento haber hecho que te sintieras desplazado, Matthew. Nunca fue mi intención. Sólo quería lo mejor para ti y eso significaba crear una sólida empresa para asegurarte un futuro estable. En cuanto a tu madre, no pasa un solo día que no me reproche haber dejado escapar lo mejor que me ha ocurrido en la vida...

Jeff dejó de hablar y Matt alzó la vista. Los ojos de su padre brillaban. Por primera vez en su vida vio a su padre conmovido hasta las lágrimas y eso le impactó más que cualquier otra cosa.

–Papá, yo...

–No, déjame terminar. Admito que no he sido el mejor padre del mundo. Lo único que supe hacer fue dedicarme de lleno a los negocios. Si no te dediqué más atención fue porque te pareces mucho a ella. Cada vez que me mirabas veía sus ojos, su dolor, y eso me destrozaba el corazón –dijo al tiempo que se pasaba una mano por el pelo–. Sé que es una excusa pobre, pero es lo que sentía. Cuando creciste ya era demasiado tarde. Se había creado un abismo entre nosotros y no tuve las agallas suficientes para remediarlo. ¿Podrás perdonarme?

Matt se levantó de un salto y abrió los brazos. Por primera vez desde que tenía seis años, su padre lo abrazó. No fue el gesto habitual del golpecito en la espalda o de revolverle el pelo. No, fue un estrecho abrazo de auténtico amor paternal.

Matt sintió que le quitaban un gran peso de los hombros y tragó saliva para deshacer el nudo que le apretaba la garganta.

–No hay nada que perdonar, papá. Sucede que no hemos sabido comunicarnos, eso es todo –murmuró con voz temblorosa.

Casi había creído que todo estaba solucionado cuando, por encima del hombro de su padre, vio el rostro de Kara que lo miraba fijamente.

La carga repentinamente volvió a caer sobre sus hombros, diez veces más pesada.

Su padre debió de sentir su rigidez, porque se apartó un poco con una mirada interrogante.

–Podemos continuar más tarde. En este momento hay una joven que merece tus disculpas mucho más que yo.

–Sí.

Matt vio que su padre la besaba en la mejilla.

–No lo perdones tan pronto, Kara. Se merece todos tus reproches.

Tras una cariñosa sonrisa dirigida a ambos, se marchó del despacho.

Entonces Kara miró a Matt con una mezcla de sorpresa y desconcierto. No podía creer que no hubiera tenido la suficiente confianza con ella para contarle la verdad sobre su padre. A pesar de todas la citas, las cenas y últimamente las tiernas mañanas en la cama, no le había dicho una sola palabra. Y eso le dolía más que cualquier otra cosa.

Sólo había sido un medio para llegar a un fin. Nada más. ¿Y el trato incluía las relaciones sexuales? Bueno, él había aprovechado lo que se le ofrecía, sin arrepentimiento, sin recriminaciones. ¡Y pensar que había ido a contarle la verdad!

–¿Por qué no nos sentamos a hablar?

La voz profunda de Matt la alejó de sus pensamientos. Kara lo miró, sorprendida de su tranquilidad.

–¿Para qué? No queda mucho por decir, ¿no es cierto? Has hecho las paces con tu padre. ¿Qué más falta, entonces? El pacto ha terminado.

En un segundo la tristeza dio paso a una fría ira en el rostro de Matt.

–¿Entonces, de qué querías hablar esta mañana? Del trato, ¿verdad? Siempre volvemos al dinero, ¿no es así?

Luchando contra las lágrimas, Kara se las ingenió para replicar con firmeza.

–Lo que sea ya no me preocupa.

–Pero a mí sí –le espetó al tiempo que se sentaba ante el escritorio y abría un cajón. Luego garabateó algo en un talonario. Con horror, Kara comprendió de qué se trataba–. Aquí lo tienes. Te lo has ganado.

Matt le puso el talón en la mano, fue a la puerta y se la abrió.

Con el corazón destrozado, la joven lo miró, pero él desvió la vista. Kara miró el cheque que tenía en la mano y las cifras bailaron ante sus ojos. ¿Realmente Matt creía que había llegado tan lejos por treinta mil dólares? Le había revelado más de sí misma que a cualquier otra persona y él ni siquiera sospechaba quién era ella realmente.

Kara se acercó a la puerta con pasos mecánicos.

–Ten. Esto te pertenece.

Tras detenerse ante él, rompió el talón en mil pedazos que lentamente cayeron al suelo.

«Como mis sueños», pensó al tiempo que pasaba junto a él por última vez.

Cuando Kara se hubo marchado, Matt dio un portazo que hizo temblar las paredes.

Luego miró los trozos del cheque esparcidos a sus pies. Por alguna razón le asustaron. Pensó que tenía todo claro respecto a Kara. Había ido a presionarlo para que pusiera fin al trato tras el fracaso de sus expectativas como socio de la firma. Sin duda ella creía que de todas maneras se había ganado el dinero, aunque Matt no hubiera logrado sus objetivos.

Si supiera que cuanto más se prolongaba la comedia entre ellos, le parecía cada vez menos importante entrar en la sociedad... Kara había sido la razón de continuar con ese estúpido pacto y sus sentimientos irracionales hacia ella habían acabado con el sentido común que solía caracterizarlo. ¡Había actuado como un perfecto asno!

Sí, estaba claro que lo había tomado por tonto. Pensar que había empezado a creer que realmente sentía algo por él, a pesar del maldito pacto. Pero no. Esa mañana había ido a cobrar la cuenta.

Pero si el dinero era lo único que quería, ¿por qué había roto el talón?

No tenía sentido. Cuanto más lo pensaba, más confuso se sentía. Aunque debería estar muy contento. Finalmente se habían solucionado los problemas con su padre, y ya no tenía que fingir ante Kara...

¡Eso era! Ya no tenía que fingir ante ella, y eso significaba que podía decirle la verdad. La amaba, y quizá nunca había dejado de quererla en todos esos años. Kara era la única mujer que le había hecho sentirse íntegro, por eso su espíritu estaba desgarrado.

Se había marchado. No, él la había despedido. Sin decirle la verdad. Volvía a cometer el mismo error, como aquel día de su cumpleaños. ¿No aprendería nunca?

Matt se precipitó al ascensor. Si tenía suerte, ella todavía estaría en el vestíbulo. Mientras bajaba, golpeteando el suelo con impaciencia, intentó ensayar lo que le diría, pero su mente estaba en blanco.

Cuando se abrieron las puertas, ya tenía una vaga idea. Sin embargo, la declaración de amor se le atragantó en la garganta al ver a Kara en los brazos de Steve Rockwell.

Así que después de todo, él tenía razón. Ella había elegido y no a él precisamente. Entró en el ascensor con paso inseguro al tiempo que se reprochaba haber sido tan necio.

Kara se encaminó pesadamente a una cafetería cercana y pidió un café. El segundo en menos de una hora. ¿Qué importaba que no pudiera dormir en toda la noche? De todas maneras no pensaba poder hacerlo después del desastroso final de sus relaciones con Matt.

¿Relaciones? ¿Estaba de broma? Se había engañado a sí misma al creer que lo que había compartido con Matt era algo especial, cuando de hecho había sido un chiste a costa de sí misma. Y echarse a reír estaba muy lejos de su ánimo.

Al menos había logrado entender lo sucedido en el despacho de Matt. Cuando se marchaba del edificio, había tropezado con Steve en el vestíbulo, y aunque era la última persona de la que esperaba recibir apoyo, la había abrazado antes de contarle su implicación en el fiasco. Steve sospechaba que Matt tramaba algo y se enfrentó a él con la amenaza de acudir a Jeff si no se explicaba con claridad. Sorprendentemente, Matt le había dicho la verdad acerca del trato y fue en ese momento cuando Kara entró en el despacho.

A pesar de lo que Steve le hubiera contado, los hechos eran inalterables. Matt le había pagado para que fingiera ser su novia y ella había aceptado; ella se había enamorado y él no. Fin de la historia. Incluso tras haberle dado una pista de que no había actuado por dinero, Matt la había ignorado. Después de todo, si él hubiese sentido algo más que una atracción física, habría ido tras ella después de haberle arrojado el talón a los pies.

Pero no lo hizo. Y así habían acabado. Era hora de recoger los pedazos y continuar adelante. Al menos una cosa buena había salido de todo ese lío: el negocio de Sally se había salvado, en gran parte gracias a Kara.

Cuando acabó el café, se levantó de la mesa ansiosa por llegar a casa y dar rienda suelta a su pesar.

Salía de la cafetería cuando el teléfono móvil empezó a sonar.

El número de la persona que llamaba era el de Sal. Con una buena dosis de culpa desvió la llamada. En esos momentos no estaba en condiciones de hablar con ella y contar una historia tan sórdida a la única persona en el mundo que la quería incondicionalmente. La llamaría más tarde, cuando estuviera más tranquila.

El aparato emitió un «bip» indicando que había un mensaje. Lo escuchó mientras se acercaba al coche y casi tropezó al oír la última parte.

«Querida, mañana por la noche se va a celebrar la entrega del DATY. Necesito que tú y ese maravilloso hombre tuyo estéis presentes para una sesión fotográfica. Juntos formáis una pareja estupenda. Magnífica publicidad para la agencia. Llámame para hablar sobre el vestido. Te quiero. Adiós».

¡Vaya! En esos momentos Matt y ella sólo estaban en condiciones de hacer publicidad a un manual de instrucciones para enviar a los hombres a Marte y a las mujeres a Venus. Y que se quedaran allí. Para siempre.

¿Qué demonios iba a hacer?

CAPÍTULO 13

KARA nunca había tenido talento para ocultar sus emociones. Y no sólo su rostro era como un libro abierto. Sally siempre había sabido detectar hasta el matiz más leve de su voz. Y esa noche no había sido una excepción, aunque tenía más que ver con el hecho de haber prorrumpido en llanto apenas ella atendió su llamada.

Como era de esperar, Sal no tardó en llegar a su casa. Siempre había estado junto a ella cuando la necesitaba y Kara la quería por eso. Cuando al fin el llanto se agotó, Kara estuvo en disposición de hablar.

—¿Qué sucede, cariño? Nunca te había visto así.

La preocupación reflejada en el rostro de Sally le destrozó el corazón. No quería abrumar a su madre adoptiva con una historia tan sórdida, así que decidió darle una versión abreviada de los hechos.

—Es un lío, Sal. Mi vida es un caos.

Sally la miró detenidamente.

—Tienes tu propio negocio, tu propia casa, te he visto resplandeciente estos últimos meses... —dijo y de pronto hizo sonar los dedos—. Eso es. Se trata de Matt, ¿no es así?

—Sí, creo que he hecho algo verdaderamente estúpido.

Sally movió las manos como para ahuyentar los problemas.

–Eso no es estúpido, querida, se llama divertirse un poco. ¡Y además es hora de que lo hagas!

–No hablo de divertirme, creo que he hecho algo mil veces peor –confesó la joven al tiempo que jugueteaba con el borde de la falda.

Sal le tomó la mano.

–Te has enamorado de él.

Kara asintió con la cabeza.

–¿Ves? Te he dicho que era estúpido.

Sally le apretó la mano.

–Perdóname por ser una vieja senil, ¿pero eso no es bueno?

–Él no me ama.

Ya lo había dicho. No se produjeron truenos ni tampoco cayó abatida por un rayo. Sólo sentía como si se le hubiera destrozado el corazón cuando salió de la oficina y finalmente se dio cuenta de que él no la amaba.

Sal alzó las cejas.

–¿Estás de broma? El modo en que ese joven te mira es realmente obsceno. ¡Te adora!

–El amor no se limita sólo al sexo, Sal.

–No, pero Matt te quiere. No olvides que conozco a la gente. Mi oficio consiste en hacer de casamentera.

En ese momento Sal le recordó a una vieja sabia, sentada frente a ella con su amplia falda de gitana y un chal de seda. La imagen le levantó el ánimo por primera vez en el día y le hizo sonreír.

–Oye, no me lo recuerdes. Por tu culpa estoy metida en este lío. Tú y tu maldito ordenador.

Sal puso los ojos en blanco.

–Mi maldito ordenador, como tan poco respetuosamente lo llamas, nunca se ha equivocado.

–Créeme. Esta vez sufrió un cortocircuito y se fundió.

Ambas se echaron a reír. Para Kara fue maravilloso porque pensaba que nunca más volvería a hacerlo.

–¿Qué pasa con tu sesión de fotos publicitarias?

–Necesito que ambos estéis allí. No me ayudaría en nada que mi milésima pareja rompiera relaciones antes de la presentación. ¡Hasta podrían quitarme el premio!

Kara podría haber jurado que los ojos de Sally chispearon de astucia. Una chispa que sólo duró un instante.

La joven dejó escapar un suspiro.

–No puedo llamarlo, Sal. Todo ha terminado.

–Comprendo, querida. No te preocupes, ya se me ocurrirá algo.

Sal se reclinó en la silla con los ojos cerrados y una leve sonrisa.

–Eso es lo que me asusta –murmuró Kara al tiempo que se preguntaba qué pasaría por la mente de Sal en ese momento.

La última vez que había visto esa expresión fue la noche de la primera cita con Matt y los otros pretendientes. ¡Y mira dónde la había llevado!

Como respuesta, Sal se limitó a sonreír.

Matt aún no podía creer que hubiera aceptado asistir a la ceremonia. De acuerdo, siempre había sentido debilidad por Sally. ¿Pero por qué tenía que habérselo pedido en un momento como ése en que la herida todavía estaba abierta?

La imagen de Kara en brazos de Steve Rockwell todavía le quemaba el cerebro. Cada vez que cerraba los ojos aparecía la misma escena y volvía a partirle el corazón. ¡Maldición! ¿Por qué no podía quitársela de la cabeza? Antes había amado y abandonado a algunas mujeres sin mayor aflicción.

Corrección, antes no había amado. Ninguna mujer había logrado enamorarlo y Kara lo había hecho, aparentemente sin esforzarse demasiado. Y por el camino se había convertido en un estúpido. Nunca se había sentido tan tonto como cuando el día anterior la siguió hasta el vestíbulo sólo para verla en brazos de su ex.

¿Lo había engañado todo el tiempo? ¿Todavía estaba enamorada de Steve y a él lo había utilizado?

No podía haberlo utilizado sólo por sexo. En su mundo eran los hombres quienes se relacionaban con las mujeres sólo por sexo. La mayoría de sus amigos diría cualquier cosa para llevarse a una mujer a la cama. Afortunadamente, aunque nadie le creyera, él nunca había actuado así. Siempre había deseado que sus relaciones con las mujeres hubiesen sido más profundas. Pero nunca había sucedido. Hasta hacía unos pocos meses.

Pero eso había acabado. ¿Verdad?

Si era honesto consigo mismo, tendría que admitir que su presencia en la ceremonia de esa noche no se debía sólo al deseo de hacer algo bueno por Sally. Secretamente albergaba la esperanza de ver a Kara y de alguna manera arreglar las cosas entre ellos.

«¿Nadie te ha dicho que no es saludable engañarse a sí mismo?»

De todos modos había ido, a pesar de la voz de la razón.

Bueno, por último esa noche podría cerrar el episodio con Kara y luego continuar con su vida. De alguna manera ese pensamiento le dejó un sabor amargo en la boca. Sin embargo, tragó saliva, dibujó en su rostro una brillante sonrisa y bajó del coche.

La visión de Kara subiendo la escalinata del Teatro de la Ópera lo impactó con dureza. Iba envuelta en un traje de noche de seda que realzaba las curvas tentadoras de su cuerpo y caía hasta los tobillos. Se había rizado el pelo y parecía una diosa dorada abriéndose paso entre la gente.

Nunca la había deseado con tanta vehemencia como en ese momento. La amaba y deseaba gritarlo a los cuatro vientos. En cambio, se quedó inmóvil con la boca abierta, como el tonto que era.

–¿Por qué no te acercas a ella?

Se volvió bruscamente y descubrió a Sally, que lo miraba sonriente.

Matt negó con la cabeza.

–No puedo.

–¿No puedes o no quieres?

–Es inútil. Lo he estropeado todo.

–¿La amas? –preguntó Sally con los ojos oscuros clavados en él.

–Sí. Y me hace daño –confesó con súbita amargura.

La expresión de Sal se suavizó. Kara era muy afortunada de tener a alguien como Sally que se preocupaba por ella.

–Tienes que decírselo. Es la única manera –dijo la mujer mayor al tiempo que lo empujaba sin demasiada suavidad.

–¿Y si no quiere escucharme?

Sal alzó una ceja, y luego lo miró enfadada, como si fuera un bobo.

–¿Y qué tienes que perder?

–Todo –contestó entre dientes, y de pronto reconoció con sorpresa que era cierto.

Kara lo era todo para él. Su estilo de vida, su trabajo y todo lo que le aportaba carecían de significado si ella no estaba junto a él.

–¡Vamos! ¡No te quedes ahí! ¡Haz algo! –lo urgió Sal al tiempo que volvía a empujarlo.

De repente Matt vio la luz. Sally tenía razón. ¿Qué tenía que perder aparte del orgullo?

Matt se inclinó para besarla en la mejilla.

–Gracias, Sal. Quedo en deuda contigo.

La mujer mayor se ruborizó.

–¡Vete!

Él corrió hacia Kara con la esperanza de que no fuera demasiado tarde.

Kara entró en el vestíbulo y miró a su alrededor. No veía a Sally por ninguna parte. Estupendo. Esperaba acabar cuanto antes con ese trámite y en cambio tendría que quedarse allí y mostrarse interesada, cuando lo único que deseaba era correr a casa y ocultarse bajo la colcha de la cama. Si alguien se acercaba a ella, lo mordería.

Todo el día había estado muy nerviosa. Y vestirse de gala para esa noche no había contribuido a tranquilizarla. No se sentía atractiva, más bien su ánimo estaba por los suelos. Una velada en casa con una película y una chocolatina habría sido lo apropiado. En cambio, tenía que estar allí sonriente y actuando como si fuera la mujer más feliz del mundo.

Por centésima vez se preguntó qué haría Sal respecto a Matt. ¿Tal vez había buscado un suplente? No podía imaginar a un doble de Matt. Ya era suficiente desgracia haber conocido a uno y dudaba seriamente que otro hombre tuviera el *savoir-faire* que lo caracterizaba. Y no se trataba de su atractivo, ni de su cuerpo admirable, ni de su inteligencia. No, era mucho más que eso... y lo había dejado escapar entre los dedos. Matt poseía esa indefinible cualidad que diferencia a un hombre de un muchacho.

Un camarero le ofreció champán. Ella jugueteó con la copa de cristal entre los dedos, poco dispuesta a beber. Era lo único que le faltaba. El alcohol mezclado con su estado de ánimo gris, sería desastroso. Aunque tal vez una borrachera aliviaría su dolor.

–Hola, Kara.

Era él. Aunque no pudo ver quién hablaba a su espalda, lo supo con todas las fibras de su ser: la voz profunda, la suave loción, el calor que irradiaba su cuerpo. El estómago le dio un vuelco y el pulso se le aceleró. ¿Por qué su cuerpo respondía de ese modo visceral a pesar de todo lo que habían pasado?

Kara se volvió, protegida tras una máscara de frialdad.

–Hola. ¿Qué haces aquí?

Una parte de ella deseó oírle decir «te buscaba», pero él no lo dijo y otra vez se sintió estúpidamente hundida.

–Sally me pidió que le ayudara. Necesita unas fotografías publicitarias.

Su aspecto era maravilloso vestido de esmoquin. ¿Por qué no podía parecer monótonamente gris por una vez en su vida? Así sería más fácil odiarlo. No, el odio era demasiado fuerte, ¿tal vez no amarlo tanto?

–Me sorprende que hayas venido.

Matt alzó una ceja.

–¿Por qué?

Ella se encogió de hombros, fingiendo una indiferencia que estaba lejos de sentir.

–Ayer no nos separamos en buenos términos precisamente. Pensé que no querrías que te vieran conmigo.

–No es así. De hecho, lo que dices no podría estar más lejos de la verdad –replicó en tanto se acercaba hacia ella. Sus brazos se rozaron. El contacto impersonal aceleró los sentidos de Kara. Todo lo que pudo hacer fue mirarlo fijamente–. Necesitaba verte. Para aclarar las cosas entre nosotros.

Le dio un vuelco el corazón. Eso era. Le daría las gracias por ser una buena amiga, por los «buenos tiempos» que habían compartido y se marcharía. Demonios, si no tenía cuidado volvería a ofrecerle el dinero, como para echarle sal a la herida abierta.

–Ya no tenemos nada que hablar, Matt. Hagamos esto por Sal, ¿de acuerdo? –dijo con voz firme cuando lo único que deseaba era romper a llorar.

Y era por su culpa, por esa mirada que ella conocía tan bien. La mirada tierna y romántica que le dirigía tras hacer el amor y que no había perdido su poder magnético.

–Creo que hay mucho que decir, pero convengo contigo en que éste no es el momento oportuno. ¿Qué te parece si después de la ceremonia vamos a dar un paseo y me escuchas?

–¿Por qué debería hacerlo? –dijo con una voz de niña petulante.

Sin embargo, no era la rabia lo que le hacía parecer irracional. Era el dolor que se removía bajo la superficie.

Él le alzó la barbilla con un dedo y la miró directamente a los ojos, como si quisiera llegar a su alma.

–Porque nos lo debemos.

Ella se estremeció deseando acercarse a él y sentir sus labios en los suyos por última vez.

–Vosotros dos. Vamos. No hay tiempo que perder. La ceremonia está a punto de comenzar –dijo Sal que había aparecido de la nada y con una mano en la espalda de cada uno los empujaba hacia las puertas abiertas.

–Espero que no estés tramando algo –murmuró Kara en su oído.

–¿Quién? ¿Yo? –preguntó con una mirada de inocencia–. Nunca. Date prisa, que nos perderemos el comienzo.

Las dos horas siguientes fueron las más largas de la vida de Kara. Sal los acomodó en sus sillas, casi empujándola junto a Matt. No habría sido tan malo si las sillas hubieran estado separadas como en los teatros normales. En cambio, con el fin de dar cabida en el recinto al mayor número de personas, los organizadores habían puesto los asientos muy juntos, de modo que el muslo de Kara quedó en contacto con el de Matt.

Cada vez que él se movía un centímetro, ella lo sentía. Una corriente de puro placer desde la pierna hasta lo más profundo de su ser. Cuanto más intentaba ignorarlo, menos lo lograba. Cuando acabó la presentación, casi dio un salto de alivio. Apenas había escuchado el discurso de Sal a causa de la preocupación por su irracional respuesta física hacia el hombre que había jurado olvidar.

—Hora de la sesión fotográfica —dijo Matt al tiempo que la agarraba del codo y la guiaba hasta el vestíbulo, donde esperaba el fotógrafo. Ella asintió, incapaz de hablar y agradecida a la mano que la guiaba. Sentía que le temblaban las piernas y no por haber estado sentada tanto tiempo.

De la mano de Matt, Kara sonrió e incluso aceptó un beso en la mejilla, todo por Matchmaker y para que Sal pudiera dar cumplido término a la ceremonia de la entrega de premios. Finalmente el fotógrafo bajó la cámara y quedaron en libertad para marcharse.

—Gracias, queridos míos. Me habéis salvado el pellejo —dijo Sal mientras los abrazaba a la vez. Kara sofocó la risa. Incluso queriendo, Sal no habría podido acercarlos más—. Y ahora, ¿por qué no vais a divertiros un rato?

Antes de que ella pudiera contestar, Matt intervino:

—Una idea estupenda, Sal. ¿Seguro que no quieres venir con nosotros?

La sonrisa de Sally se hizo más amplia.

—Ni soñarlo. Fuera de mi vista —dijo al tiempo que los despedía en la puerta y luego se alejaba para saludar a algunos invitados.

–Bueno, creo que es hora de dar ese paseo –dijo Matt mientras le tendía la mano, con la sonrisa sensual que a ella ya le era tan familiar.

Kara había sido prudente toda la vida. Y en lo referente al amor, la prudencia no la había llevado a ninguna parte. En ese momento, junto al hombre que tal vez le ofrecía el último instante de felicidad, decidió olvidar la prudencia.

Entonces aceptó su mano y sintió un escalofrío al notar que Matt entrelazaba los dedos con los suyos.

–Sí, es hora de dar un paseo.

Bajaron la escalinata del Teatro de la Ópera en silencio y se dirigieron a la orilla del mar.

Kara se preguntó si era el aire fresco o la calidez del contacto de Matt lo que le erizaba la piel. Como si le leyera la mente, él se quitó la chaqueta.

–Póntela –dijo al tiempo que la colocaba sobre sus hombros.

Ella aspiró la fragancia varonil que le embriagaba los sentidos.

–¿Estás seguro? ¿No tendrás frío?

Matt le frotó los brazos bajo la chaqueta.

–Estoy seguro. No, no tengo frío.

El corazón de Kara se aceleró al ver que inclinaba la cabeza. Un beso. Sólo uno. Un beso de despedida para recordar.

Cuando los cálidos labios rozaron los de ella, sintió que perdía todo el sentido común. ¿Por qué se torturaba de esa manera? El trato había acabado y cuanto antes se diera cuenta, mejor sería.

–¡No! –exclamó al tiempo que volvía la cabeza y se separaba de él, ansiosa por poner distancia entre ellos.

Matt le alzó la barbilla y Kara tuvo que mirarlo a los ojos.

–¿No tienes idea de mis sentimientos, no es así?

Ella lo miró furiosa, cansada de ese tiovivo de emociones.

–Tengo una idea bastante clara –replicó al tiempo que con toda intención le lanzaba una mirada a la entrepierna.

Matt dejó escapar un juramento en voz baja y se alejó un poco.

–No me refiero a eso, aunque no creas que no te deseo en este momento. Nunca he dejado de desearte.

Ella cruzó los brazos en un gesto defensivo.

–¿Qué se supone que significa eso?

–Significa que desearía no haberte alejado de mí durante todos estos años. Significa que desearía no haber pensado en ese estúpido trato. Significa que desearía... –Matt hizo una pausa con la angustia reflejada en los ojos.

–Continúa –lo urgió Kara.

–Desearía que me amaras tanto como yo te amo a ti.

Ya estaba dicho. Matt nunca pensó que alguna vez pronunciaría esas palabras. Sus sentimientos habían quedado al descubierto. Y esperaba que no fuese tarde.

La respuesta de Kara no fue previsible. Él tendría que haber sabido que no había nada previsible en la mujer que amaba.

–Tú... tú –Kara se acercó a él y le golpeó el pecho con los puños cerrados.

No, no había dicho «yo también te quiero». En cambio lo había agredido y él no sabía cómo responder.

–¡Oye! Tranquilízate –dijo finalmente, mientras le sujetaba las manos.

–Dilo otra vez –murmuró Kara, más calmada.

–¿Qué parte del discurso? –preguntó Matt sin poder evitar la broma a costa de ella.

Su aspecto era adorable con ese vestido sin tirantes que amenazaba con deslizarse por el pecho en cualquier momento, la chaqueta colgando de un hombro y el peinado tan elaborado a punto de deshacerse.

Por no mencionar sus ojos abiertos de par en par.

–Ya lo sabes. La parte acerca de lo mucho que me amas –dijo al tiempo que una lágrima se deslizaba por su mejilla.

Algo se rompió dentro de Matt. No era el corazón que casi se le había destrozado al pensar que la había perdido.

–Te amo. Siempre te he querido y siempre te amaré –dijo al tiempo que le acariciaba la mejilla.

–Yo también te quiero –contestó ella con el frenético deseo de sentir los labios de Matt en los suyos.

–¿Sin condiciones? ¿Sin tratos? –susurró Matt mientras sus labios se deslizaban desde la sien a los labios de Kara.

–De ahora en adelante los únicos tratos que harás será en los tribunales. ¡Y no lo olvides!

Sus palabras quedaron selladas con un beso.

EPÍLOGO

LAS BODAS siempre la hacían llorar. Para ser una mujer de negocios a veces se comportaba como una boba, y ese día no era una excepción.

–Date prisa, cariño. Llegaremos tarde –dijo Sal mientras le colocaba el corpiño del vestido recubierto de pequeños cristales–. Así está mejor.

–Relájate. Me pones nerviosa –pidió Kara.

Sal dio un paso atrás y sorbió por la nariz.

–Estás preciosa. Tus padres se habrían sentido muy orgullosos.

Kara reprimió las lágrimas.

–Gracias, Sal. Gracias por todo.

Sal se enjugó los ojos.

–No me des las gracias a mí. Agradéceselo al ordenador que querías hacer explotar no hace mucho tiempo.

–Nunca quise eso. Sólo pensaba que había funcionado mal.

–¡Ah! Siempre supe que Matt y tú estabais hechos el uno para el otro –Sal hizo una pausa y luego la besó en la mejilla–. Me siento tan feliz por ti.

–Yo también estoy feliz. Aunque si no nos movemos, el novio va a creer que lo he dejado plantado.

Kara casi se dio un pellizco porque le costaba creer que el novio y Matt eran la misma persona.

Era el día de su boda y se iba a casar con el hombre de sus sueños. La vida no podía ser más hermosa.

Habían optado por una sencilla ceremonia en el yate de Matt, acompañados por los familiares y un pequeño grupo de amigos.

El trayecto hacia el puerto fue muy rápido y Kara se concentró en la respiración intentando desesperadamente mantenerse en calma.

–Hemos llegado –anunció el chófer mientras aparcaba la limusina junto al muelle.

–¿Preparada, cariño? –preguntó Sally al tiempo que le apretaba la mano.

–Preparada como siempre lo estaré –contestó Kara al tiempo que recogía el pequeño bolso de color marfil y rebuscaba entre el contenido. Sí, allí estaba.

Prácticamente avanzó flotando a lo largo del muelle, ajena a las miradas, con la vista fija en el apuesto hombre vestido de esmoquin que la esperaba de pie en la cubierta del yate.

Matt bajó de la embarcación y le tendió la mano.

–Tu aspecto es maravilloso.

Ella tragó saliva para deshacer el nudo que le apretaba la garganta.

–Gracias. Tú también.

–Sólo lo mejor para mi futura esposa –dijo antes de besarla en la mejilla–. Te quiero.

–Yo también te quiero, aunque nos queda una cosa por resolver.

–¿De qué se trata?

Kara abrió la mano y la luz del sol dio de lleno en una pequeña llave de metal.

–Nunca me dijiste para qué era.

Él sonrió. Su calidez la envolvió como un abrazo.

—¿No? Tal vez se me escapó de la mente.

—Era una estratagema, ¿verdad? ¿La utilizaste como pretexto para que te acompañara a King River ese fin de semana? Sabes que me encantan los desafíos.

—Me conoces demasiado bien —dijo Matt antes de besar sus labios suavemente—. Deseo que la consideres como la llave de mi corazón.

JAZMÍN™

SUSAN MEIER
TU ADMIRADOR SECRETO

Tenía que haber una manera de que alguien tan obsesionado con el trabajo como Matt Burke se fijara en su enamorada secretaria, Sarah Morris. Quizá lo mejor fuera crear un admirador secreto que llenara a Sarah de regalos, y tampoco vendría mal una pequeña transformación que convirtiera a aquella chica de pueblo en una mujer sofisticada. Eso valdría para volver loco de celos... y de deseo hasta al hombre más pragmático del mundo.

LIZ FIELDING
DOS CORAZONES

Recoger moras junto a su hija en aquel jardín abandonado tuvo una consecuencia imprevisible en la vida de Kay Lovell: primero la besó un guapísimo desconocido, y después la contrató como jardinera. Kay trató de hacer todo lo posible con aquel jardín... y con su malhumorado jefe, Dominic Ravenscar. Era obvio que él todavía no se había recuperado de las heridas del pasado pero, poco a poco, Kay fue descubriendo al verdadero Dominic, el hombre que tanto amaba la vida y que solo deseaba tener su propia familia.

N.º 590

NICOLA MARSH
CITAS ARRIESGADAS

Matt Byrne, un rico y sexy abogado, solo había salido con Kara Roberts porque estaba buscando una novia para poder seguir avanzando en su carrera. Así que decidió que lo mejor era contratar a alguien y proponer un trato que Kara no podía rechazar.
Pero no tardaron mucho en estar deseando fijar otra cita... esa vez ante el altar.

DESEO
ROBYN GRADY

CONFESIONES DE UNA AMANTE

Cuando Celeste Prince descubrió que el millonario Benton Scott había comprado la empresa de su familia, decidió recuperarla como fuera. Pero el guapísimo Benton la atraía como ningún otro hombre y su bien urdido plan sólo conseguía llevarla a un sitio: su cama.

Benton dejó claro desde el principio que sólo podía ofrecerle una aventura. La pasión entre ellos era abrasadora, pero los sentimientos de Ben seguían helados y Celeste sabía que sólo una dramática colisión con su difícil pasado podría derretir su corazón.

N.º 571

UN NUEVO COMPROMISO

El dinámico y guapísimo millonario de Sidney Mitch Stuart sería presidente del imperio de su familia en dos semanas, y no podía permitirse ninguna distracción.

Vanessa Craig trabajaba duro para mantener su negocio a flote, aunque no podía evitar interesarse más por las mascotas de su tienda que por el dinero del banco. Mitch se ofreció a ayudarla del único modo que sabía: financieramente. Pero los cautivadores besos de Vanessa amenazaban su norma principal: no mezclar nunca los negocios con el placer.

BIANCA™

De eficiente asistente en Londres...
a princesa en un reino de Oriente Medio

UNA RELACIÓN
MUY PROFESIONAL

CATHY WILLIAMS

N.° 228

Lucy Walker siempre ha mantenido su vida bajo control, pero todo cambia cuando debe acompañar a su jefe, el príncipe Malik, a su exótico país natal. Lo que empieza como una misión profesional se complica cuando, rodeados del lujo y la tradición del palacio real, la química entre ambos se vuelve imposible de ignorar. Mientras el deber obliga a Malik a buscar esposa, Lucy lucha por no sucumbir a un deseo que amenaza con romper todas sus barreras. ¿Podrá el príncipe elegir el amor por encima de la obligación? ¿O el cuento de hadas terminará antes de que empiece?

BIANCA™

Mantener a su enemiga cerca...
para reclamar a su heredero

UN CAMBIO
DE RUMBO

LUCY KING

N.º 3190

Un apasionado encuentro con Olympia Stanhope dejó al multimillonario griego Alexandros Andino aturdido. Era la mujer más abrumadora y sexy que había conocido nunca. Sin embargo, al acostarse con ella, se permitió olvidar brevemente que la familia de Olympia destruyó a la suya. Pero ya no podía alejarse de ella... ¡Olympia estaba embarazada! Tras crecer sin reglas ni afecto familiar, la rebelde y autodestructiva Olympia Stanhope quería que su hijo tuviera ambas cosas. Si para eso tenía que aceptar la proposición de matrimonio de Alex, que solo era un acuerdo de conveniencia, lo haría. Pero, aunque la mirada de Alex tenía una nota de desdén, también rebosaba un deseo devastador.

¡YA EN TU PUNTO DE VENTA!

BIANCA™

La venganza lo encendía, pero la química que había entre ambos era aún más ardiente...

VENGANZA O PERDÓN

KIM LAWRENCE

N.° 3188

Desde que su prometida lo dejó en el altar, Draco se juró no volver a dejarse engañar por ella. Cuatro años más tarde, cuando se encontró con Jane en un pueblo perdido de Inglaterra, no era solo ira lo que sintió, sino también una ardiente atracción...

Jane huyó el día de su boda porque había descubierto que no podía darle a Draco lo que él más deseaba: una familia. Cuando volvió a encontrarse con él, no solo le ocultó secretos del pasado, sino también del presente. Pero parecía que la pasión que ardía entre ellos exigía una segunda oportunidad, pero ¿quería Draco retomar la relación... o solo buscaba venganza?

JULIA™

CHRISTYNE BUTLER
JUGADAS DEL DESTINO

Tras salir de la cárcel, Justin Dillon había decidido vivir su vida sin preocuparse del futuro. Pero todo cambió cuando una mujer a la que apenas recordaba apareció en la ciudad para dejar a su cuidado a un niño de siete años, asegurándole que era su hijo.
Si no se sentía preparado para ser padre, menos aún lo estaba para iniciar una relación con su compañera de trabajo.
Aunque, por mucho que la evitara, parecía encontrarse con Gina Steele a cada paso que daba.
La joven había pasado toda su vida demasiado centrada en sus estudios para vivirla de verdad, pero Justin había cambiado todo eso con un solo beso.

N.º 483

KAREN TEMPLETON
RECUERDOS HACIA EL OLVIDO

Él nunca había tenido un lugar al que llamar suyo, pero el destartalado rancho que tenía ante él era lo que más se había acercado a serlo. Y Emma Manning, una viuda embarazada, tenía que luchar para mantenerlo en pie y sacar adelante a su familia. Necesitaba que le echaran una mano. Y eso era lo único que Cash Cochran, un músico acabado, podía ofrecerle.
Eso le resultó más que obvio a Emma en cuanto Cash llamó a su puerta. Y, a pesar de que era la última mujer de la Tierra de la que él podría enamorarse, se estaba enamorando. Y ella de él.

¡YA EN TU PUNTO DE VENTA!

BIANCA™

¡Por la vía rápida…
hacia el altar!

LA MISTERIOSA
NOVIA

ABBY GREEN

N.º 3194

Cuando Lili Sirenze, responsable del mantenimiento de las propiedades del legendario piloto Cassian Corti, se enteró de que necesitaba un heredero para conservar su fortuna, decidió proponerle que se casara con ella. Su única condición era no tener que abandonar la paz y seguridad que le proporcionaba su finca en el lago Como…

Al ver a su enigmática esposa caminando hacia el altar, Cassian se había quedado completamente descolocado. Estaba acostumbrado a vivir al límite… no a enfrentarse a un deseo tan intenso e incontrolable. No podía dejar de pensar en Lili… Y con la prensa empezando a especular sobre la misteriosa mujer que había cazado al italiano, solo tenía una opción: ponerla también en el punto de mira.

¡YA EN TU PUNTO DE VENTA!